KNAUR

HEIDI
AMSINCK

SCHNEE FLOCKEN GRAB

THRILLER

Aus dem Englischen
von Ulrike Clewing

KNAUR

Die englische Originalausgabe erschien 2021
unter dem Titel »My Name is Jensen« bei Muswell Press, London.

Besuchen Sie uns im Internet:
www.knaur.de

Aus Verantwortung für die Umwelt hat sich die Verlagsgruppe Droemer Knaur zu einer nachhaltigen Buchproduktion verpflichtet. Der bewusste Umgang mit unseren Ressourcen, der Schutz unseres Klimas und der Natur gehören zu unseren obersten Unternehmenszielen. Gemeinsam mit unseren Partnern und Lieferanten setzen wir uns für eine klimaneutrale Buchproduktion ein, die den Erwerb von Klimazertifikaten zur Kompensation des CO_2-Ausstoßes einschließt. Weitere Informationen finden Sie unter: www.klimaneutralerverlag.de

MIX
Papier aus verantwortungsvollen Quellen
FSC® C014496

Deutsche Erstausgabe Dezember 2022
Knaur Taschenbuch

Redaktion: Peter Hammans
Covergestaltung: Annette Dascher
Coverabbildung: Unter Verwendung eines Arcangel-Motives
Rekha Garton/arcangel.com und zwei Shutterstock-Motiven
Satz: Adobe InDesign im Verlag
Druck und Bindung: GGP Media GmbH, Pößneck
ISBN 978-3-426-52843-3

2 4 5 3 1

Für Frederik und Jules

ERSTE WOCHE

1

DIENSTAG, 07:13 UHR

Jensen sog die kalte Luft tief in sich hinein, sah zum Himmel hinauf und ließ die letzten umhertanzenden Schneeflocken auf ihrem Gesicht schmelzen. Nur wenige Fenster in den Wohnhäusern um sie herum waren erleuchtet. Die Bettwärme noch in sich tragend, tasteten sich die Menschen auf dem Weg zur Arbeit vorsichtigen Schrittes über das rutschige Kopfsteinpflaster. Sie sahen sich um, als würden sie ihre eigene Stadt nicht wiedererkennen. Dass es schneien kann, war ihnen wohl entfallen, und auch, wie der Schnee die Geräusche der Schritte schluckt, als spannte der Himmel eine riesige Decke über Kopenhagen. Nicht einmal mehr die vor sich hin grölenden, herumtorkelnden Schnapsnasen hatte es auf ihren Schlafplätzen neben dem Supermarkt auf dem Christianshavns Torv gehalten. Der heftigste Blizzard seit Jahren hatte dafür gesorgt, dass sie sich in irgendwelche Innenräume verzogen. Schon bald würden die Schneeräumer anrücken und die weiße Pracht beiseiteschieben. Die Normalität würde wieder Einzug halten. Solange aber hielt die Stadt den gefrierenden Atem an.

Jensen fuhr die gewohnte Strecke, am Borgen vorbei, dem Parlamentsgebäude mit der majestätischen, von Grünspan überzogenen Krone, über die Knippelsbro nach Holmen, und zog mit den Reifen eine Schlangenlinie in den Schnee. Das Heck eines gelben Busses brach in einem großen Bogen zur Seite aus. Die Fahrgäste hinter den beschlagenen Fenstern muteten nahezu geisterhaft an. Jensen beschloss, die Stadt zu mögen, so still und menschenleer, wie sie sich ihr jetzt mit ihren imposanten alten Bauwerken präsentierte.

Ohne den Bus hätte jeder Bewohner aus dem neunzehnten Jahrhundert das Stadtbild sofort erkannt.

Das rutschige Kopfsteinpflaster in der Snaregade zwang sie zum Absteigen. Sie schob das Rad zwischen den großen, schiefen Stadthäusern der Altstadt hindurch.

Es sah ihr ähnlich, dass sie ausgerechnet an diesem Morgen schon früh in den Zeitungsverlag zur Arbeit fuhr. Keine zwanzig Minuten war es her, dass sie den Vorhang neben ihrem Bett aufgezogen und die bläulich weiße Welt draußen entdeckt hatte. Gleich aufzustehen und rauszugehen verlieh ihr ein Gefühl von Pflichterfüllung, wobei sie sich jetzt allerdings fragte, ob es nicht klüger gewesen wäre, zu Hause zu bleiben.

Sollte ihr entfallen sein, was es hieß, Journalistin zu sein? Waren ihr die Hartnäckigkeit und die Neugier abhandengekommen, mit denen sie ihre Brötchen verdient hatte, seit sie denken konnte?

Seit ihrer Rückkehr nach Kopenhagen spürte sie, wie die Leidenschaft aus ihr heraussickerte wie bei einem schleichenden Platten, sodass sie kaum noch einen Satz, geschweige denn einen Artikel zusammenbrachte, den zu lesen sich lohnte. Nichts funktionierte, nichts war mehr von Bedeutung.

Als Reporterin für das *Dagbladet* gehörte es zu ihren Aufgaben, hinter die Kulissen zu schauen und die dänische Gesellschaft unter die Lupe zu nehmen. Aber was wusste sie noch von der dänischen Gesellschaft, nachdem sie fünfzehn Jahre fort gewesen war?

Schon seit Wochen stand sie mit einem Feature über die Kürzungen in der psychiatrischen Versorgung im Wort und redete sich immer wieder mit dem erschwerten Zugang zu Dokumenten heraus. Die Wahrheit war, dass sie mit der Recherche für die Geschichte noch nicht einmal angefangen hatte. Sie hatte den Eindruck, dass sie sich in einer Art Selbstfindungskrise befand.

Ihre Chefin, Margrethe Skov, eine Frau, der es an Selbstvertrauen noch nie gemangelt hatte, zeigte dafür kein Verständnis. (»Journalismus ist reines Handwerk und keine Kunst; man sitzt nicht einfach herum und wartet, bis einen die Inspiration packt.«)

Margrethe hatte natürlich recht. Jensen musste sich einfach an die Arbeit machen. Wenn es gut lief, brachte sie bis zur Redaktionssitzung am heutigen Vormittag schon eine brauchbare Einleitung für ihren Beitrag zustande. Es wäre bestimmt erhebend und äußerst zufriedenstellend, ihn denjenigen unter die Nase reiben zu können, die ihr weniger gewogen waren (und davon gab es so einige). Eine Menge arbeitsloser Journalisten würde einen Mord begehen, um für das *Dagbladet* schreiben zu dürfen, sinnierte Jensen, während sie ihr Fahrrad weiterschob. Ihre entschlossenen Schritte knirschten im Schnee.

Ein Stück nachdem sie in die Magstræde eingebogen war, sah sie es.

Vor dem roten Gebäude mit der grünen Tür.

Einen hüfthohen Schneehaufen.

Etwas Unförmiges.

Sie sah die Straße rauf und runter und wünschte, es würde gleich jemand auftauchen. Sie wusste, was dieses unförmige Etwas war, wollte es aber nicht wissen. Einen Moment lang erwog sie, einfach weiterzugehen. Aber wie hätte sie das jemals fertigbringen können?

Ihr Herz hämmerte in der Brust. Ihre Hände in den Handschuhen wurden schweißnass. Sie lehnte das Fahrrad an eine Straßenlaterne, beugte sich zu dem unförmigen Haufen hinunter und schob den Schnee vorsichtig beiseite.

Vor Schreck wich sie zurück.

Es war ein Mann, das Gesicht zum Himmel gerichtet, die Augenhöhlen mit Schnee gefüllt.

Sie erkannte ihn wieder. Letzte Nacht hatte er genau an dieser Stelle gesessen. Im Schneidersitz. In denselben roten Schlafsack gehüllt. Allerdings war sie sich ziemlich sicher, dass er da noch gelebt hatte. Sie erinnerte sich, wie sie noch gedacht hatte, was für ein seltsamer Ort zum Betteln das war, im Schatten zwischen zwei Straßenlaternen, während um ihn herum ein Schneesturm tobte.

Die Handflächen des Mannes waren nach oben gerichtet, als wollte er im Sterben seine Unschuld beteuern oder beten. Beides schien ihm nicht viel genützt zu haben. Er wirkte ein paar Jahre jünger als sie. Anfang zwanzig vielleicht. Fast noch ein Junge.

»Nicht schon wieder«, entfuhr es ihr laut, und sie begriff erst in diesem Moment, was das bedeutete.

Passierte das hier wirklich?

Sie wischte noch ein wenig mehr Schnee weg und erstarrte, als sie plötzlich auf einen himbeerfarbenen Brei stieß. Die Daunenjacke des jungen Mannes hatte einen Riss; man hatte ihm in den Bauch gestochen.

Der andere Tote, war der nicht auch erstochen worden?

Auf dem Boden neben dem Mann stand ein Pappbecher mit Kaffee. Daneben lag eine Pizza im Karton. Sie war mit Salami belegt, die sich hochgebogen hatte, ganz steif gefroren war und die Hautfarbe des Toten angenommen hatte.

Jensen musste sich einen Moment auf den Knien abstützen. Speichel lief ihr aus dem Mund und schmolz ein Loch in den Schnee. Sie musste würgen. Ihr Oberkörper krampfte, ohne dass etwas kam.

Ihre Hände bebten; sie zitterte. Die Kälte kroch ihr tief in die Knochen. Wie lange ist der Mann schon tot? Ein paar Stunden höchstens. Sonst hätte ihn bestimmt schon jemand gefunden? Trotz, vielleicht aber auch gerade wegen des Schnees war die Magstræde eine dieser urigen alten Straßen, in die es die Touristen in Scharen zog. Ein wahres Postkartenidyll von Kopenhagen.

Der Himmel über den großen bunten Stadthäusern färbte sich an den Rändern türkis. Der Sichelmond verblasste in der Morgendämmerung. Der Schnee war, von ihren eigenen Spuren abgesehen, unberührt.

Sie warf einen Blick auf ihr Handy und spürte ein flaues Gefühl im Magen. Seit ihrer Rückkehr hatte sie Henrik nicht mehr angerufen. Seine Nachrichten hatte sie ebenfalls ignoriert. Er dürfte wissen, was hier zu tun war.

Der Tod war sein Geschäft.

Ihm war es wichtig, immer als Erster informiert zu werden.

Außerdem würde es ihr helfen, wenn sie Henrik anrief. Das *Dagbladet* hatte den letzten Mord weidlich ausgeschlachtet. Tote Obdachlose schafften es in London eher selten auf die Titelseite. In den Straßen von Kopenhagen aber, der Hauptstadt der glücklichsten Nation der Welt, sorgte so etwas für Schlagzeilen.

Warum war der junge Mann hier? Wer war er?

Von Henrik konnte sie eher Informationen erwarten, wenn es so weit war, als von einer normalen Streife, die über den Notruf 112 herbeigerufen wurde.

Und Henrik schuldete ihr etwas.

Er schuldete ihr so viel, dass sie nie quitt sein würden, was immer er jetzt auch für sie tun mochte.

Er saß im Auto auf dem Weg zur Arbeit, als sie ihn anrief, und versuchte, mithilfe der Freisprechanlage die Nachrichten aus dem Radio zu übertönen. Die Klangfarbe seiner Stimme trübte sich ein, als er begriff, dass der Anruf nicht privater Natur war. Sie hörte, wie das Heulen der Sirene einsetzte und er den Wagen beschleunigte.

»Bleib, wo du bist«, wies er sie mit der rauen Stimme an, die er allem Dienstlichen vorbehielt. »Und fass nichts an.«

Zu spät.

Sie machte ein paar Fotos von dem Toten, auch wenn sie bezweifelte, dass die Zeitung etwas so Grausames bringen konnte. Der geöffnete Mund des Mannes ließ ihn verletzlich aussehen, der Flaum an seinem Kinn reichte nicht ganz für einen Bart. Schneeflocken hatten sich in seinen Wimpern verfangen und sie weiß gefärbt. Er war so mager, dass sich unterhalb der Wangenknochen schattenhafte Vertiefungen abzeichneten.

Nachdem sie ein wenig Schnee mit dem Fuß beiseitegeschoben hatte, sah sie, dass er sich aus einem platt getretenen Pappkarton einen Sitzplatz gemacht hatte. Seine Daunenjacke und die Wollmütze waren von guter Qualität. Er hatte sich der Witterung entsprechend angezogen. Um nicht zu frieren, musste sie auf dem Bürgersteig hin und her laufen und sich immer wieder in die Hände hauchen. Mit jedem ihrer rasch aufeinanderfolgenden Atemzüge stieß sie kleine weiße Dampfwolken aus.

Ein Mann kam vorbei, seltsamerweise jedoch ohne von ihr oder dem Toten Notiz zu nehmen. Er trug Kopfhörer und diesen leeren Gesichtsausdruck geschäftiger Stadtmenschen auf dem Weg zu etwas Unaufschiebbarem vor sich her.

So ist das also, dachte sie, wenn ein Mensch auf offener Straße stirbt und niemand davon Notiz nimmt.

Richtig belebt war die Magstræde nie. Eher eine seltsame Wahl für jemanden, der in einer schneereichen Nacht auf die Mildtätigkeit von Passanten hofft. Vielleicht hatte ihn das in belebteren Straßen geltende Verbot, zu betteln oder ein Lager zu errichten, hierher verschlagen. Im Dunkeln und halb von abgestellten Fahrrädern verdeckt, hätte ihn die Polizei nur schwer entdecken können.

Sie ging in die Hocke, um sich den Toten genauer anzusehen. Zugleich versuchte sie herauszufinden, warum eine innere Stimme ihr sagte, dass etwas nicht stimmte. Etwas mit den leeren Händen. Hatte sie gestern Abend nicht ein Schild gesehen, als sie an ihm vorbeiging? Ein Stück Pappe oder so etwas, auf das er etwas gekritzelt hatte? Wie wäre sie sonst auf die Idee gekommen, dass er ein Bettler war? Natürlich hatte sie nicht genau hingesehen und gelesen, was darauf geschrieben stand, sondern gleich weggesehen wie die Pendler an diesem Morgen. Was stand darauf? Dass er Hunger hatte vielleicht? Das Schild war jedenfalls nicht mehr da. Außer der Pizza und dem Kaffee war nichts zu sehen. Keine persönlichen Gegenstände.

Sie sah auf die Uhr.

Ihr Vorsatz, heute schon früh ins Büro zu gehen, um an ihrer Story zu arbeiten, erwies sich gerade als ebenso fruchtlos wie die Versuche des toten Bettlers, seinen Lebensunterhalt zu verdienen.

In diesem Augenblick blieb ihr Blick an etwas auf dem Schoß des Toten hängen. Die Ecke eines Zettels spitzte aus dem Schnee hervor. Sie zog die Handschuhe wieder an und zupfte behutsam daran.

Handschriftlich stand darauf:

Fuglereden (Vogelnest), Rysensteensgade

Sie machte ein Foto von der Notiz, bevor sie sie wieder an ihren Platz legte. Dann gab sie die Adresse auf ihrem Handy ein. Sie gehörte zu einer Obdachlosenunterkunft. Der junge Mann hätte dort vielleicht ein Bett, warmes Essen und ein Dach über dem Kopf haben können. Stattdessen lag er hier vor ihr, starrte in den Himmel zu etwas empor, das außer ihm niemand sah.

»Warum bist du dort nicht hingegangen?«, fragte sie laut. Ihre Stimme klang hauchdünn in der eisigen Stille.

Das Heulen der ersten Sirenen näherte sich. Mit der behandschuhten Hand strich sie dem Toten den restlichen Schnee aus dem Gesicht und schloss ihm die Augen.

2

DIENSTAG, 10:23 UHR

»Und? Was hast du jetzt vor?«, wollte Jensen von Henrik wissen, als die Sanitäter hinter dem von der Gerichtsmedizin aufgebauten Sichtschutz wieder hervorkamen. Sie schoben den Toten auf einer Bahre in den Krankenwagen, wobei die Leute verstummten, die hinter dem Absperrband am Straßenrand neugierig die Hälse reckten. Seltsam, dass nicht einer von ihnen hier gewesen war, um dem Jungen zu helfen, als er noch lebte.

Der Innenraum von Henriks zivilem Dienstwagen verströmte den Duft seiner Lederjacke. Er ließ den Motor laufen, damit ihr wieder warm wurde. Ganz allmählich kehrte das Gefühl in Jensens Finger zurück. Beide sahen zur Windschutzscheibe hinaus, während er ihr mit der Hand über die Innenseite des Oberschenkels strich und ein elektrisierendes Kribbeln in ihr erzeugte.

Sie ließ ihn gewähren.

So wirkte er auf sie.

»Was *soll* ich deiner Meinung nach denn tun?«, brachte er mit heiserer Stimme hervor.

Sie war sich darüber im Klaren, dass es unweigerlich zur Katastrophe kommen würde, wenn sie sich zu ihm umdrehte und ihn ansah. Der kurze Blick, den sie erhascht hatte, als er zum ersten Mal auf der Bildfläche erschien und sich in der prahlerischen Pose eines Footballspielers in Szene setzte, hatte ihr gereicht. Er hatte sich in den letzten drei Jahren nicht verändert. Dieselbe schwarze Jeans, dasselbe weiße Hemd. Außer ein paar identischen Hemden und Jeans gab sein Kleiderschrank vermutlich nichts her. Die Ärmel wurden im Sommer hochgekrempelt, im Winter heruntergelassen.

Statt ihn anzusehen, konzentrierte sie sich auf einen gelben Spielzeugtraktor, der zu ihren Füßen lag. Henrik beugte sich vor, hob den Traktor auf und schleuderte ihn auf die Rückbank. Sein Gesicht war knallrot.

»Ich meinte, was machst du jetzt mit dem Jungen?«

Sie saßen einen Moment lang schweigend da, während der Krankenwagen langsam davonfuhr und die Menschenmenge sich aufzulösen begann.

»Ich habe dich vermisst«, sagte er schließlich, als, von ein paar uniformierten Polizisten abgesehen, alle gegangen waren.

Er fuhr ihren Oberschenkel weiter hinauf. »Warum hast du auf meine Nachrichten nicht geantwortet?«

»Henrik, du hast mich in einem Hotelzimmer zurückgelassen.«

»Ich musste nach Hause zu meinem Sohn. Komm schon, Jensen, du weißt, wie es läuft.«

»Du hast gesagt, du wärst in fünf Minuten zurück. Wolltest dir nur einen Kaffee holen. Drei Jahre ist das jetzt her.«

»Ich habe dich angerufen.«

»Ja, nach sechs Monaten. Und dann fragst du, warum ich nicht abgenommen habe?«

Sie schob seine Hand weg. Ihn anzusehen fiel ihr leichter, wenn sie sauer war.

»Verdammt noch mal, Henrik! Zwei Bettler ermordet. Innerhalb von zwei Wochen. Was gedenkst du zu tun?«

Er rieb sich den kahlen Kopf. »Möglich, dass die beiden Fälle gar nichts miteinander zu tun haben. Vielleicht ist es nur ein Zufall.«

»Und wenn nicht?«

Er nahm seine Hand von ihrem Oberschenkel und seufzte gedehnt. »Du hast gehört, was die Gerichtsmediziner gesagt haben. Wir müssen die Obduktion abwarten. Vorher können wir nur spekulieren.«

»Und damit gehst du einfach zur Tagesordnung über?«

»Nein, aber ich habe gelernt, keine voreiligen Schlüsse zu ziehen. Und dir würde ich dasselbe empfehlen.«

»Er sah aber nicht aus wie ein Obdachloser oder ein typischer Bettler.«

»Ach ja? Wie sieht denn so jemand deiner Meinung nach aus?«

»Für jemanden, der auf der Straße lebt, waren seine Klamotten zu sauber, zu gut.«

»Warum übernimmst du nicht gleich meinen Job?«, schlug er ihr lachend vor, aber sie hatte die Spitze verstanden.

»Er war weder Alkoholiker noch irgendein Junkie«, setzte sie nach. »Er trug saubere Klamotten, hatte gesunde Zähne und eine gesunde Haut. Kein Körpergeruch, keine herumliegenden Flaschen.«

»Das ändert nichts an der Tatsache, dass wir das Ergebnis der Obduktion abwarten müssen. Erst dann wissen wir, was ihm zugestoßen ist. Vielleicht war er in einen Streit verwickelt, der aus dem Ruder gelaufen ist.«

»Du weißt doch gar nichts über den Toten. Junger Mann, weiß, keine Papiere, kein Handy, keine persönlichen Gegenstände. Es könnte jeder sein.«

»Vermutlich aus Rumänien oder einem anderen osteuropäischen Land. Das Bettelverbot hat zwar schon einiges bewirkt, aber manche gehen trotzdem immer noch auf die Straße.«

»Er hatte die Adresse einer Obdachlosenunterkunft bei sich. Warum ist er nicht dorthin gegangen?«

»Vielleicht war er dort.«

»Wie?«

»Letzte Nacht wird eine Menge los gewesen sein. Vielleicht war alles belegt. Oder sie haben ihn aus einem anderen Grund nicht reingelassen.«

»Und der wäre?«

Er hob die Hände in gespielter Kapitulation. »Woher soll ich das wissen?«

»Also gut. Halten wir fest: Du hast keine Ahnung, wer er war und was passiert ist.«

Henrik antwortete nicht, und sie hatte nicht die Absicht, sich weitere banale Spekulationen anzuhören.

»Ruf mich an, wenn du etwas weißt.« Mit diesen Worten öffnete sie die Beifahrertür, stieg aus und schlug die Wagentür hinter sich zu.

Er kurbelte das Fenster herunter und bat sie eindringlich, zurückzukommen. Aber sie ignorierte ihn. Sie wollte so schnell wie möglich weg.

Er hatte einfach diese Wirkung auf sie.

Während sie zu ihrem Fahrrad ging, fuhr von hinten ein Lieferwagen, der in der schmalen Einbahnstraße nicht überholen konnte, an Henriks Auto heran. Der Fahrer beging den Fehler zu hupen. Henrik riss augenblicklich die Wagentür auf, marschierte wutentbrannt auf den Lieferwagen zu und hielt dem Fahrer die Polizeimarke vor das Gesicht, sodass der Mann auf der Stelle zurücksetzte und dorthin zurückfuhr, woher er gekommen war.

Jensen konnte sich ein Grinsen nicht verkneifen.

Henrik hatte sich wirklich kein bisschen verändert.

3

DIENSTAG, 11:49 UHR

Aus dem Eckbüro der Chefredakteurin des *Dagbladet* heraus hatte der Rathausplatz etwas von einem abstrakten Gemälde mit von weißem Matsch überzogenen Bürgersteigen, gelben Bussen, roten Rücklichtern und Menschen, die sich beeilten, dem Schmuddelwetter zu entfliehen. Jensen beobachtete eine Gruppe von Fußgängern, die geduldig darauf wartete, dass die Ampel auf Grün wechselte, obwohl sie die Straße bequem auch zwischen den Autos hätte überqueren können. In London kannte man einen solchen Respekt vor den Regeln nicht, dieses Widerstreben, sich von der Masse abzuheben.

»Entschuldige bitte, ich bin spät dran«, begrüßte Margrethe sie, als sie mit einer Ledertasche um die Schulter und einem Kaffee zum Mitnehmen in der Hand in den Raum gestürmt kam.

Ächzend ließ sich die hochgewachsene, breitschultrige Frau in den Drehstuhl hinter ihrem Schreibtisch fallen. »Hatte noch einen Termin mit der Premierministerin«, fügte sie hinzu.

»Ach ja?«

»Aber bevor du fragst … reine Zeitverschwendung.« Sie setzte die beschlagene Brille ab und wischte sie an ihrem Pullover blank.

Dankbar für die Gelegenheit, das Gespräch, von dem sie wusste, dass es unausweichlich war, noch etwas hinauszögern zu können, wollte Jensen gerade etwas sagen, als Margrethe sie mit einer knappen Handbewegung unterbrach. »Spar es dir für gleich auf«, sagte sie, setzte ihre Brille wieder auf und griff nach dem Kaffee.

Jensen versank in ihrem Stuhl. Margrethe gehörte zu den wenigen Menschen, auf deren Meinung sie etwas gab. Damals, sie war gerade erst achtzehn und ohne Schulabschluss, hatte Margrethe sie aus der Lokalzeitung geholt und ihr einen Job beim *Dagbladet* gegeben. Zwei Jahre später hatte sie Jensen als Korrespondentin für die Zeitung nach London geschickt. Keine unumstrittene Entscheidung, aber Margrethe hatte sich durchgesetzt.

Seelenruhig kippte sie drei Tütchen Zucker in den Kaffee. An der Wand hinter ihr prangten die Fotos ihrer ausnahmslos männlichen Amtsvorgänger, die bis in die Anfänge des *Dagbladet* im 19. Jahrhundert zurückreichten. Verglichen mit Margrethe mit ihrem langen, grauen Haar, dem fleischigen Gesicht und dem durchdringenden Blick hinter dicken Brillengläsern, nahmen sie sich aus wie ein Haufen freundlicher Onkel.

»Jensen, ich werde aus dir nicht schlau«, sagte Margrethe, während sie mit einem Bleistift in ihrem Kaffee rührte.

»Ich habe für dich gekämpft. Ich wollte dich unbedingt behalten, als wir das Londoner Büro aufgelöst haben. Alle haben mir abgeraten. Sie halten dich für schwer verdaulich. Ich habe sie ignoriert, weil ich dich immer für eine großartige Journalistin gehalten habe. Einen alten Kollegen, der noch fünf Jahre bis zur Rente hatte, habe ich sogar entlassen, nur damit du hier wieder arbeiten kannst. Ich habe meine Hand über dich gehalten, dich vom Tagesgeschäft abgezogen, um dir Zeit für deine sogenannte Recherche zu geben. Und das ist jetzt der Lohn?«

Sie hielt inne, nippte an ihrem Becher, ohne Jensen aus den Augen zu lassen, die sich hütete, ihrer Chefin ins Wort zu fallen.

»Wie lange bist du schon wieder zurück? Drei Monate? Und wie viele Artikel hast du in der Zeit geschrieben?«

Jensen schob die Hände unter ihre Oberschenkel, schaute zum Fenster hinaus auf den Platz hinunter und sah zu, wie ein Mann, der sich zu dicht an die Bordsteinkante gewagt hatte, von einem vorbeifahrenden Taxi mit gräulich schwarzem Schneematsch bespritzt wurde.

»Ich weiß nicht genau. Zehn vielleicht?«, versuchte sie es zögerlich.

»Vier.«

Margrethe kramte in einem Papierstapel auf ihrem Schreibtisch und zog schließlich einen dünnen Ordner heraus. »Mal sehen. Ach ja, deine Reportage über Dänemarks Randgemeinden.«

»Für die habe ich ewig gebraucht.«

»Die Geschichte ist ganz großer Mist. Vollkommen ohne Seele«, sagte Margrethe und schleuderte die Mappe zur Seite.

»Dann hier, dein Bericht über den tragischen Flugzeugabsturz in Schweden vor Weihnachten.«

»Die hat mir eine Menge positiver E-Mails eingebracht.«

»Schwachsinn. Selbst sechzehnjährige Praktikantinnen haben mir schon Spannenderes geliefert. Möchtest du über die anderen beiden auch noch sprechen?«

»Nein«, sagte Jensen.

»Gut, dann raus mit der Sprache. Was ist los?«

»Ich brauche noch Zeit, um mich einzuleben.«

Margrethe gab vor, einen Computerausdruck auf dem Schreibtisch zu prüfen. »Du hattest drei Monate Zeit. Und während du es dir gemütlich gemacht hast, haben wir, lass mich sehen, 2870 Abonnenten verloren. Wenn wir noch mehr Personal abbauen, können wir das Licht gleich ganz ausmachen.«

Jensen nickte. Sie kannte die Zahlen. Allen verzweifelten Versuchen zum Trotz, die Zeitung auf digital umzustellen, lag das mittlerweile 120 Jahre alte Blatt im Sterben. Von ein paar überforderten Korrektoren abgesehen, waren die freien Mitarbeiter gegangen, sodass den Ressortredakteuren nichts anderes übrig blieb, als ihre Seiten selbst zu layouten. Den wenigen verbliebenen, ausgelaugten Journalisten blieb kaum Zeit für mehr, als einer Reihe sogenannter Experten das Mikrofon vor die Nase zu halten, geschweige denn sich auf die Suche nach Storys zu machen. Bei der Lektüre des *Dagbladet* konnte man nicht mehr darauf bauen, das zu erfahren, was sich, geordnet nach Wichtigkeit, in den letzten vierundzwanzig Stunden in der Welt ereignet hatte. Die Zeitung war zu einem personalisierten »Erlebnis« mutiert, mit Geschichten, die in regelmäßigen Abständen über den Tag verteilt online gestellt wurden, Clickbait voran. Onlineleser hatten sie viele, aber eine ganze Handvoll musste auf den Clickbait klicken, um an Ertrag das reinzuholen, was ein einziger Zeitungsabonnent brachte. Das traditionelle Geschäftsmodell war unwiderruflich zerstört, und das *Dagbladet* hatte noch kein neues gefunden, das funktionierte.

»Gib mir eine Chance …«

»Das habe ich«, blaffte Margrethe. »Glaub mir, jemand anderen hätte ich schon vor Monaten vor die Tür gesetzt.«

Jensen ließ den Kopf hängen.

»Also, was auch immer mit dir los ist, bring es in Ordnung.«

»Ja.«

»Und jetzt geh«, sagte Margrethe. »Ich habe zu tun. Es hat wieder einen Mord gegeben. Twitter ist voll davon.«

Das Spiel der Glocken im Rathausturm zeigte in der gewohnten Klangfolge zwölf Uhr mittags an. Jensen fühlte sich an die Mittagsnachrichten im Radio erinnert, die sie in der Küche ihrer verstorbenen Großmutter immer gehört hatte. Genau das war das Problem. Die Glocken, die Magstræde, der Rathausplatz, das *Dagbladet*: Auf den ersten Blick war alles so wie immer, aber Kopenhagen hatte sich verändert, während sie fort gewesen war. Sie fühlte sich wie eine Fremde in der eigenen Stadt. Aber das würde sie Margrethe niemals erklären können. Für derlei Sentimentalitäten fehlte ihrer Vorgesetzten gänzlich der Sinn.

Margrethe interessierte nur eins: eine gute Story.

»Immer noch da?« Sie starrte Jensen gereizt an.

»Einen Moment noch. Es gibt da noch etwas.« Jensen hatte einen raschen Entschluss gefasst.

»Hoffentlich nicht noch eine Hiobsbotschaft.«

»Der Typ, heute Morgen in der Magstræde. Ich habe ihn gefunden.«

»Du hast was?«

Sie berichtete Margrethe, was sich zugetragen hatte, ohne Henrik zu erwähnen. Margrethes Gesichtszüge entspannten sich, bis sie sich schließlich auf die Ellbogen stützte und den Kaffee neben sich kalt werden ließ.

»Das ist ja eine Superstory«, entfuhr es ihr. »›Zweiter Obdachloser tot auf Kopenhagener Straße gefunden. Leiche von Reporterin des *Dagbladet* entdeckt.‹«

»Möglich. Ich will nur …«

Margrethes Stimme wurde härter. »Ich sagte, es ist eine Superstory. Diese Witzregierung ist endgültig zu weit gegangen. Jetzt werden Bettler schon auf offener Straße umgebracht. Diese grausame, herzlose, ruinöse Politik ist eine Schande für das ganze Land. Das hat Dänemark nicht verdient.«

Mit einer unmissverständlichen Handbewegung signalisierte sie Jensen, dass die Unterhaltung beendet war. »Schreib eine Reportage. Einen Augenzeugenbericht mit allem Drum und Dran. Und die Parlamentsreporter sollen die Regierung um Stellungnahme bitten. Das Thema ist gesellschaftlich hochbrisant. Die Opposition wird sich die Hände reiben.«

»Aber wir wissen doch noch gar nicht, ob …«

»Tu es einfach, Jensen!«

Margrethe hatte sich bereits wieder ihrem Schreibtisch zugewandt. Das Telefon unter das Kinn geklemmt, tippte sie eine Nummer in das Tastenfeld. Das Gespräch war beendet. Jensen ging zur Tür und bereute bereits, den Bettler gefunden zu haben. Aber was blieb ihr übrig?

»Einen Moment noch«, rief Margrethe ihr nach. »Du hast nicht zufällig die Geistesgegenwart besessen und ein paar Fotos gemacht, bevor die Polizei kam?«

Jensen drehte ihr weiter den Rücken zu und umschloss das Handy in ihrer Faust, als wollte sie die Fotos umklammern, die sie von dem Toten gemacht hatte.

»Tut mir leid«, sagte sie und kniff die Augen fest zusammen. »Es muss der Schock gewesen sein, aber auf die Idee bin ich nicht gekommen.«

4

DIENSTAG, 12:17 UHR

»Fabelhaft. Einfach fabelhaft.«

Polizeioberrat Mogens Hansen, liebevoll, wenn auch zu seinem Verdruss, von allen nur »Monsen« genannt, bugsierte seinen massigen Körper um den Schreibtisch herum. Dem Keuchen entnahm Henrik, dass es sich um seine erste körperliche Betätigung seit längerer Zeit handeln musste.

Es verblüffte ihn immer wieder, mit wie wenig Arbeit der Leiter der Ermittlungsabteilung den Tag zu verbringen vermochte. Der Schreibtisch, an dem er zwischen zwei Fenstern saß, die ihn von hinten beleuchteten und für Besucher imposant in Szene setzten, war stets frei von Papierkram. Henrik konnte sich auch nicht erinnern, den Computer jemals eingeschaltet gesehen zu haben.

An der Wand zwischen den beiden Fenstern hing ein Porträt von Königin Margrethe II. Henrik kannte es noch aus Mogens' Büro auf dem Polizeirevier, bevor sie alle in das moderne Gebäude auf dem Teglholmen umgesiedelt worden waren. Wie sein Besitzer hatte auch das Bild in seine frühere Umgebung besser gepasst.

Henrik widerstand der Verlockung, über die Rücksichtslosigkeit des Magstræde-Mörders zu sticheln, ausgerechnet in dem Moment zuzuschlagen, in dem die Regierung ihrer Dienststelle besondere Aufmerksamkeit zukommen ließ. Es war Monsens Lieblingsthema, und wenn Henrik jetzt damit anfing, wären sie noch stundenlang hier.

Monsen umrundete weiter den Schreibtisch. »Zwei Messerattacken in zehn Tagen, Obdachlose, nicht weit voneinander entfernt? Da kann man wohl kaum von Zufall sprechen.«

»Möglich. Wir wissen es nicht.«

»Ist bekannt, wer das erste Opfer war?«

»Noch nicht.«

»Und dieses neue?«

»Auch nicht. Bisher gehen wir davon aus, dass es sich um Osteuropäer handelt. Rumänen vielleicht.«

Unvermittelt unterbrach Monsen seine Schreibtischrunde, ließ sich in seinen Schreibtischsessel fallen und verzog das Gesicht zu Munchs *Der Schrei*.

»Finden Sie heraus, wer es getan hat, und machen Sie dem ein Ende. Es muss sich doch zumindest feststellen lassen, ob diese Morde von ein und derselben Person begangen wurden?«

»Nicht, solange wir keine Obduktionsergebnisse haben.«

»Soll das heißen, dass wir gar nichts haben?«

Henrik hob die Hände. »Wir tun, was wir können.« Er wollte aufstehen. »Apropos, eigentlich sollte ich …«

Henrik nahm den Geruch von Monsens Aftershave wahr, den Schweiß in den Achselhöhlen, der dabei war, eine dumpfe Note anzunehmen. Die Verzweiflung im Gesicht des Mannes ließ ihn innehalten.

»Das reicht nicht. Ich hatte gerade die Polizeichefin am Telefon. Sie sagt, dass die Ministerpräsidentin innerhalb der nächsten vierundzwanzig Stunden Fortschritte sehen will oder sonst persönlich vorbeikommt, um mir den Arsch aufzureißen.«

Henrik musste sich bei der Vorstellung, dass die zierliche Person seinem Schrank von Chef den Marsch blasen würde, ein Grinsen verkneifen, auch wenn Monsens Sorge nicht ganz unbegründet war. Die Polizeichefin gehörte zur alten Garde des Apparats, deren Zeit in den Augen der Premierministerin abgelaufen war. Sie stand im Feuer. Ein falscher Schritt, und Monsens Tage wären gezählt.

Henrik jedenfalls würde es sehr bedauern, wenn das passierte. Mochte Monsens Nase auch der Vorstellung der Premierministerin von stringenter Führung nicht entsprechen, gehörte er dennoch zur alten Schule pflichtbewusster Polizisten, die keinen Sinn für jene Gefühlsduseleien hatte, die Henrik zum Fluch geworden waren. Zudem hegte Monsen, auch wenn er es nie zugeben würde, tief in seinem Inneren eine gewisse Zuneigung zu Henrik und zog ihn

Henriks unmittelbarem Chef, Polizeirat Jens Wiese, vor, der, darin waren beide sich einig, nichts als ein muffiger Bürohengst war.

Monsen war fast eine ganze Generation älter als er, aber Henrik wusste, dass sie aus demselben Holz geschnitzt waren. Jungs aus der Arbeiterklasse, die sehr leicht auch auf die falsche Seite des Gesetzes hätten geraten können. Gesprochen hatten sie darüber nie (Monsen gehörte nicht zu der Sorte Männer, mit denen man gern in Erinnerungen schwelgte), aber er war überzeugt, dass es für beide beim Eintritt in die Polizei eher um die Verlockung des persönlichen Abenteuers gegangen war, um Räuber und Gendarm, als darum, die Welt zu retten. Niemand konnte das, auch nicht die Premierministerin mit all ihrem scheinheiligen Getöse. Die Welt war nicht zu retten, sie war über und über voll von bösartigen Menschen, die nur von Lust und Gier getrieben wurden. Henrik und Monsen wussten das besser als jeder andere. Alles, worauf man noch hoffen konnte, war, das Böse einzugrenzen, und in diesen Zeiten vielleicht nicht einmal das. Wenn man genau hinsah, gewann das Verbrechen die Oberhand.

Mit einem Mal fiel Henrik auf, wie stark der Polizeioberrat gealtert war. Er erkannte Anzeichen von Schwäche, und das gefiel ihm nicht. Es erinnerte ihn an seinen Vater, dem die Millionen Enttäuschungen des Lebens alle Energie regelrecht herausgesaugt hatten. Monsens stärkste (wenn nicht sogar einzige) Charaktereigenschaft war immer sein unerschütterliches Selbstvertrauen gewesen. Außerdem, wenn er ein Auslaufmodell war, was bedeutete das für Henrik?

»Schon gut«, sagte er. »Mach dir keine Sorgen. Unsere besten Leute sind dran. Habe ich dich jemals im Stich gelassen?«

Monsen beäugte ihn einen Moment lang prüfend, als zählte er im Geiste die Tausende Male, die Henrik die Grenze überschritten hatte. Aber sie wussten beide, dass er recht hatte. Im Großen und Ganzen, und nur das zählte, hatte er es immer hinbekommen.

Mit einer theatralischen Geste sah Monsen auf die Uhr. »Spätestens bis Mitternacht hast du mich angerufen. Mit guten Nachrichten. Verstanden?«

»Ja, Monsen, ist klar.«

»Und jetzt zurück an die Arbeit.«

Erleichtert steuerte Henrik auf die Tür zu.

»Noch etwas, Jungersen.«

»Ja?«

»Nennst du mich noch einmal Monsen, dann bist du es, dem der Arsch aufgerissen wird.«

5

DIENSTAG, 13:02 UHR

»Ruhe jetzt und hört bitte zu«, sagte Henrik und sah sich in seinem Ermittlerteam um. Lisbeth Quist und Mark Søndergreen, gestandene, solide Ermittler, beide mindestens zehn Jahre jünger als er, waren den ganzen Vormittag unterwegs gewesen und hatten sich noch in ihren Mänteln und mit Mehrweg-Kaffeebechern in der Hand am Tisch im Besprechungsraum niedergelassen. Den niedergeschlagenen Gesichtern war unschwer zu entnehmen, dass ihr Einsatz erfolglos gewesen war.

An der Tür drängten sich sechs uniformierte Polizisten, als erwarteten sie den Beginn einer Show. Er würde sie enttäuschen müssen.

»Eine Mitbürgerin (ha!) hat heute Morgen in der Magstræde die Leiche eines bisher nicht identifizierten Mannes entdeckt«, verkündete er und deutete auf die Tatortfotos, die an der Tafel hingen. »Vorläufig deutet alles darauf hin, dass der Tod bereits vier bis sechs Stunden zuvor eingetreten war. Als Todesursache ist mit ziemlicher Sicherheit von einem Messerstich auszugehen. Zeugen gibt es bisher keine.«

Er zeigte auf die Fotos in der zweiten Reihe, die wesentlich grauenvoller waren als die ersten.

»Ein Zusammenhang mit dem Mord vor zehn Tagen an einem anderen, ebenfalls bisher nicht identifizierten Mann in der Farvergade ist nicht auszuschließen. Beide Opfer waren vermutlich obdachlos, beide wurden ohne persönliche Gegenstände oder Ausweis aufgefunden und wiesen mehrere Stichwunden durch ein bislang noch nicht gefundenes Messer auf. Jedoch können wir nicht mit Sicherheit sagen, ob die beiden Morde tatsächlich miteinander in Verbindung stehen. Beim ersten Opfer finden sich Hinweise auf eine deutlich brutalere Vorgehensweise als beim zweiten.«

Er machte eine Pause und überlegte. War das von Bedeutung? Eine Messerstecherei war eine Messerstecherei, und beide Verbrechen wiesen mehr Gemeinsamkeiten als Unterschiede auf.

»Mark, gibt es neue Erkenntnisse zum ersten Opfer?«

»Nein. Immer noch keine Spur. Weder von persönlichen Gegenständen noch von der Tatwaffe. Wir suchen nach Zeugen, bisher aber ohne Ergebnis. Aufnahmen von Überwachungskameras gibt es leider auch nicht.«

»Das Gleiche in der Magstræde«, berichtete Lisbeth. »Mehrere Personen haben das Opfer gestern am Tag auf der Straße sitzen sehen. Von dem Mord aber hat niemand etwas mitbekommen. Es muss um die Zeit passiert sein, als der Schneesturm am heftigsten tobte.«

»Ausgezeichnet«, sagte Henrik. »Ich fasse zusammen: kein Ausweis, keine persönlichen Gegenstände. Beim zweiten Opfer keine bestätigte Todesursache. In beiden Fällen keine Mordwaffe, keine Zeugen und keine Videoüberwachung. Noch irgendwelche Fragen?«

Mark hob zögernd die Hand.

Henrik seufzte. »Ja bitte?«

»Könnte es sich um einen Serienmörder handeln? Jemand mit rechtsextremistischem Hintergrund vielleicht, der Ausländer attackiert, die im Freien übernachten?«

Henrik spürte die neugierigen Blicke der Polizisten auf sich ruhen.

»Hüten wir uns vor Spekulationen, solange wir keine Beweise haben.«

Für Spekulationen sorgte einstweilen die Presse. Allein was er bisher an Schlagzeilen gelesen hatte, würde schon reichen, um ein riesiges Fass aufzumachen.

»Eine einzige Spur gibt es. Beim zweiten Opfer wurde ein Zettel gefunden. Darauf stehen der Name und die Anschrift des *Fuglereden*, einer Obdachlosenunterkunft in der Rysensteensgade. Die übernehme ich. Lisbeth und Mark, ihr klappert die anderen Obdachlosenheime der Stadt ab. Sucht nach Personen, die unsere beiden Opfer gekannt oder die letzten Wochen mit ihnen zu tun gehabt haben könnten. Nehmt Dolmetscher mit, wenn es sein muss. Dann geht ihr noch mal in die Magstræde und klingelt an jeder Tür. Irgendjemand dort muss doch etwas gesehen oder gehört haben.«

Er wandte sich an die anderen Polizisten.

»Ihr sucht die Mordwaffe oder meinetwegen auch Waffen. Haltet Ausschau nach Brieftaschen, Rucksäcken oder anderen persönlichen Gegenständen, die in den letzten vierundzwanzig Stunden gefunden oder bei der Polizei abgegeben wurden. Ihr dreht jeden Stein um und kommt mir nicht mit leeren Händen zurück.«

Henrik sah zum Fenster hinaus und beobachtete zwei Polizistinnen, die vom Parkplatz aus über die Straße gingen. Er beneidete sie um ihre Zielstrebigkeit. Eine von ihnen, Henriette, hatte mal ein Auge auf ihn geworfen. Sie hatten eine Weile miteinander geflirtet, bis sie es ernst meinte und er sich aus dem Staub gemacht hatte. Seitdem behandelte sie ihn wie einen Aussätzigen, ein Verhalten, das auch seine Frau bis zur Perfektion beherrschte. Genauso wie Jensen.

Das Fehlen persönlicher Gegenstände bei den Opfern beunruhigte ihn. Selbst unterstellt, dass beide sowieso nichts besaßen, was zu stehlen sich gelohnt hätte (was sehr wahrscheinlich war), dann müssten doch wenigstens die leeren Rucksäcke oder Geldbörsen irgendwo in der Nähe auftauchen. Der einzige Grund, der ihm einfiel, warum jemand die Sachen mitgenommen haben könnte, war der, dass die Ermittlungen verzögert werden sollten. Oder dass es jemandem darum ging, die Identität der Opfer zu verbergen. Aber warum? Über kurz oder lang würde die Polizei ohnehin alle benötigten Informationen zusammenhaben.

Als er aufsah, strebten die Kollegen bereits, schwatzend und mit einem Auge auf ihre Handys schielend, aus dem Raum.

»Halt, eine Sache noch«, rief er ihnen hinterher. »Kein Wort über den Fall jenseits dieser vier Wände, verstanden? Partner und Ehegatten eingeschlossen.«

Natürlich war ihm klar, dass es nur eine Frage der Zeit sein würde, bis das passierte. Zwei Morde an Obdachlosen innerhalb von zehn Tagen. Das war zu verlockend. Informationen aus den Ermittlungen fänden alsbald häppchenweise ihren Weg in die Zeitungsspalten. Das *Dagbladet* würde mit seiner Berichterstattung als Erstes auf den Putz hauen, angeführt von der großartigen Margrethe Skov, die mit dem größten Vergnügen die Regierung dafür abkanzeln würde, dass sie Menschen auf der Straße sterben ließ. Er sah die Schlagzeile schon vor sich: »Schockierende Entdeckung durch *Dagbladet*-Reporterin«.

Zu Hause würde es schwierig werden, wenn seine Frau davon erfuhr. Seit sie Wind davon bekommen hatte, dass Jensen wieder in Dänemark war, herrschte höchste Alarmstufe. Dass sie nun auch noch mit einem Mordfall zu tun hatte, dessen Ermittlungen Henrik leitete, würde die Sache nicht einfacher machen.

»Verbrechen sind nicht mein Ding«, hatte Jensen immer gesagt. Inzwischen fragte er sich allerdings, was überhaupt ihr Ding war. Er offenbar nicht.

Trotzdem wurmte es ihn, dass er sie nicht aus dem Kopf bekam. Er holte sein Handy heraus und checkte die Nachrichten.

Nichts.

6

DIENSTAG, 16:04 UHR

Die Fensterbank in der Dachgaube ihres Büros bot Jensen gerade genug Platz, um sich dort hinzuhocken. Dort saß sie, während sich die Abenddämmerung über die roten Ziegeldächer der Stadt legte und allmählich in jede Ecke des Raumes kroch. Der zinnfarbene Himmel hatte weitere Schneemassen im Gepäck.

Die meisten ihrer Kollegen arbeiteten unten im Großraumbüro. Feste Sitzplätze gab es dort nicht. Alle bewahrten ihre Laptops und sonstige Habe in winzigen Schließfächern auf. Sie war eine der wenigen Glücklichen mit einem eigenen Büro in der unrenovierten obersten Etage des Gebäudes. Noch ein Grund, weshalb ihre Kollegen nicht viel für sie übrighatten. Als hätte sie nicht schon genug damit zu tun, dass sie den Job eines anderen bekommen hatte und unter Margrethes Schutz stand (jedenfalls so lange, wie es eben dauerte). Wobei derjenige, der beschlossen hatte, ihr einen eigenen Raum zu geben, allen anderen vermutlich einen großen Gefallen getan hatte. Die fünfzehn Jahre, die sie in London auf sich gestellt gearbeitet hatte, waren ihrer Fähigkeit, sich mit anderen zu arrangieren, nicht gerade zuträglich gewesen.

Inzwischen war klar, dass die Rückkehr ein großer Fehler gewesen war. Margrethe hatte sie bei einem Essen und reichlich Wein in einem teuren Restaurant in Mayfair dazu überredet. Eine seltene Geste von Großzügigkeit, um den Schlag abzumildern, den es für sie bedeutet hatte, als sie erfuhr, dass ihre Stelle als Korrespondentin des *Dagbladet* in London gestrichen worden war.

»Was will eine ungelernte Pressetante aus Dänemark dort noch?«, hatte sie am Ende des Abends deutlich angetrunken gelallt.

Die Gäste an den Nachbartischen hatten zu ihnen herübergestarrt und sie vermutlich für Mutter und Tochter gehalten. Dabei musste man schon blind gewesen sein, um auf die Idee zu kommen, dass sie demselben Genpool entstammten. Margrethe hatte sich an diesem Abend außergewöhnlich freundlich und fürsorglich gegeben. Im Schein der Kerzen, deren Licht von den Spiegelflächen des Restaurants zurückgeworfen wurde, hatte sie ein Bild von neuen Chancen und wiederentdeckten Möglichkeiten gezeichnet, aber tatsächlich hatte Kopenhagen Jensen nur noch mehr Lust auf London gemacht. Hier fühlte sie sich wie eine Fremde. In London war jeder ein Fremder. Die Stadt war groß genug, um darin zu verschwinden und sich immer wieder neu zu erfinden.

Nachdem sie Margrethes Büro verlassen hatte, hatte sie einen wenig produktiven Nachmittag damit verbracht, im Internet zum Thema Obdachlosigkeit in Dänemark zu recherchieren. Die Zahl der Obdachlosen wurde für das vergangene Jahr auf etliche Hundert geschätzt, von denen ein großer Teil Ausländer waren. Henrik hatte recht gehabt: Der Mann hatte möglicherweise keinen Schlafplatz für die Nacht bekommen, weil man die Kapazitäten in Gemeinschaftsunterkünften heruntergefahren hatte.

Sie sah auf ihr Handy. Keine Nachricht von Henrik. Vielleicht hatte er wirklich noch keine neuen Informationen. Vielleicht war er noch sauer wegen ihres Wortwechsels in der Magstræde. Aber nicht das hatte sie davon abgehalten, auch nur einen einzigen Satz ihres Artikels zu schreiben.

Nichts fühlte sich richtig an.

Sie sah sich die Fotos an, die sie von dem toten jungen Mann gemacht hatte. Nichts, was auf einen Kampf oder Todesqualen hindeutete. Der friedliche Ausdruck in seinem Gesicht stand in deutlichem Widerspruch zu den schweren körperlichen Verletzungen. Und sollte er wirklich von der Unterkunft abgewiesen worden sein, warum hatte er sich dann entschieden, in der Magstræde zu bleiben, mit dem Rücken an eine Tür gelehnt, wenn es in der Nähe doch andere Ecken und Winkel gab, die mehr Schutz und Privatsphäre geboten hätten? Wenn er bettelte und im Freien schlief, warum war er dann so gut gekleidet? Hatte er die Adresse der Unterkunft selbst auf den Zettel geschrieben, oder hatte sie ihm jemand gegeben? Und wie war es überhaupt möglich, dass jemand in den Straßen einer Großstadt erstochen und die Tat erst Stunden später bemerkt wurde?

Margrethe irrte sich: Es war keine großartige Geschichte.

Noch nicht.

Aber das würde sie ihrer Chefin nicht ins Gesicht sagen. Fünf Mal hatte Margrethe sie allein in der letzten Stunde wegen des Augenzeugenberichts angerufen. Aber Jensen hatte nicht den Mut aufgebracht, den Hörer abzunehmen.

Bei dem vertrauten Geräusch schlurfender Schritte, die sich ihrem Büro näherten, sah sie auf. Henning Würtzen war einer der ehemaligen Chefredakteure, die in Margrethes Büro an der Wand verewigt waren, obwohl man ihn auf dem Foto kaum erkannte. Einige der älteren Kollegen erinnerten sich noch, wie er Anfang der 2000er-Jahre in den Ruhestand ging, aber niemand konnte sagen, wann er zurückgekommen war. Eines Tages war er einfach wieder da. Verschrumpelt wie eine alte Schildkröte, im braunen Anzug, mit einer kalten Zigarre im Mund, geisterte er seitdem durch die Gänge des Verlags wie ein Gespenst aus vergangenen Zeiten. Inzwischen war er der Nachrufschreiber des *Dagbladet*. Niemand von Rang und Namen starb, ohne dass Henning darüber schrieb. Er hatte eine riesige Anzahl fertiger Nachrufe in seinem Fundus, darunter, so hieß es, auch den für sich selbst.

Jensen mochte Henning. Banales Geschwätz interessierte ihn nicht, sodass ihm die verhaltene Begeisterung der Kollegen auf ihre Rückkehr aus London als angestellte Reporterin entgangen war. Ohne anzuklopfen, betrat er ihr Büro, drückte auf den Lichtschalter, steuerte direkt auf den Pappkaffeebecher auf ihrem Schreibtisch zu und schüttelte ihn, um zu sehen, ob noch irgendetwas darin war.

»Margrethe sucht dich«, sagte er und führte den Pappbecher mit zittrigen Händen zum Mund.

»Der ist von gestern, Henning.«

Jensen verzog das Gesicht, während er den Becher umstandslos leerte.

»Ich soll dir ausrichten, dass jetzt Frank die Reportage schreibt und dass du nach Hause gehen und dir überlegen kannst, wovon du leben willst, wenn du hier nicht mehr arbeitest«, sagte er, während er mit seinen wässrigen Augen an ihr vorbeisah, als würde er ein Gedicht auswendig vortragen.

Frank Buhl. Kriminalschriftsteller in Holzschuhen. Er dürfte sich gefreut haben, eine so reizvolle Geschichte auf den Tisch zu bekommen, umso mehr, weil sie sich als unfähig erwiesen hatte, sie zu schreiben. Ginge es nach ihr, konnte Frank sie gerne haben.

»Das war's?«, fragte sie mit spöttischer Stimme.

Henning füllte den Pappbecher auf und schlurfte, eine Hand zittrig zum Gruß erhoben, aus dem Büro.

Kaum war er verschwunden, vernahm Jensen das charakteristische Geräusch von Holzschuhen.

»Was willst du, Frank?«, empfing sie ihn, den Blick zum gegenüberliegenden Gebäude gerichtet, in dem eine Etage tiefer gerade ein Box-Kurs abgehalten wurde.

»Ich wollte dich bitten, mir zu erzählen, was du gesehen hast. Wenn du dir schon nicht die Mühe machst, die Geschichte selbst zu schreiben, dann gib mir wenigstens etwas, womit ich arbeiten kann.«

Notizblock und Stift griffbereit, sah er sie erwartungsvoll an.

»Ich habe einen toten Mann gesehen«, meinte sie.

»Großartig, danke, sonst noch was?«

Sie gab vor, gründlich nachzudenken.

»Schnee.«

»Blut?«

»Ja.«

»Irgendwelche Anzeichen von Gewalt oder eines Kampfes?«

»Abgesehen von dem Blut, eigentlich nicht«, sagte sie, wobei ihr wieder einfiel, wie seltsam es ihr vorgekommen war.

»Irgendwelche persönlichen Dinge oder Papiere?«

Sie schüttelte den Kopf. »Nein, nichts.«

»Und der Arzt, der zum Tatort kam. Was hat er festgestellt?«

»Tut mir leid. Ich fürchte, dazu darf ich mich nicht äußern.«

Das entsprach zumindest der Wahrheit. Henrik hatte sie zur Verschwiegenheit verpflichtet, auch wenn ihr nicht klar war, warum, denn der Arzt hatte ihnen nur das gesagt, was für sie beide ohnehin offensichtlich war.

Frank klappte sein Notizbuch zu. »Großartig. Du warst mir eine echte Hilfe. Ich danke dir vielmals. Wenn ich mich bei Gelegenheit revanchieren kann, lass es mich gerne wissen. Vielleicht …«

»Vielleicht was?«

»Vielleicht gibst du dich das nächste Mal etwas weniger zugeknöpft. Was ist los mit dir?«

Was war los mit ihr? Sie wusste es nicht.

Nachdem Frank kopfschüttelnd ihr Büro verlassen hatte, stieg sie von der Fensterbank, griff nach ihrem Mantel, löschte das Licht und verweilte noch einen Augenblick mit geschlossenen Augen in dem lichtlosen Raum.

Vor einem halben Jahrhundert noch hätten die Druckpressen im Erdgeschoss das ganze Gebäude zum Vibrieren gebracht. In den Gängen wäre das Klappern der Schreibmaschinen zu hören gewesen, und die Reporter wären durch die verrauchten Büros gehetzt, weil sie wussten, dass das, was sie taten, von Bedeutung war. Dass die Menschen im ganzen Land darauf warteten, am Morgen die Zeitung vor ihrer Haustür zu finden. Jetzt war der Ort tot, ein Mausoleum für die vierte Gewalt.

Eigentlich hätte sie nicht überrascht sein dürfen. Der Niedergang der Printmedien hatte sich schon über Jahre hinweg abgezeichnet, bevor sie überhaupt in Erwägung gezogen hatte, Journalistin zu werden. In der Zeit, in der sie aus ihrer Londoner Wohnung heraus gearbeitet hatte, war ihr die Dynamik der Entwicklung verborgen geblieben. Hier, im Zentrum einer einstmals bedeutenden Institution, konnte sie sich den Tatsachen nicht länger entziehen.

Ihr Handy klingelte. Sie kramte es aus der Tasche und las, bereits im Mantel, im Dunkeln Henriks Nachricht, das Gesicht in den bläulichen Schein des Displays getaucht.

Ich muss dich sehen.

7

DIENSTAG, 18:24 UHR

Der Mief in der Wohnung versetzte ihr seelisch einen Tiefschlag: Schweiß und Ausdünstungen fremder Menschen, die über die Jahre in die Wände gekrochen waren, das Essen, das auf dem Gasherd in der Küchenzeile gekocht wurde, der Geruch von Schimmel, der ihr aus den Kanälen tief unter dem Haus entgegenstieg. All das schlug ihr entgegen, kaum dass sie die Eingangstür geöffnet hatte, verstärkt noch durch den Anblick der Kartons, die sich auf dem Boden stapelten. Seit drei Monaten hatte sie es nicht geschafft, sie auszupacken, geschweige denn der Wohnung ihren persönlichen Stempel aufzudrücken.

Markus hatte alles im Stil eines isländischen Bauernhauses eingerichtet, mit Holzmöbeln, Kerzen und Schafsfellen. Alles hoffnungslos unpraktisch. Die Schafsfelle rutschten ständig von den Stühlen, und der Tisch – eine Holzplatte auf Böcken – geriet schon bei der geringsten Last gefährlich ins Wanken. In einer Ecke, unter einer roten Lampe, standen die Bartagamen, die Markus seine »Mädchen« nannte. Seine Bedingung dafür, dass er Jensen die Wohnung überließ, während er mit seinem Freund die Welt bereiste, war, dass sie seine Mädchen mit Futter und Wasser versorgte.

Der größte Teil ihrer Bücher, die Möbel und ihre Klamotten befanden sich noch in einem Container im Südhafen von Kopenhagen. Das Inventar für ihr Zuhause, sobald sie eines gefunden hatte. Was schwierig war, wenn man nicht suchte.

Sie öffnete den Kühlschrank und fand einen halben Becher Vanille-Skyr und zwei Flaschen Carlsberg. Sie nahm den Skyr und machte den Kühlschrank wieder zu. Dann öffnete sie ihn wieder, stellte den Skyr zurück und nahm sich stattdessen eine Flasche Bier. Sie trank es im Dunkeln, auf dem Bett sitzend, während sie vom Fernseher des Nachbarn, dem Kindergetrappel in der Wohnung über ihr und einem ständig wiederkehrenden Niesen beschallt wurde. Gegenüber auf der anderen Straßenseite stand ein baugleiches Haus, in dem laut dröhnende Fernsehgeräte in dunklen Räumen zu sehen waren. Wenn sie still dasaß und den Atem anhielt, war es, als wäre sie gar nicht da.

Sie klappte ihren Laptop auf. Franks Artikel war schon online: »Zweiter Obdachloser tot in Kopenhagener Straße gefunden«.

»Oh, sehr kreativ, Frank«, murmelte sie und prostete mit ihrem Bier dem Bildschirm zu.

Ein durchaus solider Artikel, wie aus dem Lehrbuch. Er hatte ein paar »Experten« zur rückläufigen Zahl von Schlafplätzen in Kopenhagen befragt und wies im Zusammenhang mit dem umstrittenen Bettelverbot auf das offenkundige Problem hin. Sogar ein Foto von ihr hatte er hinzugefügt. Das alte Verbrecherfoto aus der Zeit, als sie anfing, aus London zu berichten. Damals hatte sie noch kurze Haare gehabt und ausgesehen wie ein trotziger Junge. Das Zitat, demzufolge sie über die Entdeckung der Leiche sehr bestürzt gewesen sei, war komplett erfunden (verständlich: An Franks Stelle hätte sie das wahrscheinlich auch getan). Ein Sprecher der Premierministerin brachte die Besorgnis der Regierung zum Ausdruck und sagte eine umfassende Untersuchung des Falls und eventueller Versäumnisse seitens der Sozialbehörden zu. Kurz vor einer Parlamentswahl zeigte man sich gern bereit, alles zu versprechen. Es gab Fotos von der Fundstelle in der Magstræde, wo Leute Blumen und Beileidsbekundungen hinterlassen hatten, vielleicht aus einem Schuldgefühl heraus, weil sie dem Mann nicht geholfen hatten, als er noch am Leben war.

Sie ließ sich zurück auf die Kunstfelldecke sinken und starrte an die Decke, in der ein Leck in der Wohnung darüber einen Wasserfleck im Putz hinterlassen hatte. Es war wie mit der Wahrheit: Irgendwann fand das Wasser immer seinen Weg.

Was war nur los mit ihr? Warum schrieb sie nicht einfach den Artikel und brachte es einfach hinter sich? Warum hielt sie sich für etwas Besseres als Frank oder Margrethe? Sie, die an einem Bettler auf der Straße vorbeigeradelt war und ihn zum Sterben in der Nacht dort hatte sitzen lassen.

Margrethe hätte den Leitartikel für die morgige Printausgabe bereits geschrieben. Eine der für sie typischen Attacken auf die Ministerpräsidentin und deren Angriffe auf den Sozialstaat. Auch wenn sie Oberbefehlshaberin einer zahlenmäßig schwindenden Truppe war, gab Margrethe nicht auf. Sie hing nicht in ihrer Wohnung herum und lamentierte über den Niedergang des Zeitungswesens.

Jensens Telefon leuchtete auf. Eine Reihe kleiner Herzchen. Das blau-weiße Messenger-Symbol und der Name Henrik Jungersen lösten in ihr unwillkürlich dieses vertraute Gefühl aus, dass etwas sie zu ihm hinzog.

Wenn ich wüsste, wo du wohnst, würde ich etwas Dummes tun.

Die Nachricht hat er wahrscheinlich gelöscht, sobald er sie abgeschickt hatte. In seinem Leben hatte sie nicht mehr Spuren hinterlassen als in Markus' Wohnung. Sie sagte sich, dass sie ihren gesamten Nachrichtenverlauf nur deshalb gespeichert und ausgedruckt hatte, um für die Nachwelt festzuhalten, dass es die Beziehung gegeben hatte, dass sie echt gewesen war. Über Jahre hinweg, begleitet von monatelangen Pausen, war es die zäheste Beziehung der Welt gewesen.

»Ich vertraue dir blind«, hatte Henrik einmal zu ihr gesagt. Lange hatte sie geglaubt, er verließe sich darauf, dass sie ihm gehörte. Jetzt wusste sie, dass er ihr damit das Geheimnis ihrer Beziehung anvertraut hatte.

Ihr altes Versteckspiel wieder aufzunehmen, dazu war sie noch nicht bereit.

Noch nicht, vielleicht aber auch nie mehr.

8

MITTWOCH, 09:31 UHR

»Als Erstes«, fing Margrethe an und brachte den Raum mit ihrem Reptilienblick augenblicklich zum Schweigen, »ein dickes Lob an Frank für die Arbeit, die er im Magstræde-Fall geleistet hat. Solider Journalismus, alte Schule. Wir sind wieder ganz vorn mit der besten Berichterstattung von allen Tageszeitungen.«

Unter dem zustimmenden Gemurmel der Anwesenden begann sie mit einer umfassenden Analyse der heutigen Ausgabe des *Dagbladet*, angefangen beim Leitartikel mit der am wenigsten überraschenden Schlagzeile des Jahrhunderts bis hin zum eigentlichen Bericht im Innenteil über die immer schlechter werdende Versorgung der Schwächsten in der Gesellschaft.

Jensen beäugte Margrethes Publikum, das sich um den ovalen weißen Konferenztisch versammelt hatte. Vor ihr saßen diejenigen, die das Glück gehabt hatten, die letzte Runde im Stellenabbau zu überleben. Dank der dänischen Journalistengewerkschaft wurden sie immer noch anständig bezahlt und hatten gute Aussichten auf eine ausreichende Altersversorgung, wobei nicht einmal die Gewerkschaft die digitale Flut hatte aufhalten können, die die angesehensten Zeitungen des Landes mit sich riss.

Irgendjemand hatte Geburtstag. Frische Brötchen aus einer Nobel-Bäckerei und Thermoskannen mit duftendem Kaffee standen auf dem Tisch. Henning bediente sich, aß und trank mit Hingabe, ohne sich anmerken zu lassen, ob er Margrethe überhaupt zuhörte. Aber Jensen wusste, dass ihm selten etwas entging. Sie fragte sich, was er zu Hause wohl kochte und wo er überhaupt wohnte. Auch ob es eine Frau Würtzen gab, wusste sie nicht. Sich Henning zu Hause auszumalen, ohne den beigefarbenen Anzug, mit etwas Alltäglichem beschäftigt wie Zähneputzen oder ein Spiegelei braten, war schwieriger, als ihn sich schlafend auf der Liege in seinem Büro im Obergeschoss vorzustellen. Tatsächlich hatte sie noch nie gesehen, dass er dort übernachtete, allerdings auch nicht, dass er das Gebäude verließ.

Frank kostete Margrethes Komplimente mit einem breiten Grinsen im Gesicht aus. Selbst Jensen musste zugeben, dass er mit dem, was ihm zur Verfügung stand, nämlich annähernd nichts, einen guten Job gemacht hatte.

Lise Dissing, die Kulturredakteurin, eine Frau mit rotblondem, zu einem strammen Knoten zusammengebundenen Haar und winzigen kupferfarbenen Sommersprossen im Gesicht, reichte Frank die Hand und klopfte ihm, erkennbar zu dessen Vergnügen, auf die Schulter. Jensen hätte wetten wollen, dass sie das nicht getan hätte, wenn nicht Margrethe am Kopfende des Tisches gesessen hätte. Jeder wollte mit Margrethe befreundet sein.

Sie dachte gern an ihre Zeit in London zurück, wenn sie sich in die Meetings einwählte, während sie auf dem Bett lag, die Nachrichten des Tages durchsah und die Meldungen auswählte, die sie vorschlagen wollte. Hier mit all den anderen an einem Tisch zu sitzen, bereitete ihr Unbehagen, zumal ihr nur zu bewusst war, dass sie selbst (mal wieder) nichts in der heutigen Ausgabe hatte. Mit der Aussicht darauf, dass sich ihr Freilos schon bald als Niete entpuppen dürfte, schnappte sie sich ein Brötchen und begann, es dick mit Butter zu bestreichen. Nicht dass sie hungrig gewesen wäre. Um nicht aufzufallen, tat sie das, was alle anderen auch taten. Der Kaffee schmeckte bitter, doch die älteren Journalisten kippten ihn hinunter wie Wasser.

Zum Glück lenkte Margrethe die Besprechung auf die für den kommenden Tag anstehenden Themen. Sie rieb sich die Hände, als das Team vom Politikressort, das per Videokonferenz aus Schloss Christiansborg zugeschaltet war, die Interviews abspulte, die es vorbereitet hatte.

Für den Sonntag kündigte Frank eine Reportage über gefährdete junge Einwanderer aus Osteuropa an.

»Immer noch nichts Neues zur Identität der beiden Opfer?«, erkundigte sich Margrethe.

Frank schüttelte den Kopf. »Niemand weiß, wer sie sind. Auch Interpol konnte nicht weiterhelfen. Keine Übereinstimmung mit Vermisstenmeldungen.«

»Unglaublich«, kommentierte Lise. »Er muss doch Sohn, Bruder oder Freund von irgendjemandem gewesen sein. Stell dir vor, du verschwindest, und niemand bekommt es mit.«

Margrethe bedachte sie mit einem strafenden Blick. Derlei Rührseligkeiten waren noch nie ihr Ding gewesen.

»Abgedreht, aber so was kommt vor«, bemerkte Frank. »Letztes Jahr, diese Frau in Hvidovre, Jeanette Thomsen. Eine Woche hat es gedauert. Und in diesem Fall handelt es sich offensichtlich um einen Ausländer. Das könnte noch viel länger dauern.«

»Woher hast du das denn, Frank?«, hörte Jensen sich fragen.

Sogar Henning drehte sich zu ihr um, die Lippen zu einem großen O eingefroren, während er in ein Brötchen biss.

So viel zum Thema nur nicht auffallen.

»Von der Polizei, wenn du es genau wissen willst«, sagte Frank mit tiefrot angelaufenem Gesicht. »Sie sagten, sie würden die meisten Dänen kennen, die hier in der Gegend draußen schlafen. Von diesem Typen hat aber noch niemand etwas gehört. Reicht dir das?«

»Ich wollte damit nur sagen, dass wir noch keine Fakten haben. Wir wissen weder, wer er war, noch, was er in der Magstræde verloren hatte. Nicht mal, woran er gestorben ist. Vielleicht war er ja gar kein Bettler.«

»Genau das habe ich in meinem Artikel geschrieben. Das müsstest du eigentlich wissen, wenn du dir die Mühe gemacht hättest, ihn zu lesen.«

»Wir raten und spekulieren also herum und könnten recht haben. Genauso gut könnten wir damit aber auch falschliegen.«

»Vielen Dank für deinen wertvollen Hinweis, Jensen«, schaltete Margrethe sich ein. »Ohne dich wäre an diesem Tisch sicher niemand zu diesem Schluss gekommen. Wann ist die Obduktion, Frank?«

»Bald. Vielleicht morgen.«

Er schmollte, wich Jensens Blick aus und ließ die Tasse Kaffee, die er sich gerade eingeschenkt hatte, unberührt neben sich stehen.

Der Zettel mit dem Namen des Obdachlosenheims fiel ihr ein. Henrik musste beschlossen haben, dieses Detail für sich zu behalten, sonst hätte Frank es in seinem Artikel erwähnt. Er hatte jede einzelne Information, an die er gekommen war, verwertet. Sie fragte sich, ob es ihm eingefallen sein könnte, die innerstädtischen Unterkünfte zu überprüfen, unterstellte ihm gehässigerweise aber, dass ihm dazu vermutlich die Fantasie fehlte.

Gegen Ende der Sitzung, als die Leute ihre Laptops und Kaffeetassen einsammelten und sich auf den Weg zu ihren Schreibtischen machten, wandte Margrethe sich direkt an sie: »Noch etwas, Jensen. Es gibt einen anonymen Hinweis auf irgendeinen Finanzbetrug. Es liegt in deinem Postfach. Sieh es dir mal an.«

Als Sonderberichterstatterin des *Dagbladet* war ihr zwar kein spezielles Ressort zugewiesen worden, aber Finanzen waren so ziemlich am weitesten von dem entfernt, was sie auch nur halbwegs interessierte. Offensichtlich handelte es sich hier um eine Art Denkzettel.

»Ist das dein Ernst?«, hakte sie nach. Margrethe aber, das Handy am Ohr, zog bereits von dannen.

»Lass deinen Instinkt für dich arbeiten, wenn du einen hast«, rief sie ihr zu.

Ein paar der umstehenden Kollegen kicherten. Yasmine, Margrethes leidgeprüfte persönliche Assistentin, lief, ihr Handy auf einem Stapel von Papieren balancierend, ihrer Chefin hinterher. Sie blickte über die Schulter zu Jensen und gab ihr mit einem Kopfschütteln zu verstehen: »Nicht jetzt.«

»Und komm in mein Büro, wenn du zurück bist. Ich muss mit dir reden«, fügte Margrethe hinzu, ohne sich umzudrehen.

9

MITTWOCH, 12:36 UHR

Ein Schwarm Tauben stob von der mit Schneematsch bedeckten Fahrbahn an der Einmündung zur Strøget auf, wo Jensen mit dem Fahrrad querende Fußgänger abwarten musste. Sie wusste, dass sie sich in Sichtweite von Margrethes Eckbüro befand, und betete, ihre Chefin möge anderweitig beschäftigt sein.

Sie hatte beschlossen, die Betrugsgeschichte aufzuschieben. Wie sich herausstellte, stammte Margrethes Hinweis von einem Mann mit einem anonymen E-Mail-Konto, der sich als »Besitzer eines beliebten Kopenhagener Restaurants« ausgab. Die Mail war an Karen Nordmann gerichtet, eine Buchhalterin, der er vorwarf, sein Unternehmen um fast eine Million Kronen gebracht zu haben. Die Mail strotzte vor bizarren Anschuldigungen: *Sie werden Karen Nord-*

mann nirgendwo finden. Es ist nicht ihr richtiger Name. Sie hält sich übrigens in Thailand auf und gibt mein Geld aus.

Jensen hatte im Laufe ihrer Berufsjahre eine Menge ähnlicher E-Mails von verzweifelten, fehlgeleiteten Menschen erhalten, die persönliche Rechnungen offen hatten. Alle waren direkt im Papierkorb gelandet. Sie fragte sich, ob Margrethe sich einen Scherz mit ihr erlaubte.

Unwahrscheinlich.

Margrethe machte keine Scherze.

Das Restaurant am oberen Ende der Magstræde war geöffnet. Eine schwarze Werbetafel lud Passanten zum Essen ein. Ein Lüftungsschacht verströmte den Duft von Pizza, was Jensens Magen knurren ließ.

Drinnen war es warm und gemütlich. Die maritime Atmosphäre erinnerte sie an westjütländische Fischerboote. Der Boden fiel leicht ab, der ganze Raum war mit Holztischen und -stühlen vollgestopft. Auf den Fensterbänken reihten sich bunte Flaschen aneinander, und auf dem Tresen flackerten Kerzen in Sturmgläsern.

Sie hatte freie Platzwahl; Schnee war dem Geschäft offensichtlich nicht zuträglich. Kaum hatte sie sich an einem der Tische in der Ecke des Raumes niedergelassen, war eine Kellnerin mit langem, zu einem lockeren Knoten gebundenem Haar schon bei ihr und reichte ihr die Speisekarte.

»Ist es hier immer so ruhig?«, erkundigte sich Jensen.

Die Kellnerin lachte. »Gestern hätten Sie mir die Frage nicht gestellt. Hier ging es zu wie im Taubenschlag, mit all den Reportern, die hier herumhingen.«

»Sie meinen wegen der Messerstecherei?«

Die Kellnerin nickte, schien sich in ihrer Haut aber plötzlich nicht mehr wohlzufühlen.

»Was können Sie mir empfehlen?« fragte Jensen, den Blick auf die Speisekarte gerichtet.

»Mein Favorit ist die ›Gitte Stallone‹.«

»Die was?«

Die Kellnerin lachte erneut. Sie hatte hübsche Zähne, und hinter einem Ohr lugte eine Tätowierung hervor, eine Art Insekt.

»Pizza mit gepökeltem Lachs, Räucherkäse und Salat.«

»Die nehme ich. Und dazu einen großen Becher Kaffee und Wasser, bitte.«

»Bedienen Sie sich«, sagte die junge Frau und deutete auf einen Krug auf dem Tresen.

Während Jensen auf das Essen wartete und versuchte, die Verbindung zwischen der Pizza und dem dänischstämmigen Hollywood-Starlet der 1980er-Jahre herzustellen, warf sie einen Blick auf die Schlagzeilen in ihrem Handy. Es gab immer noch keine Neuigkeiten über die Identität des jungen Mannes. Die meisten Medien gingen weiterhin davon aus, dass es sich bei dem Mann um einen Osteuropäer handelte.

Während sie die Pizza in sich hineinstopfte, füllte sich das Restaurant allmählich mit Touristen. Sie hatte den Kaffee erst halb getrunken, fühlte sich aber angenehm gestärkt und bedeutete der Kellnerin, dass sie zahlen wollte.

»Übrigens habe ich die Leiche gestern Morgen gefunden und die Polizei gerufen. Ich hätte schon am Montagabend etwas tun sollen, als ich ihn das erste Mal dort sitzen sah.«

Die Kellnerin sah aus, als würde sie gleich in Tränen ausbrechen. »Ich auch«, gestand sie. »Ich habe es versucht, aber ich hätte mehr tun sollen.«

Jensen wischte sich die Tomatensoße von den Lippen und spürte, wie sich ihre Stimmung hob. Dann war der Tod des Mannes offensichtlich doch nicht allen gleichgültig. »Wann war das?«

»Gegen elf. Auf dem Weg zur Arbeit. Es hatte noch nicht angefangen zu schneien, aber man merkte, dass es bald losgehen würde. Ich habe den Jungen dort sitzen sehen und bin hingegangen. Ich habe ihn angesprochen.«

»Und was hat er gesagt?«

»Nichts. Ich habe es auf Englisch und Deutsch versucht, aber er hat nur den Kopf geschüttelt.«

»Man vermutet, dass er Osteuropäer war. Ein Rumäne vielleicht.«

Die Kellnerin nickte betroffen.

»Sie waren das, stimmt's? Mit der Pizza und dem Kaffee?«

»Es war das Mindeste, was ich tun konnte, aber er wollte es nicht. Er hat immer wieder den Kopf geschüttelt, also habe ich ihn in Ruhe gelassen und bin gegangen.«

»Und der Zettel?«

»Welcher Zettel?«

Jensen sah die Kellnerin an. Sie hatte dem Jungen den Zettel also nicht auf den Schoß gelegt.

»Ach, schon gut. Ich habe mich vermutlich verhört. Ist Ihnen sonst noch etwas aufgefallen?«

»Außer dem Rucksack nichts.«

»Rucksack?«

»Ja, der stand gleich neben ihm. Haben Sie ihn nicht gesehen?«

»Nein. Jemand muss ihn mitgenommen haben. Welche Farbe hatte er denn?«

»Blau, glaube ich. Hellblau.«

»Groß? Klein?«

»Eher mittelgroß.«

»Das ist seltsam«, sagte Jensen. »Die Sachen scheinen über Nacht verschwunden zu sein. Ich könnte schwören, dass er ein Stück Pappe in der Hand hielt, auf dem etwas geschrieben stand, als ich den Jungen am Montag sah.«

»Ja, so war es doch auch«, sagte die Kellnerin jetzt mit etwas mehr Energie in der Stimme. »Das habe ich auch gesehen. Und das habe ich auch der Polizei gesagt, als sie gestern hier war.«

»Ein Typ mit Glatze? So einer von der harten Sorte? Schwarze Lederjacke, nicht jung, nicht alt, freundliche Augen?«

»Ja, genau der.«

Vielen Dank für das Gespräch, Henrik.

»Wissen Sie noch, was auf dem Schild stand? Ich ärgere mich, dass ich nicht genauer hingesehen und dem armen Kerl nicht geholfen habe.«

Die Kellnerin nickte wieder. »Das war ja das Seltsame. Ich meine, wenn er wirklich Osteuropäer war, warum stand da nur ein einziges Wort, und zwar auf Dänisch.«

»Was stand denn da?«

»*Skyldig.*«

Schuldig.

10

MITTWOCH, 13:42 UHR

Jensen kettete ihr Fahrrad an einen Laternenpfahl vor dem Restaurant und ging Richtung Snaregade.

Wenn der Junge tatsächlich ein Schild bei sich gehabt hatte, wo war es jetzt? Vom Schneesturm weggefegt, oder hatte es der Mörder zusammen mit dem Rucksack mitgehen lassen? Sie konnte sich nicht vorstellen, warum jemand sich die Mühe gemacht haben sollte, das zu tun.

Die Stadthäuser, jedes in einer anderen Farbe und Größe, gaben ihr Geheimnis nicht preis. Sie überquerte die Knabrostræde und ging weiter bis Gammel Strand; von dort aus konnte sie über den Holmenskanal auf die ockerfarbenen Fassaden des Thorvaldsen-Museums blicken. Die wenigen Menschen, denen sie begegnete, waren Touristen, die die Arme um sich geschlungen hatten, um sich vor der Kälte zu schützen.

Sie machte kehrt und ging zu der Stelle zurück, an der der junge Mann gesessen hatte, als sie ihn fand. Der Frost hatte die Blumen, die von betroffenen Menschen dort hingelegt worden waren, dunkel gefärbt. Es waren viel weniger, als es auf dem Foto im *Dagbladet* schien. Jemand hatte dort einen Teddybären mit der dänischen Flagge niedergelegt. Auf einer in Plastik eingeschlagenen Karte, die neben einem Strauß Rosen lag, deren Rot sich so dunkel verfärbt hatte, dass sie beinahe schwarz wirkten, stand: »Ruhe in Frieden.«

»Heuchler«, entfuhr es Jensen laut.

Was bedeutete dieses »schuldig« auf dem Schild? War es eine an die Gesellschaft gerichtete Anklage? Ein erhobener Zeigefinger, weil die Leute es zuließen, dass ein Mensch auf der Straße schlafen musste?

Sie trat einen Schritt zurück und betrachtete das Gebäude. Die Kellerfenster waren mit Sicherheitsgittern versehen. Fünf Klingeln, fünf Namensschilder. Sie probierte nacheinander alle durch. Keine Reaktion. Die Mieter waren entweder bei der Arbeit oder hatten Angst. Oder sie hatten es satt, mit Journalisten zu reden. Vielleicht traf auch beides zu. Nicht dass man es ihnen verdenken konnte.

Das Gesicht der Straße zugewandt, ging sie in die Hocke und spürte rasch die Kälte, die von dem feuchten Kopfsteinpflaster aufstieg. Die dünnen Kartons, auf denen der Obdachlose gesessen hatte, vermochten gegen die Kälte nicht viel auszurichten.

Die Magstræde war schmal und leicht gebogen, sodass sie nicht in ihrer ganzen Länge einsehbar war. Das Haus gegenüber der Stelle, an der der Tote gesessen hatte, besaß vier Stockwerke und war im Vergleich zu seinen Nachbarn eher klein, hatte dafür aber saubere Fenster. Das Erdgeschoss lag auf Straßenhöhe. Die Fenster waren zur Hälfte mit weißen Jalousien verhängt, ließen aber den Blick auf zwei riesige Messinglampen zu, die von der Decke hingen. Es sah aus wie eine Art Büro.

Hinter einer der Jalousien machte Jensen eine Bewegung aus. Jemand sah hinaus. Ihre Blicke trafen sich für den Bruchteil einer Sekunde. Sie beschloss, das als Einladung zu verstehen.

»CG Zahnmedizin« stand auf dem Türschild. Zwei namenlose Klingelschilder, und im Eingang war eine Kamera installiert. Sie wählte die unterste Klingel, sah direkt in die Linse und hielt den Presseausweis hoch. Über der Tür war eine weitere Überwachungskamera angebracht.

»Ja bitte?«

Eine unsichere Frauenstimme.

»Jensen, *Dagbladet*. Auf ein kurzes Gespräch. Darf ich bitte reinkommen?«

Ein kurzes Zögern. »Haben Sie einen Termin?«

»Brauche ich einen?«

Schweigen.

Jensen sprach lauter: »Mich würde interessieren, wie es sich anfühlt, in einem hübschen warmen Büro direkt gegenüber der Stelle zu sitzen, an der ein junger Mann erstochen wurde.«

Die Frau legte auf. Jensen wollte gerade noch einmal klingeln, als der Summer ertönte, sich die Tür entriegelte und sie in einen schmalen Flur mit einer Tür zu ihrer Linken einließ. Sogleich wurde ihr von einer vollbusigen, adrett gekleideten blonden Frau in ihren Dreißigern geöffnet. Sie lächelte verlegen.

»Bitte entschuldigen Sie, dass ich nicht sehr freundlich war, aber Ihre Leute haben uns in den letzten vierundzwanzig Stunden förmlich überrannt.«

Der imposante Empfangstresen war um eine Ecke herumgebaut und sah aus, als wäre er von Elfen mit winzigen Hämmerchen aus einem riesigen Kupferblech geformt worden. Ein riesiges Gebinde aus Lilien und kleinen Zweigen schmückte den Bereich. Außerdem gab es bequem anmutende Stühle. An den Wänden prangten großformatige Hochglanzfotos von Männern und Frauen mit strahlendem Lächeln sowie gerahmte Berichte über die Praxis, die aus Zeitungen und Zeitschriften herausgeschnitten worden waren. Auf dem Tresen und in einem hohen Regal auf der anderen Seite stapelten sich schwarze Kartons, die in fetten, weißen Lettern mit CG gekennzeichnet waren.

Ein Mann mit einem freundlichen Lächeln kam aus dem Büro auf der anderen Seite des Warteraums. Er war Mitte fünfzig, hatte schütteres, grau meliertes, zurückgekämmtes Haar und trug eine Hornbrille. Nicht im eigentlichen Sinne gut aussehend, aber markant. Seine hochgewachsene, schlanke Gestalt unterstrich jene Art von Autorität, die ein weißer Kittel ohnehin mit sich bringt.

»Christian Grønfeldt.«

Seine Hand war warm und trocken. Die offene Tür hinter ihm gab den Blick in ein elegantes Zimmer mit einem opulenten Schreibtisch frei.

»Jensen, *Dagbladet.*«

»Wir haben schon mit einem Ihrer Kollegen gesprochen. Wie hieß er doch gleich, Malene?«

»Das wird Frank gewesen sein«, sagte Jensen. »Frank Buhl.«

»Genau, so hieß er.«

»Ich bin nicht als Reporterin hier. Ich habe die Leiche gestern Morgen auf dem Weg zur Arbeit gefunden.«

»Ach so. Natürlich haben wir mitbekommen, was passiert ist. Schrecklich, aber, wie wir den anderen schon gesagt haben, es wäre uns lieber, wenn Sie uns aus der Sache heraushalten würden. Es geht um die Praxis. Wir bitten um Verständnis, dass wir unsere Klienten nicht ängstigen wollen.«

»Das hier ist eine Zahnarztpraxis?«, erkundigte sich Jensen.

Grønfeldt strahlte. »Genauer gesagt, eine Praxis für kosmetische Kieferorthopädie. Ich verkaufe Schönheit, Jugend, Hoffnung. Das, was jeder will: ein perfektes Lächeln.«

Es klang nach einem oft zitierten Mantra.

»Zähne aufhellen?«

»Das auch. Und abgesehen von kosmetischen Spezialbehandlungen, bieten wir auch unsere eigenen Produkte an.«

Voller Stolz deutete er auf die Schachteln mit seinen Initialen.

»Botox?«

»Wir ziehen den Begriff Unterspritzung vor.«

»Haben Sie das Opfer am Montag dort sitzen sehen?«

»*Ich* habe ihn gesehen«, meldete Malene sich zu Wort.

»Wann war das?«

»So gegen fünf. Es hatte schon stark zu schneien begonnen.«

»Haben Sie gesehen, wann er gekommen ist?«

Sie schüttelte den Kopf. »Nein, haben wir beide nicht. Ich glaube nicht, dass er schon da war, als ich am Montagmorgen kurz draußen war. Aber ich hatte es eilig. Ganz sicher bin ich mir daher nicht.«

Genauso ist es, dachte Jensen wieder. Man sieht, was man will, und einen Bettler auf der Straße will man eben nicht sehen.

»Die Kamera«, fuhr sie fort. »An der Wand über der Tür. Könnte sie etwas aufgenommen haben?«

Grønfeldt lächelte verlegen.

»Danach hat die Polizei auch schon gefragt. Eigentlich dürfte ich Ihnen das gar nicht sagen, aber weil Sie so sympathisch sind: Die Kamera nimmt nichts auf. Sie ist eine Hinterlassenschaft des Vorbesitzers dieses Gebäudes.«

»Wann haben Sie es gekauft?«

»Vor etwa vier Jahren. Wir glauben, dass die Kamera eine abschreckende Wirkung hat, und haben sie deshalb behalten.«

Er schaute auf seine teure Uhr von fast der Größe einer Untertasse. »Aber bitte entschuldigen Sie uns jetzt. Wir erwarten jeden Moment unseren nächsten Klienten. Kommen Sie gern ein anderes Mal wieder. Aber rufen Sie vorher an, dann trinken wir einen Kaffee zusammen, und Sie können sich hier ein wenig umsehen.«

»Gerne«, willigte Jensen ein, schnappte sich aus einer Schale auf dem Tresen eine Visitenkarte und verabschiedete sich.

Grønfeldt und Malene waren augenscheinlich ein Paar. An seinem besitzergreifenden Blick war das unschwer zu erkennen. Nicht schlecht für einen Mann, der mindestens zwanzig Jahre älter sein musste als sie.

Als sie auf die Straße trat, ging ein Mann mit einem zotteligen Bart an ihr vorbei, der sie an einen Höhlenmenschen erinnerte. Nach ihrem Aufenthalt in den warmen Praxisräumen empfand sie den Wind als besonders eisig.

»Hallo«, rief sie und winkte mit den Armen. »Entschuldigen Sie bitte.«

Der Mann ging weiter. Sie lief ihm nach und packte ihn am Ärmel. Erschreckt sah er sie an, stellte den Ton seiner Kopfhörer ab. Die Mühe, sie abzusetzen, machte er sich nicht.

»Hier wurde gestern ein junger Mann erstochen«, erklärte sie ihm und zeigte auf die improvisierte Gedenkstätte. »Er hat schon seit Montag dort gesessen. Ich habe ihn gesehen. Er hielt ein Schild in der Hand. Wohnen Sie hier in der Nähe?«

Er machte große Augen und schüttelte den Kopf. »Nein.«

»Aber Sie kommen doch regelmäßig hier entlang, oder?«

Erneut schüttelte er den Kopf. »Tut mir leid, ich kann Ihnen nicht helfen«, sagte er, diesmal bestimmter im Ton, und ging schnell weiter.

Sie spürte einen Anflug von Wut. Auf die Stadt, auf deren Teilnahmslosigkeit und Gleichgültigkeit. Egal, was der junge Mann sich erhofft hatte, es war höchst unwahrscheinlich, dass er es hier gefunden hatte.

Ein Mann mit Pferdeschwanz und schwarzem Mantel näherte sich von hinten und machte sich mit einer professionellen Kamera daran, die Blumen zu fotografieren. Sie erkannte ihn vage als jemanden von einer dieser Boulevardzeitungen, was aber offensichtlich nicht auf Gegenseitigkeit beruhte. Er machte genau das, was sie machte, quatschte jeden an, ob er zu einem Interview bereit wäre.

»Entschuldigen Sie«, sagte er. »Eine kurze Frage. Haben Sie …?«

»Verzieh dich«, sagte sie und machte sich auf den Weg zu ihrem Fahrrad. Ihr stand ein besonders öder Nachmittag im Büro bevor, an dem sie sich mit den Recherchen zu einem Fall von Buchhaltungsbetrug befassen sollte.

11

MITTWOCH, 19:02 UHR

Bis auf die Knochen durchnässt kam Jensen nach der Arbeit zu Hause an. Sie war die ganze Strecke nach Christianshavn im Schneeregen mit dem Rad gefahren. Gesicht und Hände waren taub von der Kälte, die Jeans klebte an den Oberschenkeln und schnürte ihr den Blutkreislauf ab. Eigentlich brauchte sie dringend ein ausgiebiges Bad, würde aber mit Markus' Dusche vorliebnehmen müssen, wobei sie nicht einmal sicher sein konnte, ob es überhaupt warmes Wasser gab.

Sie versuchte sich zu erinnern, ob vielleicht noch eine Dosensuppe da war. Oder sollte sie lieber zum Vietnamesen gehen und sich eine Phở holen? Dann wäre sie aber wieder nass und würde frieren.

Der Haustürschlüssel glitt ihr aus der gefühllosen Hand und landete auf der Fußmatte. Das Geräusch wurde von den Abendnachrichten aus dem Fernseher des Nachbarn übertönt.

Sie verzichtete darauf, das Licht einzuschalten, die Tasche ließ sie fallen. Sie schälte sich aus den nassen Sachen, ließ diese auf dem Boden liegen und ging nackt ins Bad.

Auf halbem Weg erstarrte sie vor Schreck.

Ein kaum wahrnehmbares Geräusch drang aus dem einzigen richtigen Zimmer der Wohnung zu ihr. Kaum mehr als ein leises Seufzen, aber es war definitiv da.

Ihr Herz begann zu rasen. Das Schloss war nicht aufgebrochen worden. Sollte Henrik sie aufgespürt und sich mithilfe von Polizeitricks Zugang verschafft haben?

Das wäre nicht lustig.

Ganz und gar nicht lustig.

Unbewaffnet konnte sie nur auf das Überraschungsmoment setzen. Sich mit einer Hand vorwärtstastend, fand sie den Lichtschalter und zählte still bis drei, bevor sie ihn betätigte und die Tür mit einem lauten Knall aufstieß.

Eine Gestalt sprang mit einem markerschütternden Schrei aus dem Bett. Sie blickte auf die haselnussbraune Haut, Tattoos, das wilde schwarze Haar und das hochgehaltene Kissen.

»Markus, was zum Teufel tust du hier?«

»Mein Gott, hast du mich erschreckt. Schon mal was von Anklopfen gehört?«

»Warum sollte ich? Ich wohne hier«, sagte sie.

Markus betrachtete ihren nackten Körper, und sein Aufschrei schlug in schallendes Gelächter um. Der Geruch von Popcorn, Schweiß und ungewaschener Kleidung hing in der Luft. Sie bedeckte sich notdürftig mit einem Arm.

»Mein Gott, wie du riechst«, entfuhr es ihr. »Wann hast du das letzte Mal gebadet?«

Er ließ sich rücklings aufs Bett fallen und wälzte sich vor Lachen. Sie nahm sich vor, später das Bettzeug zu wechseln, und stimmte in das Lachen ein. Ihr Nachbar, der Mann, der seinen Fernseher auf Maximallautstärke laufen ließ, sonst aber beim kleinsten Geräusch überreagierte, das aus ihrem Apartment kam, hämmerte gegen die Wand. Sie kniete sich hin, zog sich die Bettdecke über den Kopf und bog sich vor Lachen. Sie spürte, wie die Anspannung wich, bis sie bemerkte, dass Markus laut schluchzte.

Dann sah sie seinen Rucksack auf dem Boden liegen, an dem immer noch das Etikett der Fluggesellschaft hing, und daneben eine scheußliche, gewebte Umhängetasche.

»Was ist los, Markus?«, wollte sie wissen. »Wo ist Luuk? Ihr solltet doch in Australien sein.«

Markus' Schultern bebten. Sie wusste nicht, ob sie ihn berühren sollte. Bisher hatte sie ihn nur im Dienst am Empfangstresen der Zeitung gesehen. Diese plötzliche Intimität erschien ihr unangemessen.

»Augenblick«, sagte sie, während sie aufstand und die Bettdecke hinter sich herzog. »Ich ziehe mich rasch an, dann hole ich uns ein Phở und ein paar Bier. Du kannst inzwischen duschen, und anschließend erzählst du mir, was passiert ist. Alles.«

12

MITTWOCH, 20:14 UHR

Einen ihrer Umzugskartons hatten sie zu einem Tisch umfunktioniert. Markus schniefte laut und hielt sein Gesicht über die heiße Suppe. Mochte sein Kummer noch so groß sein, der Appetit war ungebrochen.

»So ein Arschloch. Nicht mal einen Zettel hat er hinterlassen, als er in Sydney einfach verschwunden ist. Eines Morgens bin ich aufgewacht, und er war nicht mehr da.«

»Du hattest keine Ahnung?«, fragte sie, während sie sich etwas Limettensaft in die Suppe träufelte, wobei ihr allein schon der säuerliche Duft das Wasser im Mund zusammenlaufen ließ.

»Ein bisschen vielleicht«, räumte Markus ein und sog die Nudeln auf. »Er hatte angefangen, ständig an mir herumzunörgeln. Meine Beine seien zu kurz, ich hätte Füße wie ein Traber.«

Sie warf einen kurzen Blick auf seine verschorften Füße, die aussahen, als wären sie fest mit den Flip-Flops verschweißt. Ganz unrecht hatte Luuk nicht.

Markus fuhr sich mit dem Handrücken unter der Nase entlang und deutete auf das Bett. »Tut mir leid wegen vorhin … Ich habe einen totalen Jetlag. Ich wollte nur kurz vorbeikommen, um die Schlüssel für die Wohnung meiner Mutter abzuholen, aber dann habe ich das Bett gesehen und konnte nicht anders. Ich weiß nicht einmal, wie spät es war. Jedenfalls war es noch hell. Muss schon ein paar Stunden her sein.«

Er sah sich in der Wohnung um, und sie schämte sich für die Kartons, die schmutzigen Klamotten auf dem Boden und die leeren Bierflaschen neben dem Bett.

»Weißt du schon, was du jetzt machst?«, erkundigte sie sich, während sie spürte, wie ihr die Nase vom Chili zu laufen begann.

»Nicht genau«, sagte Markus, bemüht, ihrem Blick auszuweichen. »Meine Mutter ist in Spanien. Ich kann bei ihr wohnen, bis sie wieder zurück ist. Dann müsste ich dich allerdings wieder um meine Schlüssel bitten.«

Er leerte den Teller und fischte mit den Stäbchen nach den Nudeln, die noch am Boden lagen. Jensen fragte sich, ob sein Verflossener von seinem Schmatzen auch so angewidert gewesen war wie sie jetzt gerade.

»Wann?«, fragte sie in der Annahme, dass ein Monat ausreichen würde, um eine andere Bleibe zu finden.

Markus sah sie mit einem gänzlich unerwarteten Ausdruck von Entschlossenheit an.

»Dienstag«, eröffnete er ihr.

»Wie bitte?«

»Du hast doch noch fünf Tage Zeit«, sagte er, trank sein Bier aus und rülpste laut.

»Aber wo soll ich denn hin? Was soll ich mit meinen ganzen Sachen machen?«

»Nicht mein Problem«, konterte er und sah sie mit seinen schönen braunen, aber dennoch kalten Augen an. Schließlich ruderte er etwas zurück.

»Na, komm schon. Du musst ja nicht gleich packen. Außerdem wusstest du doch, dass dies eine informelle Vereinbarung war. Du bekommst das Geld zurück, dann kommen wir bis Ende des Monats hin, versprochen.«

Sie betrachtete die Suppe und die Biere, die sie gekauft hatte, und ihr T-Shirt, das er trug, als ihr dämmerte, dass eigentlich er ihr etwas schuldete. Erwartete sie etwa Dankbarkeit? Sie schalt sich für diesen albernen Gedanken.

Nachdem er sich um die Eidechsen gekümmert hatte, nahm er seinen Rucksack und die scheußliche Umhängetasche und machte sich auf den Weg zur U-Bahn, um in die Wohnung seiner Mutter in Hellerup zu fahren.

»Dienstag um 10 Uhr bin ich zurück. Wäre großartig, wenn du bis dahin raus bist«, sagte er und schlug die Tür hinter sich zu.

Kopenhagen würde nicht funktionieren. Nicht in einer Million Jahren. Jetzt war sie auch noch obdachlos. Sie griff nach ihrem Laptop und begab sich auf die Suche nach London-Flügen.

Im Schein der roten Terrariumlampe lehnte eine der Bartagamen an der Scheibe und glotzte sie von der Seite mit ihrem starren Auge an.

13

MITTWOCH, 21:02 UHR

»Wir haben etwas, Chef!«

Mark kam auf ihn zugelaufen wie ein verspielter Labrador. Die Lederjacke in der Hand, war Henrik gerade im Begriff, das Büro zu verlassen. Ihn überkam ein Anflug von Zuneigung. Die meisten Kollegen waren zynisch, gleichgültig oder markierten den Coolen. Auf Mark hingegen war immer Verlass.

»Ach ja? Hast du einen Zeugen aufgetrieben?«

»Nein, das nicht. Lisbeth und ich tappen immer noch im Dunkeln. Dir das zu sagen, war ich hergekommen, aber dann kam das hier.«

Verdammt. Alles, worauf sie sich stützen konnten, war die Aussage der Kellnerin aus der Pizzeria, die angab, das Magstræde-Opfer hätte ein Schild in der Hand gehabt. (Wenn man ihr glaubte, wozu Henrik jedoch nicht neigte. Zu oft schon hatten die Leute Dinge gesehen, die es nicht gab, und das Schild war nirgends aufgetaucht.) Im *Fuglereden* hatten sie auch nichts Brauchbares erfahren. Ein ganzer Arbeitstag war vergangen, und sie waren nicht einen Schritt weitergekommen. Wenn das so weiterging, käme er mit leeren Händen zu Monsen.

»Na los, raus mit der Sprache.«

»Wir hatten einen Anruf von Skovhøj, einem Jugendwohnheim in Roskilde. Dort wird ein Heimbewohner vermisst. Casper Madsen, 21 Jahre alt. Seit Sonntag hat ihn niemand mehr gesehen, und offensichtlich sind auch seine Sachen aus dem Zimmer verschwunden.«

»Beschreibung?«

»Passt zu unserem zweiten Opfer.«

»Wurden die Eltern kontaktiert?«

»Mutter tot, Vater unbekannt. Die Leiterin der Einrichtung, Karina Jørgensen, ist bereit, die Leiche zu identifizieren.«

»Also, worauf wartest du noch? Schaff sie her!«

»Ich habe für morgen früh einen Termin ausgemacht.«

»Gut.«

Henrik warf sich die Jacke über die Schulter und machte sich auf den Weg zum Aufzug, als er plötzlich innehielt, weil er spürte, dass Mark hinter ihm stehen geblieben war.

»Herrgott, was gibt's denn noch?«

»Mir kommt gerade ein Gedanke. Wenn es sich wirklich um Casper Madsen handelt, dann geht es doch gar nicht um Ausländer. Und das wirft die Frage nach dem Motiv auf. Was bringt jemanden dazu, ihn und das erste Opfer umzubringen?«

»Vielleicht ist es nicht derselbe Mörder.«

»Trotzdem, warum?«

»Raub.«

»Aber unser erstes Opfer war hochgradig betrunken, als es erstochen wurde. Das wäre ja, als würde man einem Baby den Schnuller entreißen. Kein Grund, jemanden umzubringen.«

»Weiß der Himmel. Manche Menschen sind einfach krank«, sagte Henrik.

»Da ist noch etwas«, sagte Mark. »Warum verlässt jemand sein schönes warmes Schlafzimmer, um ausgerechnet im heftigsten Schneesturm seit Jahren in Kopenhagen auf der Straße zu schlafen?«

Tatsächlich war das eine viel interessantere Frage. Henrik kannte die Antwort nicht, aber mit einer positiven Identifizierung kämen sie der Antwort ein ganzes Stück näher. Noch besser: Er selbst hatte jetzt sogar etwas zu berichten, wenn er Monsen auf dem Heimweg vom Auto aus anrief.

14

DONNERSTAG, 08:31 UHR

Der Raum im Gerichtsmedizinischen Institut war ohne den geringsten Versuch konzipiert worden, der tragischen Erfahrung des Todes die Härte zu nehmen. Keine Blumen, keine Deko, nur vier gekachelte Wände, Lichtleisten und ein Tisch mit der Unheil verkündenden Form einer Leiche unter dem Laken. Eine Mitarbeiterin des Instituts, eine junge Frau mit pechschwarzem Haar, das sie als kurzen Bob mit stumpf geschnittenem Pony trug, stand daneben und wartete auf Henriks Zeichen, das Laken von der Leiche zu heben. Sie hieß Clara und wäre recht hübsch gewesen (wenn auch ein wenig zu jung für ihn), prangte da nicht der dünne Silberring in ihrer Unterlippe. Henrik hoffte inständig, dass der Trend, seinen Körper mit Piercings zu verunstalten, längst aus der Mode gekommen wäre, wenn seine Tochter in das Alter kam, über derartige Experimente nachzudenken. Bei dem Gedanken fühlte er sich wie ein Dinosaurier, die Lieblingsbezeichnung seiner Frau für ihn, gegen die er seltsamerweise nicht einmal etwas hatte. Die letzten paar Jahrzehnte hatten, so, wie er es sah, wenig Gutes in Bezug auf die menschliche Fortentwicklung gebracht. Ganz im Gegenteil. Hätte er sich damit nicht strafbar gemacht, hätte er seine Tochter und auch seine Söhne am liebsten eingesperrt, um sie vor Schaden zu bewahren. Hinter jeder Ecke eine potenzielle Gefahr zu erkennen, war eine Bürde, die er täglich zu tragen hatte. Was er im Laufe seines Berufslebens sehen musste, konnte man jedoch nicht ungesehen machen. Obwohl seine Frau um einiges gebildeter war als er (aus Sicht seiner Freunde hatte er in Sachen Ehe »mehr Glück als Verstand gehabt«), würde er dafür niemals Verständnis aufbringen, und so behielt er diese Gedanken für sich. Sie sprachen sowieso kaum miteinander, sodass es darauf auch nicht mehr ankam.

Er schaute auf die Uhr, dann kurz zu Clara, deren Augen ein unterdrücktes Gähnen hatte feucht werden lassen. Zehn Minuten hatten sie nun schon in der Erwartung dagestanden, dass die Leiterin des Jugendwohnheims aus Roskilde endlich aufhörte zu schluchzen und sich auf das konzentrierte, wofür sie gekommen war. Immer wieder schielte sie zur Tür, als wartete sie darauf, von ihrem Kollegen erlöst zu werden, der draußen wartete.

Vom Anfang an hatte Henrik eine gewisse Abneigung gegen Karina Jørgensen gehegt, und er ging davon aus, dass das auf Gegenseitigkeit beruhte. Sie war der Typ Mensch, der nur wenig Aufhebens um sein Äußeres machte. Der Bauch war beachtlich, das kupferfarbene Haar wuchs an den Ansätzen grau heraus, und die rote Brille war einfach nur grauenhaft. (»Ein Ausbund an Schönheit bist du auch nicht«, hörte er seine Frau sagen.) Um sich auf dem Minenfeld weiblicher Fallstricke zurechtzufinden, hatte er sich in den letzten Jahren auf Flirts beschränkt, konnte diese Fähigkeit bei diesem Ausbund an Hässlichkeit aber nicht abrufen. Solche Frauen schienen sowieso immun gegen seine neckisch-kumpelhaften Sprüche zu sein, mit denen er bei älteren Damen ansonsten durchaus Wirkung erzielte. Außerdem fand er, dass Karina Jørgensen etwas zu dick auftrug. Sie kannte Casper Madsen doch gar nicht persönlich. Seit sie da war, erging sie sich in Ausflüchten, wohl wissend, dass sie in keinem guten Licht dastehen würde, wenn die Abwesenheit des Jungen in Skovhøj erst bemerkt wurde, als ein anderer Bewohner gestern Abend Alarm schlug. Mark war inzwischen in Roskilde gewesen und hatte das Material aus der Überwachungskamera abgeholt, auf dem deutlich zu sehen war, wie Casper das Haus am Montagmorgen um 5:43 Uhr mit einem hellblauen Rucksack über einer Schulter verließ. Er trug die Wollmütze, die sich jetzt in einem Beweismittelbeutel bei der Spurensicherung in Glostrup befand, während sein Rucksack nach wie vor wie vom Erdboden verschwunden war.

»Sozialleistungen werden so lange gekürzt, bis endlich etwas passiert«, hatte Karina immer wieder gesagt.

Henrik fragte sich, was die Kürzungen damit zu tun hatten. Sein Instinkt sagte ihm, dass die Leiterin der Einrichtung sich wegen irgendetwas schuldig fühlte und die Tatsache, dass sie nicht mitbekommen hatte, wie sich einer ihrer Schützlinge davonmachte, erst der Anfang war. Er reichte ihr ein Päckchen Taschentücher mit einem »Lassen Sie sich Zeit«, obwohl er eigentlich genau das Gegenteil meinte. Sie schnäuzte sich geräuschvoll. Ihre Schultern bebten krampfartig. Nach weiterem minutenlangen Schniefen erklärte sie sich bereit, es zu versuchen, und begab sich an den Tisch.

Henrik hielt den Atem an und ließ Karinas Gesicht nicht aus den Augen, während Clara das Laken zurückzog. Die Frau tat, was jeder in dieser Situation tat: Sie hielt sich die Hände vor den Mund, stieß einen erstickten Schrei aus und schwankte bedenklich, bis Henrik sie am Arm stützte.

»Ja, das ist er«, stammelte sie. »Casper.«

Er nickte Clara zu, die die Leiche wieder zudeckte, was bei Karina Jørgensen einen erneuten Tränenschwall auslöste. Er konnte sie dazu überreden, ein Glas Wasser zu trinken. Sie zitterte so sehr, dass das meiste davon auf ihrem Pullover landete.

»Irgendeine Idee, weshalb er Skovhøj an dem Montagabend verlassen haben könnte und nach Kopenhagen gefahren ist?«

»Keine Ahnung. Er war verhaltensgestört, in mehrfacher Hinsicht. So wie alle unsere Bewohner.«

»Wenn das so ist«, sagte Henrik, »dann wundere ich mich allerdings, dass sein Verschwinden drei Tage lang niemandem aufgefallen ist.«

Unvermittelt hörte Karina Jørgensen auf zu schluchzen.

»Skovhøj ist kein Gefängnis. Unsere Bewohner können kommen und gehen, wann und wie sie wollen. Außerdem, selbst wenn wir hätten kontrollieren wollen, sind wir personell so unterbesetzt, dass es unmöglich ist, alle im Auge zu behalten.«

»Wirklich? Kein einziges Durchzählen am Tag? Ein kurzes Klopfen an der Tür, um sicherzustellen, dass alle dort sind, wo sie hingehören? Das kann doch nicht länger als ein paar Minuten dauern.«

»Das klingt, als wäre Skovhøj eine Erziehungsanstalt«, sagte Karina Jørgensen. »Wir achten und respektieren grundsätzlich die individuelle Freiheit der jungen Menschen, die wir in unserer Obhut haben.«

Ach ja? Dann sollten wir uns vielleicht für das Recht gefährdeter Jugendlicher einsetzen, sich auf der Straße abstechen lassen zu dürfen? Henrik beschloss, diese Bemerkung für sich zu behalten.

Für den Moment.

»Sie müssen Ihre Aussage noch zu Protokoll geben. Ich begleite Sie und Ihren Kollegen aufs Revier, dann haben wir's hinter uns.«

»Warten Sie, es gibt noch etwas, das ich Ihnen sagen muss. Unter vier Augen«, sagte Karina Jørgensen. Sie gab Clara ein Zeichen, die, über die Maßen dankbar, endlich gehen zu dürfen, die sterblichen Überreste von Casper Madsen mit fast unanständiger Hast wegrollte.

Als sie sich Henrik zuwandte und anfing zu reden, lag ein Ausdruck von grimmiger Entschlossenheit in Karinas Blick, der ihn zum ersten Mal seit Beginn dieser traurigen Ermittlung aufmerken ließ.

15
FREITAG, 08:58 UHR

Bevor sie zur Arbeit fuhr, radelte Jensen zur Magstræde und ging von dort aus zu Fuß zum *Fuglereden* in der Rysensteensgade auf der anderen Seite des H. C. Andersens Boulevard. Der Schneematsch auf den Gehwegen war über Nacht gefroren, sodass sie langsam gehen musste, wenn sie nicht ausrutschen wollte. Trotzdem brauchte sie gerade einmal neun Minuten. Der Junge war also höchstens neun Minuten von einem sicheren Ort entfernt gewesen, als er starb.

Ist er dort gewesen und wurde abgewiesen, wie Henrik vermutet hatte? Sie wünschte sich, dass er sich irrte.

Die Unterkunft befand sich an der Ecke eines roten Backsteinhauses. Eine Treppe führte in ein verglastes Untergeschoss hinab. An der Mauer erkannte sie schwach die Umrisse eines alten Ladenschilds mit dem Wort »Metzger«.

An der Tür klebte ein Zettel mit der Aufschrift auf Dänisch und Englisch »Keine Drogen«.

War der Junge deshalb abgewiesen worden? Wenn er denn überhaupt hier gewesen war. Gerade wollte Jensen klingeln, als eine Frau unbestimmten Alters herauskam. Lange Haare, Daunenjacke, Bommelmütze, Jeans, Turnschuhe und zwei Plastiktüten in der Hand. Ohne aufzusehen, hielt sie Jensen die Tür auf und ging. Ob sie dort arbeitete oder übernachtet hatte, war schwer zu sagen.

Drinnen fand sich Jensen in einem schmalen Flur mit einem hohen Empfangstresen wieder. Durch eine Tür gelangte sie in den hinteren Teil des Kellers. Die Tür war mit einem Zahlencode gesichert. Auf einem weiteren Zettel auf dem Tresen stand: *Bitte warten Sie, bis Sie an der Reihe sind* und *Bitte beachten Sie die Hausordnung.* Der Duft von Kaffee stieg Jensen in die Nase, und sie vernahm das Klappern von Geschirr, mit dem im hinteren Teil des Gebäudes hantiert wurde.

Hinter dem Tresen saß eine Frau von etwa Mitte fünfzig, die energisch auf die Tastatur eines Laptops einhämmerte. Sie hatte kurz geschnittenes, lockiges Haar, eine runde Brille mit schwarzem Rand und wirkte völlig erschöpft.

»Wir öffnen erst heute Abend um sechs wieder. Komm heute Abend möglichst früh wieder«, sagte sie, ohne von ihrer Arbeit aufzuschauen.

Als Jensen nicht reagierte, wiederholte sie die Sätze auf Englisch und schob ihr ein laminiertes Blatt hin, auf dem, wie Jensen vermutete, dieselbe Nachricht in einem Dutzend weiterer Sprachen stand.

»Mein Name ist Jensen. *Dagbladet.*«

Endlich sah die Frau auf. »Ach«, sagte sie. »Der Polizist hat schon gesagt, dass du früher oder später auftauchen würdest.«

Verdammter Henrik.

»Eigentlich bin ich nicht als Journalistin hier. Mich würde interessieren, was mit dem obdachlosen Jungen passiert ist, der erstochen wurde. Ich habe ihn am Dienstagmorgen in der Magstræde gefunden.«

»Ja, das hat er auch gesagt.«

Sie wartete darauf, dass die Frau noch etwas sagte. Beide sahen sich einen Moment lang an, bis die Frau schließlich nachgab.

»Also gut, was willst du wissen?«

»Ich möchte wissen, ob er am Montagabend hier aufgetaucht ist.«

»Ich kann dir nur das sagen, was ich dem Polizisten schon gesagt habe: Möglich, dass er hier war. Ich weiß es nicht. Wir haben hier dreiunddreißig Betten. Es hat stark geschneit. Fünfundfünfzig Leute sind gekommen. Vier haben wir zusätzlich aufgenommen, obwohl wir keine Lizenz dafür haben. Das heißt, dass wir achtzehn Leute abweisen mussten.«

»Wer zuerst kommt, mahlt zuerst?«

»Nein. Die Plätze werden verlost.«

»Wie nett.«

»Das ist unmenschlich. Die Leute, die eine Niete ziehen, versuchen wir in anderen Einrichtungen unterzubringen, aber es gibt in der ganzen Stadt zu wenig Betten. Besonders bei schlechtem Wetter.«

»Du erinnerst dich also nicht an ihn? Mittelgroß, schlank, dunkle Haare, flauschiger Bart, Daunenjacke, hellblauer Rucksack?«

»Die Beschreibung trifft auf eine Menge Leute zu, die zu uns kommen. Schon möglich, dass er hier war und ich ihn abgewiesen habe. Sonst noch was?«

Sie sah aus, als würden ihr gleich die Tränen kommen.

Jensen fuhr etwas behutsamer fort. »Kannst du dir erklären, warum er einen Zettel mit Namen und Adresse dieser Einrichtung bei sich hatte?«

Die Frau zuckte mit den Schultern. »Das kann tausend Gründe haben.«

»Könnte es sein, dass einer deiner Kollegen die Adresse unter Obdachlosen in der Stadt verteilt hat?«

»Also weißt du, wir arbeiten hier zu viert und alle ehrenamtlich. So gern wir es täten, aber um Werbung zu machen, fehlt uns die Zeit.«

Sie versuchte, Jensen mit ihrem Blick zu bezwingen, aber Jahre harter Übung hatten Jensen darin geschult, nichts zu sagen. Die Frau lenkte schließlich ein.

»Tut mir leid«, fuhr sie kleinlaut fort. »Ich bin einfach wütend. So etwas musste eines Tages passieren. Die Gesellschaft ist an einem neuen Tiefpunkt angelangt. Es ist beschämend. Niemand sollte draußen schlafen müssen. Wir können es uns durchaus leisten, jedem ein Dach über dem Kopf zu geben.«

Sie würde sich bestens mit Margrethe verstehen.

»Du hast recht«, sagte Jensen. »Aber vielleicht wollte das Opfer gar kein Dach über dem Kopf. Vielleicht war er ja gar nicht hier.«

»Wer will denn keine Unterkunft? Etwas Warmes zu essen, ein Bett zum Schlafen, eine Dusche und Frühstück am Morgen?«

»Genau das versuche ich herauszufinden.«

Ein Mann in Arbeitshose, einer roten wattierten Jacke und mit einem blauen Rucksack kam heraus. Ohne sie eines Blickes zu würdigen, ging er auf die Straße hinaus.

»Wenn ich dir verspreche«, sagte Jensen und deutete mit dem Kopf zur Tür auf der anderen Seite des Flurs, »dich dann in Ruhe zu lassen. Dürfte ich dann einen kurzen Blick hineinwerfen? Ich werde auch bestimmt mit niemandem sprechen.«

»Warum nicht, die meisten Leute sind sowieso schon weg. Um neun müssen alle draußen sein. Aber keine Fotos und nichts von dem, was ich gerade gesagt habe.«

Auch sie schien keinen gesteigerten Wert darauf zu legen, sich für den toten Jungen aus dem Fenster zu lehnen. Der arme Kerl schien außer ihr und der Pizzakellnerin auf nur wenige Menschen zählen zu können.

»Ich weiß nicht, was du dir unter einer solchen Einrichtung vorstellst«, sagte die Frau, während sie ihren Mitarbeiterausweis zückte, um die Tür zu entriegeln. »Das Ritz ist es sicher nicht. Sieh zu, dass du in zehn Minuten draußen bist.«

Es gab drei Zimmer. Etagenbetten aus Metall mit blauen Plastikmatratzen, eine Reihe von Spinden an einer Wand. Wasserrohre verliefen unter der Decke. Eine Frau, die gerade dabei war, ihre Habseligkeiten zusammenzusuchen, saß mit eingezogenem Kopf auf der obersten Koje. Jensen ging an ihr vorbei, ohne dass die Frau Notiz von ihr nahm. Der Besuch Fremder schien nichts Außergewöhnliches zu sein. Da war es immer besser, nicht aufzufallen.

Jensen ging an zwei Waschräumen vorbei und kam zu einem Speisesaal, an den sich im hinteren Bereich eine Küche anschloss. Zwei Gäste tranken gerade ihren Kaffee aus, und ein Mann war dabei, die Tische abzuwischen.

Die Frau an der Rezeption hatte recht gehabt: Die Unterkunft war einfach, aber warm und trocken. Allemal besser als ein Stück Pappe im Schneesturm auf dem Bürgersteig in einer schlecht beleuchteten Straße. Und das galt für jeden Tag.

16

FREITAG, 10:01 UHR

Vom *Fuglereden* aus brauchte Jensen mit dem Rad keine Minute bis zu dem kleinen grünen Kaffeewagen, der in der Sankt Peders Stræde an einer alten Straßenlaterne neben einem schwarz gestrichenen, mit Plakaten vollgeklebten Zaun parkte. Der morgendliche Ansturm durch die Angestellten aus den Büros und Geschäften in der Umgebung hatte sich gelegt. Die schmale Straße mit ihren hohen, pastellfarbenen Stadthäusern und mit Graffiti bemalten Fassaden lag ruhig da. Nur ein paar wenige schlenderten durch den Schneematsch die Bürgersteige entlang.

Kaum hatte Liron sie erspäht, befüllte er den Trichtereinsatz mit frisch gemahlenem Kaffeepulver und drückte es mit dem Daumen fest. Schon bald darauf wärmte sie sich die Hände an einem großen Pappbecher mit einem Latte macchiato und doppeltem Espresso. Bestellen musste sie bei Liron nie etwas. Er fragte auch nie, sondern bereitete einfach das für sie zu, von dem er glaubte, dass es ihr guttun würde. Und sein Kaffee war der einzige in der Stadt, für den Jensen zu zahlen bereit war.

»O Gott, da hat aber jemand verdammt schlechte Laune«, begrüßte Liron sie mit einem breiten Grinsen. Nach zwanzig Jahren im Land beherrschte er die dänische Sprache besser als mancher Einheimische.

Das dänische Mädchen, dem er aus Israel gefolgt war und das er geheiratet hatte, war schon lange nicht mehr da. Liron war trotzdem geblieben und hatte es sich zur Lebensaufgabe gemacht, den Dänen die Kunst der Kaffeezubereitung nahezubringen.

»Lass stecken, Liron«, sagte sie.

Sie schloss die Augen und nippte an dem schaumigen, nussig schmeckenden Getränk. Es war einfach fantastisch, sämig wie Kakao, und half ihr schnell, ein wenig runterzukommen. Wenn sie sich einer Sache sicher war, dann dass es sinnlos war, sich mit Margrethe über das zu streiten, was sich in der Magstræde ereignet hatte. Sie würde sich mit dem Finanzbetrug befassen müssen. Sobald sie ihren Kaffee ausgetrunken hatte.

Das Wetter war umgeschlagen. Es war windig, die Sonne stand tief und blendete sie. Die Haare flogen ihr ins Gesicht und in den Mund. Und Liron in langem Mantel, Pudelmütze, Fingerhandschuhen und Lederschürze trat vor Kälte von einem Fuß auf den anderen und blies sich in die Hände. Seine blassen, haselnussbraunen Augen in den dunklen Augenhöhlen machten ihn durchaus attraktiv, wäre da nicht dieses geflochtene, mit einer roten Perle fixierte Ziegenbärtchen gewesen.

»Entschuldige, dass ich so mürrisch war«, sagte Jensen, leerte den Becher und gab ihn Liron zurück. »Ich wette, du wärst jetzt lieber zurück in Jerusalem.«

»Scheiße, nein«, entfuhr es Liron. Er breitete die Arme aus und verzog das Gesicht zu einem breiten Grinsen. »Ich bin gern hier in diesem verdammt schönen Kopenhagen.«

Bevor sie wusste, wie ihr geschah, hatte er sich hinuntergebeugt, den Kopf durch ihre Beine geschoben und sie auf die Schultern gehoben. Ohne ihr Schreien zu beachten, taumelte er, vor Vergnügen johlend, durch den Schnee. Er roch nach Tabak und Weihnachtsgewürzen: Zimt, Muskatnuss, Kardamom. Sie hielt sich an seinem Kopf fest, schloss die Augen und hielt ihr Gesicht in die Sonne, die erstaunlicherweise schon etwas Kraft mitbrachte.

17

FREITAG, 10:29 UHR

Jensen kicherte immer noch vor sich hin, als sie mit dem Rad über den Rathausplatz fuhr. Sie musste noch jemanden treffen, bevor sie zum Verlag zurückfuhr. Liron hatte sie daran erinnert, dass sie immer noch Freunde in ihrem Heimatland hatte.

Ihr Gesicht war taub von dem eisigen Wind, als sie an den Plakaten vorbei, die für eine neue Wikingerausstellung im Nationalmuseum warben, die Vester Voldgade entlangfuhr und dann durch die Ny Vestergade auf die kunstvoll verzierte Marmorbrücke zu, wo Kopenhagen für einen Moment fast wie Venedig aussah. Die hellen Bogen der Brücke vereinten sich in der Spiegelung auf der vereisten Fläche des Frederikholms Kanals zu drei perfekten Kreisen. Sie fuhr über das Kopfsteinpflaster zwischen den beiden gekrönten Bogen hindurch auf die ehemalige Reitbahn vor dem Schloss Christiansborg und blinzelte in die Sonne. Ein paar Touristen schlenderten gemächlich vorbei und machten Fotos, ohne von den Dramen etwas zu ahnen, die sich im Inneren des Gebäudes abspielten.

»Borgen« hatte sie stets gemieden. Sie hasste das intrigante Umfeld des politischen Journalismus, die aalglatten Fakten, sobald sie die Machenschaften der Meinungsmacher und Parlamentarier durchlaufen hatten, aber sie musste Esben sehen. Er war der einzige Politiker, dem sie vertraute. Sie hatten sich gegenseitig ihre Karriere zu verdanken. Ohne Esben hätte es keine Exklusivstory für sie und ihr Lokalblatt gegeben, hätte Margrethe sie nicht entdeckt, hätte es für sie auch kein *Dagbladet* und kein London gegeben. Und ohne sie würde Esben, wenn er es auch nie zugeben würde, immer noch Bettdecken in Aalborg verkaufen.

Sie bat die Frau im Pförtnerhäuschen, in seinem Büro anzurufen, und hielt vergeblich Ausschau nach der hochgewachsenen Gestalt inmitten der Horden von Schülern und Lehrern, die sich im Foyer unter der hohen Decke versammelt hatten.

»Sind Sie … ähm, Jensen?«

Keuchend streckte ihr ein Mann in Jeans mit einem Mitarbeiterausweis über dem schwabbligen Bauch seine Hand entgegen. Sein Gesicht schimmerte feucht, der Schweiß rann ihm von der Stirn.

»Ich bin Ask, Esbens … ähm, Assistent. Er ist sehr beschäftigt, also nur fünf Minuten, okay?«

Nein, dachte Jensen, das war unmöglich. Esben war der faulste Mann nördlich der Alpen. Ein hervorragender Redner und sehr kompetent, der perfekte Politiker, aber nie und nimmer sehr beschäftigt.

Sie folgte Ask die Marmortreppe hinauf. Er griff mit einer Hand nach hinten, um sich das Hemd in die Hose zu stecken. Es misslang, sodass der Saum schließlich in der weinroten Unterhose steckte. Ein großer Schweißfleck machte sich auf seinem Rücken breit. Kurz und gut, weiter entfernt vom Profil eines typischen Assistenten von Esben konnte dieser Mann wirklich nicht sein.

Ask bedeutete ihr zu warten, klopfte an, betrat Esbens Büro und schloss die Tür hinter sich. Sie hörte, wie ein Stuhl zurückgeschoben wurde, dann Esbens dröhnende Stimme im nordjütländischen Dialekt: »Aber natürlich, du Clown. Du lässt sie jetzt rein, und zwar auf der Stelle!«

Esben schickte Ask mit einer verärgerten Geste fort und begrüßte Jensen mit einem Küsschen auf beide Wangen. Obwohl er mittlerweile weit über fünfzig sein musste, sah er immer noch unverschämt gut aus, mit dem drahtigen Körperbau eines Läufers, der wintergebräunten Haut und den frisch gebleichten Zähnen. Sie fragte sich, ob er schon einmal Grønfeldts Bekanntschaft gemacht hatte. Auf dem Schreibtisch lag nichts außer einer aufgeschlagenen Zeitung neben dem Telefon. Er hatte offensichtlich gerade den Sportteil gelesen.

Von wegen sehr beschäftigt, dachte Jensen bei sich.

»Ich hab schon gehört, dass du wieder zurück bist«, sagte Esben mit einem charmanten Lächeln. »Warum hast du mich nicht angerufen?«

»Du hast einen neuen Assistenten?«, erkundigte sie sich und ging über seine Frage hinweg. »Dein Geschmack hat sich aber sehr geändert.«

Er rollte mit den Augen. »Das war die Entscheidung meiner Frau. Wegen MeToo und dem ganzen Mist. Sie hat Angst, ich könnte der Nächste sein.«

»Sehr kluge Frau.«

Esben hatte Ask losgeschickt, einen Kaffee zu holen. Auch wenn dem Mann das unverkennbar missfiel, übte er sich in Zurückhaltung, weil er inzwischen offensichtlich begriffen hatte, dass Esben immer seinen Willen bekam.

Na ja, fast immer.

»Also, Jensen. Du bist seit drei Monaten zurück, ohne mir ein Sterbenswort zu sagen, und jetzt das hier. Was ist los? Hast du dich schließlich doch dazu entschieden, mit mir ins San Sebastian zu gehen? Fantastisches kleines Lokal, fünf Sterne, Essen wie von einem anderen Planeten, Schlafzimmer im Obergeschoss.«

»Kennst du den Typen, den man drüben in der Magstræde erstochen hat?«

»Hab davon in deiner Zeitung gelesen.«

»Ich habe ihn gefunden.«

»Okay, aber warum hast du dir die Geschichte von Frank Buhl, diesem Pfeifenkopf, aus der Hand nehmen lassen? Lässt du nach?«

»Das erkläre ich dir ein anderes Mal. Aber was hältst du von dem Mord und auch von dem davor? Glaubst du, jemand will damit auf das Problem der Obdachlosigkeit in Kopenhagen aufmerksam machen?«

»Ach, dann arbeitest du also doch noch an der Geschichte. Weiß Buhl davon?«

»Ich arbeite nicht daran, ich mache mir nur Gedanken.«

»Nenn es, wie du willst. Also, ich persönlich denke gar nichts. Aber ein paar Leute hier in der Manege sind ziemlich aus dem Häuschen wegen dieser Morde.«

»Warum?«

»Hier laufen gerade die Haushaltsdebatten. Die Regierung beschließt Kürzungen. Harte Entscheidungen stehen an, die zu treffen sich sonst niemand traut. Und ausgerechnet jetzt kommen diese obdachlosen Superhelden und lassen sich umbringen. Und die Regierung soll nun schuld sein.«

»Ist sie das nicht?«

»Natürlich nicht. Das ist ein Ablenkungsmanöver.«

Esben beugte sich über den Schreibtisch, ergriff ihre Hände und wurde plötzlich ernst. »Halte dich von diesem Irrenhaus fern, Jensen. Der Junge wurde umgebracht. Finde heraus, warum, und schreib die Geschichte möglichst allein. Das hier«, fuhr er fort und vollführte eine theatralische Geste durch den Raum, »ist nichts als Schall und Rauch.«

»Du bist ein großartiges Aushängeschild für die parlamentarische Demokratie, Esben. Hat dir das schon mal jemand gesagt?« Sie biss sich auf die Lippen. »Das Problem ist, dass ich möglicherweise nicht mehr lange eine Zeitung haben werde, für die ich schreiben kann. Margrethe ist stinksauer auf mich, und obendrein habe ich soeben meine Wohnung verloren. Ich wäre besser in London geblieben.«

»Ja, das wäre wohl besser gewesen. Aber jetzt bist du hier. Du kannst unser Sommerhaus in Hornbæk haben, bis du etwas Neues gefunden hast. Hier.«

Er zog ein Schlüsselbund heraus, löste einen Schlüssel und warf ihn auf den Tisch. Dann kniff er die Augen zusammen.

»Triffst du dich immer noch mit diesem Polizisten?«

»Nein! Und wenn, ginge es dich sowieso nichts an. Du bist der Letzte, der jemandem in Sachen Ehebruch gute Ratschläge geben sollte.«

Er hob die Hände. »Schon gut, schuldig im Sinne der Anklage. Aber der Mann taugt nichts. Du hast etwas Besseres verdient.«

Er erhob sich von seinem Schreibtisch. »Komm, ich lade dich auf einen Drink ein.«

»Es ist elf Uhr vormittags!«

»Tss«, winkte er ab. »Ich habe dir schon vor Jahren gesagt, dass für Champagner eigene Regeln gelten.«

18

FREITAG, 16:23 UHR

»Wer bist du denn?«

Ein halbstarkes Bürschchen fläzte sich auf ihrem Bürostuhl, die Füße mit verdreckten Turnschuhen auf dem Schreibtisch. Er trug riesige Over-Ear-Kopfhörer und erfüllte ihr Büro mit unangenehm süßlich nach Kirsche riechendem Rauch.

Im Raum war es nahezu dunkel. Nur die schräg stehende Schreibtischlampe brannte. Sie hatte kaum bemerkt, dass die Nacht angebrochen war. Die Drinks mit Esben hatten sich in die Länge gezogen. (Wann taten sie das nicht?) Jetzt spürte sie die Nachwirkungen. Hinzu kam ein zunehmend schlechtes Gewissen, weil sie Margrethes Hinweis immer noch nicht nachgegangen war.

Der Junge an ihrem Schreibtisch reagierte nicht. Jensen trat hinter ihn, hob den Kopfhörer an einer Seite an und brüllte ihm ins Ohr.

»WAS ZUM TEUFEL TUST DU HIER?«

Er fuhr zusammen, rutschte, die Hände schützend um den Kopf haltend, zu Boden und schrie, als hätte sie ihn geschlagen.

Dann war er still. Sie ließ ihn nicht aus den Augen, während er sich umständlich aufrappelte und schließlich aufstand.

»Kein Grund, so zu schreien«, murmelte er.

Seine Miene hellte sich auf. Ein leuchtendes Rot stieg ihm vom Hals über das pickelige Gesicht hinauf. »Meine Tante hat gesagt, ich soll hier warten.«

»Ja klar, wenn deine Tante das gesagt hat.«

Die Gesichtsfarbe des Jungen nahm einen noch dunkleren Rotton an. Er reckte das Kinn vor.

»Margrethe, deine Chefin.«

»Du, wie bitte?«

Der Junge zuckte mit den Schultern, als hätte es seinetwegen auch Königin Margrethe sein können. Jensen packte ihn am Arm und marschierte mit ihm aus dem Büro.

»Dann statten wir zwei deiner Tante Maggie doch am besten gleich einen Besuch ab.«

Yasmine gestikulierte nervös mit den Armen, als sie die beiden kommen sah. »Nicht reingehen. Sie hat Besuch.«

Zu spät. Jensen stand bereits in der Tür. Margrethe sah auf, ohne hinter den dicken Brillengläsern zu erkennen zu geben, was sie dachte. Jensen sah sich kurz im Raum um. Zwei Männer in dunklen Anzügen saßen an Margrethes Schreibtisch. Sie tranken Kaffee aus blau-weißem Kopenhagener Porzellan, das ausschließlich besonderen Anlässen vorbehalten war, und aßen Vanillekipferl. Es musste etwas mit Geld zu tun haben.

»Bitte entschuldigen Sie mich, meine Herren«, brachte Margrethe formgewandt vor. »Hier ist schon mein nächster Termin. Aber ich darf vermuten, dass unser Gespräch sowieso beendet war?«

Während Yasmine ihre Besucher hinausbegleitete, machte sich ihr Neffe ungeniert über die Kekse her, schob sich gleich drei Stück auf einmal in den Mund, bevor er sich auf einen Stuhl fallen ließ.

»Dies hier«, sagte Margrethe, auf den Jungen deutend, »ist das, worüber ich mit dir sprechen wollte. Darf ich vorstellen: dein neuer Praktikant.«

»Mein was?«

»Gustav befindet sich derzeit – sagen wir – in einer gewissen Zwickmühle.«

»Mitten im Januar? Warum ist er nicht in der Schule?«

»Sagen wir, die Schule und Gustav passen momentan nicht zusammen, aber ich glaube, er könnte ein guter Reporter werden.«

»Ohne abgeschlossenes Journalismus-Studium? Wie alt ist er überhaupt? Sechzehn?«

»Siebzehn. Und du bist die Letzte, die sich um Abschlüsse kümmert. Hattest du mir nicht mal gesagt, dass sich Journalismus nicht aus Büchern lernen lässt?«

»Das ist Vetternwirtschaft!«

Margrethe sah sich demonstrativ im Raum um. »Beklagt sich auch nur ein Mensch? Er kriegt schließlich nicht mal ein Gehalt.«

Gustav wurde wach. »Wie bitte?«

»Ich habe zu tun«, sagte Jensen. »Ich kann mich nicht noch um einen pubertären Versager kümmern.«

»Genau das ist der Punkt: Du hast eben nicht viel zu tun. Seit deiner Rückkehr letztes Jahr hast du nichts geschrieben, das es wert gewesen wäre, sich auch nur den Arsch damit abzuwischen. Wie weit bist du mit deiner Arbeit zu dem anonymen Hinweis, den ich dir weitergeleitet habe?«

»Läuft, weiß aber nicht, ob da wirklich etwas dran ist.«

»Dann sieh genauer hin. Die besagte Quelle hat mir früher schon interessante Informationen zugespielt, die sich ausnahmslos als Volltreffer erwiesen haben. Er scheint zu wissen, wovon er spricht.«

»Kennst du ihn?«

»Ich habe absolut keine Ahnung, aber das herauszufinden, sollte ein Kinderspiel für dich sein. Ich weiß nicht, warum ich das tue, aber ich bin bereit, dir eine letzte Chance zu geben. Unter der Bedingung, dass du mich mit Gustav hier unterstützt. Er ist nicht dumm. Ihr zwei werdet euch verstehen.«

»Aber …«

»Keine Diskussion. Du kümmerst dich um ihn, basta.«

Yasmine kam herein. Sie vermied es, Jensen anzusehen, verzog ihre Mundwinkel jedoch zu einem kaum wahrnehmbaren Lächeln, als sie Margrethe ansah und auf ihre Uhr zeigte.

Verdammt, sie war von Anfang an eingeweiht.

»Ja, ich weiß«, sagte Margrethe. »Es wird Zeit. Lasst mich jetzt allein. In einer halben Stunde muss ich meinen Leitartikel geschrieben haben. Dann gehe ich mit Gustav eine Pizza essen.«

19

FREITAG, 16:58 UHR

»Du sagst kein Wort«, wies Jensen Gustav an, als sie in ihr Büro zurückkamen.

Sie deutete auf den durchgesessenen Sessel auf der anderen Seite ihres Schreibtisches. »Und bis zu deiner Pizzapause mit Tantchen bleibst du da sitzen.«

»Glaubst du, ich hätte Bock auf all das hier?«, maulte Gustav. Seine Stimme brach fast. »Sie hat mich an den Eiern.«

Das sah Margrethe ähnlich.

»Du hast keine Ahnung. Das hier ist meine letzte Chance, sonst schickt sie mich zu meinem Vater zurück.«

»Und was wäre daran so schlimm?«

»Du kennst meinen Vater nicht. Mein Leben wäre die Hölle.«

»Kein Wort jetzt«, sagte Jensen, »ich muss arbeiten.«

Gustav setzte dazu an, seine traurige Geschichte weiterzuerzählen, besann sich jedoch eines Besseren und griff zu seiner E-Zigarette. Jensens strafender Blick überzeugte ihn rasch, das Gerät mit einem gereizten Seufzer wieder in der Tasche verschwinden zu lassen.

Sie fuhr ihren Laptop hoch und überlegte, dass es noch schlimmer hätte kommen können. Immerhin hatte sie noch einen Job und eine verständnisvolle Chefin, so lange jedenfalls, wie es dauerte.

Was wollte Margrethe ihr damit sagen, dass sie den Informanten aus anderen E-Mails kannte. Wer war so erpicht darauf, gegen den eigenen Buchhalter ermitteln zu lassen? Sie las die Nachricht noch einmal.

»Und wie soll ich das herausfinden?«, sagte sie laut vor sich hin.

»Was herausfinden?«, wollte Gustav wissen.

Sie hatte seine Anwesenheit schon ganz vergessen.

Sie zeigte ihm die E-Mail, die ihn aber zunächst nicht zu interessieren schien. Beim Lesen weckten die Zeilen allmählich sein Interesse, bis seine Miene nahezu charmante Züge annahm.

»Das ist der anonyme Hinweis, dem wir für Margrethe nachgehen sollen.«

»Warum fragst du nicht einfach, wie er heißt?«

»Super Idee, du Klugscheißer.«

Jensen starrte auf den Cursor, der auf dem Bildschirm ihres Laptops blinkte, als forderte er sie auf, endlich anzufangen. Margrethe hatte recht; sie hatte wirklich schon lange nichts mehr geschrieben. Sie war sich nicht mal sicher, ob sie das überhaupt noch konnte.

Schnell schrieb sie ein paar Zeilen nieder:

Margrethe hat mir Ihre Nachricht weitergeleitet. Ich möchte Ihnen helfen. Können wir uns treffen?
PS: Wer sind Sie?

»Vielleicht bist du doch nicht so dumm, wie du aussiehst«, sagte sie zu Gustav, packte ihre Sachen zusammen und zog den Mantel an.

»Komm Montagmorgen wieder. Pünktlich um neun. Redaktionssitzung ist um zehn. Wehe, du legst deine Füße noch mal auf meinen Schreibtisch. Und wenn ich dich hier noch einmal beim Rauchen erwische, dann bist du auf der Stelle draußen, verstanden?«

Sie war fast an der Tür, als ihr Handy klingelte.

Henrik.

Mann aus der Magstræde identifiziert: Casper Madsen, vom Skovhøj in Roskilde vermisst gemeldet. Von mir hast du das nicht. Lass uns treffen, ich werde hier noch verrückt.

Das erklärte, warum das Schild des Bettlers auf Dänisch geschrieben war.

Nicht aber, was es bedeutete.

Und auch nicht, wo das Schild jetzt war.

Skyldig.

Jensen überging Gustavs fragenden Blick und kehrte zu ihrem Schreibtisch zurück, um Skovhøj auf ihrem Handy zu suchen. Die Einrichtung wurde von der Kommune betrieben und bot gefährdeten jungen Erwachsenen mit psychosozialen Problemen ein betreutes Wohnen an: »Eine eigene Wohnung, Gesellschaft, wenn man sie braucht, und Betreuer, die rund um die Uhr für einen da sind.«

So deprimierend es klang, konnte das doch nicht der einzige Grund sein, um nach Kopenhagen zu fahren und ausgerechnet in der Nacht des schlimmsten Schneesturms seit Jahren auf der Straße zu schlafen. Es sei denn, man war verrückt. Aber verfügte ein Verrückter über die Geistesgegenwart, sich warm anzuziehen und einen Rucksack zu packen?

Sie fand den Namen und die E-Mail-Adresse der Einrichtungsleitung und bat für den nächsten Morgen um einen Termin. Sie wusste ja sonst nichts mit ihrer Zeit anzufangen, nachdem Margrethe die Geschichte an Frank weitergegeben hatte. Und das Gespräch mit der »traumatisierten« Passantin abzulehnen, die die Leiche eines ihrer sogenannten Schützlinge gefunden hatte, wäre doch ziemlich herzlos, oder?

20

SAMSTAG, 10:22 UHR

Skovhøj offenbarte sich keineswegs als das kleine Waldidyll, das der Name erwarten ließ. Die Ansammlung flacher Gebäude, die sich in einem Vorort von Roskilde um einen Hof herumgruppierten, hätte einer Anstalt kaum ähnlicher sein können, selbst wenn der Name in Neonschrift über dem Eingang gehangen hätte. Nicht einmal das goldgelbe Licht, das aus den Fenstern in den tristen Nebel des Wintermorgens fiel, vermochte dem Ort etwas Anheimelndes zu verleihen. Kein Wunder, dass der Junge es vorgezogen hatte, das Weite zu suchen. Jensen klingelte.

Dass die Leiterin der Einrichtung sie eventuell gar nicht sprechen wollte, musste sie nicht fürchten. Innerhalb von zehn Minuten hatte Karina Jørgensen geantwortet und sogar ausdrücklich darum gebeten, sich möglichst schnell zu treffen.

Karinas verquollenes Gesicht und die geröteten Augen ließen bei der Begrüßung keine Zweifel daran aufkommen, dass sie eine lange Nacht mit vielen Tränen und wenig Schlaf hinter sich hatte. Jensen wurde durch einen Gemeinschaftsraum geführt, in dem der Geruch von Kaffee und neuem Teppichboden sich mischte. Außer einer hochgewachsenen jungen Frau, die in einem Sitzsack lümmelte und ein Ballerspiel auf der Xbox spielte, war niemand im Raum. Ein paar Lichterketten waren von Weihnachten noch übrig geblieben, und hier und da zierten goldene Papiersterne die Fenster. Ein Plakat an der Wand erinnerte die Bewohner daran, dass in Skovhøj weder Mobbing noch Gewalt, Aggression oder ein ähnliches Verhalten geduldet wurde, das andere gefährdete.

»Was da passiert ist, hat uns alle sehr betroffen gemacht«, sagte Karina.

Jensen nahm an, dass die junge Frau, die ganz in ihr Spiel versunken zu sein schien, damit nicht gemeint war.

Im Mitarbeiterraum standen eine Thermoskanne mit Kaffee und drei Tassen auf dem Tisch bereit.

»Ich habe meinen Kollegen Tobias gebeten, zu unserem Gespräch hinzuzukommen«, erklärte Karina und bot Jensen einen Platz an. »Er ist viel mit Casper zusammen«, sagte sie und bemerkte ihren Fehler sogleich.

»War, wollte ich sagen.«

Und wieder fing sie an zu weinen. Man kann's auch übertreiben, dachte Jensen.

Ein Mann in den Dreißigern mit Haarknoten und einem üppigen rostfarbenen Bart betrat den Raum.

»Tobias«, stellte er sich Jensen vor und gab ihr die Hand.

Beide tranken schweigend ihren Kaffee, bis Karina sich wieder gesammelt hatte und geräuschvoll die Nase schnäuzte.

»Es tut mir leid«, sagte sie. »Aber es ist ein unfassbarer Schlag für uns. Wir mochten Casper alle gern. Ich musste ihn identifizieren. Es war … na ja, Sie haben ihn gefunden, dann wissen Sie ja, was ich meine.«

Jensen gingen die Fotos durch den Kopf, die sie mit dem Handy gemacht hatte, vermutete aber, dass sie Karina zu sehr aufwühlen würden. Allein die Vorstellung, sie sich selbst anzuschauen, war wenig verlockend.

Sie berichtete den beiden ausführlich, wie sie Casper gefunden hatte, wo genau er saß und wie friedlich sein Gesicht ausgesehen hatte, als hätte es mit Gewalteinwirkung nichts zu tun gehabt. »Die schöne warme Daunenjacke und die Wollmütze haben ihn vor der Kälte geschützt. Die Sachen schienen neu zu sein«, fügte sie hinzu.

Tobias nickte traurig. »Wir haben sie zusammen gekauft. Wenn ich gewusst hätte, was er vorhatte.«

Karina legte ihm eine Hand auf die Schulter, und Jensen entging nicht, wie er sie kurz zurückzog.

»Keiner von uns wusste es«, sagte Karina. »Bis Mittwochabend jedenfalls, als jemandem auffiel, dass Casper nicht da war, und wir dann feststellten, dass er schon seit ein paar Tagen nicht mehr gesehen worden war. Wir haben seine Wohnung aufgebrochen, aber sie war leer. Wir haben ihn sofort als vermisst gemeldet.«

Erneut fing sie an zu weinen. Dicke Tränen rollten ihr über die Wangen auf den Tisch. »Ich hatte den Bericht über den Toten in der Magstræde in den Nachrichten gesehen und gleich diese dunkle Vorahnung, als wir Casper nicht finden konnten.«

Jensen wartete ab, bis sie sich wieder gefasst hätte. Aber Karina schien es damit nicht eilig zu haben.

»Am Montagabend habe ich ihn noch gesehen, als ich mit dem Rad von der Arbeit nach Hause gefahren bin. Bitte entschuldigen Sie die Frage, aber wie kann es passieren, dass Sie erst nach zwei Tagen feststellen, dass er verschwunden war?«

Karina sah sie eindringlich an. »Das hier ist kein Gefängnis. Die Leute können kommen und gehen, wann und wie sie wollen.«

Tobias lächelte gequält und versuchte, die heikle Situation zu entschärfen. »Casper war immer sehr zurückhaltend und still gewesen. Es gab nicht den geringsten Anlass für die Vermutung, dass etwas nicht stimmte.«

»Seit wann wohnte er hier?«

»Letztes Jahr im November ist er zu uns gekommen.«

»Wo kam er her?«

»Tut mir leid, aber das dürfen wir Ihnen nicht sagen«, sagte Tobias.

»Können oder wollen Sie nicht?«

»Hören Sie«, fing Karina an und stellte ihre Tasse brüsk auf den Tisch. »Die jungen Leute hier sind alle sehr sensibel. Sie haben ihre Probleme und sind verletzlich, sind hier, weil sie hier sein müssen. Casper war da keine Ausnahme.«

Sie stand auf, nahm Jensens Tasse und stellte sie geräuschvoll in die Spüle. »Danke, dass Sie sich die Mühe gemacht haben, herzukommen, und für ... das, was Sie getan haben. Wirklich sehr freundlich, aber ich möchte davon nichts in Ihrer Zeitung lesen. Casper hat in seinem Leben viel Pech gehabt. Gönnen wir ihm wenigstens nach seinem Tod ein wenig Privatsphäre.«

»Wer sagt denn, dass ich sie nicht respektieren werde?«

»Gestern, als ich in Kopenhagen war, um Casper zu identifizieren, hat mir der Polizist, ich glaube, er hieß Henrik oder so, geraten, mich vor der Presse in Acht zu nehmen.«

Henrik schon wieder. Jensen fragte sich, wen er noch gewarnt hatte.

»Wenn Sie unbedingt etwas schreiben wollen, dann schreiben Sie über das hirnlose Vorhaben der Stadtverwaltung, diese Einrichtung zu schließen. Wir haben hier zweiundzwanzig Bewohner. Wo sollen sie hin? Sie haben die Mittel inzwischen so weit gekürzt, dass wir unsere Arbeit nicht mehr richtig machen können. Caspers Tod ist der Beweis. Das hätte einfach nicht passieren dürfen. Niemals.«

»Entschuldigen Sie bitte«, sagte Tobias später zu Jensen, nachdem Karina sie im Personalraum zurückgelassen hatte.

»Karina hat den ganzen Vormittag am Telefon zugebracht. Die Kommune setzt sie enorm unter Druck. Was passiert ist, ist furchtbar, für Skovhøj und uns alle.«

»Das verstehe ich«, sagte Jensen. »Ich versuche nur, mir einen Reim auf das Ganze zu machen. Wissen Sie etwas von einem Schild, das Casper bei sich hatte, als er sich in die Magstræde gesetzt hat? Ein Stück Pappe, auf dem das Wort ›schuldig‹ geschrieben stand?«

Seinen Blick deutete sie so, dass ihm das neu war.

»Nein.«

»Können Sie sich vorstellen, welchen Sinn das gehabt haben könnte?«

»Woher soll ich das wissen ...«

Er wandte sich ab, woraus Jensen schloss, dass er doch etwas wusste oder zumindest eine Vermutung hatte.

»Wie gut kannten Sie Casper?«, fragte sie.

»Ab und zu haben wir zusammen abgehangen, oder ich habe ihn zum Einkaufen mitgenommen und solche Sachen. Aber die meiste Zeit war er allein in seinem Apartment.«

»Er hatte kein Handy bei sich. Wissen Sie, ob er überhaupt eines besaß?«

»Der Polizist hat mich das auch schon gefragt. Ich bin mir ziemlich sicher, dass er eins hatte.«

»Laptop?«

Er schüttelte den Kopf.

»Hatte er außer mit Ihnen mit noch jemand anderem Kontakt?«

»Eigentlich nicht. Aber bitte, ich möchte nicht, dass Sie darüber etwas schreiben.«

Tobias deutete auf das Notebook, das Jensen endlich aus ihrer Tasche hervorgekramt hatte.

Sie steckte es wieder weg. »Macht der Gewohnheit«, erklärte sie.

Das stimmte. Das Notebook diente in diesen Tagen eher als schmückendes Beiwerk. Sie notierte hin und wieder das eine oder andere, um dann, wenn es ans Schreiben ging, doch nicht darauf zurückzugreifen. Zu diesem Zeitpunkt hatte sie die Geschichte bereits fertig im Kopf.

»Darauf kannst du dich verlassen«, sagte sie. »Aber dir muss klar sein, dass, sobald das an die Öffentlichkeit dringt, andere Journalisten vor der Tür stehen werden, die genauso neugierig, aber um einiges weniger rücksichtsvoll als ich sind. Der Tod von Casper ist ein Riesenaufmacher.«

»Wir werden sie nicht reinlassen«, sagte Tobias.

»Na gut.«

»Karina bereitet eine Stellungnahme vor. Mehr haben wir dazu nicht zu sagen.«

Jensen bezweifelte, dass es der Frau gelang, sich darauf zu beschränken, beschloss aber, Karina selbst ihre Erfahrungen mit der Presse machen zu lassen. Mit Leuten wie Frank Buhl würde sie schon fertigwerden.

»Bevor ich gehe«, sagte sie. »Dürfte ich mich noch kurz in Caspers Apartment umsehen?«

Tobias strich sich über den Bart und warf einen Blick auf die Tür zum Personalraum, als überlegte er, ob er noch einmal hineingehen und Karina um Erlaubnis bitten sollte. Jensen konnte sich die Antwort gut vorstellen.

»Ich fasse auch bestimmt nichts an«, beteuerte sie. »Nur fünf Minuten?«

Caspers Apartment lag am Ende eines langen Korridors, aus dem durch geschlossene Türen hindurch dröhnende Rhythmen drangen. Die Räume waren sauber und dunkel, Küche und Wohnbereich leer. Keine Spur von Schmutzwäsche oder persönlichen Gegenständen.

Jensen empfand Mitleid. »Habt ihr hier aufgeräumt?«

»Nein«, sagte Tobias. »Casper war immer sehr ordentlich.«

»Woran haben Sie dann erkannt, dass er abgereist war?«

»Sein Rucksack und sein Schlafsack waren nicht mehr da. Die hatte er noch, als er hier ankam.«

»Hat Ihnen der Polizist auch gesagt, dass bei ihm kein Rucksack gefunden wurde? Jemand muss ihn mitgenommen haben.«

»Ja, das hat er erwähnt. Er hat mich gefragt, ob ich vielleicht wüsste, was drin war. Aber ich wusste es nicht. Von seiner Kleidung fehlte nichts, glaube ich. Abgesehen von dem, was er anhatte, natürlich.«

Caspers Apartment hatte etwas von einer Stube in einer Kaserne. Das Bett ordentlich gemacht, die Bettdecke so straff um die Matratze gespannt, dass nicht die kleinste Falte zu sehen war. Der einzige nicht fest verschraubte Gegenstand im Zimmer war ein Stück Papier auf dem Nachttisch, auf dem in Druckbuchstaben »Nein danke« geschrieben stand.

Sie sah Tobias fragend an.

»Ach«, sagte er. »Hat Ihnen das niemand gesagt? Casper war stumm.«

21

SAMSTAG, 11:06 UHR

Jensen schwirrte der Kopf, als sie am Fahrradständer stand, den Helm aufsetzte und für die zwanzigminütige Fahrt zurück zum Bahnhof in Roskilde die Handschuhe überstreifte. Von Tobias hatte sie erfahren, dass Casper keine Hörprobleme hatte, trotzdem aber, wenn er etwas mitteilen wollte, stets Papier und Stift zur Hand nahm. Wie traurig, dass er die Worte »Nein danke« offensichtlich so häufig benutzte, dass er sie neben dem Bett aufbewahrte.

Doch warum war er nach Kopenhagen gefahren und hatte den größten Teil seiner Habseligkeiten dagelassen? Die Klamotten und Turnschuhe, die sie in seinem Kleiderschrank gesehen hatte, deuteten nicht darauf hin, dass er vorhatte, für immer zu verschwinden.

Plötzlich spürte sie eine Berührung an der Schulter, den Bruchteil einer Sekunde, bevor sie die schemenhafte Gestalt hinter sich überhaupt bemerkte. Für jemanden von dieser Größe war das Xbox-Mädchen erstaunlich leichtfüßig.

»Er kam aus Søvang«, sagte sie.

»Wie bitte?«

»Casper. Du wolltest doch wissen, woher er kam. Deshalb wollten sie es dir nicht sagen. Søvang ist eine Jugendstrafanstalt.«

Schuldig.

»Du hast gelauscht?«

Schulterzuckend sah das große Mädchen sie unverwandt an. Jensen fragte sich, warum sie wohl in Skovhøj war, was sie alles hinter sich haben mochte.

»Woher weißt du, dass er in Søvang war?«

»Ich bin gut im Dingeherausfinden.«

»Weshalb war er dort?«

»Kann ich dir noch nicht sagen.«

Jensen neigte den Kopf zur Seite. »So gut dann wohl doch nicht.« Sie lächelte. »Kanntest du Casper näher?«

Das Mädchen wandte den Blick ab, sah zum Fahrradständer und die Auffahrt hinunter, die im eisigen Nebel versank. Ihr Blick wurde wässrig. »Er war mein Freund. Ich habe Bescheid gesagt, dass er nicht mehr da ist.«

»Wie bist du darauf gekommen, dass er weg ist?«

»Am Mittwoch waren wir zum Spielen verabredet, aber er ist nicht gekommen. Das ist vorher noch nie passiert.«

»Das tut mir leid.«

»Wer hat ihn umgebracht?«

»Das weiß ich nicht.«

»Wirst du es herausfinden?«

»Die Polizei ist dran.«

»Und du?«

Das war eine gute Frage. Jensen wich ihr aus. »Erzählen Sie mir von Casper. Wie war er so?«

»Freundlich.«

»Es heißt, er habe nicht gesprochen. Weißt du, warum?«

Das Mädchen schüttelte den Kopf. Jetzt weinte sie richtig. Dicke Tränen rollten ihr über die Wangen.

Jensen schrieb ihre Telefonnummer auf einen Zettel und reichte ihn dem Mädchen. »Rufst du mich an, wenn … *wenn* du etwas herausgefunden hast?«

Das Mädchen betrachtete den Zettel. Ihre geröteten Augen blinzelten durch einen schmalen Spalt. »Jensen? Und wie weiter?«

»Nur Jensen. Und wie heißt du?«

»Fie.«

»Fie, wie weiter?«

»Einfach Fie«, sagte das Mädchen.

Sie gaben sich die Hand. Die von Fie war warm, prall wie ein Hefebrötchen und feucht von den Tränen, die sie sich von den Wangen gewischt hatte. Als Jensen in den Nebel davonradelte, spürte sie den Blick des Mädchens noch einen Moment auf sich ruhen.

22

SAMSTAG, 11:43 UHR

Die triste Winterlandschaft im Osten von Seeland huschte wie ein verschwommener, brauner Streifen am Zug vorbei. Vor zwei Tagen war Casper auf derselben Strecke unterwegs gewesen, durch die kalkig weißen Vororte hinein ins pulsierende Herz der Hauptstadt. Hatte er das Schild zu Hause in seinem Zimmer angefertigt, oder hatte er sich gleich nach seiner Ankunft in Kopenhagen spontan einen Karton besorgt?

Skyldig.

Wessen hatte er sich schuldig gemacht? Oder wollte er damit zum Ausdruck bringen, dass die Gesellschaft schuldbeladen war, weil sie nicht genug getan hatte, um ihn aus seiner wie immer gearteten misslichen Lage zu befreien?

An ihr Fahrrad gelehnt, checkte Jensen ihr Handy und schwankte im Rhythmus der Zugbewegungen. Der Boden war schmutzig, und der feuchte Mief klammer Winterklamotten hing in der Luft.

Die immer flehentlicher wirkenden Nachrichten von Henrik enthielten keine neuen Informationen. Von Margrethe kam gar nichts mehr, was vermutlich daran lag, dass sie mit der Betreuung für Gustav zufrieden war.

Der erste rote Backstein-Wohnblock und die mit Graffiti beschmierten Bahneinschnitte signalisierten ihr, dass der Zug sich dem Zentrum von Kopenhagen näherte.

Am Hauptbahnhof angekommen, fuhr Jensen mit dem Aufzug in die Bahnhofshalle hinunter und tauchte dort in die Menge ein. Der alte Kopfbahnhof mit den angelaufenen eisernen Kronleuchtern, die von der blutroten Deckenkonstruktion hingen, erinnerte sie an Ausflüge ins Tivoli, als sie noch ein Kind war, an das Gejohle, das an heißen Sommertagen aus den Fahrgeschäften drang, und den Duft von Eiscreme und Frittierfett, der einem schon in die Nase stieg, bevor die Drehkreuze auf der anderen Seite der Bernstorffsgade in Sicht kamen.

Heute war es einfach nur nasskalt und zugig. Nichts als missmutig dreinblickende Menschen, die zu ihren Zügen hasteten. Hatte Casper Blickkontakt mit jemandem gehabt, als er durch die Halle ging, oder war er mit gesenktem Kopf an den Passanten vorbeigelaufen, wie die meisten heute, und hatte nichts gesehen?

23

SAMSTAG, 12:33 UHR

Sie stellte ihr Fahrrad im Keller des Verlags ab und ging die knarrende, nach jahrhundertealtem Staub riechende Hintertreppe hinauf. Fast hätte sie ihr Büro erreicht, ohne jemandem zu begegnen, als sie das verräterische Geräusch von Holzschuhen vernahm, die sich auf dem Korridor näherten. Für Frank Buhl eher ungewöhnlich schnell.

»Wie? Jetzt kommst du wieder angekrochen?«, ätzte er im Vorbeigehen, während er an seiner roten Daunenjacke herumzupfte, um den Reißverschluss über dem stattlichen Bauch zuzuziehen.

Entweder würde er schon bald in eine neue Jacke investieren oder eben auf die Hotdogs und die Schokomilch vom Imbissstand gegenüber auf der Straße verzichten müssen, den er in der Mittagspause gern aufsuchte.

»Hast du es eilig?«

»Ja, die Identität deines toten Bettlers wurde gerade bekannt gegeben. Wie es aussieht, ein Jugendlicher aus der Klapse in Roskilde. Ich muss da jetzt hin. Einer muss die Zeitung ja am Laufen halten.«

»Frank, ich muss mich entschuldigen,« rief sie ihm nach, »dass ich dich neulich auf der Sitzung so angemacht habe. Ich weiß nicht, was in mich gefahren ist. Vermutlich stand ich noch unter dem Schock, den der Fund der Leiche bei mir ausgelöst hatte.«

Frank sah sie ungläubig an.

»Aber, unter uns«, fuhr sie fort, »ich bin fest davon überzeugt, dass du über solche Sachen auch viel besser berichten kannst als ich, und Margrethe weiß das ja.«

Er hielt inne. »Ach ja?«

»Absolut.«

Er schob einen Finger in den Mund und stocherte nach etwas, was zwischen den Zähnen stecken geblieben war.

»Und dir ist wirklich nichts Besonderes aufgefallen, als du die Leiche entdeckt hast?«, fragte er.

Jensen schüttelte den Kopf. »Nein. Nichts, was ich der Polizei nicht schon erzählt hätte. Er saß einfach nur da, tot, allein, im Schnee, mit einem Schlafsack über den Beinen.«

Frank zuckte mit den Schultern. »Dumm gelaufen. Zur falschen Zeit am falschen Ort«, sagte er und entschwand die Treppe hinunter.

Von dem Schild, dem Rucksack, der nirgends zu finden war, und von dem Zettel mit der Adresse des *Fuglereden* hätte sie ihm eigentlich erzählen müssen. Aber die Worte wollten ihr einfach nicht über die Lippen kommen. Wie bei den Fotos, die sie von Casper im Schnee gemacht hatte, fühlte es sich falsch an, sie mit jemandem zu teilen. Außerdem würde die Polizei die Informationen früh genug herausgeben, wenn sie es für sinnvoll hielt.

Sie ging in ihr Büro und setzte sich an den Schreibtisch, ohne das Licht einzuschalten oder den Mantel abzulegen. Sie war in Skovhøj gewesen und hatte mit den Mitarbeitern gesprochen. Abgesehen von Henrik, wusste niemand mehr über den Fall als sie. Warum sollte sie die Geschichte jemand anderen schreiben lassen?

Sie wählte Henriks Nummer. Sein Profilfoto, das auf dem Display erschien, hatte sie einmal in einer Bar aufgenommen. Es war das einzige, das sie von ihm hatte. Und selbst auf dem hatte er es fast geschafft, sein Gesicht mit einer Hand zu bedecken.

»Hallo«, begrüßte er sie gleich nach dem ersten Klingeln. Und im selben Moment fühlte sie sich an das erste Mal vor Jahren erinnert, als er sie anrief, nachdem sie sich in London kennengelernt hatten und er nach Kopenhagen zurückgekehrt war. Die nächsten Worte hatte er damals fast geflüstert: »Das ist verrückt.«

»Schön, deine Stimme zu hören«, sagte er jetzt und atmete langsam aus.

Es klang, als machte er es sich in einem Sessel bequem. Sie stellte ihn sich in seinem Büro vor – das sie noch nie betreten hatte –, aber die üblichen Hintergrundgeräusche in der Leitung fehlten. War er vielleicht zu Hause? Sie wollte die Vertraulichkeit nicht aufkommen lassen, die er gerade aufzubauen versuchte.

»Warum hast du mir nichts von dem Schild erzählt, das Casper bei sich hatte?«

»Welches Schild?«

»Die Bedienung in der Pizzeria hat es mir erzählt. Du hast am Dienstag selbst mit ihr gesprochen. Tu nicht so, als wüsstest du nichts davon.«

Henrik seufzte gereizt. »Das ist Sache der Polizei. Außerdem dachte ich, du hättest die Story an Buhl abgegeben. Jedenfalls klebt er mir seitdem geradezu an den Fersen.«

»Ich weiß, was auf dem Schild stand, und möglicherweise auch, was es bedeutet. Casper hat bis letzten November wegen irgendetwas gesessen, richtig? Vielleicht wollte er damit eine Art öffentliches *Mea culpa* demonstrieren oder eine Anklage an die Welt richten, weil sie ihn im Stich gelassen hat.«

»Ein Mea was, Frau Professor?«

»Ein Geständnis.«

»Das weiß ich«, sagte er.

»Und ich habe mich *tatsächlich* gefragt, was jemanden dazu bringt, sich zum Betteln an einen so unwirtlichen Ort wie die Magstræde zu begeben.«

»Und?«

»Wir wissen, dass es nicht so war.«

Schweigen. Sie wusste, dass Henrik jetzt versuchte, das Gespräch wieder auf eine persönlichere Ebene zu lenken, aber das wollte sie auf keinen Fall.

»Das erklärt aber trotzdem nicht, warum er sich für die Magstræde entschieden hat«, sagte sie. »Wenn es ihm darum ging, sich mit seiner Botschaft an die ganze Welt zu richten, dann hätte es lohnendere Plätze mit mehr Publikum gegeben.«

»Jensen, lass es gut sein«, sagte Henrik. »Wir kümmern uns darum. Du hast eine Leiche gefunden, du hast sie gemeldet, Ende. Wann machst du Feierabend?«

Sie überging seine Frage. »Wofür hat er gesessen?«

»Das ist vertraulich.«

»Ihr habt gar nichts, richtig?«

»Komm, lass uns ein Stück rausfahren. Ich muss dich sehen. Himmel, Jensen, was muss ich noch tun?«

Sie legte auf. Ihm fiel nichts Besseres ein, als durch Kopenhagen zu fahren, damit niemand sie erkannte. Genau wie vor drei Jahren. Manchmal waren sie sogar nach Helsingør gefahren und tollkühn genug, einen Strandspaziergang im Dunkeln zu riskieren. Mehr als solche Ausflüge waren nie drin gewesen. Wenn er sie dieses Mal wirklich sehen wollte, dann musste er sie schon wie ein normaler Mensch in ein Restaurant zum Essen ausführen.

Wenig überraschend, dass Jensens Onlinerecherche mit dem Namen Casper Madsen eine schier unglaubliche Menge an Einträgen ergab. Sein Nachname war in Dänemark kaum weniger verbreitet als ihr eigener. Den Rest des Nachmittags verbrachte sie damit, sich durch alle möglichen Kriminalfälle zu wühlen, jedoch ohne etwas Brauchbares herauszufinden. Als sie merkte, wie ihr langsam die Augen zufielen, beschloss sie, für heute Schluss zu machen.

Auf dem Weg hinaus sah sie Henning in seinem üblichen beigen Anzug im Büro sitzen. Der Zigarrengeruch verriet ihr, dass er vor nicht allzu langer Zeit zu seinem Velux-Fenster hinaus geraucht hatte. Mit einer kleinen, kunstvoll verzierten silbernen Schere in der Hand saß er an seinem Schreibtisch und schnitt Artikel aus den führenden dänischen Zeitungen aus, die, der Höhe des Stapels nach zu urteilen, mindestens einen Monat alt sein mussten. Im Radio lief

Jazz. Im Hinblick auf das Ableben dänischer Berühmtheiten verlief dieser Tag offensichtlich wenig ereignisreich. Sobald ein Artikel ausgeschnitten und aufbereitet war, versah Henning ihn sorgsam mit dem Füllfederhalter mit einem Datum und legte ihn zur Seite, um ihn später in einem der fünf mannshohen Aktenschränke abzulegen, die an der Wand aufgereiht waren.

Henning lebte streng analog. Ein Handy besaß er nicht und erklärte sich auch nur ungern bereit, seine Nachrufe auf einem Laptop zu verfassen. Seine alte Schreibmaschine thronte noch immer auf seinem Schreibtisch neben einem Stapel leerer Pappbecher, die er wie Trophäen aus den Büros der Kollegen zusammengetragen hatte.

»Du weißt doch, dass das alles im Internet steht, oder?«, sagte sie.

Er sah nicht auf.

»Immer noch nicht gut gelitten bei Margrethe?«, fragte er zurück, während er elegant um einen gezackten Spaltenrand herumschnitt. Die Druckerschwärze hatte seine zittrigen Finger geschwärzt.

»Seit ich mich bereit erklärt habe, auf ihren Neffen aufzupassen, nicht mehr. Sag mal, sagt dir der Name Casper Madsen etwas? Saß bis letzten November im Jugendknast.«

»Nein«, antwortete er knapp, ohne seine Arbeit zu unterbrechen.

Sie deutete mit dem Kopf in Richtung der Aktenschränke.

»Würdest du vielleicht unter Madsen einmal nachsehen?«

»Nicht nötig. Hab nie von ihm gehört. Wer ist das?«, sagte er kopfschüttelnd, ohne den Blick von der Schere zu nehmen.

»Das ist der junge Mann, der in der Magstræde niedergestochen wurde. Der, den ich letzten Dienstag auf dem Weg zur Arbeit gefunden habe. Du weißt doch, das zweite Opfer?«

»Besonders rumänisch klingt der Name jedenfalls nicht«, brummte Henning.

»Weil er es auch nicht ist. Die Leute haben mal wieder voreilige Schlüsse gezogen. Noch eine Frage, Henning.«

»Ja.«

»Nach welchen Kriterien entscheidest du, wer in den Aktenschrank kommt?«

»Alle, die etwas getan haben, worüber es sich zu lesen lohnt.«

»Und das entscheidest du?«

»Ja«, sagte er und sah mit wässrigen Augen zu ihr auf, deren Blau sie verblüffte.

»Hast du einen Kaffee?«

»Den hast du gestern ausgetrunken«, sagte sie. »Also, dürfte ich mal an den Aktenschrank?«

»Nein«, sagte Henning kurz und bestimmt.

24

SAMSTAG, 21:16 UHR

Stehe draußen.

Woher weißt du, wo ich wohne?

Es gibt Mittel und Wege.

Du kannst nicht reinkommen.

Wer sagt, dass ich das will? Wir fahren ins Gerichtsmedizinische Institut.

An einem Samstagabend?

Hast du was Besseres vor?

Jensen warf sich in die Jogginghose und zog ein Sweatshirt über, spritzte sich etwas kaltes Wasser ins Gesicht und band sich die Haare zurück. Henrik beäugte sie forschend, als sie ins Auto stieg. Das überfrorene Kopfsteinpflaster schimmerte wie schwarzes Metall, während sie am Kanal entlang- und an dem Kellerrestaurant vorbeifuhren, in dessen Fenstern Wohnlichkeit ausstrahlende Kerzen standen und vor dem Raucher, um sich vor der Kälte zu schützen, eng zusammenstanden.

»Du bist eingeschlafen, richtig?«

»Das geht dich nichts an.«

Er lachte. »Dann stimmt es also.«

Er hatte sein Auto aufgeräumt (dieses Mal flog kein Spielzeug herum). In den Getränkehaltern standen zwei Coladosen, eine davon war geöffnet. Auch das gehörte zu seinen Angewohnheiten, von denen er nicht lassen konnte: Grundsätzlich fuhr er Coladosen in Sixpacks im Kofferraum spazieren. Sein Angebot, sich die ungeöffnete Dose zu nehmen, lehnte sie dankend ab.

Die Cola, seine Lederjacke und die Art, breitbeinig dazusitzen: alles unverändert. Auch die Gefühle, die er bei ihr auslöste, waren dieselben.

Sie zwang sich, zum Fenster hinauszuschauen, während er den Wagen Richtung Norden lenkte. An die Stelle der Samstagsbummler waren Horden von Nachtschwärmern getreten, die sich den Vergnügungen hingaben, die die Kneipen der Innenstadt boten. Das war Henriks Welt; diese Dynamik mit ihrer Energie lag ihm im Blut. Die wenigen Male, die sie sich im Laufe der Jahre in London getroffen hatten, kam er ihr irgendwie kleiner vor, fast unbeholfen, ohne diese Aura einer unbestimmten Bedrohung, die ihn in seiner natürlichen Umgebung umfing.

Sie fuhren an der erleuchteten Fassade der dänischen Nationalgalerie vorbei und überquerten die *Søerne*, drei ineinander übergehende Seen, in denen sich die Lichter aus den Fenstern der Wohnblocks in der Umgebung wie in schwarzem Glas spiegelten.

»Was ist eigentlich mit den Angehörigen von Casper? Hast du mit ihnen gesprochen?«, erkundigte sie sich.

»Es gibt eine Tante, das ist alles. Es hat eine Weile gedauert, sie ausfindig zu machen. Wohnt in Jütland in einem Dorf bei Silkeborg. Ziemlich abgedreht. Wir sollen zur Hölle fahren. Das war das Einzige, was sie uns gesagt hat.«

Die Bettenburgen des staatlichen Krankenhauses, von den Einheimischen kurz *Riget* (das Königreich) genannt, kamen in Sichtweite. Henrik fuhr daran vorbei und bog ein Stück weiter in eine von Bäumen gesäumte Seitenstraße ein. Neben einem flachen Betonbau blieb er stehen und stellte den Motor ab.

Im Auto war es still. Ein Mann führte einen kleinen weißen Hund auf dem Grünstreifen aus und schaufelte die Hinterlassenschaften des Vierbeiners in einen Beutel.

Henrik strich ihr über das Haar. »Du bist mir die ganze Zeit aus dem Weg gegangen.«

»Jetzt bin ich ja hier.«

»Weil ich dich überredet habe.«

Er schaute sie mit diesen graublauen Augen an, die sie schon bei ihrer ersten Begegnung in den Bann gezogen hatten. Dieser leicht schräge Blick, von dem eine Wärme ausging, die einem sagte, dass er ganz und gar nicht der Rowdy war, der er vorgab zu sein.

»Wenn du mich sehen willst, musst du mich schon zum Essen einladen.«

»Vielleicht mach ich das ja«, sagte er, ohne den Blick abzuwenden.

Kaum hatten sie die Autotüren hinter sich geschlossen, ging er wieder in den Arbeitsmodus über, was ihr nicht unlieb war. So war er ihr lieber, sachlich und fast schon schroff.

»Dadrinnen bist du besser still. Wenn herauskommt, dass ich dich im Schlepptau hatte, bin ich mit einem Disziplinarverfahren noch gut bedient.«

»Warum hast du mich dann mitgenommen?«

»Nenn es ein Friedensangebot.«

»Hier lang«, sagte Henrik und steuerte auf den Eingang zu.

Während sie bei der Anmeldung darauf warteten, sich eintragen zu können, stand er hinter ihr. Zu nah. Sie spürte die Wärme, die sein Körper ausstrahlte, auf ihrem Rücken, das Kinn irgendwo über ihrem Kopf.

Dreh dich ja nicht um, befahl sie sich.

Tu es nicht.

Sie betraten ein spärlich beleuchtetes Büro. Die Luft roch muffig und abgestanden. Ein Mann mit zugekniffenen Augen, Tom-Selleck-Schnurrbart und grauem Brusthaar, das ihm aus dem Ausschnitt seines weißen T-Shirts quoll, blickte von seinem Computerbildschirm hoch und lächelte ihnen zu. Er trug eine weiße Hose, weiße Clogs und einen offenen weißen Kittel.

»Ah, da bist du ja«, begrüßte er Henrik und setzte die randlose Brille ab. »Ich war schon drauf und dran, dich zu vergessen. Wen hast du denn da mitgebracht?«

»Niemanden«, sagte Henrik. »Vergiss sie, sie ist gar nicht hier. Ich erkläre es dir später.«

»Na dann, hallo *Niemand*. Ich bin David. Freut mich, dich kennenzulernen.«

Sie reichten sich die Hand. Sie beschränkte sich auf ein knappes Lächeln, um nur keine unbedachte Bemerkung zu machen. David reichte ihnen Papierkittel, Überschuhe und Einweghauben. Er hatte große, kräftige Hände und behaarte Unterarme. Jensen stellte sich vor, wie er damit einen Brustkorb öffnete.

»Dann los«, sagte er.

Er lotste sie durch ein paar Türen in einen großen Saal mit einer Reihe separater, stallähnlicher Kabinen. Die Bodenfliesen waren vor Kurzem abgespritzt worden und noch nass. Jensen wagte kaum, sich auszumalen, wie es hier vorher ausgesehen hatte. Eine Reihe weißer Gummistiefel in unterschiedlichen Größen stand entlang der hinteren Wand. Darüber hingen schwere Plastikhandschuhe an Haken, die wie Stulpen aussahen. In jeder der Kabinen stand ein Edelstahltisch, von denen aber nur einer besetzt war. Auf ihm lag ein schlanker, in ein blaues Laken gehüllter Körper.

»Du bleibst besser hier auf der Seite stehen«, bedeutete David Jensen und zeigte auf eine Linie, die den gefliesten Boden von einem Bereich mit Linoleumbelag in einem dunkleren Grauton trennte.

»Wenn dir übel wird, setzt du dich auf einen der Stühle dahinten und stützt dich mit den Armen auf den Knien auf.«

Er reichte ihr und Henrik einen Mundschutz und legte auch selbst einen an.

Mit seinen Blicken bedeutete Henrik ihr: *Tu, was er dir sagt.*

Er stolzierte wie ein Pfau zu David und stellte sich neben ihn an den Tisch, während der Pathologe das Laken anhob. Die Stichwunden auf Caspers Körper muteten wie aufgerissene Münder an. Jensen hielt den Blick eine Weile zur Decke gerichtet.

»Also, dass Casper erstochen wurde«, sagte David, »ist ja bekannt. Ich habe vierzehn Stichwunden im Unterleib und einen Stich in die Leiste gezählt.«

Henrik nickte und betrachtete den Toten konzentriert, als rechnete er jeden Moment damit, dass er sich aufsetzen und ihm den Täter nennen würde.

»Diese hier war tödlich«, sagte David und zeigte auf die Stelle. »Aber …«

»Aber was?«

»Casper wäre wahrscheinlich sowieso gestorben. Er war wahrscheinlich schon bewusstlos, als er getötet wurde.«

»Wie kommen Sie darauf?«

»Die Menge an Benzodiazepin in seinem Körper dürfte für eine tiefe Bewusstlosigkeit gereicht haben. Er hat die Kälte wahrscheinlich gar nicht gespürt, bis es schließlich zu spät war. Nüchtern hätte man sich eine Unterkunft gesucht, bevor die Körpertemperatur in den gefährlichen Bereich absinkt. In einer Nacht wie letzten Dienstag wäre die Einnahme von Benzodiazepin Selbstmord gewesen.«

»Benzodiazepin? Was ist das?«, fragte Jensen.

Henrik warf ihr einen gereizten Blick zu, aber Davids Augen lächelten ihr über seine Maske hinweg zu. »Das ist eine Art Beruhigungsmittel. Es wird manchmal vor Operationen oder bei Angstzuständen verschrieben«, erklärte er.

»Oder als Freizeitdroge eingeworfen. Benzos sind reichlich im Umlauf«, fügte Henrik noch hinzu und wandte sich wieder David zu.

»Keine Hinweise auf einen Kampf?«

»Genau. Nichts. Das unterscheidet ihn von dem Opfer aus der Farvergade. Nichts unter den Fingernägeln, keine Kratzspuren oder andere Anzeichen, die auf Notwehr schließen ließen.«

»Wer sticht denn auf jemanden ein, der schon so gut wie tot ist?«, schaltete sich Jensen ein.

»Das herauszufinden ist Sache von Jungersen. Spekulationen sind nicht mein Fachgebiet. Apropos.«

Er schaltete das Licht über der Bahre ein. Casper war am Körper rasiert worden. Er war so hager, dass sich jede einzelne Rippe deutlich abzeichnete.

»Am rechten Oberschenkel befindet sich eine ältere Narbe. Hier, siehst du sie?«

Henrik nickte. »Vor etwa vier Jahren ist er bei einer Messerstecherei in einer Jugendstrafanstalt verletzt worden. Damals war er sechzehn.«

»Das passt auf jeden Fall zu einer Stichwunde«, sagte David. »Übrigens gibt es auch Anhaltspunkte für erhebliche Selbstverletzungen an Unterarmen und Beinen. Einige davon sind noch ziemlich frisch.«

Mit einem gemächlichen Kopfschütteln blickte Henrik auf die silbrige Haut des Toten hinunter. Er erkannte ein feines Strukturmuster, als wäre sie auf einem Webstuhl gewebt worden.

»Und dann noch das hier.«

David deutete auf Caspers Oberarme. »Siehst du das?«

»Die sehen aus wie blaue Flecken«, sagte Henrik. »Könnte es sein, dass ihn jemand nach dem Tod bewegt hat?«

David schüttelte den Kopf. »Nein, die hat er zu Lebzeiten abbekommen. Jemand muss ihn sehr grob angefasst haben.«

»Mann oder Frau?«

»Der Größe der Male nach zu urteilen, ist beides möglich. Auf jeden Fall war derjenige, der das getan hat, entweder sehr stark oder sehr wütend.«

»Das hilft uns auch nicht viel weiter.«

»Verstehe ich.«

»Die letzte Mahlzeit?«

»Mindestens acht Stunden, bevor er starb. Allerdings deutet der Mageninhalt darauf hin, dass er kurz vorher ein Schokoladengetränk zu sich genommen hat.«

»Schokoladenmilch?«

»Es könnte noch heiß gewesen sein, als er es trank.«

Henrik nickte. »Vielleicht hatte er es in einer Flasche dabei. Im Rucksack vermutlich, wo auch immer der geblieben ist.«

David zuckte mit den Schultern.

»Und der Todeszeitpunkt?«

»Der Gerichtsmediziner, der als Erster am Tatort war, ging davon aus, dass er schon vier bis sechs Stunden tot war, als man ihn fand. Also irgendwann zwischen 1:30 und 3:30 Uhr. Ich bin bei der Obduktion auf keine gegenteiligen Ergebnisse gestoßen.«

Die beiden Männer standen nebeneinander und blickten hinab auf die Bahre. In Jensens Wahrnehmung fingen sie an zu wanken und zu verschwimmen.

Vielleicht war es der Anblick von Caspers knabenhaftem, unterernährtem Körper, vielleicht aber auch der animalische Gestank, der weniger zu der Vorstellung eines gefliesten Badezimmers passte, sondern vielmehr an einen Schlachthof denken ließ.

Henrik fing sie auf, bevor ihr die Beine wegknickten, setzte sie auf einen Stuhl und beugte ihren Oberkörper hinunter in Richtung Oberschenkel. Das Letzte, was sie dachte, bevor Dunkelheit sie umfing, war, wie nutzlos sie doch war.

ZWEITE WOCHE

25

MONTAG, 08:57 UHR

Für Jensen war es inzwischen fast zur Routine geworden, Fremde in ihrem Büro anzutreffen. »Was ist denn hier los?«

Der durchgesessene Sessel, der ihr mittlerweile ans Herz gewachsen war, war verschwunden. An seine Stelle war ein Schreibtisch getreten, vermutlich aus dem Büro eines glücklosen Kollegen, der gefeuert worden war. Der Schreibtisch stand ihrem genau gegenüber. Ein Mann in Latzhose kam darunter hervorgekrochen und betrachtete voller Stolz sein Werk.

»Ihr arbeitet hier also ab jetzt zu zweit?«, fragte er. »In letzter Zeit bringe ich eigentlich mehr Zeit damit zu, Sachen abzubauen als umgekehrt. Ist mal 'ne nette Abwechslung.«

Jensen wusste, dass es zwecklos war, zu protestieren. Margrethe schien es wirklich ernst zu meinen. Solange sie mitspielte, war es allerdings unwahrscheinlich, dass sie gefeuert wurde, und im Moment musste sie sich dringend etwas Zeit verschaffen.

»Ja, sieht so aus, als hätte ich einen Lehrling. Können wir einfach …?«

Sie zog die beiden Tische ein Stück auseinander und beäugte das Resultat ihres Einsatzes mit zur Seite geneigtem Kopf.

»Nein, das geht so noch nicht … Könnten Sie mir vielleicht eine dieser Trennwände aus dem Besprechungsraum unten holen, die man auch als Pinnwand benutzen kann? Die könnte man doch dazwischenstellen?«

»Kann ich machen, aber dann könnt ihr euch nicht mehr sehen …«

»Bitte«, drängte Jensen ihn, die Hände vor dem Gesicht gefaltet. »Glaub mir, wir brauchen hier unbedingt eine Trennwand.«

In dem Augenblick betrat Gustav mit aufgesetzten Kopfhörern den Raum, ließ sich in den Schreibtischstuhl fallen und drehte sich darin. Der Mann in der Latzhose schwieg, nickte Jensen verständnisvoll zu und ging.

»Dieser Laptop ist ja uralt«, beschwerte sich Gustav.

»Oh, das tut mir leid. Dachtest du, wir sind hier bei Google?«

»Aber wenn's doch stimmt«, sagte Gustav.

Jensen kramte in ihrer Tasche nach Paracetamol und sehnte sich einen von Lirons Kaffees herbei. Das Wochenende war das pure Chaos gewesen. Als sie am Samstagabend wieder zurückgekommen war – Henrik hatte darauf bestanden, sie nach Hause zu fahren –, war es schon nach Mitternacht gewesen.

»Dann weiß ich ja jetzt, wo du wohnst«, hatte er zu ihr gesagt, als sie aus dem Auto stieg.

Sie war gleich ins Bett gegangen und hatte dort den größten Teil des Sonntags mit ihrem Laptop verbracht, ohne sich um eine neue Wohnung zu kümmern. Dabei würde Markus seine Wohnung morgen wieder für sich haben wollen. Sie tastete in ihrer Tasche nach den Schlüsseln zu Esbens Gartenhaus. Das musste eben gehen.

Ohne Gustav weiter zu beachten, checkte sie ihre E-Mails und fand zu ihrer Überraschung eine Antwort von Margrethes Informant.

Morgen Abend um sechs. Assistenzfriedhof

Sogar eine Karte mit einer Stecknadel war dabei. Ganz schön aufwendig für eine Story über eine fehlgeleitete Buchhalterin, dachte sie.

»Was liegt denn heute an?«, wollte Gustav wissen, während er seinen Laptop hochfuhr.

»Bei *uns* gar nichts. Bei *dir* vielleicht, aber erst einmal will ich wissen, mit wem ich es überhaupt zu tun habe.«

Er sah sie an, zog die Stirn kraus und lupfte eine Seite seines Kopfhörers. »Mit wem was?«

»Liest du eigentlich Zeitung?«

»Eher nicht.«

»Guckst du wenigstens ab und zu die Nachrichten im Fernsehen oder hörst sie im Radio?«

»Kommt vor.«

»Schreibst du? Warst du in der Schule gut in Dänisch?«

»Klassenbester, bis sie mich rausgeschmissen haben.«

»Rausgeschmissen? Weshalb?«

Er sah sie wortlos an. Na gut. Früher oder später würde sie es herausfinden.

»Also gut. Und du willst Zeitungsjournalist werden?«

»Vielleicht. Keinen Plan.«

»Gustav, sieh dich doch mal um. Findest du all das hier reizvoll? Die Hälfte der Leute, die hier früher gearbeitet haben, ist nicht mehr da. Es gibt keine Korrektoren mehr und kaum noch Fotografen. In drei, spätestens fünf Jahren haben diese Büros nur noch musealen Wert. Hör auf mich, such dir was anderes, egal was, nur nicht das hier.«

»Bei meiner Tante klang das aber ganz anders. Sie sagte, dass Reporter immer eine Zukunft haben und dass du mir schon beibringen würdest, wie man ein guter wird.«

O Gott. War sie in seinem Alter genauso naiv gewesen? Wahrscheinlich. Damals hatte sie weder Zeitung gelesen noch sich auch nur ansatzweise für Nachrichten oder das Schreiben interessiert. Abgesehen von der Einsicht in die Notwendigkeit, Geld verdienen zu müssen, hatte sie sich auch aus einem anderen Grund bei diesem Lokalblättchen beworben. Nämlich aus dem unbestimmten Gefühl heraus, dass Journalismus irgendwie angesagt war und ihre Streitlust, die ihr immer wieder Ärger mit ihren Lehrern eingebracht hatte, fruchtbar machen würde. Beides hatte sich als grundfalsch herausgestellt. Ihr erster Chef erwies sich ihren charmanten Ausreden gegenüber als völlig unzugänglich. Sie hatte gerade wieder eine

Abmahnung erhalten, als Esben sie aus heiterem Himmel im Büro anrief und den Anstoß zu einem großen Bericht gab, der es später sogar in die überregionalen Blätter und ins *Dagbladet* geschafft hatte.

»Warum ich?«, hatte sie ihn einmal gefragt.

»Ich habe dein Foto in der Zeitung gesehen und konnte dem frechen Ausdruck in deinem Blick nicht widerstehen. Da dachte ich, *das könnte lustig werden mit ihr.*«

»Dann hat das also nichts mit meinen journalistischen Fähigkeiten zu tun?«

»Doch schon. Aber ich dachte, es würde höchste Zeit, dich dem Ressort für vermisste Haustiere zu entreißen.«

Mit Esbens Geschichte hatte ihre Kariere begonnen. Nachdem sie sich erst einmal darangemacht hatte, die Wahrheit herauszufinden, war sie nicht mehr zu bremsen gewesen.

Wenn Margrethe in ihrem Neffen die gleiche Kaltschnäuzigkeit zu erkennen glaubte und meinte, der Journalismus würde auch ihm auf die Sprünge helfen, dann konnte Jensen ihr das nicht einmal verdenken.

Ihre eigene Wandlung vom Saulus zum Paulus war zwanzig Jahre her, lange bevor Smartphones, Twitter und Instagram das Licht der Welt erblickt hatten. Damals fingen die Zeitungen gerade erst an, den Abgrund zu erkennen, auf den sie zusteuerten.

»Hör zu«, sagte sie. »Bevor du jetzt in Tränen ausbrichst: Uns beiden ist doch klar, dass wir nicht freiwillig hier zusammenhocken. Wir müssen Tantchen bei Laune halten, und so lange machst du dich besser nützlich. Google den Fall Casper Madsen, ein Obdachloser, der vor einer Woche in der Magstræde tot aufgefunden wurde, und lies die Berichte darüber, und zwar jedes einzelne Wort. Und wenn du damit fertig bist, gehst du dorthin und fragst jeden, der dir über den Weg läuft, ob ihnen an diesem Montagabend oder Dienstagmorgen etwas aufgefallen ist. Wann ist der junge Mann zum ersten Mal in der Straße aufgetaucht? Ist jemandem ein blauer Rucksack aufgefallen? Hat ihm jemand einen Zettel mit Namen und Adresse einer Obdachlosenunterkunft in der Rysensteensgade zugesteckt?«

»Margrethe hat gesagt, du hättest die Leiche gefunden, wolltest aber nicht darüber schreiben und dass jetzt jemand anderer den Artikel schreibt.«

»Ja, und?«

»Bist du sicher, dass ich in die Magstræde gehen soll?«

»Betrachte es als Teil deiner Ausbildung.«

»Margrethe wird nicht glücklich darüber sein.«

»Nur wenn Sie etwas davon erfährt, nicht wahr, Gustav?«

Er verschränkte die Arme vor der Brust und sah sie ungerührt an.

»Es ist doch nur ein kleiner Rechercheauftrag. Ich bin einfach nur neugierig, das ist alles. Wahrscheinlich kommt sowieso nichts dabei heraus. Um den anonymen Hinweis, den Margrethe bekommen hat, kümmern wir uns später, keine Sorge. Morgen Abend treffe ich mich mit unserem anonymen Informanten.«

»Kann ich mitkommen?«

»Kommt drauf an.«

»Worauf?«

»Wie du dich benimmst.«

Sie stand auf und schnappte sich ihren Mantel und die Tasche.

»Und was machst *du* jetzt?«, rief Gustav ihr nach, als sie in den dunklen Korridor hinaustrat, in dem lediglich das träge Klopfen von Hennings Tastatur zu hören war.

»Ich hole mir jetzt den stärksten Kaffee, den ich auftreiben kann.«

26

MONTAG, 20:05 UHR

Henrik hatte sich die schäbigste Ecke ausgesucht, die das Café Victor zu bieten hatte, und sich mit dem Rücken zur Wand an den Tisch gesetzt. Er hatte ihr mal gesagt, dass er stets auf alles vorbereitet wäre und eine Gefahr schon von Weitem erkennen würde, hatte es eine Berufskrankheit genannt, die seiner Familie die meisten Feiertage und Veranstaltungen in der Öffentlichkeit kaputtmachte. Er sah sich im Raum um und fixierte Jensen mit seinem Blick, als sie sich dem Tisch näherte.

Seine Augen.

Allmächtiger Gott.

Sie registrierte die brennende Kerze und die zierliche Vase mit den weißen Rosen, passend zu dem gigantischen Strauß auf der Edelstahlbar: Requisiten für jene Art von romantischem Abendessen, das sie nie zusammen genießen konnten, zumindest nicht hier – und auch sonst nirgendwo in Kopenhagen.

Ihre verschämten Blicke spiegelten sich in den glänzenden Oberflächen. Für einen Montag im Winter war das Lokal zum Bersten voll. Zu viele Menschen und alle viel zu nah.

Henrik trug wie üblich ein weißes Hemd und schwarze Jeans. Seine alten Springerstiefel mit den Farbklecksen hatte er gegen die schwarzen Brogues getauscht, die er als seine »Tanzschuhe« bezeichnete. Sie nahm das als eine Geste der Aufmerksamkeit, von der sie sich geehrt fühlen sollte. Die Lederjacke hatte er aber anbehalten.

Umso schneller konnte er die Flucht ergreifen.

»Verdammt, ich hab dich so vermisst«, hauchte er, ohne den Raum hinter ihr aus den Augen zu lassen. Er berührte sie unter dem Tisch.

Sie bestellten Burger und Bier.

»Na, sieh mal an«, sagte Jensen, als das Essen kam. »Du und ich wie richtige Erwachsene in einem Restaurant. Eine Journalistin, die einen Polizisten zu einem Fall befragt.«

Er machte sich über sein Essen her, als käme er zu spät zu einem Termin. »Aber *sie* weiß, dass du mehr bist als nur das.« (*Sie*, *ihr*, auf keinen Fall *Louise*).

»Hast du ihr gesagt, dass ich zurück bin?«

»Nein, aber das herauszufinden dürfte nicht so schwierig sein. Deine Nebenbeschäftigung steht ja in der Zeitung.«

»Nicht viel in letzter Zeit.«

»Trotzdem, sie weiß, dass zwischen uns beiden etwas läuft.«

»Und was ist, wenn sie uns zusammen sieht?«

»Das wäre der GAU. Sie würde mich auf der Stelle rausschmeißen. Damit könnte ich auch leben, wenn da nicht Oliver wäre. Er ist erst sieben, und er und ich …«

Er legte die Faust aufs Herz. »Wenn ich daran denke, dass ich kein drittes Kind haben wollte.«

»Was ist passiert?«

»Sie hat mir mit Scheidung gedroht, wenn ich nicht einwilligen würde«, lachte er.

Nicht zum ersten Mal dachte Jensen, dass Henrik trotz seines Machogehabes eigentlich schwach war, und war von sich selbst enttäuscht. Was war die Definition von Wahnsinn doch gleich? Wahnsinn ist, immer wieder das Gleiche zu tun und jedes Mal ein anderes Ergebnis zu erwarten.

Das Café Victor war sein Lieblingslokal, aber sie sah ihm an, dass er es für einen Fehler hielt, sich hier zu treffen. Es war sein Territorium. Hier konnte er sich in eine andere Identität hineindenken, unbeschwert den toughen Mann in einer glamourösen Bar geben. Sie war hier ein Fremdkörper.

»Du hast *mir* doch nachgestellt«, sagte sie. »Ich wollte nie etwas von dir. Du konntest es nicht lassen.«

»Wirklich? So habe ich das gar nicht in Erinnerung«, sagte er, warf die Serviette auf den Teller und lächelte sie herausfordernd an, während er mit den Händen ihren Oberschenkel hochglitt.

Sie wandte den Blick ab, aufgeschreckt über die Empfindungen, die er auf den Plan rief.

Die Zwiebeln und den Salat hatte er in zwei ordentlichen Häufchen am Tellerrand gestapelt und den Käse vom Burger gekratzt. Was das Essen betraf, war er nach wie vor wählerisch, besonders wenn es um Käse ging.

Ihr eigenes Essen hatte sie kaum angerührt. Sie beide funktionierten nicht als Paar. Oft konnte sie sich des Gefühls nicht erwehren, dass sich das, was zwischen ihnen lief, egal wie stark die Anziehungskraft war, größtenteils in ihren Köpfen abspielte und keine Zukunft hätte, sobald es öffentlich würde.

»Eine Frage will mir nicht aus dem Kopf«, sagte sie, um vom Thema abzulenken. »Warum ist Casper in jener Nacht dort sitzen geblieben, statt in die Unterkunft zu gehen?«

»Worauf willst du hinaus?«, sagte Henrik.

»Ich glaube, er wollte damit etwas sagen. Es war ihm egal, was mit ihm passierte. Mein erster Gedanke war, dass er die meisten seiner Sachen in Skovhøj zurückgelassen hat, weil er zurückkommen wollte. Aber vielleicht hatte er einkalkuliert, dass er sie nicht mehr brauchen würde.«

»Oder er war einfach nicht ganz bei sich. Vergiss die Benzos nicht. Drogen waren in Skovhøj allgegenwärtig. Wir sind auf der Suche nach einem Dealer, der die meisten Kids mit Drogen versorgt haben soll.«

»Seltsam.«

»Warum?«

»Weil sein Zimmer perfekt aufgeräumt war. Er war wohl ein verschlossener, aber organisierter Mensch, der sich im Griff hatte.«

Henrik lehnte sich mit verschränkten Armen zurück. »Wenn ich mal darüber hinwegsehe, dass du gerade zugegeben hast, in seinem Zimmer gewesen zu sein, hat er nicht das typische Profil für einen Freizeitjunkie. Den Stoff kriegt man überall. In Caspers Umfeld dürften noch ein paar schlimme Jungs aus seiner Zeit im Knast rumhängen. Er musste bestimmt nicht lange suchen, um jemanden zu finden, der ihm das Zeug verkauft.«

Henrik sah sich im Raum um und duckte sich, wie vom Donner gerührt, plötzlich weg.

»Verdammt!«

»Was ist denn jetzt los?«

»Da drüben ist eine Freundin von ihr.«

»Wo?«

»Nicht hinsehen, verdammt!«

Er schnappte sich seine Schlüssel, stand auf und ging mit gesenktem Kopf los, mit dem Rücken zum Raum.

»Ich muss gehen. Ich warte draußen im Auto auf dich, um die Ecke in der Grønnegade. Komm in fünf Minuten nach. Tut mir leid, aber du wirst die Rechnung übernehmen müssen. Habe gerade kein Bargeld dabei, und mit meiner Karte kann ich nicht bezahlen. Sie bringt mich um, wenn sie das auf dem Kontoauszug sieht. Dann wäre die Hölle los.«

Er ging zur Toilette und kam nach wenigen Minuten wieder heraus. Er sah sich im Raum um, vermied es jedoch, sie anzusehen, und verließ das Restaurant. Seine machohafte Pose war einem ängstlichen Schleichen gewichen.

Jensen wartete fünf Minuten, in denen sie den leeren Platz anstarrte, den er zurückgelassen hatte. Dann schob sie ihren Teller zurück, ging zum Tresen und beglich die Rechnung. Draußen auf dem Bürgersteig blieb sie einen Moment stehen und schaute in Richtung Grønnegade, wo Henrik bei laufendem Motor im warmen Auto auf sie wartete. Dann drehte sie sich entschlossen um und ging in die entgegengesetzte Richtung davon.

Was ihre Verabredungen betraf, endeten sie stets mit einem Fiasko. Zum x-ten Mal wünschte sie sich, Henrik würde sie ein für alle Mal aus seinem Leben verbannen. Eine Entscheidung, die selbst zu treffen sie einfach nicht fertigbrachte. Solange nicht einer von ihnen den Schritt machte, fürchtete sie, waren sie dazu verdammt, denselben Fehler immer und immer wieder zu begehen.

Ihr Telefon vibrierte in der Tasche: Fie, das Xbox-Mädchen aus Skovhøj.

Casper Madsen ist nicht sein richtiger Name. Ich kann den herausfinden, aber es dauert etwas und ist nicht legal.

Jensen zögerte, wenn auch nur kurz, bevor sie antwortete.

Tu es.

27

MONTAG, 21:42 UHR

Henrik Jungersen saß am Schreibtisch in seinem Büro und sah aus dem Fenster. Es hatte wieder zu schneien begonnen. Er saß da in seiner Lederjacke, sie auszuziehen war ihm zu mühsam gewesen.

»Super gelaufen«, sagte er laut vor sich hin. »Bravo, Jungersen, gut gemacht.«

Berge von Papier stapelten sich auf seinem Schreibtisch. Allein mit dem, womit er im Rückstand war, konnte er die Wände tapezieren. Doch er hatte keinen Kopf dafür; seine Lesebrille, ohne die es inzwischen nicht mehr ging, steckte noch in der Tasche seines weißen Hemdes.

Eine halbe Stunde hatte er in der Grønnegade gewartet und sich jedes Mal weggeduckt, wenn jemand an seinem Auto vorbeikam, bis er schließlich einsehen musste, dass Jensen nicht mehr kommen würde.

Natürlich nicht.

Konnte er ihr das verübeln?

Er griff zum Handy. Seit einer Minute keine neuen Nachrichten. Ein gutes Zeichen, aber dennoch zu früh, sich in Sicherheit zu wähnen. Wenn die Freundin seiner Frau ihn mit Jensen gesehen hatte und gleich damit hausieren ging, würde er behaupten müssen, dass es sich um ein Geschäftsessen gehandelt habe, was im Prinzip nicht einmal verkehrt war. Deshalb saß er jetzt hier an seinem Schreibtisch.

Aber darüber ließ sich natürlich streiten.

Diese verfluchte Jensen.

Hätte er sie doch nie kennengelernt. Sein Leben würde sich um einiges unkomplizierter gestalten.

Nicht so interessant, aber definitiv unkomplizierter.

Wenn er genau hinsah, lagen die besten Zeiten schon eine Weile hinter ihnen. Jensen hatte sich verändert, war im Laufe der Jahre, wie es schien, noch nerviger geworden.

Er konnte sich nicht erklären, warum er sich von ihr so sehr angezogen fühlte. Sie war nicht einmal sein Typ. Schmächtig, dunkelhaarig und flachbrüstig. Sie hatte Lücken zwischen den Zähnen und einen unglaublichen Dickschädel. Ihre dunkelblauen Augen hatten es ihm angetan, die Intensität in ihrem Blick und ihrer Mimik. In ihr loderte ein Feuer, nach dem er sich verzehrte, das ihn immer wieder zu ihr zurückkehren ließ.

Er beäugte das Sofa auf der anderen Seite des Schreibtischs und überlegte, ob er sich einfach hinlegen und ein wenig schlafen sollte. Im Moment wäre das vermutlich besser, als nach Hause zu gehen. Seine Frau war nicht dumm. (»Hast du eine andere?«) Würde er in diesem Zustand durch die Haustür kommen, wüsste sie sofort Bescheid.

Ihm war nicht gut. Er fühlte sich wie von einem Bazillus befallen, den er nicht loswurde. Sein Magen rumorte, das Herz raste, aber er sah sich außerstande, etwas zu essen oder sich ein wenig auszuruhen. Alles Symptome, die er nur zu gut kannte.

Es war wieder so weit.

Es klopfte dreimal an der Tür. Das für Mark typische Klopfzeichen, wenn er gut aufgelegt war.

»So spät noch bei der Arbeit, Chef?«

»Wenn du glaubst, dass ich nicht da bin, warum klopfst du dann an?«

»Keine Ahnung. Die Frage war eher rhetorisch.«

»Also, was gibt's?«

»Du erinnerst dich doch, wie seltsam wir es fanden, dass es in der Nähe der Stelle in der Magstræde, an der das zweite Opfer ermordet wurde, keine Überwachungskameras gibt?«

»Das könnte ich wohl kaum vergessen«, raunte Henrik.

In Kopenhagen war es inzwischen kaum noch möglich, sich auch nur einen Zentimeter zu bewegen, ohne in das Visier einer Kamera zu geraten. Aber ausgerechnet in der Nähe des Tatorts in der Magstræde war jedes Überwachungsgerät entweder defekt oder zeigte in die falsche Richtung.

»Na ja, eine habe ich gefunden.«

»Wie bitte?«

»Es war nicht ganz einfach. Der Eigentümer von Nummer neun, so eine Art Werbeagentur, glaube ich, ist bankrottgegangen. Die Räume stehen leer. Aber der Zufall wollte es, dass die Kamera …«

»Na los, Søndergreen, spuck's schon aus.«

Mark trat an den Schreibtisch heran und deutete auf Henriks Laptop. »Darf ich?«

Henrik hob beide Hände und lehnte sich zurück. »Tu dir keinen Zwang an.«

Auf dem Bildschirm flackerte ein Bild, eine Collage aus Weiß und Grau.

»Die Kamera befindet sich über der Tür von Haus Nummer neun und zeigt auf die Straße in Richtung Gammel Strand. Sie erfasst also nicht den Bereich der Mauer, wo unser Mann gesessen hat, sondern …«

Er deutete auf die Mitte des Bildschirms. »Der weiße Punkt da. Das ist das Licht der Straßenlaterne drei Meter östlich des Opfers. Und die dunklere graue Stelle, das ist der Bürgersteig auf der anderen Straßenseite.«

»Das Bild ist ziemlich unscharf, es hat zu der Zeit stark geschneit, aber sieh dir das an …«

Mark spulte vor. Der Zeitstempel in der rechten oberen Ecke sprang auf 02:12 Uhr.

Seite an Seite starrten sie auf das grobkörnige Bild.

Nichts.

Henrik seufzte gereizt.

»Warte …«, sagte Mark.

Und da war es. Um 02:14 Uhr: Eine Gestalt lief, den Rücken zur Kamera gewandt, Richtung Gammel Strand aus dem Bild.

»Geh noch mal zurück.« Henrik war hellwach.

Sie sahen es sich noch einmal an und noch einmal und dann noch ein viertes Mal.

Henrik zeigte auf den Bildschirm. »Mann oder Frau, was meinst du?«

»Wegen der Kapuze lässt sich das schwer sagen«, sagte Mark.

»Ich glaube, es ist eine Frau. Frauen laufen anders.«

»Ich weiß nicht. Würdest du darauf wetten?«

Nein. Henrik musste zugeben, dass er es nur vermuten konnte.

»Überprüf alle Überwachungskameras in der Umgebung, und sieh nach, ob diese Person etwa um dieselbe Zeit woanders wieder auftaucht.«

»Hab ich schon«, sagte Mark.

Mark war irgendwie seltsam, aber Henrik musste ihm lassen, dass er ein sehr gründlicher Polizist war.

»Und?«, fragte er in gespannter Erwartung.

Waren sie jetzt das entscheidende Stück vorangekommen?

»Absolut nichts.«

28

DIENSTAG, 10:04 UHR

Die Trennwand, um die Jensen gebeten hatte, war über Nacht angebracht worden. Ihr Büro glich nun eher dem Callcenter einer Telefongesellschaft aus den Achtzigern. Dennoch wollte sie sich nicht beklagen. Lieber sah sie auf die Pinnwand als in das pickelige Gesicht von Gustav, den sie auf der anderen Seite immerhin noch hören konnte, während er zu irgendeinem Müll, der aus seinen Kopfhörern dröhnte, etwas vor sich hin brummte.

Ihre Arme schmerzten. Sie hatte Markus überredet, ihre Kartons in seinem Keller abstellen zu dürfen, bis sie eine andere Lösung gefunden hatte. Zwei Stunden hatte sie damit zugebracht, alles die vier Stockwerke runterzuschleppen. Markus hatte währenddessen telefoniert. Grußlos hatte sie seine Wohnung mit nicht mehr als dem, was sie im Rucksack unterbringen konnte, verlassen.

Gustav machte jetzt etwas, was die Trennwand zum Schwingen brachte. Sie fischte einen Hundert-Kronen-Schein aus der Tasche.

»GUSTAV!«

Er antwortete mit einem Grunzen.

»Gehst du bitte zum Kaffeestand in der Teglgårdsgade und holst uns einen Kaffee. Der Typ heißt Liron, hat ein Ziegenbärtchen und flucht viel. Sag ihm, ich hätte dich geschickt und dass ich was Starkes brauche.«

Schweigen.

»Wie? Jetzt gleich?«, tönte es schließlich von der anderen Seite der Trennwand her.

»Ja, jetzt gleich!«

Er schnappte sich den Geldschein und zog mit gefährlich tief hängender Jeans und deshalb gut sichtbarer Unterhose schlurfend davon. Jensen streckte sich und massierte sich das Gesicht, um wieder Leben zu spüren. Sie hatte kaum geschlafen. Nachdem Henrik ihr endlich keine Entschuldigungen mehr schrieb (die sie unbeantwortet ließ), war es zwei Uhr, und ihre Gedanken kreisten um den Fall Casper und ihre Rückkehr nach Dänemark, die so grandios schiefgegangen war. Sollte sie bleiben? War das klug?

Nach der gestrigen Redaktionssitzung hatte sie sich halbherzig auf Wohnungssuche begeben, weil sie wusste, dass Margrethe in einer Besprechung steckte und nicht zu erwarten war, dass sie etwas von ihr wollte. Mietwohnungen in Kopenhagen waren rarer als eine Sonnenstunde im Januar. Eine Weile würde sie mit Esbens Sommerhaus vorliebnehmen müssen. Aber vielleicht war das gar nicht so schlecht: ein wenig Ruhe und etwas Schlaf, bis sie den Kopf wieder frei hatte, ohne irgendwelche Verpflichtungen.

Gustav hatte sein Handy im Büro liegen lassen. Die Titelmusik von Star Wars brach auf der anderen Seite der Trennwand los, verstummte, um erneut aufzubranden. Sie drückte sich aus ihrem Schreibtischsessel hoch und ging auf Gustavs Seite des Büros. Sie nahm das Handy und schaltete es aus. Es war klebrig. Sie wischte sich die Finger an der Hose ab und verzog angewidert das Gesicht. Was Gustav anfasste, war schmierig.

Plötzlich stutzte sie und starrte auf die Pinnwand.

Gustav hatte die vergrößerte Karte von der Magstræde dorthin gepinnt. Neben jeder Hausnummer waren die einzelnen Stockwerke und Wohnungen aufgelistet. Hinter einige hatte er ein Häkchen, hinter andere ein Fragezeichen gesetzt. Wie es aussah, hatte er das ganze Wochenende daran gearbeitet.

Die Pizzeria am oberen Ende der Straße war mit einem Kreuz, einem Smiley und einer Telefonnummer versehen. Wegen der freundlichen Kellnerin vielleicht?

Ganz schön schnell, Gustav.

Jensen fiel auf, dass auch die Stockwerke über der Praxis von CG belegt waren. Vermutlich wohnte Grønfeldt dort. Sie notierte sich ein paar Fragen und schrieb noch, als Gustav wieder auftauchte.

»Mokka für mich und für dich dieser Schlammkaffee, oder was das ist.«

»*Mud Coffee*, du Ignorant.«

Gustav betrachtete die Pappbecher in seinen Händen. Kälte und rauchgeschwängerte feuchte Luft von draußen entströmten seiner Jacke.

»Liron sagt, die beiden Kaffees gehen aufs Haus. Er hat mir zu meinem Job bei dir gratuliert. Scheint ein richtiger Fan von dir zu sein.«

Liron und seine Schmeicheleien.

»Das ist kein Job, Gustav«, korrigierte sie ihn mit einem Lächeln.

Sie streckte die Hand aus. Er starrte sie einen Moment lang fragend an, bevor er begriff, den zerknitterten Geldschein aus seiner Gesäßtasche fischte und ihn ihr mit einem missmutigen Seufzer zurückgab.

Jensen nahm den Deckel von ihrem Becher und nippte vorsichtig an dem sämigen, schwarzen Gebräu, tunlichst darauf bedacht, den Kaffeesatz auf dem Boden zu lassen.

Liron machte nie etwas falsch.

»Gute Arbeit«, bemerkte sie und deutete auf die Pinnwand.

Er errötete.

»Ich bin noch nicht fertig. Bis jetzt konnte niemand etwas sagen. Ein paar Leute meinten, sie hätten Casper vielleicht schon viel früher am Montag gesehen, vor der Mittagspause. Aber sicher war sich niemand.«

»Wie hast du sie zum Reden gebracht?«

»Ich habe ihnen etwas von einem Projekt in der Schule erzählt. Die Magstræde damals und heute. Erst haben wir ein wenig geplaudert, und dann habe ich sie eher beiläufig gefragt, was passiert ist. Ich kann schon sehr charmant sein, wenn ich will.«

»Das wage ich ernsthaft zu bezweifeln.«

»Hat jedenfalls funktioniert. Jungs in meinem Alter sind für die Leute entweder hilflose Kinder oder halbkriminelle Brutalos, wenn sie uns überhaupt wahrnehmen.«

Jensen nickte und dachte, dass diese pubertäre Tarnkappenverkleidung vielleicht sogar ihre Vorteile haben könnte. Sie musste zugeben, dass Gustav sie mit seiner Gründlichkeit überrascht hatte.

»Ach übrigens, für dich hat jemand angerufen. Ziemlich hartnäckig sogar.«

Er sah auf sein Handy und runzelte die Stirn. »Seltsam, ich habe doch schon mit ihr gesprochen. Was will sie denn noch?«

»Wer?«

Beide drehten sich um, als sie schlurfende Schritte vernahmen. Henning erschien in der Tür, der greise Bluthund mit dem gebeugten Oberkörper und dem unsicheren Gang.

»Ist noch Kaffee da?«, fragte er, während er den Blick durch den Raum schweifen ließ und wie eine Flugabwehrrakete mit Wärmesensor Lirons Pappbecher ins Visier nahm.

»Henning, das ist Gustav, unser neuer Praktikant. Gustav, das ist Henning, der Mann, der alles über jeden in Dänemark weiß, den man kennen sollte.«

»Cool.«

Henning ignorierte ihn.

»Hast du deinen schon ausgetrunken?«, fragte er und deutete auf Jensens Kaffee.

»Nein, aber den Rest von Gustavs Mokka kannst du bestimmt haben.«

Gustav sah sie empört an, reichte seinen Becher aber trotzdem weiter. Mit einem Schmatzen auf den Lippen zog Henning davon. Kurz nachdem sie nach Dänemark zurückgekommen war, hatte Jensen ihm eine teure Kaffeemaschine gekauft, mit Mahlwerk, Milchaufschäumer und allem Drum und Dran. Er hatte sie nicht ein einziges Mal benutzt.

»Hast du ein Fahrrad?«, fragte sie Gustav.

»Nein, aber ich kann dir in, sagen wir, zwei Minuten einen E-Scooter besorgen.«

29

DIENSTAG, 10:54 UHR

»Was ist das denn?«

Gustav stieg von seinem E-Scooter ab und sah Jensen fragend an.

»Das ist ein Tatort.«

Er schien enttäuscht zu sein. Weiß der Himmel, was er erwartet hatte. Den Kreideumriss einer Leiche auf der Straße? Jensen ging zu dem Haus. Im Eingang hatte jemand eine LED-Kerze aufgestellt. Die Batterien hatten ihr Leben bereits ausgehaucht. Blumen gab es nicht. Sie nahm an, dass sie längst weg waren, wenn sich überhaupt jemand die Mühe gemacht hatte.

»Hier wurde der andere Mann umgebracht.«

»Der Obdachlose?«

»Ja. Wer er war, wissen sie immer noch nicht, vermuten aber, dass beide Morde zusammenhängen könnten.«

»Warum? Casper Madsen war doch nicht obdachlos.«

»Möglich. Aber er lag in einem Schlafsack auf der Straße, als er erstochen wurde. Und seine Sachen wurden gestohlen. Die Polizei kann jedenfalls die Möglichkeit nicht ausschließen, dass die beiden Verbrechen etwas miteinander zu tun haben.«

Schweigend betrachteten sie den Hauseingang. Er gehörte zu einem Trödlerladen. Hinter einer getönten Schaufensterscheibe türmten sich altes Geschirr, Messinglampen, Statuetten und Bierdeckel. Der Eingang war niedrig und windgeschützt, was erklärte, warum jemand ihn als Nachtlager gewählt hatte.

Jensen beugte sich zum unteren Teil der Tür herab und fuhr mit dem Finger über das Holz.

»Was ist da?«, fragte Gustav.

»Die Tür wurde erst vor Kurzem gestrichen. Sieh mal, der untere Teil des Türrahmens ist etwas dunkler als der obere.«

Gustav sah sie fragend an. »Ach ja?«

»Hier muss viel Blut gewesen sein. Ich vermute, dass ihm jemand in den Hals gestochen und dabei die Arterie erwischt hat.«

»Igitt!«, entfuhr es Gustav, während er wie hypnotisiert die Lackierung der Tür anstarrte.

Jensen sah die Straße hinunter, wo sich eine grölende Gruppe rotgesichtiger Männer und Frauen zusammengefunden hatte. Sie hatten sich am Rand eines Betonkübels niedergelassen, in dem ein mickriger Busch vor sich hin kümmerte.

Sonst war in der Straße nichts Auffälliges zu sehen. Nichts, was sie von den anderen in diesem Viertel unterschieden hätte. Der Obdachlose konnte sich möglicherweise sogar glücklich schätzen, einen ruhigen, trockenen Hauseingang gefunden zu haben. Es war milder gewesen, aber auch nass. Wie erbärmlich, wenige Meter von warmen, trockenen Wohnungen und Lokalen entfernt zu sterben, in Gegenwart Fremder, denen das herzlich egal war. Niemand hatte ihn als vermisst gemeldet; auch nach fast drei Wochen war er noch nicht identifiziert. Die Zeitungen nannten ihn Opfer A, so wie Casper eine Zeit lang Opfer B gewesen war. Sie hoffte nur, dass es nicht nötig sein würde, das ganze Alphabet durchzugehen.

Ein röhrendes Lachen drang aus der volltrunkenen Versammlung um den Pflanzkübel. Ohne sich um Gustav zu kümmern, ging Jensen auf die Gruppe zu. Der ranzige Mief ungewaschener Körper hing in der Luft.

Ihnen auf die nette Tour zu kommen, würde vermutlich nichts bringen. Die sahen nicht so aus, als könnte man sie zum Narren halten. Sie kam sofort zur Sache.

»*Hej*. Hat vielleicht einer von euch den Mann gekannt, der da drüben umgebracht wurde?«

Sie sahen ihrem Zeigefinger nach und starrten Gustav an, als sei er der Ermordete. Er erwiderte ihren Blick achselzuckend.

»Vor etwa zwei Wochen, bevor es anfing zu schneien.«

»Wer will das wissen?«, fragte ein kleiner Mann mit einer für seine Größe beeindruckenden Portion Angriffslust.

Die anderen lachten. »Verpisst euch«, kreischte eine Frau. »Wir wissen nichts.«

Der Angriffslustige blaffte sie an, sie solle gefälligst den Mund halten. Augenblicklich war es still.

»Jensen, *Dagbladet*.«

Sie buhten sie aus.

Der kleine Mann verschränkte die Arme vor der Brust. »Sie hat es doch schon gesagt: Wir wissen nichts. Und selbst wenn, würden wir mit euch sowieso nicht reden. Und jetzt verzieht euch.«

Wieder Gelächter.

Jensen sah von einem zum anderen. Sogar die Frau, der soeben noch der Mund verboten wurde, johlte vor Vergnügen. Einen gab es, der nicht lachte: ein großer Mann mit einem struppigen Bart in Militärkluft, der etwas abseits von den anderen auf der Rückseite des Pflanzkübels saß.

Jensen glaubte, den Ausdruck in seinem Gesicht zu kennen.

»Gut, wie Sie wollen. Es könnte sogar ein wenig Geld drin sein, für den Fall, dass Ihnen auf magische Weise doch noch etwas einfallen sollte.«

Sie wandte sich zum Gehen und zwinkerte Gustav zu.

»Komm, wir gehen«, sagte sie.

Keine zwei Straßen weiter holte sie der große Mann in der Militäruniform ein. Am Lenker seines Fahrrads hing klappernd eine Plastiktüte voller Flaschen und Dosen. Das Pfand für das Leergut, das er sich aus Mülleimern zusammengeklaubt hatte, würde für ein oder zwei Bier reichen.

Jensen zog einen 200-Kronen-Schein aus dem Portemonnaie. Der Mann griff gleich danach, doch sie hielt ihn zurück.

»Erst reden«, sagte sie.

Er sah sich um und deutete auf einen Durchgang, der zu einem Fahrradschuppen hinter einem Wohnblock führte. Gustav sollte die Straße im Auge behalten, während Jensen und der Mann sich dorthin zurückzogen.

»Ich habe etwas gesehen«, sagte der Mann. »In dieser Nacht.«

»Erzählen Sie«, sagte Jensen und sah ihm in die blutunterlaufenen Augen. Schwer zu sagen, wie alt er war.

»Ich bin da vorbeigekommen, auf der Suche nach einem trockenen Platz, und hab sie schreien gehört.«

»Sie?«

»Es waren zwei. Zwei Männer.«

»Worum ging es?«

Der Mann zuckte mit den Schultern. »Verstehen konnte ich nichts, aber ich glaube nicht, dass es Dänisch war.«

»Haben sie sich gestritten?«

»Ich glaube, ja. Als ich später am Morgen dort wieder vorbeikam, war überall Polizei.«

»Sonst noch etwas? Können Sie die Männer beschreiben? Schwarz, weiß, jung, alt?«

Der Mann biss sich auf die Lippen. »Weiß, nicht alt. Tut mir leid, mehr weiß ich nicht. Ich bin weitergegangen, ohne genau hinzusehen.«

»Haben Sie das der Polizei gesagt? Die haben Zeugen gesucht; es war überall in den Nachrichten.«

Er schüttelte den Kopf. »Ich will keinen Ärger haben.«

»Sagst du mir wenigstens deinen Namen?«, hakte Jensen nach. »Wohnst du hier in der Gegend?«

»Krieg ich jetzt das Geld?«

Er ließ den Schein in der Hosentasche verschwinden und fuhr davon, wobei er ein großes Stück von seinem weißen Bauch aufblitzen ließ. Sie machte rasch ein Foto, während er davonradelte.

»Verdammt, ich hab sein Gesicht nicht.«

»Aber ich«, sagte Gustav.

Ein Vibrieren in ihrer Tasche signalisierte ihr, dass er es ihr schon aufs Handy geschickt hatte.

»Na?«, fragte er.

»Interessant. Wenn die sich wirklich in einer anderen Sprache gestritten haben, dann darf man doch annehmen, dass sie sich kannten.«

»Und?«

»Dann wäre es eben nicht jemand, der umherzieht und wahllos Obdachlose umbringt. Wenn Opfer A von dem Mann erstochen wurde, mit dem er gestritten hat, dann ja. Es könnte aber auch jemand ganz anderer gewesen sein, später in der Nacht.«

Jedenfalls konnte sie das Henrik im Austausch für neue Informationen anbieten. Falls er welche hatte, wovon im Moment keineswegs auszugehen war.

Gustav schniefte laut. »Das hättest du aber auch schon für einen Hunderter haben können.«

30

DIENSTAG, 18:12 UHR

Der Assistenzfriedhof war nicht gerade der Ort, der an einem Abend im Januar zum Verweilen einlud. Hundertmal hatte Jensen auf dem Plan nachgesehen und war sich sicher, den richtigen Gräberabschnitt gefunden zu haben. Die menschenleere Allee, flankiert von hohen, kahlen Bäumen, verlor sich zu beiden Seiten im Nebel. Es fiel ihr schwer, nicht an die Generationen verstorbener Kopenhagener unter ihren Füßen zu denken.

Sie war auf und ab gegangen, hatte sich ein wenig umgesehen und die Taschenlampe ihres Handys auf die Grabsteine gerichtet und sich das Alter der Toten vor Augen geführt. Die meisten waren über siebzig. Casper Madsen, oder wie immer er hieß, war gerade mal einundzwanzig gewesen. Eine Beerdigung hatte es noch gar nicht gegeben.

Sie schaute auf die Uhr; der große Unbekannte war zwölf Minuten zu spät. Um Viertel nach sechs kam sie zu dem Schluss, lange genug gewartet zu haben, und kehrte zu ihrem Fahrrad zurück. Zumindest konnte sie Margrethe sagen, es versucht zu haben.

»Moment, warten Sie.«

Sie erschrak, als der Mann plötzlich aus dem Schatten in den Lichtkegel der Straßenlaterne trat, in dem sie stand. Klein von Statur, mit dicker Hornbrille und ordentlich gestutztem Bart. Er trug feste Schuhe, einen teuer anmutenden Kamelhaarmantel, einen burgunderroten Kaschmirschal um den Hals und Lederhandschuhe. In einem Nobelviertel wie Charlottenlund fiel dergleichen dezenter Wohlstand nicht auf.

»Jensen?«

Seine Stimme war so vornehm wie seine Kleidung; sie schätzte ihn auf annähernd siebzig, obwohl er sich bewegte wie ein deutlich jüngerer Mann.

»Sie sind spät dran.«

»Ich wollte sichergehen, dass Sie allein sind.«

»Sie haben mich beobachtet?«

»Tut mir leid.«

»Wie heißen Sie?«

»Ich bin ein großer Bewunderer Ihrer Chefin. Die beste Journalistin ihrer Generation.«

»Kann ich nur bestätigen, aber ich wollte Ihren Namen wissen.«

»Der tut nichts zur Sache. Niemand kennt mich, und das ist gut so.«

»Sie arbeiten in der Gastronomie?«

»Unter anderem.«

»Trotzdem können Sie mir doch Ihren Namen nennen.«

»Ihren kenne ich doch auch nicht. Jensens gibt es in Dänemark Tausende.«

»Fast eine Viertelmillion, um genau zu sein.«

»Genau. Und Ihr Vorname?«

»Meinen Vornamen benutze ich seit der ersten Klasse nicht mehr.«

»Warum?«

»Sagen wir, meine Mutter muss in dem Moment, in dem sie mir den Namen gab, nicht ganz bei Sinnen gewesen sein.«

»Dann haben wir etwas gemeinsam.«

»Wie bitte?«

»Peinlichkeit.«

»Wie meinen Sie das?«

»Ihnen ist Ihr Name peinlich und mir der Grund für dieses Treffen. Ich wurde übers Ohr gehauen. Eine Buchhalterin, die in einem meiner Geschäfte, genauer gesagt, einem Restaurant, arbeitete, ist, wie sich herausstellte, nicht die, für die sie sich ausgegeben hat.«

»Sie ist mit Ihrem Geld durchgebrannt.«

»Sie hat 950 000 Kronen vom Konto des Restaurants abgezweigt und sich damit nach Thailand abgesetzt.«

»Sie sollten sie bei der Polizei anzeigen.«

Er lächelte. »Wissen Sie, dass die Polizei bei Finanzdelikten von unter einer Million Kronen gar nicht erst anfängt zu ermitteln, es sei denn, das Geld wurde aus der Staatskasse entwendet?«

»Nein, wusste ich nicht.«

»Ich auch nicht, aber Karen Nordmann wusste das. Sie schien sich ihrer Sache ziemlich sicher zu sein, hat mich aber unterschätzt. Dennoch kümmert es sie nicht. Sie weiß, dass die Polizei nichts unternimmt, und ist clever genug, ihren richtigen Namen nicht zu benutzen.«

»Und wenn Sie die Sache auf sich beruhen lassen, als Erfahrung abhaken?«

Jensen spürte die Zehen nicht mehr. Sie träumte von einer gemütlichen, warmen Bar, die sie kannte, keine fünf Minuten mit dem Fahrrad entfernt.

»Nein. Wer mich ausnimmt, kommt nicht ungeschoren davon.«

»Und was kann ich tun?«

»Ich habe mich ein wenig über Sie erkundigt. Sie sind eine gute Reporterin. An dieser Geschichte hängt noch mehr dran, weitere Buchhalterinnen wie diese vermeintliche Karen Nordmann. Immer die gleiche Masche, und sie sind sehr gut. Keiner weiß, wo das Geld geblieben ist. Sie wechseln in Kopenhagen von einem Unternehmen zum anderen. Karen Nordmann taucht wieder auf, wenn sie kein Geld mehr hat. Es gibt einen Mann, mit dem Sie sich unterhalten sollten; sein Geschäft steht kurz vor dem Bankrott, und ich glaube, dass er bedroht wurde. Ich schicke Ihnen seine Kontaktdaten per E-Mail. Sie sollten ihn besuchen.«

»Ich weiß nicht. Das alles klingt für mich etwas dürftig. Wenn Sie sich so sicher sind, warum unternehmen Sie nicht selbst etwas?«

Der Mann lächelte wieder. »Ich spreche ja mit Ihnen.«

Er kramte in seinen Manteltaschen, während er sich umsah. Seine Augen verschwanden hinter der beschlagenen Brille.

»Mein Vater ist auf diesem Friedhof beerdigt. Er hat immer das *Dagbladet* gelesen, genauso wie sein Vater. Deshalb habe ich diesen Treffpunkt vorgeschlagen.«

»Ich verstehe.«

»Ich mag Journalisten.«

»Damit sind Sie aber ziemlich allein.«

Er lächelte. Sein Atem, fiel ihr auf, war im Gegensatz zu ihrem in der eisigen Luft kaum zu sehen. Irgendetwas an dem Mann machte sie nervös.

»Nehmen Sie sich der Sache an?«

Es war kalt. Sie wollte vom Friedhof weg, und ein kleiner Teil in ihr war fasziniert.

»Gut, aber versprechen kann ich nichts.«

Er nickte, ging die Allee hinunter und verschwand in der Dunkelheit. Sekunden später fuhr ein Auto nahezu geräuschlos vor. Er stieg ein und verschwand. Auf dem Friedhof wurde es wieder still.

In einiger Entfernung bellte ein Fuchs.

»Du kannst jetzt rauskommen«, sagte sie.

Gustav preschte aus dem Gebüsch hervor, ohne sich die geringste Mühe zu machen, leise zu sein.

»Verdammt, weitere fünf Minuten dadrin, und ich wäre erfroren«, brüllte er.

»Du wolltest doch unbedingt mitkommen.«

»Ich konnte ja nicht ahnen, dass ich den Abend in einer tiefgefrorenen Hecke zubringen würde.«

»Hast du ein Foto gemacht?«

»Nein, und bevor du meckerst, der Kerl hat mir die ganze Zeit den Rücken zugekehrt, als wüsste er, dass ich da bin.«

Vielleicht wusste er es tatsächlich, überlegte Jensen. Er hatte gesagt, dass er sie beobachtet hatte. Vielleicht hatte er beschlossen, in Gustav keine Bedrohung zu sehen.

Seine E-Mail mit dem Namen des Informanten, den er ihr empfohlen hatte (Carsten Vangede), und einer Handynummer erschien auf dem Display ihres Handys. Warum hatte er all den Aufwand betrieben, sie zu treffen, um sie dann an jemand anderen weiterzuverweisen? Für sie roch das nach einem seltsam feigen Schachzug.

»Statten wir dem Typen, von dem er gesprochen hat, einen Besuch ab?«

Sie steckte ihr Handy weg. »Ein anderes Mal.«

Sie stieg wieder auf ihr Fahrrad, in Gedanken wieder bei der warmen Bar mit Kerzenschein. Für einen kleinen Schluck hatte sie gerade noch Zeit, bevor sie die lange Zugfahrt die Küste hinauf zu Esbens Sommerhaus antreten musste.

»Wir sehen uns morgen im Büro.«

Er rief ihr etwas hinterher. Sehr zu ihrer Freude war es ein dänisches, dem weiblichen Geschlecht vorbehaltenes Schimpfwort, das ihr seit ihrer frühesten Jugend nicht mehr untergekommen war. Ein Ausdruck, den er vermutlich bei Margrethe aufgeschnappt hatte, die in dieser besonderen Beleidigung stets eine Auszeichnung gesehen hatte.

»*Møgkælling.*«

Schlampe.

31

DIENSTAG, 20:36 UHR

Henrik stellte die Atmung durch die Nase ein. Der Rucksack auf der Plastikplane vor ihm stank nach Dingen, die er sich nicht vorzustellen wagte. Sie standen um den Kofferraum eines Streifenwagens am Frederiksholms Kanal herum. Einer der Uniformierten hatte Mark angerufen, weil er wusste, dass Henrik sicherlich einen Blick darauf werfen wollte, bevor der Rucksack der kriminaltechnischen Untersuchung überlassen wurde.

»Wer hat ihn gefunden?«

»Jemand aus der Nachbarschaft, der nach seinem Boot sehen wollte«, sagte der Beamte, während er die Taschenlampe in den Kofferraum hielt.

»Und?«

Wie aus der Pistole geschossen meldete Mark sich zu Wort: »Es hat in den letzten Tagen etwas getaut. Der Mann sah etwas im Wasser treiben, was er zunächst für einen Müllsack hielt. Es scheint hier wohl Leute zu geben, die ihren Müll gern einfach in den Kanal kippen. Also, das ist wirklich …«

Henrik unterbrach ihn mit einer Handbewegung.

»Erspar mir die Details, bitte. Was noch?«

»Er hat ihn mit dem Ruder zu sich herangeholt. Als er erkannte, was es wirklich war, hat er die Polizei gerufen.«

»Hat jemand ihn geöffnet?«

Mark und der Beamte schüttelten gleichzeitig den Kopf, wohl eingedenk früherer Fälle, in denen sie übereilt gehandelt und dafür eine saftige Rüge kassiert hatten.

»Gut.«

Er streifte die Latexhandschuhe über und öffnete den Rucksack. Er war schwarz, konnte also nicht der des jungen Mannes aus der Magstræde sein, aber die Farvergade, die Straße, in der das erste Opfer erstochen worden war, lag nicht weit entfernt. Der Täter hatte sich vermutlich aus dem Staub gemacht, nachdem er die Wertsachen herausgesucht hatte, und den Rucksack dann ins Wasser geworfen. Dass ihnen diese Erkenntnis weiterhalf, war nicht sehr wahrscheinlich, aber sie mussten der Sache wenigstens der Form halber nachgehen.

Etwas der Form halber durchziehen. Gäbe es einen Leitspruch in seinem Leben, dann wäre es dieser.

Die ersten fünf Objekte, die er aus dem Rucksack beförderte, waren Kleidungsstücke: ein großer Kapuzenpulli, ein Nike-T-Shirt, zwei nicht zusammenpassende Socken, ein Schal und ein Herrenslip. Er hielt sie in gebührendem Abstand vor sich hin und verzog angeekelt das Gesicht. In einer Plastiktüte schwammen ein paar durchweichte Kekse, ein Päckchen Tabak und ein Schlüsselbund. Keine Brieftasche, kein Handy, keine Dokumente.

»Glaubst du, er gehört ihm?«, fragte Mark. »Opfer A?«

Henrik stützte sich mit den Fingerknöcheln auf dem Edelstahltisch ab und betrachtete den Rucksack. Jede Wette, dass er ihm gehörte.

»Wahrscheinlich«, sagte er und schob den Rucksack beiseite.

»Darf ich kurz …« Mark zog den Rucksack behutsam zu sich heran, behielt Henrik jedoch im Blick. (»Mach doch die Leute nicht immer so nervös«, hätte seine Frau gesagt.)

Er nickte zustimmend und sah zu, wie Mark die Vorder- und Seitentaschen sowie das Reißverschlussfach im Deckel inspizierte. Von ein paar Bonbonpapierchen abgesehen, fand er nichts.

Henrik wandte sich schon zum Gehen.

»Moment«, rief Mark, eine Hand tief im Inneren des Rucksacks vergraben.

Er zog ein Foto heraus. Ein Stück von dem Bild löste sich ab, während er es auseinanderfaltete. Trotzdem war es deutlich zu erkennen. Ein Baby, höchstens ein paar Wochen alt.

»Auf der Rückseite steht etwas, auch so etwas wie eine Telefonnummer«, sagte er.

Henrik riss Mark das Foto aus der Hand. Trotzig griff er in seine Hemdtasche nach der Lesebrille, die ihn wie sein Vater aussehen ließ. Das Geschriebene ergab jedoch keinen Sinn.

Nu uita de noi.

»Was bedeutet das?«

»Das ist Rumänisch«, klärte Mark ihn auf, den Blick auf sein Handy gerichtet. »Es heißt: ›Vergiss uns nicht.‹«

Henrik lächelte in sich hinein.

»Überprüf zuerst die Telefonnummer.«

Auf dem Weg zum Auto spürte er zum ersten Mal seit Tagen einen Anflug von Elan.

32

DIENSTAG, 21:23 UHR

Jensen bog in die Einfahrt zu Esbens Sommerhaus ein. Der vereiste Schotter knirschte unter den Reifen. Sie hatte nicht bedacht, dass es dunkel sein würde, wenn sie an einem Dienstagabend im Februar vom Bahnhof Hornbæk hierherradelte. Das Licht der Fahrradlampe traf auf die Schilder der Nachbarschaftswache. Die Tore waren mit Vorhängeschlössern gesichert. Dennoch konnte jeder Einbrecher ungestört seiner Arbeit nachgehen. Das nächste Revier war mindestens eine halbe Stunde entfernt, und wer sollte die Polizei schon rufen?

Zweimal war sie im Gewirr der Gässchen mit den pastellfarbenen Holzhäusern, die alle gleich aussahen, schon falsch abgebogen.

Esbens Ferienhaus sah ganz anders aus, als sie es sich angesichts der Lage in Hornbæk, der Heimat der Reichen, vorgestellt hatte. Mit seiner palastartigen Villa in Klampenborg und dem sündhaft teuren Geschmack in Sachen Anzüge und Autos war Esben der größte Aufschneider, der ihr je untergekommen war. Das Geld gehörte natürlich seiner Frau, was erklärte, warum er beschlossen hatte, verheiratet zu bleiben, nicht aber, warum Ulla ihn nicht schon vor Jahren vor die Tür gesetzt hatte. Die gelb gestrichene Holzhütte mit den weiß lackierten Fenstern auf dem bescheidenen Grundstück in unmittelbarer Nachbarschaft anderer Häuser erwies sich hingegen als ausgesprochen bodenständig.

Drinnen roch es nach Sommer, Tannennadeln und Regenmänteln. Neben der Eingangstür standen Gummistiefel in verschiedenen Größen, ein paar Angelruten, zwei abgenutzte Golftaschen und Regale voller Bücher, hauptsächlich leicht verdauliche Urlaubslektüre und Biografien. Und Fotos von Esben und Ulla und ihren vier Kindern, von denen nur noch eines, der »Nachzügler«, wie er es gerne nannte, das Nest noch nicht verlassen hatte.

All seinen unbeholfenen Versuchen zum Trotz, sie über all die Jahre hinweg zu erobern, und der unzähligen Male, die er bei anderen Frauen hatte landen können, wollte Esben dennoch auch ein Familienvater sein, der in farbbespritzten Latzhosen auf dem Aufsitzrasenmäher seine Runden auf dem Rasen dreht und sich mit einem Bier in der Hand Fußballspiele im Fernsehen ansieht.

Sie dachte an Henrik und daran, wie sehr er und Esben sich in dieser Hinsicht ähnelten, wenn auch nur in dieser. Glücklich mit Frau und Kindern am heimischen Herd, gleichzeitig aber die Wahrheit darüber verschweigen, wer sie in Wirklichkeit waren, während sie mit der Familie Kuchen aßen.

Ich vertraue dir blind, hörte sie Henrik sagen.

»Du taugst nicht zum Heiraten«, hatte Guy ihr vor einer Ewigkeit in London gesagt, als sie sich, grün und blau geschlagen und vollkommen entkräftet, bei ihm im Bett wiederfand, nachdem Henrik zum ersten Mal beschlossen hatte, zu seiner Frau zurückzukehren. Guy hatte es als Kompliment gemeint – nachdem er in einer überfüllten Bar Geschichten über die vielen nichtssagenden Frauen zum Besten gegeben hatte, mit deren Hilfe seine wohlhabenden Eltern alles versucht hatten, um ihn dazu zu bringen, endlich mit einer Frau sesshaft zu werden. Heute schmerzte die Erinnerung daran.

Jeder in Dänemark lebte mit jemandem zusammen, nur sie fand sich allein in einer Holzhütte in einem verlassenen Feriengebiet an der Nordküste von Seeland wieder.

Sei still, Jensen, und hör auf, dich zu bemitleiden.

Ich weiß ja jetzt, wo du wohnst.

Nein, das weißt du nicht.

Sie musste bei der Vorstellung schmunzeln, dass Henrik vor der Wohnung in Christianshavn stand und Markus ihm ungekämmt und ungewaschen in Unterhosen die Tür aufmachte.

Können wir nicht irgendwohin fahren und herausfinden, ob es geht?, hatte er sie gefragt. Mitten in den Ermittlungen zu einem Mordfall, der das ganze Land in Atem hielt, schlug er ihr ernsthaft vor, sich in ein gemeinsames Liebeswochenende davonzustehlen?

Irgendwie hatte er sogar recht. Die Male, die sie sich in all den Jahren, seit sie sich in London kennengelernt hatten, getroffen hatten, konnte man an zehn Fingern abzählen. Nie hatten sie genügend Zeit gehabt, um die Beziehung auf die Probe zu stellen, geschweige denn überhaupt eine zu führen.

Fast hätten sie sich überhaupt nicht kennengelernt. Henrik war mit seinem Chef Teilnehmer bei einer europäischen Polizeikonferenz. Am letzten Abend gab der dänische Botschafter ein Abendessen in der Sloane Street, zu dem man auch ein paar der Londoner Korrespondenten eingeladen hatte. Sie war gerade aus Edinburgh zurück, und ein Abendessen mit ein paar angestaubten alten Männern in Uniform war so ziemlich das Letzte, wonach ihr der Sinn stand. Aber ihr Kollege von der *Jyllands-Posten* war mit einem schwarzen Taxi vor ihrer Wohnung vorgefahren und wollte nicht eher gehen, bis auch sie im Auto saß. Bis heute hatte sie nicht vergessen, wo sie im Salon des Botschafters gesessen hatte, Henrik ihr schräg gegenüber am Tisch. Während des Essens hatten sie sich nur angestarrt, als versuchten sie verzweifelt, sich zu erinnern, woher sie sich kannten. Später, auf dem Weg nach unten, in der Aufzugkabine, die sie auf wundersame Weise für sich allein hatten, hatte er sie geküsst.

Dabei hatte er allerdings vergessen, ihr zu sagen, dass er verheiratet war. Seitdem hatte sie ihn dafür büßen lassen.

Jensen schaltete das Licht in der offenen Küche und im Wohnzimmer an. Auf dem Tresen lag ein Zettel: *Schau in den Kühlschrank. Umarme dich, Esben xxx*

Sechs Flaschen Louis Roederer standen dort in Reih und Glied nebeneinander, dazu eine Packung Räucherlachs von Delikatessen Letz in Østerbro und ein Laib Sauerteigbrot mit Kümmel. Er hatte das Sommerhaus über das Wochenende für sie herrichten lassen.

Sie machte Feuer im Kaminofen. Esben hatte Zeitungen, Holzscheite und Anzündholz gebündelt bereitgelegt, sodass sie nur noch ein Streichholz entzünden musste. Sie schleppte eine eiskalte Matratze aus einem der Schlafzimmer herbei, zog sich vor dem

Feuer aus, schenkte sich ein Glas Champagner ein und sah in die Flammen, während sie sich unter der Bettdecke aufwärmte. Vielleicht war das Sommerhaus gar nicht mal so schlecht. Wenn sie jetzt noch irgendwie ein Auto auftreiben konnte, konnte sie es in weniger als einer Stunde bis in die Stadt schaffen.

Sie holte ihr Handy heraus. Bestimmt würde Henrik jetzt im Bett liegen, aber sie wusste, dass sein Handy und die Innenfläche seiner Hand praktisch miteinander verwachsen waren. Sie schickte ihm das Foto, das Gustav von dem Zeugen gemacht hatte, und tippte noch eine Nachricht hinzu. Der Champagner hatte sie milde gestimmt:

> Das ist der Mann, der beobachtet hat, wie das erste Opfer in der Nacht, in der es gestorben ist, mit jemandem gestritten hat. Jetzt gib mir den Namen von Caspers durchgeknallter Tante, und wir sind quitt.

Das Bild von Casper ging ihr durch den Kopf. Wie er in der Magstræde saß, einen Schlafsack über dem Schoß, allein, betrunken, in der kältesten Nacht des Jahres, mit einem Schild mit seinem Schuldbekenntnis in der Hand.

Skyldig.

Schuldig weswegen?

Was war schlimm genug, um dafür ins Jugendgefängnis gesperrt zu werden? Von Fie hatte sie seit letzter Woche nichts mehr gehört; Zeit für einen erneuten Besuch in Roskilde.

33

MITTWOCH, 11:37 UHR

»Zimtschnecken von Ole & Steen mit Schokoladenguss.«

Als brächte sie einer Göttin die Opfergabe, reichte Jensen ihr den weißen Karton hinauf. In Fies Händen nahm er sich winzig aus.

Das Mitbringsel schien ihr unangenehm zu sein. Jensen wechselte schnell das Thema.

»Ich möchte dir jemanden vorstellen.«

Gustav trat vor.

»Dieser junge Mann möchte unbedingt Journalist werden. Gott allein weiß, warum. Ich wurde dazu verdonnert, ihn als Praktikanten unter meine Fittiche zu nehmen, und jetzt mache ich keinen Schritt mehr ohne ihn.«

Fie lächelte.

»Im Ernst. Er geht mir auf die Nerven.«

»Man lernt nur von den Besten«, sagte Gustav.

Auf dem Weg zu ihrem Apartment führte Fie sie am Gemeinschaftsraum vorbei, in dem sie bei Jensens erstem Besuch auf der Xbox gespielt hatte. Wie damals wirkte auch jetzt alles wie ausgestorben. Das einzige Geräusch, das auf Leben schließen ließ, war ein verhalten wummernder R-&-B-Bass aus dem Raum nebenan.

Auch jetzt fragte sich Jensen, warum Fie hier war, keine eigene Wohnung und keinen Job hatte.

Sie trug dasselbe wie beim letzten Mal: schwarze Leggings und eine weit geschnittene, grau melierte fließende Bluse. Die Füße steckten in Einhorn-Pantoffeln.

Ihre Wohnung lag schräg gegenüber der von Casper. Sie war so überheizt, dass man zu ersticken drohte. Überall standen Duftkerzen. Alles erinnerte an eine von Devotionalien überfrachtete Grotte. Die Wände waren mit Lichterketten behängt und auf dem Bett stapelten sich Dutzende von Plüschtieren. Mitten im Wohnzimmer stand ein Gaming-Sessel, der auf einen riesigen Bildschirm ausgerichtet war, daneben ein weiterer Sessel. Rechts davon ein Schreibtisch mit drei leeren Monitoren und einem seriös aussehenden Laptop, auf dem eine Programmierseite geöffnet war. Jensen fragte sich, ob sie gerade auf der Suche nach Hinweisen zu Casper war, als sie kamen.

»Setzt euch«, sagte Fie und ließ sich neben dem Schreibtisch auf einem Drehhocker nieder, sodass Jensen und Gustav nebeneinandersaßen und verlegen auf den Bildschirm blickten. Gustav machte sich gleich daran, an den Einstellungen des Gaming-Sessels herumzuspielen.

»Casper und ich haben uns den zweiten Stuhl besorgt, damit wir zusammen spielen konnten«, erklärte Fie. »Er war nicht schlecht.«

Jensen spürte die Trauer in ihrer Stimme. Casper war ihr dort ein Freund gewesen, wo man nur wenige Freunde hatte, und jetzt war er fort. »Hast du Fotos von ihm?«

»Nur eins«, sagte Fie, in der einen Hand eine Zimtschnecke balancierend, während sie mit der anderen durch ihr Handy scrollte. Sie hatte ein großes Stück abgebissen und dabei den Abdruck ihrer schiefen Zähne in der Glasur hinterlassen.

Auf dem Foto, das sie ihnen von Casper zeigte, sah er zur Kamera hinauf, das Gesicht zur Hälfte von einer Kapuze verdeckt. Er wirkte überrascht, widerstrebend. Ein Ausdruck, der Jensen an Henrik erinnerte. Die wenigen Fotos, die es von ihm gab, zeigten ihn stets mit einer Sonnenbrille, hinter der er sich verstecken konnte.

»Sag mal«, fing Jensen vorsichtig an, unsicher, wie sie das Thema am besten ansprechen sollte, bevor sie sich für den direkten Weg entschied. »Hat Casper schon mal Drogen genommen?«

Fie starrte sie an. »Wie kommst du darauf?«

»Nur so. Ich dachte, weil er in der Kälte saß, dass es da draußen doch kaum auszuhalten war, wenn man nicht auf Drogen war.«

»Wer was haben will, kommt hier an Drogen. Die meisten Leute stehen darauf.«

»Und Casper?«

»Anfangs hat er ab und zu mal was genommen, vielleicht um sich anzupassen. Er ist dann immer ausgeflippt und hat allen möglichen Scheiß gebaut, bis er schließlich damit aufgehört hat. Er war vollkommen clean.«

Jensen wusste, dass das nicht die Wahrheit war. Aber wie sollte Jensen sie korrigieren, ohne Fie erklären zu müssen, woher sie es wusste?

»Und die Leute hier«, fragte sie weiter. »Was nehmen die so?«

Fie zuckte mit den Schultern. »Amphetamine oder Ecstasy und manchmal auch Koks.«

»Was ist, wenn man erwischt wird?«, wollte Gustav sichtlich beeindruckt wissen.

»Sie drücken ein Auge zu, solange es im Rahmen bleibt«, entgegnete Fie.

In Gedanken versunken, beäugte sie einen Moment die letzte Zimtschnecke, schob sie sich dann in den Mund und kaute mit grimmiger Entschlossenheit.

»Wie kommen die Leute an die Drogen?«, hakte Jensen nach.

»In der Nähe vom Hauptbahnhof steht immer ein Typ.«

»In Kopenhagen?«

Sie nickte. »Keine Ahnung, wie er heißt, und eine Telefonnummer oder so was gibt's auch nicht. Du gehst einfach an die Stelle, wo er abhängt. Das ist wie in einem Selbstbedienungsladen. Solange du Kohle hast, kriegst du, was du willst.«

»Kannst du mir die Stelle zeigen oder den Typen beschreiben?«

Fie strich sich ein paar Krümel von den Oberschenkeln und zog sich schnell die Ärmel ihrer Bluse über die Handgelenke, als sie bemerkte, dass Jensen ihre Narben betrachtete.

»Vielleicht. Aber es gibt da etwas, was du über Casper wissen solltest. Ich habe herausgefunden, dass …«

Es klopfte an der Tür. Fie sah von Jensen zu Gustav und hielt einen Finger an die Lippen. Sie ging zur Tür, und Jensen erkannte Tobias' sanfte, friedliche Stimme wieder. Eine Pause entstand, ein kurzer, gemurmelter Wortwechsel, dann rief Fie nach Jensen.

Es war sinnlos, sich zu verleugnen.

»Vielleicht ein anderes Mal«, sagte sie zu Fie und nickte andeutungsweise in den Raum, in dem Gustav saß. Zum Glück war er so geistesgegenwärtig gewesen, sich still zu verhalten. Sie mussten ja nicht beide hinausgeworfen werden, bevor sie in Erfahrung gebracht hatten, wofür sie hergekommen waren.

»Woher wusstest du, dass ich hier bin?« fragte Jensen Tobias draußen im Gang.

Er deutete auf die Nachbarwohnung, deren Bewohner kein Geheimnis aus seinem schlechten Musikgeschmack machte.

»Der Typ nebenan hat Fie mit jemandem sprechen hören und uns Bescheid gesagt. Fie redet nie mit jemandem. Genauer gesagt, nicht mehr.«

Jensen wurde in den Personalraum eskortiert, dieses Mal jedoch ohne dass ihr Kaffee angeboten wurde. Karina erwartete sie bereits; sie wirkte noch erschöpfter als beim letzten Mal, als hätte sie seitdem nicht mehr geschlafen. Ihre Lippen waren schmal und wirkten verkniffen.

»Ich muss mich entschuldigen«, sagte Jensen. »Ich wusste nicht, dass Besuche verboten sind. Hast du nicht gesagt, das hier sei kein Gefängnis?«

»Du nutzt sie schamlos aus«, sagte Karina. »Fie ist sehr verletzlich. Es ist ziemlich rücksichtslos, jemandem Informationen über Casper zu entlocken und ihm dabei vorzugaukeln, man sei die beste Freundin. Abscheulich ist das.«

Schon wieder dieses Wort.

Verletzlich.

Das Wort fiel immer schnell, wenn Skovhøj sich gegen Vorwürfe von draußen verteidigen musste.

»Fie würde gern helfen, herauszufinden, was mit ihrem Freund passiert ist. Was ist daran verkehrt? Sie sollte hier sowieso nicht eingesperrt sein.«

Karina lächelte dünn. »Ihr habt doch keine Ahnung, was Fie oder die anderen Bewohner hier durchgemacht haben«, sagte sie. »Wir möchten nicht, dass du dich hier herumtreibst. Alles, was wir wissen, haben wir dir gesagt. Das einzig Positive an der Sache ist nur, dass den Leuten jetzt endlich klar wird, dass man die Mittel für Jugendheime nicht einfach immer weiter kürzen kann, ohne dass es zu solchen Tragödien kommt.«

Tobias checkte sein Handy und reichte es Jensen weiter.

»Hier, sieh dir das an. 87 678 Unterschriften für die Erhaltung von Skovhøj.«

»Wir wollen hier nicht noch zusätzlich Ärger haben«, fügte Karina hinzu.

Jensen hob entschuldigend die Hände. »Mich interessiert nur die Wahrheit. Dich nicht auch, Karina? Was ist falsch an der Wahrheit?«

»Ich bitte dich, jetzt zu gehen.«

»Erlaube mir noch eine Frage. Wusstest du, dass Drogen hier an der Tagesordnung sind und dass Casper in der Nacht, in der er starb, Drogen genommen hat?«

»Jetzt weiß ich es«, entgegnete Karina.

Tobias sah betreten zu Boden, während Jensen nach ihrem Mantel und der Tasche griff und zur Tür ging. »Was ist mit dem Stadtrat, der Regierung und all den anderen Leuten, die ihr darum bittet, die Petition zu unterschreiben? Wissen die das auch? Und wenn ja, meint ihr nicht, dass sie ihre Meinung ändern könnten?«

34

MITTWOCH, 12:44 UHR

Endlich tauchte Gustav hinter den Häusern auf. Mit gemächlichen Schritten kam er auf sie zu. Sein Blick war auf sein Handy gerichtet, und die Kopfhörer hingen ihm um den Hals. Jensen wartete auf einem Felsblock am Straßenrand, weit genug entfernt, um vom Eingang aus nicht entdeckt zu werden.

»Was hast du da so lange gemacht?«

Gustav errötete. »Ich kam da nicht weg. Sie hat mich angefleht zu bleiben. Nur eine Runde GTA, hat sie gesagt. Und dann hat sie mich richtig fertiggemacht.«

Sie machten sich auf den Rückweg zum Bahnhof von Roskilde. Gelbe Backsteinhäuschen mit roten Ziegeldächern säumten die Straße. Jedes mit seinem eigenen kleinen Rasenstück davor, das wiederum von einer braunen Buchenhecke umgeben war. Die

Häuser waren verwaist, die Carports leer. Alle waren auf der Arbeit oder in der Schule.

»Und? Hat sie dir etwas über Casper erzählt?«

Gustav gab sich nachdenklich.

»Sich von einem Mädchen schlagen lassen«, bemerkte sie und stupste ihn am Ellbogen.

Er zog seinen Arm unwirsch zurück. Sie beschloss, ihn lieber seinen Gedanken zu überlassen.

Einen Moment später sagte er: »Was ist mit Fie eigentlich los? Warum ist sie dadrin?«

»Keine Ahnung.«

»Meine Tante sagt, dass sie mich anzeigt, wenn ich mich nicht zusammenreiße, und dass die Polizei mich dann in eine Erziehungsanstalt steckt.«

Nicht dass Jensen daran auch nur im Geringsten zweifelte. Das war genau Margrethes Stil.

»Skovhøj ist keine solche Einrichtung. Leute wie Fie sind aus freien Stücken dort. Sie haben Schwierigkeiten, psychische oder soziale Probleme. Sie brauchen eine Therapie. Jemanden, der sich ab und zu um sie kümmert.«

»Das hat ja wohl bei dem Typen, den sie abgestochen haben, nicht ganz geklappt, oder?«

»Gustav, glaub mir, niemand schickt dich nach Skovhøj.«

»Du weißt doch gar nicht, was ich getan habe.«

»Was hast du denn getan, Gustav?«

Er antwortete nicht. Sie beobachteten einen Postboten, der in einem hellblauen Lieferwagen rechts ranfuhr, um in einem der gelben Backsteinhäuser ein Paket abzugeben. Es war jedoch niemand zu Hause. Die Gegend war wie ausgestorben.

»Fie sagte, Casper hätte etwas Schlimmes getan, bevor er hierherkam. Sie meinte, ich soll dir sagen, dass er eigentlich Thomas heißt, Thomas Mørk. Er hat seinen Namen im Gefängnis geändert.«

Jensen blieb abrupt stehen.

»Um Himmels willen, Gustav, warum hast du mir das nicht gleich gesagt?«

»Ist das wichtig?«

»Natürlich ist das wichtig. Wir versuchen die ganze Zeit herauszubekommen, was passiert ist. Warum Casper … also Thomas in Skovhøj gelandet ist. Was ihn dazu gebracht hat, nach Kopenhagen zu fahren und sich dort mit einem Schild auf die Straße zu setzen, auf dem er der Welt seine Schuld offenbart. Hat Fie denn erzählt, was er Schlimmes gemacht hat?«

Gustav schüttelte den Kopf. »Sie sagte nur, ich könne alles im *Dagbladet* nachlesen. Und genau das habe ich gerade getan, als du mich angeplärrt hast, weil ich so spät kam.«

Jensen blieb auf dem Bürgersteig stehen und loggte sich auf ihrem Handy ins Redaktionsarchiv ein.

Da war sie.

Die ganze Geschichte.

Die ganze Zeit über.

Sie war ihr in den Jahren, die sie in London verbracht hatte, offenbar entgangen. Wie schlimm die Schlagzeilen aus Dänemark auch sein mochten, stets wurden sie unweigerlich von etwas Wichtigerem oder Schlimmerem überschattet.

Thomas hatte seine Mutter, Sandra Mørk, umgebracht, in der Küche siebenundzwanzig Mal mit einem Brotmesser auf sie eingestochen. Er war gerade fünfzehn Jahre alt geworden und damit strafmündig. Frank hatte die Story für das *Dagbladet* geschrieben, das den Fall unter der Überschrift *Der Lungelundsvej-Mord* herausgebracht hatte. Seine Identität war zunächst nicht publik geworden. Aber irgendjemand hatte mit der Presse gesprochen und die gesamte Lebensgeschichte des verzweifelten Teenagers ans Licht gebracht: seine Schwierigkeiten in der Schule, Probleme mit Drogen, die Mutter mit ihren ständig wechselnden Männerbekanntschaften, polizeiliche Verwarnungen wegen kleinerer Vergehen.

Skyldig.

Letzten Montag hatte Thomas Skovhøj verlassen und war mit dem Zug in die Hauptstadt gefahren, um allen zu verkünden, was er getan hatte. Aber warum ausgerechnet dann und nicht, als er im November die Jugendstrafanstalt verlassen hatte? Warum hatte er so lange gewartet?

Jensen musste in ihr Büro zurück, um nachzudenken.

»Zu Fuß gehen ist zu langsam. Du brauchst dringend ein Fahrrad«, sagte sie.

»An ein Fahrrad komme ich immer«, sagte er und deutete breit grinsend mit einer Kopfbewegung auf einen Schuppen in einem Garten.

»Gustav, bist du etwa von der Schule geflogen, weil du etwas gestohlen hast?«

Statt einer Antwort setzte er sich die Kopfhörer wieder auf.

»Was machst du immer mit diesen Kopfhörern?«, schrie sie. »Könntest du sie zur Abwechslung bitte mal absetzen?«

Gustav schüttelte mit einer übertriebenen Geste den Kopf.

»Es ist besser für alle, wenn ich sie trage. Sie helfen mir, ruhig zu bleiben, hat zumindest mein Psychologe gesagt.«

35

MITTWOCH, 19:56 UHR

Immer noch keine Nachricht von Jensen. Zum siebzehnten Mal legte Henrik sein Handy weg und sah zum Autofenster hinaus auf die Lücke im Zaun des Fußballplatzes, aus der sein ältester Sohn jeden Moment herauskommen musste. Vor einem Jahr noch hätte er das Training von der Seitenlinie aus verfolgt, aber heute ließen nur noch die uncoolen Kids ihre eigenen Eltern als Zuschauer zu. Henrik verstand das. Das Gleiche war ihm passiert, als er selbst ein Junge gewesen war, wenn auch deutlich später. Damals war er schon fünfzehn oder so. Mikkel schien erwachsen geworden zu sein, ohne dass er es bemerkt hatte. Angefangen hatte es mit dem Handy, das ihm seine Eltern nur widerwillig zu seinem zehnten Geburtstag geschenkt hatten. Inzwischen hatte er seinen eigenen privaten Bereich, der sich Henriks freundlicher, aber bestimmter Kontrolle entzog. Keine zwei Wochen war es her, dass er den Jungen beim Anschauen eines Pornos erwischt hatte und darüber »eine Unterredung« führen musste, was mit einem peinlichen Eiertanz und Augenrollen aufgenommen wurde. Wie der größte Heuchler aller Zeiten hatte er sich während seiner (zugegebenermaßen glanzlosen) Ansprache gefühlt: Wer war er, der unfähige Ehemann – selbst Pornos nicht abgeneigt, wenn sich eine Gelegenheit bot –, jemandem, gar seinem eigenen Sohn, Moralpredigten zu halten?

Im Grunde jedoch war es nicht der Porno, der ihn aus der Fassung gebracht hatte, sondern die Erkenntnis, dass seine drei Kinder, selbst Oliver, sich eines Tages von ihm lösen würden, sodass der Rest des Schutzschildes, der ihn und seine Frau davor bewahrte, sich dem desaströsen Zustand ihrer Ehe stellen zu müssen, wegfallen würde.

Die Trainingsstunde näherte sich dem Ende. Er erkannte eine der Mütter aus Mikkels Schule, die scharfe Alleinerziehende (Mille oder Mia, er konnte sich ihren Namen einfach nicht merken), die mit ihrem Sohn den Bürgersteig entlang auf sein Auto zukam. Er wusste, dass sie auf ihn stand. Ein kleines Zeichen von ihm, und sie wäre auf der Stelle eingestiegen. Dafür, dass er ein glatzköpfiger, eher ungehobelter Zeitgenosse war, konnte er einen durchaus beachtlichen Erfolg beim anderen Geschlecht für sich verbuchen. Es wäre ein Kinderspiel, aus dem Auto zu steigen und ein Gespräch anzufangen.

»Verdammt, Henrik, was fällt dir ein?«, sagte er laut zu sich selbst.

(»Du armseliger Versager«, hörte er seine Frau sagen.)

Er senkte den Kopf und gab vor, eine SMS zu schreiben, als die Frau am Auto vorbeiging. Immer noch nichts von Jensen. Wo zum Teufel steckte sie?

Er war zu ihrer Wohnung in Christianshavn gefahren. Natürlich. Was sie betraf, konnte er sich einfach nicht beherrschen. Dass dieser braun gebrannte Kerl die Tür öffnete, war ein Schlag ins Gesicht. Henrik hatte vorgegeben, in einer Polizeiangelegenheit unterwegs zu sein, aber der Typ eröffnete ihm, dass Jensen ausgezogen war und er keine Ahnung habe, wo sie hingegangen sei.

»Hinterlassen Sie eine Nachricht für sie beim *Dagbladet*, wenn Sie sie unbedingt erreichen wollen.«

Jensen schien ihn nicht die Bohne zu interessieren. Wäre ihm die Situation nicht so unangenehm gewesen, hätte Henrik dem Mann auf der Stelle eine Lektion erteilt.

Immer mehr Kinder kamen vom Sportplatz und verschwanden in den wartenden Autos oder stiegen auf ihre Räder und fuhren davon. Mikkel gehörte immer zu den Letzten. Henrik konnte es ihm kaum verübeln, denn er selbst kam auch oft zu spät zum Abholen, auch wenn er es nie völlig vergessen hatte, nicht ein einziges Mal. Seine Kollegen wussten, dass er, da mochte los sein, was wollte, seinen Jungen immer vom Fußballtraining abholte. Heute Abend würde er Mikkel zu Hause absetzen und gleich weiter zum Revier fahren müssen.

Die Enthüllung von Karina Jørgensen in der Gerichtsmedizin, dass es sich bei Casper Madsen um Thomas Mørk, den Langelandsvej-Killer, handelte, hatte ihm einen gehörigen Strich durch die Rechnung gemacht. Zwei Morde an Obdachlosen in so kurzer Folge konnten kaum Zufall sein. Aber dass einer von ihnen ausgerechnet Thomas war, stellte eine bizarre Wendung dar. Henrik erinnerte sich gut an den Fall. Fünfzehn war Thomas damals gewesen, nur drei Jahre älter als sein eigener Sohn jetzt. Mikkel hatte so seine Wütchen, genau wie seine Frau, aber die Vorstellung, dass der Junge seine eigene Mutter mit einem Küchenmesser erstach, war undenkbar und abscheulich.

Der Stiefvater hatte Thomas gefunden, blutverschmiert, immer noch mit dem Messer in der Hand, auf dem Küchenboden über der Leiche kauernd. Dass seine Mutter zu diesem Zeitpunkt in der dreizehnten Woche schwanger gewesen war, hatte die Sache noch entsetzlicher gemacht. Der Gedanke, dass Thomas Mørk diese Welt besser nicht mehr bevölkern sollte, war schwer von der Hand zu weisen. Wie konnte jemand nach einer solchen Tat noch ein normales Leben führen?

Er fragte sich, was Jensen wohl über all das dachte, und plötzlich sehnte er sich danach, mit ihr darüber zu sprechen. Er versuchte es noch einmal unter ihrer Telefonnummer, aber sie nahm wieder nicht ab. Nach dem Zwischenfall im Café Victor zeigte sie ihm offensichtlich die kalte Schulter (zum Glück hatte die Sache keine weiteren Folgen gehabt). Jensen war die dickköpfigste Frau, die er kannte, und wenn man bedenkt, mit wem er verheiratet war, hieß das schon etwas.

Er hatte überlegt, die Zeitung anzurufen und sich unter dem Vorwand, dass er sie dringend als Zeugin in einer polizeilichen Angelegenheit brauchte (was der Wahrheit durchaus nahekam), ihre Adresse geben zu lassen, hatte es sich dann aber anders überlegt. Er steckte ohnehin schon bis zum Hals in Schwierigkeiten. Kein Grund, weitere Komplikationen heraufzubeschwören.

Mikkel tauchte erst auf, als die Flutlichtanlage auf dem Sportplatz ausgeschaltet wurde und die Umgebung in Dunkelheit tauchte. Ein Anflug von Schuldgefühl überkam Henrik beim Anblick der herabhängenden Schultern seines Sohnes, als er auf das Auto zusteuerte.

»Was hast du so lange gemacht?«, erkundigte er sich und klopfte dem Jungen kumpelhaft auf die Schulter. Mikkel wich ihm aus, schnallte sich an und sah zum Beifahrerfenster hinaus.

»War das Training gut?«, versuchte es Henrik weiter.

»Nein«, konterte Mikkel. »Ich will nicht darüber reden.«

Wie der Vater, so der Sohn. Im Reden waren die Jungersen-Männer noch nie gut gewesen. Henrik klopfte dem Jungen auf den Oberschenkel und fuhr los.

36

MITTWOCH, 20:29 UHR

Sie zogen die Pinnwand zwischen ihren Schreibtischen heraus und schoben sie an die Wand hinter Gustavs Stuhl. In die Mitte hefteten sie das Foto von Thomas, das Fie ihnen gegeben hatte, und an die Seiten chronologisch geordnet die ausgedruckten Artikel über den Mordfall im Langelandsvej. Gustav strich »Casper Madsen« durch und schrieb »Thomas Mørk« in fetten Großbuchstaben darüber.

Es waren dreizehn Artikel. Nach Erscheinen der ersten Artikel und nachdem Thomas' Name durchgesickert war, hatte das *Dagbladet* schnell das Interesse verloren. Psychologen waren befragt worden und hatten ihre Expertenmeinung über die Ursachen des Muttermordes zum Besten gegeben. Einige vertraten die Ansicht, dass Thomas von Gedanken an Inzest besessen gewesen sein könnte und seine Mutter tötete, um diesen Gefühlen, von denen er wusste, dass sie falsch waren, ein Ende zu setzen. Andere meinten, die Messerattacke könnte seine Reaktion auf übermäßige mütterliche Kontrolle oder, was wahrscheinlicher war, ganz im Gegenteil auf völliges Desinteresse seitens der Mutter gewesen sein.

Immer dieselben Fotos hatten die Runde gemacht. Eines zeigte das Haus, in dem der Mord geschah, ein Abbild der Bungalows, an denen sie in Roskilde vorbeigegangen waren. Ein Großteil der dänischen Bevölkerung lebte in solchen Häusern. Das Foto dürfte den Lesern eine schaurige Mahnung gewesen sein, welche Gräuel sich hinter vermeintlich gutbürgerlichen Fassaden abspielen können.

Ein anderes war ein Schulfoto von Thomas, das drei Jahre vor dem Mord aufgenommen worden war: pausbäckig, lächelnd, langhaarig. Nichts, was auf den hageren, bärtigen Einundzwanzigjährigen hindeutete, der sich in die Magstræde gesetzt hatte, geschweige denn auf die bläulich bleiche Leiche, die jetzt in einer Edelstahlschublade im Gerichtsmedizinischen Institut ruhte.

Das Foto der Mutter im *Dagbladet* war einem Urlaubsfoto aus glücklicheren Zeiten entnommen worden. Es zeigte Sandra in einer Strandbar bei Sonnenuntergang. Eine hübsche Blondine mit leicht geröteter Haut.

Lehrer an Thomas' Schule waren vernommen worden, von denen sich die meisten »schockiert« oder »traurig« äußerten. Dann die üblichen Worthülsen von Nachbarn, die nicht glauben konnten, dass etwas so Grausames in ihrer friedlichen Straße passiert war, und das in einer Familie, die immer so nett, so ruhig erschien.

Niemand konnte es fassen.

»Wirst du Frank erzählen, wer Thomas war?«, wollte Gustav wissen, als sie einen Schritt zurücktraten und ihr Werk betrachteten.

Jensen kam nur mit der halben Wahrheit herüber. »Nein. Ich will Fie nicht in Schwierigkeiten bringen. Es kommt früh genug heraus und macht eine traurige Geschichte noch trauriger. Ich bezweifle, dass die Presse sich noch lange zurückhalten wird.«

»Warum machen wir das dann?«

Das war eine ausgezeichnete Frage.

»Weil ich ihn gefunden habe, nehme ich an. Ich muss einfach wissen, was passiert ist. Die Puzzlestücke der Geschichte werfen jede Menge Fragen auf. Warum hat sich Thomas ausgerechnet für letzten Montag entschieden, den Tag, an dem der Blizzard tobte, über den vorher tagelang spekuliert worden war? Warum die Magstræde? Woher hatte er die Drogen? Was bringt einen Fünfzehnjährigen dazu, seine Mutter zu töten, um dann, sieben Jahre später, ein Schuldbekenntnis auf ein Pappschild zu kritzeln und es für alle sichtbar hochzuhalten? Wenn er ein psychopathischer, minderjähriger Mörder war, warum war er dann zu Fie so nett? Jedenfalls sagt sie das. Und warum ist er verstummt?«

»Okay, okay, hab's kapiert«, sagte Gustav und hob die Hände. »Also, was machen wir jetzt?«

»Wir sprechen noch mit ein paar mehr Leuten.«

»Wie lange soll das noch gehen?«

»Bis wir etwas haben.«

»Oder auch nicht.«

»Genau. Das nennt man Journalismus. Wenn du die nächsten drei Monate an deinem geleckten Schreibtisch sitzen und Chill-out-Musik hören willst, bis Margrethe es herausfindet und dich zurück zu deinem Vater schickt, dann nur zu.«

Gustav sah sie trotzig an. »Oder ich sage ihr einfach, dass du noch an dieser Geschichte arbeitest.«

»An welcher Geschichte noch arbeitest?«

Margrethe stand in der Tür und baute sich vor den beiden auf.

Margrethe war noch nie in Jensens Büro gewesen. Im ganzen obersten Stock war sie noch nie aufgetaucht. Jensen sah Gustav flehend an und schüttelte leicht den Kopf.

»Der Tipp, den du bekommen hast«, sagte Gustav zu Margrethe.

»Was sollte mich daran stören?«

»Ich meinte, dass noch daran gearbeitet wird, obwohl keine nennenswerten Fortschritte erzielt wurden.«

»Keine?«

»Ein paar schon«, brachte Jensen hervor. »Wir haben deine exklusive Quelle getroffen. Oder sollte ich sagen, deinen größten Fan?«

»Und?«

»Er hat uns den Namen von jemandem gegeben, der reden wird.«

»Gut. Freut mich, dass ihr beide euch versteht. Haltet mich auf dem Laufenden.«

Jensen trat auf Margrethe zu und versperrte ihr die Sicht auf Gustavs Seite der Trennwand mit den Nachweisen ihrer bisherigen Nachforschungen.

»Die Geschichte könnte was haben«, sagte sie.

Margrethe lächelte.

Sie lächelte nie.

Jensen kam zu dem Schluss, dass ihr das zutiefst missfiel.

»Sei still«, raunte sie Gustav zu, als sie sein Grinsen sah, nachdem Margrethe endlich gegangen war.

Ihr war immer noch nicht klar, was sie von ihm halten sollte. Was hatte er getan, das Grund genug war, ihn der Schule zu verweisen? Und vor allem: Wie hatte er es geschafft, die zynischste Frau Kopenhagens in dem Glauben zu lassen, er wäre kein hoffnungsloser Fall, und sie dazu zu bringen, sich zwei Stockwerke hinaufzubequemen und dabei noch wie ein überdrehtes Schulmädchen zu lächeln?

Sie warf einen weiteren Blick auf die Pinnwand. Gustav hatte die Namen der Leute in der Magstræde durchgestrichen, mit denen er bereits gesprochen hatte. Hinter einem oder zweien stand noch ein Fragezeichen.

»Ach, übrigens«, sagte sie. »Die Frau, deren Anruf du neulich verpasst hast, von der du sagtest, du hättest schon mit ihr gesprochen. Wer war das?«

»Ach, das war Malene aus der Zahnarztpraxis in der Magstræde.«

»Was wollte sie?«

»Keine Ahnung. Ich habe ein paar Mal zurückgerufen, aber sie hat nicht abgenommen.«

37

MITTWOCH, 21:24 UHR

Henrik rülpste vernehmlich, stellte seine Dose Cola auf dem Schreibtisch ab und betrachtete die Reste seines Hähnchen-Schawarmas mit einer Mischung aus Ekel und Selbstverachtung. Nachdem er seinen Sohn nach dem Fußballtraining zu Hause abgesetzt hatte, war er gleich wieder losgefahren und hatte ein mieses Takeaway dem Essen, das ihm seine Frau hingestellt hatte, vorgezogen. Sie wusste, dass er die Lasagne wegen der Käsesoße nicht essen würde. Er verabscheute Käse in allen Varianten, immer schon, und das würde auch so bleiben. Er vermutete, dass sie ihm absichtlich

Essen servierte, von dem sie wusste, dass er es nicht mochte, um ihn schneller aus dem Haus zu bekommen.

Gerade wollte er Mark anrufen, um sich nach Neuigkeiten zu erkundigen, als Lisbeth im Mantel erschien. Sie wirkte erschöpft. Sie war jung und immer noch darauf erpicht, sich zu beweisen. Er wusste noch sehr gut, wie das war. Seit einer Ewigkeit hatte er sich nicht mehr erkundigt, wie es ihr ging, oder sie auf ein Bier eingeladen. Henrik wusste, dass sie und Mark zu ihm aufsahen und dass sie beide beachtliche Erfolge für sich hatten verbuchen können, räumte aber auch freimütig ein, dass er als Chef nicht viel besser war denn als Ehemann.

»Komm rein«, sagte er, während er die Reste seines Abendessens auf direktem Weg in den Papierkorb fegte. »Wo ist Mark?«

»Schon zu Hause bei den Kindern.«

»Und was machst du dann noch hier? Du solltest auch Feierabend machen.«

»Wollte ich auch«, sagte sie. »Wollte dir nur noch mitteilen, dass wir jetzt möglicherweise die Identität von Opfer A kennen. Jedenfalls wenn der Rucksack, der im Frederiksholms Kanal gefunden wurde, ihm gehört hat.«

»Ach ja?«

»Wir haben die Nummer angerufen. Eine Frau ist rangegangen, die aber kein Englisch sprach. Also haben wir es noch einmal mit einem Dolmetscher versucht.«

»Und?«

»Sie hat bestätigt, die Nachricht geschrieben und dem Vater ihres Kindes das Foto gegeben zu haben, bevor er die Stadt verließ. Aber sie sagte auch, dass sie seit anderthalb Jahren nichts mehr von ihm gehört hätte.«

»Name?«

»Andrei Ciobanu. Aus Hermannstadt im südlichen Siebenbürgen. Ursprünglich aus Bukarest. Sie äußerte sich wenig schmeichelhaft über ihn.«

»Beschaff dir die Krankenakte.«

»Schon angefordert. Müsste morgen hier sein. Mit etwas Glück bestätigt die, was wir schon wissen.«

»Gute Arbeit, Lisbeth.«

Monsen wird entzückt sein. Endlich ein Fortschritt in diesem festgefahrenen Fall. Sollte es sich allerdings bei dem ersten Opfer wirklich um Andrei Ciobanu handeln, dann stellte sich die Frage, was dessen Mord mit dem Tod von Thomas Mørk zu tun hatte. Es sei denn, die Mordopfer waren willkürlich ausgewählt worden, woran man lieber gar nicht denken wollte.

Wäre Mark ein Labrador, dann wäre Lisbeth ein Windhund. Ruhig, intelligent, schnell. Über ihr Privatleben wusste er nicht viel, war sich aber ziemlich sicher, dass sie nie einen Freund oder Partner erwähnt hatte. Nicht dass er irgendwelche Absichten hätte. (»Als ob *sie* die hätte!«, hörte er seine Frau sagen.) Lisbeth war blond, sportlich und kräftig gebaut. Der Typ, der gut im Handball war, einer aus dem Rudel eben. Nach allem, was Henrik wusste, stand sie möglicherweise nicht einmal auf Männer. (»Für dich ist wohl jede, die nicht auf dich steht, gleich eine Lesbe.«)

Aber er war sich sicher, dass sie eine größere Chance hatte als Mark, ihm nachzufolgen, wenn die Zeit gekommen war. Und das konnte früher passieren, als ihm lieb war, wenn er sich nicht endlich aufraffte und den Fall löste.

38

DONNERSTAG, 11:28 UHR

Gustav verschlief den größten Teil der Fahrt zum Fährhafen in Odden. Sein Kopf rollte auf der Kopfstütze hin und her, und der Mund stand offen, wie bei Thomas, als sie ihn in der Magstræde gefunden hatte. Im Gegensatz zu dem Toten aber hatte Gustav leicht gerötete Wangen, in den Mundwinkeln schimmerte Speichel, und die Augenlider flatterten in einem Traum. Seine Hände waren weich wie die eines kleinen Jungen, die Nägel bis auf die Haut abgebissen.

Jensen hatte die Hoffnung fast aufgegeben, aber da schickte ihr Henrik doch endlich den Namen und die Adresse von Thomas' Tante in Jütland über Messenger.

Auf dem letzten Stück ihrer Fahrt entlang der schmalen Landzunge war die Sonne herausgekommen. Sandstrand auf der einen und Holzhäuschen auf der anderen Seite, die alle leer standen, bis ihre Besitzer am Freitagabend die Flucht aus Kopenhagen antraten, womit zu dieser Jahreszeit allerdings kaum zu rechnen war. Das dunkeltürkise Wasser in der Bucht war mit weißen Gischtkronen übersät. Das Seegras wogte im Wind. Ein wunderschöner Anblick, wie an einem Sommertag.

Solange man im warmen Auto blieb.

Jensens Leben war einfacher geworden, seit sie Margrethe davon überzeugt hatte, dass sie und Gustav einen fahrbaren Untersatz brauchten, um ihrer Geschichte nachgehen zu können. Entweder hatte Margrethe Yasmine gebeten, ihnen ihr Auto zu leihen, oder Yasmine, die eine kluge Frau war, hatte selbst erkannt, woher der Wind wehte. In dem roten Käfer mit der großen Sonnenblume am Rückspiegel dauerte die Fahrt hin und zurück von Esbens Gartenhaus kaum fünfundvierzig Minuten. Das hatte das Pendeln erträglich gemacht.

Jensen hatte beschlossen, sich bei Thomas' Tante nicht vorher anzukündigen. Leute, die über wertvolle Informationen verfügten, sprachen nur ungern mit Journalisten. Es war besser, einfach auf der Matte zu stehen. Jemandem die Tür zu weisen war schwieriger, als einfach aufzulegen.

Ditte Mørk hatte die Polizei zur Hölle gewünscht, als die ihr mitteilte, dass Thomas ermordet worden war. Entweder weil sie wollte, dass ihr Neffe in Frieden ruhte, oder weil ihr egal war, was mit ihm passiert war. Wie auch immer, ein nettes Gespräch darüber bei einer gemütlichen Tasse Tee war eher unwahrscheinlich.

39

DONNERSTAG, 12:32 UHR

Jensen kaufte Hotdogs und Cola auf der Fähre und dachte darüber nach, wie sehr sich ihre Essgewohnheiten zum Schlechten verändert hatten, seit sie Gustav im Schlepptau hatte. Er schien sich ausschließlich von Fleisch und Mehlspeisen zu ernähren, am liebsten noch weiterverarbeitet und bis zum Abwinken frittiert.

Die Sonne quälte sich durch die verschmierten Scheiben und erzeugte im Passagierraum eine stickige Atmosphäre. Die Jacken hatten sie ausgezogen, lehnten sich in der einschläfernden Wärme zurück und starrten aufs Meer hinaus.

»Ich hasse Jütland«, bemerkte Gustav.

»Warum?«

»Flach. Langweilig. Und Papa wohnt da.«

»Wo?«

»In Aalborg.«

»Aalborg ist doch hübsch.«

»Nicht wenn Papa da wohnt. Er liebt es, Leute herumzukommandieren. Früher ist er Kampfflugzeuge geflogen, jetzt trainiert er Piloten bei der Luftwaffe.«

»Was ist passiert, Gustav?«

»Mama ist gestorben. Sie bekam Brustkrebs, als ich neun war. Dann hieß es, sie sei geheilt. Letztes Jahr kam der Krebs zurück, und innerhalb von vier Wochen war sie tot.«

Er sagte das, als übermittelte er die aktuellen Fußballergebnisse, mit gekonnter Routine, die keine Anteilnahme zuließ.

»Deine Mutter war Margrethes Schwester?«

»Nein, verdammt. Meine Mutter war nett. Margrethe ist die Schwester meines Vaters. Alle beide Faschisten.«

Jensen gluckste in sich hinein. Margrethe wäre außer sich, wenn sie wüsste, dass man sie als Faschistin bezeichnete. Wenn Gustav damit aber auf den autoritären Führungsstil seiner Tante anspielte und darauf, dass sie gegenüber denen, die sie verabscheute, keine Gnade kannte, dann hatte er vermutlich sogar recht.

»Erzähl mir von deiner Mutter.«

»Da gibt es nicht viel zu erzählen. Sie war Klavierlehrerin, und zwar eine gute. Ich habe sie immer gebeten, für mich zu spielen. Ich konnte ihr stundenlang zuhören. Sie war ein lieber Mensch, glücklich. Aber jetzt fühle ich mich schrecklich.«

»Warum?«

»Ich war ein Albtraum für sie und habe sie zum Weinen gebracht. Manchmal kann ich mich nicht einmal mehr an ihr Gesicht erinnern. Dann bin ich traurig und am Boden. Ich muss dann all die alten Fotos herausholen.«

»Das tut mir leid.«

»Na ja, was soll's.«

Er schüttelte den Kopf und rieb sich mit dem Handrücken die Augen.

»Dann hältst du Margrethe also für das kleinere Übel, wenn du die Wahl hättest?«

»So in etwa. Wir haben sie nicht oft gesehen, als ich noch bei Mama wohnte. Eigentlich kenne ich sie kaum, aber bisher scheint sie ganz in Ordnung zu sein. Bei Papa in Aalborg zu wohnen habe ich schon versucht. Hat nicht so gut geklappt.«

Jensen kannte Margrethe schon seit mehr als fünfzehn Jahren. Von ihrer Familie hatte sie nie gesprochen, am wenigsten von ihrem Bruder und Neffen. Sie wohnte in einer großen Wohnung im Stadtteil Østerbro. Dort hatte Jensen sie nur ein einziges Mal besucht. Von dem Treffen im Restaurant in Mayfair abgesehen, hatten sie sich nie außerhalb des Büros getroffen.

»Wenn du sagst, dass es nicht gut gelaufen ist, meinst du damit, dass du etwas gemacht hast, was so schlimm war, dass du von der Schule geflogen bist und dein Vater und deine Tante dir damit gedroht haben, dich in eine Anstalt zu stecken?«

Gustav zuckte mit den Schultern.

»Und was war das?«

In diesem Moment verkündete eine Stimme über Lautsprecher, dass die Passagiere zu ihren Autos zurückkehren sollten. Der Hafen von Aarhus war bereits in Sichtweite. Das Sonnenlicht spiegelte sich in den Autofenstern, die für die Rückfahrt nach Seeland aufgereiht standen.

Gustav grinste sie an, nahm seinen Mantel und schloss sich der Menge an, die sich auf den Weg zum Aufgang machte.

40

DONNERSTAG, 14.06 UHR

Das Haus von Ditte Mørk zu finden war nicht schwer, jedenfalls nicht, nachdem sie sich in der Nachbarschaft nach dem Weg erkundigt hatten und man ihnen gesagt hatte, dass sie einfach nur der Unordnung folgen sollten.

Die Gemeinde lag in der Silkeborger Seenplatte in einem aufgelockerten Waldgebiet zwischen Skanderborg und Silkeborg. Hobbit-Häuser mit geschwungenen Strohdächern und Bullaugenfenstern fanden sich neben Blockhütten. Ein paar Hühner pickten in der Erde auf den Wegen, wo der Schnee geschmolzen war. Jedes Haus zierten ein ordentlich gepflegtes Nutzgärtchen mit Zwiebeln und Kohlköpfen, Brennholzstapel und aufgereihte Gummistiefel.

Jedes Haus, außer einem.

Eine angebundene Ziege starrte Jensen und Gustav an, als sie sich, an einem klapprigen orangefarbenen VW-Wohnmobil vorbei, dem Häuschen von Ditte Mørks näherten. Die ehemals gelb gestrichene Hütte hatte schon bessere Tage gesehen. Eine kürzlich gelieferte Ladung Brennholz war in einem Haufen vor das Haus gekippt und der Witterung überlassen worden. Im Garten, halb vom Schnee verdeckt, lagen verstreut alte Fahrradreifen, eine rote Spülschüssel, ein Blecheimer, nasses Zeitungspapier und ein Einkaufswagen herum wie Trümmer nach einer Explosion. Eine beachtliche Leistung der Frau, dass sie es mit dem Einkaufswagen bis hierher geschafft hatte, wenn man bedachte, dass der nächste Laden mindestens acht Kilometer entfernt lag.

Hinter dem Haus stieg Rauch auf. Jemand hackte, bei jedem Hieb laut stöhnend, Holz. Jensen schlug Gustav vor, sich ein wenig im Dorf umzusehen und Thomas' Tante ihr zu überlassen. Die Anwesenheit eines Pubertierenden auf ihrem Grundstück wäre Ditte Mørk vielleicht nicht recht. Und wenn die Frau schon die Axt schwang, musste man nicht noch mehr riskieren.

»Und nimm die Kapuze ab!«

Gustav verzog das Gesicht, schob die Hände tief in die Taschen und marschierte los. Keine Minute später sah sie, wie er sich die Kapuze mit einer ärgerlichen Handbewegung vom Kopf riss.

Vorsichtig ging sie um das Haus herum. Der Qualm wurde dichter. Ihre Augen brannten. Fetzen von verbranntem Papier und Asche schwebten an ihrem Gesicht vorbei.

»Hallo? Ditte? Ditte Mørk?«

Der hintere Garten war vollkommen zugewuchert und von Kiefern umgeben. Vor lauter Rauch konnte sie kaum etwas sehen. Plötzlich fuhr ihr ein harter Schlag in den Rücken, und sie betete zu Gott, dass es nicht die Klinge der Axt war.

Sie drehte sich um und blickte in ein Paar tief liegender, wässrig-blauer Augen in einem derben roten Gesicht, eingerahmt von Haaren, die vor nicht allzu langer Zeit mit Henna gefärbt, am Ansatz aber bereits wieder ergraut waren. Sollte jemals eine Ähnlichkeit zwischen Sandra Mørk und ihrer Schwester bestanden haben, dann war diese jetzt dahin. In Ditte war nichts von der hübschen, sonnengebräunten Blondine zu erkennen.

Sie schwang einen Spaten wie einen Baseballschläger. »Du hast zehn Sekunden Zeit, um mein Grundstück zu verlassen, sonst schlage ich zu.«

»Ich heiße Jensen.«

»Acht, sieben …«

Ein säuerlicher Geruch strömte ihr entgegen. Sie musste sich erst kürzlich einen Drink genehmigt haben. Vielleicht sogar mehrere. Ihre Hände waren rot und rau.

»Ich bin aus Kopenhagen hergekommen.«

»Vier, drei …«

»Ich habe Ihren Neffen gefunden. Ich habe Thomas gefunden. In der Magstræde.«

»Ha!«, entfuhr es Ditte Mørk. Sie bleckte ihre schiefen Zähne.

Den Spaten immer noch fest in der Hand, schien sie den Countdown einen Moment lang vergessen zu haben.

»Und jetzt dachtest du wohl, ich sollte dir dankbar sein, was? Hast gedacht, ich würde jetzt alle Details wissen wollen, dass es mich interessieren würde? Tut es aber nicht. Ich bin froh, dass dieser verkommene Mistkerl tot ist. Jawohl, froh. Ich hoffe, er hat gelitten.«

»Wissen Sie, dass er mit einem Schild auf der Straße gesessen hat, auf dem ›schuldig‹ stand?«

»Meine Schwester hätte ihn nie bekommen dürfen; sie hätte ihn besser abgetrieben. Ein Kind des Satans. Nie hat er sie in Ruhe gelassen, immer gemeckert, der miese kleine Scheißkerl.«

»Hat er damals gesprochen, als Ihre Schwester noch lebte?«

»Er konnte gar nicht aufhören zu reden.«

»Ich frage, weil er in letzter Zeit nicht mehr gesprochen hat. Die letzten vier Monate seines Lebens nicht mehr, vielleicht noch länger.«

»Hinterhältiger kleiner Mistkerl. Wollte immer nur Mitleid erregen. Immer sind andere schuld, aber Sandra hat den Preis dafür bezahlt, nicht wahr? Siebenundzwanzig Mal hat er mit dem Brotmesser auf sie eingestochen. Sie haben ihn in ihrem Blut gefunden. Tja, da gab es kein Entrinnen.«

»Aber jetzt, wo er ermordet wurde, möchten Sie nicht wissen, was mit ihm passiert ist?«

Es war die falsche Frage. Ditte besann sich wieder auf ihre Drohung und schwang erneut den Spaten. Jensen war nicht scharf darauf, es auf die Spitze zu treiben.

»Ist mir scheißegal. Hoffentlich schmort er in der Hölle. Und jetzt mach, dass du wegkommst, oder ich schlage dir deine hübschen kleinen Zähne aus.«

Jensen ging zum Auto und sah Gustav aus einem der Hobbit-Häuser kommen. Er hielt ein in Alufolie eingeschlagenes Päckchen in der Hand. Ein alter Mann mit grauem Bart winkte ihm zum Abschied nach, bis er bemerkte, dass Jensen ihn beobachtete. Dann schloss er hastig die Tür.

»Was ist das?«

»Selbst gebackene Vanilleplätzchen. Ich hab doch gesagt, dass ich nett sein kann.«

»Und was hast du herausgefunden?«

Gustav öffnete das Päckchen und fing an, die Kekse in sich hineinzustopfen. Der weihnachtliche Duft, der von ihnen ausging, ließ Jensen das Wasser im Mund zusammenlaufen.

»Kurt sagte, dass niemand sie mag. Sie ist vor etwa fünf Jahren hergezogen. Anfangs war sie ganz in Ordnung, aber jetzt wollen sie sie einfach nur noch loswerden. Er sagte, sie sei Alkoholikerin, würde alle anschreien, macht ständig Feuer und lässt überall Müll liegen. Die Kinder haben Angst vor ihr.«

»Woher hatte sie denn das Geld, um sich hier ein Haus zu kaufen? Billig ist das bestimmt nicht.«

»Das ist es ja gerade«, antwortete Gustav, den Mund voller Plätzchen. »Kurt sagte, er hätte sie noch nie richtig arbeiten sehen. Aber Geld für Schnaps hätte sie immer.«

»Sonst noch was?«

Jensen nahm sich einen Keks und schob ihn sich in den Mund, bevor Gustav protestieren konnte. Er schmeckte köstlich und war noch warm vom Ofen.

»Alles Mögliche, über den Gemeinderat und die Steuern. Ich hab nicht mehr richtig zugehört. Können wir jetzt gehen? Bitte lass uns wieder zurück nach Kopenhagen fahren.«

41

DONNERSTAG, 17:47 UHR

Als sie in Odden die Fähre verließen und sich in die Autokarawane in Richtung Hauptstadt einreihten, war es bereits dunkel, Schneegriesel hatte eingesetzt. Sie rief über die Freisprecheinrichtung Henrik an. Gustav betrachtete die vorbeiziehenden Sommerhäuser, während er den Kopf zu seiner Musik bewegte und Gesichter auf die beschlagene Scheibe malte.

»Was willst du?«, begrüßte Henrik sie.

»Wie freundlich …«

»Ich bin auf dem Weg ins Fitnessstudio. Du hast drei Minuten.«

Tag für Tag, da gab es kein Vertun, absolvierte Henrik eine Trainingsstunde. Arbeit, Training, Fußball. Die Dreh- und Angelpunkte seines Lebens, und er hatte Jahre Zeit gehabt, sie zu optimieren.

»Reizende Dame, diese Ditte Mørk.«

»Ich habe dir ja gesagt, dass sie nicht ganz sauber tickt. Aber dass du so dämlich bist und sie tatsächlich besuchst, hätte ich nicht gedacht.«

Jensen setzte zum Überholen eines Autos an, dessen Fahrer prompt Gas gab, um sie daran zu hindern. Machten die Leute das in England auch, oder war das ein typisch dänisches Phänomen? Eine Spielart des skandinavischen Jante-Gesetzes, das jeden verurteilt, der auch nur versucht, sich von der Masse abzuheben? *Träum nicht mal davon, dass deine Karre schneller ist als unsere.*

»Das war's dann also, du steckst fest.«

»Nicht ganz.«

»Wie?«

»Wir haben uns Ditte Mørks Bewegungsprofil genauer angesehen. Sieht ganz so aus, als wäre sie in der Nacht, in der Casper starb, in Kopenhagen gewesen.«

»Sollen wir ihn der Einfachheit halber vielleicht einfach Thomas nennen?«

Henrik schwieg einen Moment. Als er wieder zu reden begann, hatte er in den Polizeimodus gewechselt.

»Woher weißt du das?«

»Ich habe meine Quellen.«

»Es ist illegal, vertrauliche Polizeiakten einzusehen.«

»Keine Sorge, ich werde es niemandem sagen. Ich wurde doch von der Geschichte abgezogen, schon vergessen? Du glaubst also, dass Ditte etwas damit zu tun hat?«

»Keine Ahnung.«

Jensen erinnerte sich an die Flecken auf Thomas' Arm, die Hinweise darauf, dass er von jemandem grob behandelt worden war, bevor er starb. Ditte Mørk war zweifellos wütend genug, um für eine solche Tat infrage zu kommen.

»Hat sie sich vielleicht Beruhigungsmittel verschreiben lassen, wie die Benzos, die Thomas genommen hatte? Oder hat sie sich das Zeug anders beschafft?«

»Möglich, wir prüfen das gerade.«

»Aber warum sollte Ditte Thomas in Kopenhagen aufsuchen, und wie konnte sie überhaupt wissen, wo er zu finden war?«

»Sein Handy oder sein Laptop könnten uns vielleicht Antworten auf diese Fragen geben. So aber wissen wir nicht, mit wem er vor seinem Tod Kontakt hatte.«

»Was ist mit dem Dealer, bei dem die Jugendlichen in Skovhøj das Zeug kaufen?«

»Was soll mit ihm sein?«

»Wie heißt er?«

»Das werde ich dir gerade auf die Nase binden. Du bringst es glatt fertig, ihm deine Aufwartung zu machen.«

»Dann eben nicht. Ich finde ihn schon. Wenn er das Zeug geliefert hat, das Thomas vor seinem Tod genommen hat, dann könnte er etwas wissen oder sogar in der Sache mit drinstecken.«

»Jensen, du bist impertinent, weißt du das? Sei's drum, die Zeit ist um. Ich habe Wichtigeres zu tun.«

»Wie du willst.«

»Aber wenn ich Wind davon bekomme, dass du dich in unsere Ermittlungen einmischst, dann bleibt mir nichts anderes übrig, als dich zu verhaften.«

»Ich freu mich schon drauf. Vergiss die Handschellen nicht.«

Als das Gespräch beendet war, spürte sie Gustavs Blick auf sich ruhen. Er hatte seine Kopfhörer abgenommen und grinste sie an.

»Was?«, fragte sie.

»War das dein Freund?«

»Nein.«

»Hörte sich aber so an.«

»Ist er aber nicht.« Sie trat das Gaspedal durch. Jetzt wollte auch sie unbedingt zurück nach Kopenhagen. »Nichts könnte von der Wahrheit weiter entfernt sein, Gustav.«

42

DONNERSTAG, 19:11 UHR

Ausgehungert und vor Kälte klappernd, steuerten sie ohne Umwege die Betriebskantine der Zeitung an und plünderten den Snack-Automaten, um wieder zu Kräften zu kommen. Zu Gustavs Freude deckten sie sich mit Mars-Riegeln, Chips und Cola ein. Wenn sie ihre Ernährung nicht bald umstellten, würden sie noch beide mit Skorbut enden.

Auf der Suche nach einem schönen Platz erblickten sie Frank, der allein in einer Nische saß, in der er sich ein großes Stück Othello-Torte einverleibte, während er im *Dagbladet* blätterte. Es war Redaktionsschluss. Alle waren damit beschäftigt, die morgige Ausgabe zusammenzustellen.

Alle, außer Frank.

»Was ist los, Frank, hast du nichts zu tun?«

»Nee«, sagte er und blätterte eine Seite um. »Der Kelch ist an mir vorübergegangen.«

»Was soll das heißen?«

Er sah Jensen über den Rand seiner Lesebrille hinweg an. »Du weißt es noch nicht? Gerade wurde eine Parlamentswahl ausgerufen. Auf absehbare Zeit werden wir über unseren Fall kaum etwas in die Zeitung bekommen. Die Ermittlungen stecken sowieso in einer Sackgasse, seit sich herausgestellt hat, dass es sich bei dem zweiten Opfer lediglich um einen verwirrten jungen Dänen gehandelt hat, der aus irgendeiner Einrichtung getürmt ist.«

»Du meinst, es ist keine Geschichte, weil es keinen frei herumlaufenden Serienmörder gibt, der es auf osteuropäische Bettler abgesehen hat?«

»Das habe ich nicht gesagt. Einen Serienmörder könnte es geben. Der Junge hätte leicht als Migrant durchgehen können, sollte der Mörder es auf sie abgesehen haben. Aber die Polizei muss ihre Ermittlungen jetzt ausdehnen.«

Frank hatte recht. Jensen dachte nach. Thomas war selektiv mutistisch und vermutlich kaum in der Lage, einen rassistisch motivierten Möchtegernkiller zu stoppen.

»Tatsache ist, dass Menschen bei uns auf der Straße schlafen und zwei von ihnen gestorben sind. Margrethe hat schon recht, wenn sie sagt, dass Dänemark zu einem hässlichen kleinen Land verkommen ist«, sagte sie.

»Und nun findet in dem kleinen hässlichen Land eine Wahl statt. Die Menschen können für sich entscheiden, was sie daraus machen wollen.«

Dass es Wahlen geben würde, war klar, aber man hatte sie deutlich später erwartet, frühestens im Mai. Für Jensen war das eine gute Nachricht. Margrethe wäre auf Wochen hinaus beschäftigt, niemand würde ihr wegen eines Artikels im Nacken sitzen.

Frank sah ihr die Erleichterung an, interpretierte ihren Gesichtsausdruck jedoch als Schadenfreude.

»Was guckst du so selbstzufrieden?«, fragte er stirnrunzelnd. »Was habt ihr zwei vor?«

Gustav wollte gerade etwas sagen, als Jensen seinen Arm ergriff. »Wir arbeiten an der Geschichte, die Margrethe zugespielt wurde.«

Frank lachte, den Mund voller Sahnetorte. »Na, dann viel Glück, wenn ihr den Mist noch vor Ostern in die Zeitung bekommen wollt.«

Er sah auf und musterte sie. Marzipankrümel und Sahnetröpfchen hingen in seinem Bart.

»Du solltest dich besser an einen echten Journalisten halten, der sein Handwerk gelernt hat«, sagte er zu Gustav und deutete mit der Gabel auf Jensen. »Sie hat ihre besten Zeiten hinter sich.«

»Wirklich?«, sagte Gustav unschuldig. »Das hat mir meine Tante gar nicht erzählt.«

»Nein?«

»Nein, meine Tante hat gesagt, dass sie wahrscheinlich die beste Reporterin ist, die diese Zeitung je gesehen hat.«

Jensen sah Gustav überrascht an.

»Das hat sie gesagt?«

Frank legte beide Hände aufs Herz. »Ach, wie nett.«

Jensen zog Gustav mit sich fort, bevor einer von ihnen noch etwas von sich gab, das er später bereuen würde. Franks Lachen verfolgte sie durchs Treppenhaus bis hinauf in ihr Büro.

43

DONNERSTAG, 21:31UHR

Jensen fühlte sich unwohl, als sie in ihren zerrissenen schwarzen Jeans und den Bikerboots auf dem glatten Leder des Barhockers lümmelte. Immer wieder wanderte ihr Blick zum Eingang, während sie angestrengt versuchte, die Gruppe alkoholisierter schwedischer Geschäftsleute zu ignorieren, die ihr Bestes gaben, um ihre Aufmerksamkeit zu erregen.

Esben hatte auf diesem Treffen im Hotel d'Angleterre bestanden. Die in Samt, Glas und Gold gehaltene Champagner-Bar war quasi sein zweites Wohnzimmer. Es kam nicht oft vor, dass er sich um einen anderen Treffpunkt bemühte.

Die Schweden verstummten, als Esben sich mit seinen strahlend weißen Zähnen und der sonnengebräunten Haut den Weg durch den Raum bahnte. Wieder einmal musste sie konstatieren, wie umwerfend gut er in seinem maßgeschneiderten blauen Anzug und dem weißen Hemd – natürlich aus der Savile Row – aussah. Seine Reisen nach London, eigens zu dem Zweck, seine Garderobe etwas aufzupeppen, waren zu einem alljährlichen Ritual geworden; nicht selten feierte er seine Einkäufe anschließend im Claridge's. Und jedes Mal hatte Esben versucht, sie zu überreden, mit in sein Zimmer zu kommen.

»Entschuldige die Verspätung«, begrüßte er sie und küsste sie auf beide Wangen. Sein Aftershave verströmte den Duft eines mediterranen Frühlings.

Der normale Alltag, selbst im tristen Winter, schien bei Esben keine Spuren zu hinterlassen. Stets sah er so aus und roch auch so, als wäre er gerade einem heißen Duftbad entstiegen. Und niemals machte er eine Bemerkung darüber, wie abgerissen sie im Vergleich zu ihm aussah. Das war einer der vielen Gründe, warum sie ihn mochte. Für einen nach außen hin so eitlen und oberflächlichen Mann war er überraschend unempfänglich dafür, wie andere sich kleideten.

»Für uns bitte«, sagte er zur Barkeeperin, »einen Louis Roederer und zwei Gläser.«

»Wofür das?«, wollte Jensen wissen, während die Barkeeperin zur Tat schritt.

»Für die Wahl natürlich. Am Samstag fahre ich nach Aalborg zurück und leite den Wahlkampf ein.«

»Du glaubst doch nicht im Ernst, dass ihr wieder gewinnt?«

»Aber natürlich. Es wird ein Spaziergang werden.«

Die Barkeeperin ließ den Korken knallen und begann mit albern affektiertem Gehabe die Gläser zu füllen. Esben zwinkerte ihr zu.

»Skål«, sagte er und stieß mit Jensen an.

»Ich bewundere deinen Optimismus. Margrethe ist der Meinung, dass du und die anderen Regierungsparteien am Ende seid. Sie sagt, sie würde sich nach der Wahl höchstpersönlich auf die Stufen von Christiansborg stellen, um bei deinem Auszug Spalier zu stehen.«

Esben lachte. Die Leute drehten sich nach ihnen um. Die Blicke einiger Frauen verweilten kurz auf ihm und wanderten weiter zu Jensen, während sie unübersehbar versuchten, sich einen Reim auf die Beziehung zwischen den beiden zu machen.

»Die gute alte Margrethe. Sie gibt ihre Ideale wohl nie auf, was? Aber sie setzt aufs falsche Pferd. Die Sozialdemokraten sind am Ende.«

»Sie meint, dass das Pendel jetzt in die andere Richtung ausschlägt. Der Fall Magstræde hat das Fass zum Überlaufen gebracht. Die Leute haben genug von der Sparpolitik.«

»Nee«, sagte Esben, leerte sein Glas und griff nach der Flasche, um nachzufüllen. »Das wird so nicht kommen. Wart's nur ab. Aber wie gefällt es dir in Hornbæk?«

Außerhalb der Arbeit sprach er nie gern über Politik. Das Thema langweilte ihn schnell. Und das war ihr nur recht.

»Hornbæk ist toll, wenn man außerhalb der Saison auf Sommerhaussiedlungen steht. Nein, im Ernst. Vielen Dank, Esben. Sehr nett von dir.«

»Ich würde dir gern unser Haus in Klampenborg überlassen, jetzt, wo ich eine Weile weg bin. Aber Ulla will nicht mit mir nach Aalborg zurück. Sie hasst es da oben.«

»Für mich ist es in Ordnung, so, wie es ist.«

»Das weiß ich. Wie kommst du mit der Geschichte voran? Die, an der du nicht arbeitest?«

»Inzwischen wissen wir, dass der junge Mann auf Drogen war, aber das ist noch nicht offiziell.«

»Und was hatte er nachts in der Magstræde zu suchen?«

»Keine Ahnung.«

»Finde es heraus.«

»Weißt du eigentlich, dass Tausende von Unterschriften zusammengekommen sind, Skovhøj weiterzubetreiben? Der Leiter ist fest davon überzeugt, dass der Junge nicht abgehauen wäre, wenn es in den letzten Jahren diese Personalkürzungen nicht gegeben hätte.«

»Blödsinn, er war freiwillig da. Selbst wenn sie ihn rund um die Uhr bewacht hätten, hätten sie ihn nicht daran hindern können, sich zu verdrücken.«

»Möglich. Aber dann hätte er vermutlich auch gar nicht erst gehen wollen.«

»Ich sag dir was, Jensen. Wären die Wände in diesem Heim aus Marmor gewesen und die Wasserhähne im Bad aus Gold und selbst wenn jeder Bewohner zehn Bedienstete gehabt hätte, wäre der Junge trotzdem abgehauen. Das hat nichts mit Geld zu tun.«

»Möglich.«

»Eigentlich kam sein Tod doch ganz gelegen, findest du nicht?«

»Was willst du damit sagen?«

»Es kommt doch denen entgegen, die die Einrichtung erhalten möchten oder die, anders ausgedrückt, mehr Geld für soziale Dienste haben wollen.«

»Was? Du glaubst, jemand in der Einrichtung könnte etwas mit dem zu tun haben, was Thomas zugestoßen ist?«

»Ich glaube gar nichts«, sagte Esben und hob die Hände in einer übertriebenen Geste der Unschuld. »Ich sage nur, dass es ein bemerkenswerter Zufall ist, wenn man einmal in diese Richtung denkt.«

Jensen spürte die Wirkung des Champagners und nahm sich vor, nicht noch ein Glas zu trinken. Für Esben hingegen schien es gerade erst der Anfang zu sein.

»Ich sollte mich jetzt mal langsam auf den Weg machen«, sagte sie und trank ihr Glas aus. »Es ist ein langer Weg bis nach Hornbæk.«

»Bist du sicher?«, sagte Esben und füllte ihr Glas auf. »Ich habe Ulla zwar versprochen, sie heute Abend zum Essen auszuführen, habe aber gleichzeitig darauf spekuliert, dass mir vielleicht eine wichtige Besprechung dazwischenkommt. Ich habe hier ein Zimmer; und morgen früh wärst du in fünf Minuten bei der Arbeit.«

Er sah sie vielsagend an, und sie dachte daran, wie einfach es sein würde. Esben und sie, keine Verpflichtungen, keine Verheißungen, aber sie wusste auch, dass er irgendwann genug von ihr haben würde, so, wie er von allen irgendwann genug hatte.

»Ich rühre dich nicht an«, sagte er und strich ihr eine Haarsträhne aus dem Gesicht. »Es sei denn, du möchtest es?«

»Tut mir leid, ich muss morgen früh raus. Ich fahre noch mal in die Magstræde, um mit den Anwohnern zu sprechen. Irgendjemand muss doch etwas gesehen haben«, erwiderte sie, rutschte von ihrem Barhocker runter, drückte Esben einen Kuss auf die Wange und flüsterte ihm ins Ohr:

»Ruf deine Frau an, und sag ihr, dass ihr euch in zehn Minuten trefft. Ich denke, sie hat es verdient.«

44

FREITAG, 10:14 UHR

Es war sonnig in der Magstræde, aber eiskalt. Ein scharfer Wind pfiff durch die Innenstadt. Ein paar Touristen drängten sich am südlichen Zugang zur Straße und machten Fotos. Jensen verdarb ihnen das Motiv, indem sie direkt vor ihren ausgestreckten Handys entlangging.

Gustav saß unterdessen im Zug nach Roskilde, in der Erwartung, dass Fie ihm nach ein paar Runden GTA schon verraten würde, wo der Dealer abhing, der die Skovhøj-Kids mit Stoff versorgte. Jensen hatte ihn allein fahren lassen, da sie sich denken konnte, dass Karina und Tobias sie seit ihrem letzten Besuch nicht mehr in Fies Nähe lassen würden. Gustav und sie brauchten aber den Namen des Dealers, da sie sonst keine Chance hatten, weiterzukommen.

»Keine Aktionen auf eigene Faust«, hatte sie ihm mit auf den Weg gegeben. »Sobald du hast, was wir brauchen, kommst du zurück. Dann können wir überlegen, wie es weitergeht.«

Unwillig hatte Gustav zugestimmt. Sie hatte ihn schwören lassen.

Die Fenster des »CG Zahnstudios« waren erleuchtet. Jensen klingelte, winkte in die Kamera und stemmte sich mit der Schulter gegen die Tür, als Malene ihr öffnete. Auf das umständliche Vorgeplänkel konnten sie dieses Mal verzichten. Ihren Besuch hatte sie telefonisch angekündigt. Sie wurde erwartet.

In den Praxisräumen war es warm, und sie verströmten einen angenehmen Duft. Wie das Bad im Zimmer eines Luxushotels. Im Hintergrund lief ein Tonband mit Vogelgezwitscher und dem Geräusch von Regentropfen. Der kupferbeschlagene Empfangstresen war auf Hochglanz poliert und reflektierte das Licht der Wintersonne auf dem geschliffenen Eichenboden. Malene begrüßte sie vom Schreibtisch aus und deutete auf einen der Stühle im Wartezimmer.

»Nehmen Sie doch Platz.«

Jensen blieb stehen.

Malene blinzelte sie an. Sie hatte perfekte Zähne, eine perfekte Haut und perfektes Haar, das zu einem glatten, geraden Pferdeschwanz zurückgekämmt war. Diesmal trug sie weiße Arbeitskleidung.

»Sie und Grønfeldt«, sagte Jensen. »Sind Sie …?«

Malene deutete lächelnd zur Decke. »Verheiratet. Wir wohnen im ersten Stock.«

»Verstehe«, sagte Jensen, während sie einen gerahmten Artikel aus einem Bordmagazin betrachtete, der Grønfeldt sitzend und Malene, eine Hand auf die Schulter gelegt, hinter ihm stehend zeigte.

»Am Montag war ein Junge hier. Er sagte, er würde an einem Schulprojekt über die Magstræde arbeiten, das im *Dagbladet* abgedruckt werden soll. Können Sie mir etwas über ihn sagen?«

Gustav. Er hatte sicher alles gegeben, um Eindruck zu schinden.

»Gustav Skov?«

»Kennen Sie ihn?«

Jensen beschloss, sich nicht in Erklärungen darüber zu ergehen, wie sie an diesen Halbstarken gekommen war.

»Kann man wohl sagen. Er ist der Neffe der Chefredakteurin.«

»Netter Junge. Sehr aufgeweckt, hat alle möglichen Fragen zu dem Mord gestellt. Ich habe lange überlegt, was ihn noch interessieren könnte, und auch ein paar Mal versucht, ihn anzurufen. Habe ihn aber bisher nicht erreicht.«

»Ja?«

»Hallo, Frau Jensen. Schön, Sie wiederzusehen«, begrüßte Grønfeldt sie, als er aus seinem Büro kam. »Kaffee?«

Sie ließen Malene in der Telefonzentrale zurück. Jensen fragte sich, was sie ihr wohl hatte sagen wollen.

In seinem Büro schloss Grønfeldt die Tür hinter sich und machte sich an einer teuer aussehenden Kaffeemaschine zu schaffen. Zunächst mahlte er die Bohnen und drückte anschließend den gemahlenen Kaffee mit einem Tamper in den silbernen Siebträger. Mit routinierten Bewegungen brachte er schließlich zwei Tassen unter den silbernen Auslaufhähnen in Position.

Auf der einen Seite des Raumes stand ein Schreibtisch, seitlich zum Fenster. Kein Familienfoto, keine Kunstgegenstände. Nichts zierte die schwarz lackierte Oberfläche. In den Regalen hinter dem Schreibtisch stapelten sich Pyramiden schwarzer Schachteln mit dem weißen CG-Logo. Daneben ein mit schwarzem Leder bezogener Zahnarztstuhl, der mit einem weißen Papiertuch ausgelegt war.

»Setzen Sie sich«, sagte Grønfeldt mit dem Rücken zu ihr.

Jensen wusste, dass er den Sessel vor dem Schreibtisch meinte. Er wollte ihr gegenübersitzen, der große Mann in seinem Büro. Sie wählte den Zahnarztstuhl. Ihre Schuhe hinterließen einen dunklen Abdruck auf dem Papier.

Sollte Grønfeldt überrascht gewesen sein, sie dort, die Hände über der Gürtelschnalle gefaltet, liegen zu sehen, dann gelang ihm zumindest ein bemerkenswertes Pokerface. Er setzte sich auf seinen Arbeitshocker und reichte ihr eine winzige goldene Tasse mit bitterem Espresso unter einer cremigen Schicht Milchschaum. Dann stellte er seine eigene Tasse ab, hielt ihr einen Spiegel vors Gesicht und beugte sich vor, um sein Spiegelbild dem ihren hinzuzufügen. Das war offensichtlich seine Verkaufsmasche. Den Kunden gleich zu Beginn vorzuführen, was sie nicht mochten.

»Sie haben tolle Zähne«, sagte er. »Das ist reines Glück. Die Lücke zwischen den vorderen Schneidezähnen könnten wir vielleicht schließen«, sagte er, wobei er ihre Lippen berührte und ihr Gesicht ins Licht drehte.

»Schöne, volle Lippen.«

Sie sah ihn an. Seine Augen waren tiefbraun, undurchdringlich und ruhig. Er beachtete sie nicht, war in seiner Profession gefangen.

»Sie wirken erschöpft«, bemerkte er. »Etwas Botox würde Wunder bewirken, und bei Ihrer Haut braucht es nicht viel davon. Es würde Sie zehn Jahre jünger aussehen lassen.«

»Sie hatten mir eine Führung versprochen«, sagte sie.

Er machte eine ausladende Handbewegung. »Das ist es«, sagte er. »Sie haben alles gesehen. Das Allerheiligste. Dahinter befinden sich noch ein Lagerraum, eine Toilette und eine Küche. Möchten Sie die auch sehen?«

Sie lächelte. »Hier behandeln Sie also Ihre Patienten?«

»Klienten. Hier ist niemand krank, schließlich sorge ich dafür, dass es den Leuten besser geht.«

Er hielt inne und wartete auf Jensens Reaktion.

Die blieb aus.

»Sie würden hübscher aussehen, wenn ich mich der Lücke zwischen Ihren Zähnen widmen dürfte.«

»Aber dann wäre ich nicht mehr ich selbst.«

»Dann wären Sie noch mehr Sie selbst. Ich würde Ihnen auch einen guten Preis machen.«

»Erzählen Sie mir doch bitte noch einmal, was Sie über den Jungen wissen«, sagte sie. »Wann Sie ihn gesehen haben, und was genau Sie gesehen haben.«

Grønfeldt nahm seine Kaffeetasse und trank aus, ohne den Blick von ihr abzuwenden.

»Ich habe Ihnen schon alles gesagt, genau wie der Polizei. Malene hat ihn abends dort sitzen sehen. Nicht ich. Es hat die ganze Nacht stark geschneit. Dass etwas passiert war, habe ich erst gemerkt, als am nächsten Morgen der Krankenwagen eintraf.«

»Er hatte ein Schild dabei, auf dem das Wort *schuldig* stand.«

Jensen ließ Grønfeldt nicht aus den Augen, konnte aber nicht das geringste Anzeichen von Überraschung erkennen.

»Wussten Sie das?«

Er zuckte mit keiner Wimper.

»Ich wurde vermutlich schon mal danach gefragt.«

»Haben Sie eine Idee, was es mit dem Schild auf sich haben könnte?«

Er schüttelte den Kopf. »Keine Ahnung.«

Es klopfte; Malene steckte den Kopf durch die Tür. Ihre Augen weiteten sich, als sie die beiden erblickte: Jensen auf dem Zahnarztstuhl liegend, Grønfeldt breitbeinig auf seinem Hocker neben ihr. Sie riss sich zusammen und setzte ein Lächeln auf.

»Dein Elf-Uhr-Termin ist da, Christian.«

Jensen stand auf. »Darf ich kurz …?«

Ohne die Antwort abzuwarten, ging sie zu Grønfeldts Schreibtisch hinüber, setzte sich in seinen Drehsessel und schaute zum Fenster auf die Magstræde hinaus. Auf der anderen Straßenseite, direkt unter ihr, sah sie die schwarzen Rosen und den Teddy, der in die dänische Flagge eingewickelt war. Jemand hatte ein Windlicht mit einer inzwischen abgebrannten Kerze danebengestellt. Es sah aus wie eine der Lampen aus der Pizzeria. Von der Kellnerin vielleicht?

Aus irgendeinem Grund war Thomas nach Kopenhagen gefahren und hatte sich direkt gegenüber von Grønfeldts Praxis hingesetzt. Warum gerade dort? Warum nicht zwanzig Meter weiter die Straße hinunter?

Grønfeldt räusperte sich.

»Sonst noch etwas, Frau Jensen?«

45

FREITAG, 11:32 UHR

Die oberste Etage der Redaktion war menschenleer, als sie zurückkam. Sie umklammerte einen Becher mit stark gesüßtem Kaffee, den Liron ihr kommentarlos gereicht hatte. Dann hatte Grønfeldt wohl recht gehabt: Wenn Liron der Ansicht war, sie brauchte eine so hohe Koffeindosis, um sich noch auf den Beinen zu halten, musste sie tatsächlich erschöpft ausgesehen haben. Sie ging direkt zu Hennings Büro. Aus dem Radio tönte der melancholische Klang einer Jazztrompete, und die Architektenlampe brannte. Aber der Mann schlief tief und fest. Das Kinn auf die Brust gestützt, schnarchte er leise vor sich hin. Eine halb gerauchte Zigarre lag auf dem Rand des Aschenbechers. Sie beugte sich über den Schreibtisch und versuchte, kopfüber zu lesen, was in seiner altmodisch verschnörkelten Handschrift auf dem Pappordner geschrieben stand, der vor ihm lag. Sie entzifferte den Namen einer berühmten Schauspielerin, die sie aus dem Fernsehen ihrer Kindheit kannte und schon seit Jahren tot glaubte. Auf dem Monitor konnte sie sehen, dass er die ersten paar Zeilen ihres Nachrufs geschrieben hatte. Vielleicht hatte ihn in Erinnerung an lang vergangene Jugendzeiten die Wehmut gepackt. Der Raum roch nach Zeitungspapier und altem Mann.

»Was gibt's?«, fragte er so plötzlich, dass sie zusammenfuhr.

Sie reichte ihm den Pappbecher von Liron.

»Ich habe dir einen Kaffee mitgebracht.«

Er nahm sofort einen Schluck und grunzte vor Vergnügen.

»Was machst du denn noch hier?«, fragte er, als er einen Schluck genommen und immerhin schon ein Auge geöffnet hatte.

»Ach, nichts.«

»Irgendwas ist doch. Los, raus mit der Sprache.«

»Na gut. Sagt dir der Name ›Grønfeldt‹ etwas?«

»Grønfeldt und weiter?«

»Christian Grønfeldt. Er ist Zahnarzt.«

»Warum willst du das wissen?«

»Ihm gehört das Haus gegenüber von der Stelle, an der ich letzte Woche den ermordeten Jungen gefunden habe.«

Henning schlürfte weiter an seinem Kaffee. »Junge Frau, du greifst aber auch nach jedem Strohhalm.«

Aus dem Radio plärrte ein Jingle, dann gab der Nachrichtensprecher die Umfrageergebnisse bekannt, die der Opposition einen erdrutschartigen Wahlsieg prophezeiten. Sie dachte an Esben und seine Überheblichkeit, die sich jetzt töricht und unangebracht anfühlte.

Dann bemerkte sie, dass Henning erneut eingenickt war. Sie nahm ihm den fast leeren Becher aus der Hand, stellte ihn auf den Schreibtisch, damit ihm der Rest nicht aufs Hemd tropfte, und ging in ihr eigenes, schummrig stilles und kaltes Büro.

Sie hätte sich in den Hintern beißen können, dass sie Malene nicht mehr gefragt hatte, was sie Gustav hatte sagen wollen. Sie war von Malene zu schnell an dem gut aussehenden Mann mittleren Alters vorbei hinauskomplimentiert worden, der zu seinem Termin bei Grønfeldt erschienen war. Der passende Moment hatte sich nicht ergeben.

Sie sah auf ihr Handy und fand eine Nachricht von Gustav.

Habe Infos über den Dealer.

Rasch tippte sie ihre Antwort.

Unternimm nichts. Komm zurück ins Büro. Wir reden dann weiter.

Gustavs Seite der Trennwand war hoffnungslos zugemüllt. Leere Colaflaschen und Bonbonpapier lagen verstreut auf dem Schreibtisch herum. Eine ganze Weile studierte sie die Zeichnung von der Magstræde, die er mit den Namen der Leute, die dort wohnten oder arbeiteten, an der Pinnwand angeheftet hatte. Nur noch wenige Namen waren nicht durchgestrichen. Ein weiterer Gang von Haus zu Haus würde vermutlich nicht mehr viel bringen. Im Halbdunkel kam ihr die Darstellung erbärmlich, fast kindisch vor. Sie standen immer noch mit leeren Händen da.

Eine halbe Stunde später vernahm sie ein schlurfendes Geräusch im Korridor. Dann stand Henning in der Tür, den Pappbecher zerknüllt in der geäderten Hand.

»Grønfeldt hast du gesagt?«

»Ja.«

Sein Blick ging zur Decke. »Anton Grønfeldt, Herzchirurg im *Rigshospitalet*. Starb vor etwa zehn Jahren. Aber Christian Grønfeldt, sein Sohn, lebt noch. Ganz schöner Frauenheld. Zahnarzt mit Privatpraxis in der Magstræde.«

»Genau den meine ich.«

»Das war eine grauenhafte Geschichte.«

Jensen verspürte ein Kribbeln in den Handflächen. »Was denn?«

Er reichte ihr eine dicke Mappe, auf der in krakeliger, blauer Tinte »Christian Grønfeldt« geschrieben stand.

»Seine Freundin wurde umgebracht. In ihrer Küche. Von ihrem 14-jährigen Sohn. Sie nannten es den *Langelandsvej-Mord*.«

46

SAMSTAG, 02:32 UHR

»Jungersen. Was gibt's?«

Henrik fingerte im Dunkel des Schlafzimmers an seiner Uhr herum. Seine Frau neben ihm zog sich die Bettdecke über den Kopf und schlief weiter. Die langjährige Ehe mit einem Polizisten hatte sie abgestumpft. Leider auch, was die meisten anderen Dinge betraf.

Marks Stimme am Telefon: »Chef, wir haben noch eine.«

»Noch eine was?«

»Leiche.«

Pause.

Henrik setzte sich auf, stellte die Füße auf den Boden und verzog das Gesicht, als sie auf die eiskalten Dielen trafen. »Verdammt, Mark, lass hören!«

»Weiße Frau. Identität unbekannt, keine persönlichen Gegenstände. Zwischen fünfundzwanzig und dreißig Jahre alt. Suchtkrank. Erstochen. Irgendwann zwischen Mitternacht und zwei Uhr früh. Von Passanten in der Badstruestræde gefunden.«

»Scheiße.«

Er zog sich an, ohne dass seine Frau sich ein einziges Mal rührte. Er brauchte dringend einen Kaffee, aber dazu fehlte jetzt die Zeit, und seine Kaffeebar in der Vesterbrogade, wo man ihn schon beim Vornamen kannte und ihm seinen Kaffee zubereitete, ohne dass er etwas sagen musste (ein großer Milchkaffee mit einem Schuss Espresso, nicht zu heiß), hatte noch geschlossen.

»Verdammte Scheiße«, fluchte er auf dem Weg über die von Schneematsch bedeckten Straßen in Richtung Stadtzentrum.

Zwei Morde ließen sich vielleicht noch einem Zufall zuschreiben, ein dritter aber machte daraus endgültig eine Serientat, zumindest in den Augen der Presse. Irgendjemand hatte es auf Obdachlose abgesehen.

Wie oft war er die Fälle mit Mark und Lisbeth schon durchgegangen. Es gab keinerlei Verbindung zwischen dem ersten Opfer und Thomas Mørk, was darauf schließen ließ, dass sie zufällig ausgewählt worden waren.

Von wem? Und wieso?

Lief, wie Mark vermutete, ein rechtsradikaler Irrer da draußen herum, der meinte, unbedingt ein Zeichen setzen zu müssen? Henrik hatte die Erfahrung gemacht, dass Fundamentalisten große Gesten vorzogen und sich wenig Gedanken darüber machten, erwischt zu werden. Dieser Täter aber hatte sich die Mühe gemacht, die Habseligkeiten der Opfer verschwinden zu lassen, war Kameras aus dem Weg gegangen und hatte es geschafft, auch sonst von niemandem gesehen worden zu sein. Allein das erforderte bereits ein Maß an Planung, das über den Verstand eines durchschnittlichen Irren hinausging.

Ein paar Straßen weiter entdeckte er das Blaulicht. Irgendjemand hatte sein Gehirn eingeschaltet und die Straße an beiden Enden abgesperrt, um die notorischen Schaulustigen fernzuhalten. Woher kamen eigentlich diese nachtaktiven Gaffer, die, wenn die Verbrechen selbst sich ereigneten, nirgends zu sehen waren?

Mark kam mit traurigem Blick auf ihn zu.

»Wer hat die Leiche gefunden?«, wollte Henrik wissen.

Mark deutete auf zwei junge Männer mit Kapuzen an einem Streifenwagen. Mit demonstrativ geschwellter Brust und betont lässigen Bewegungen schlenderte Henrik zu ihnen hinüber. Ihm war klar, dass es heutzutage größerer Anstrengungen bedurfte, Eindruck zu machen, egal wie viel Mühe er sich gab.

»Also dann, wer fängt an?«, fragte er.

Einer der beiden ergriff mit der übertriebenen Gelassenheit eines Betrunkenen das Wort. »Als Erstes haben wir den Hund gesehen. Der lief hier herum. Da sind wir ihm nach.«

Der andere, vom Alkohol um einiges deutlicher in Mitleidenschaft gezogen, schien kurz davor, sich zu übergeben. Die Jahre des nächtlichen Streifendienstes hatten Henriks Blick für diese Dinge geschult. Er trat einen Schritt zurück.

»Und?«

»Da haben wir sie gesehen. Sie saß da, in sich zusammengesunken. Dachten erst, sie würde schlafen, aber als wir sie berührt haben, kippte sie zur Seite, und ihre Augen waren verdammt offen.«

In dem Moment würgte sein Kumpel und spuckte eine Mischung aus letzter Mahlzeit, Lagerbier und Galle aus. Allen Vorsichtsmaßnahmen zum Trotz spürte Henrik, wie seine Stiefel einen Schwall abbekamen.

Der junge Mann, der das Wort ergriffen hatte, brach in hysterisches Gelächter aus. Henriks Blick wanderte langsam zu seinen Stiefeln hinunter. Dann, mit gekonntem Todesblick, wieder zu dem lachenden Jungen hinauf, dem das Lachen daraufhin verging.

Henrik wandte sich an Mark. »Schafft die beiden Schwachköpfe aufs Revier, und nehmt sie euch gründlich vor.«

Glamourös ging es an einem Tatort niemals zu, aber dieser hier zeichnete sich durch eine besondere Tristesse aus. Die Frau lag da, wie man sie gefunden hatte, auf dem Rücken, den leeren Blick gen Himmel gerichtet. Rückschlüsse auf ihr Alter ließen sich nicht ziehen. Sie hatte die ausgemergelten, derben und verzweifelten Gesichtszüge einer Suchtkranken; es war daher nicht auszuschließen, dass sie noch jung sein konnte. Ihr Platz, ein Häufchen aus Decken und Plastiktüten, stank nach Pisse und dem Blut, das aus der Brust gelaufen war.

»Wo ist der Hund?«, erkundigte sich Henrik.

»Hier. Warum? Willst du den auch verhören?«, fragte Lotte, eine der Polizistinnen, die zum Tatort gekommen waren, und mit der er vor einiger Zeit mal eine Affäre gehabt hatte. Sie verstand das als Freibrief bei jeder Gelegenheit eine sarkastische Bemerkung abzusondern.

»Was geschieht mit ihm?«

Sie zuckte mit den Schultern. »Ich nehme an, dass er eingeschläfert wird.«

Der Hund, ein Bulldoggen-Mischling mit einem schmutzigen roten Tuch um den Hals, bot einen erbärmlichen Anblick und röchelte laut auf seinen kleinen krummen Beinen. Mit großen braunen Augen sah er zu ihm auf. Henrik schimpfte leise vor sich hin.

»Na, gib schon her.«

Sichtlich irritiert, war Lotte doch froh, ihm die Leine übergeben zu können.

»Habt ihr sonst noch etwas gefunden?«, fragte er sie, um vom Thema abzulenken.

»Noch nicht«, erwiderte sie.

»Videos von irgendeiner Überwachungskamera?«, sagte er zu Mark.

»Nichts Brauchbares, aber wir bleiben dran, Chef.«

»Zeugen?«

Mark schüttelte den Kopf. »Wir leiten die üblichen Ermittlungen ein.«

Als würde das noch etwas nützen. Henrik sah die Straße entlang. Wie bei den beiden anderen Opfern war leicht zu erkennen, warum die Frau diesen Platz gewählt hatte, denn die breite Eingangstür des Ladens bot zwar keine Wärme, zumindest aber Schutz vor der Witterung. Die dünne Schicht Zeitungen, die sie auf der Betonstufe ausgebreitet hatte, hätte ihr wenig genützt.

»Ist das *Fuglereden* nicht hier irgendwo in der Nähe?«

»Das Obdachlosenheim? Ja, das ist nicht weit.«

»Frag nach, ob sie dort war. Vielleicht ist sie dort bekannt. Und nimm dir anschließend die anderen Unterkünfte vor, wie beim letzten Mal.«

»Geht klar, Chef.«

»Morgen früh ist hier der Teufel los. Monsen wird eine Pressekonferenz wollen. Angesichts der bevorstehenden Wahl wird dieser Mord es auf die Titelseiten schaffen, und uns machen sie die dann wieder die Hölle heiß, bis wir den Täter haben. Mal sehen, wie weit wir kommen, bevor sie alle durchdrehen.«

Er ging zu seinem Auto, neben ihm watschelte der Hund, und Mark lief hinterher.

»Wohin fährst du, Chef?«

»Zum Revier zurück. Ich muss nachdenken. Allein.«

47

SAMSTAG, 02:51 UHR

Jensen sah auf ihr Handy, während sie dem Schlag der Wellen lauschte, die sich am Strand von Hornbæk brachen. Seit Freitagmorgen hatte sie nichts mehr von Gustav gehört. Im Büro war er nicht aufgetaucht. Viermal hatte sie ihn schon angerufen, aber weder nahm er ab, noch antwortete er auf ihre zunehmend besorgten SMS.

Sie stellte sich Margrethes Wohnung in Østerbro vor: hohe Räume mit Bücherregalen und abstrakten Gemälden, dem goldenen Schein der Lampen, der zwischen bequemen Sesseln auf die Tische fiel. In einem davon würde Gustav vermutlich jetzt sitzen, mit Kopfhörern auf dem Kopf und seinem Verdampfer im Mund.

Sie beruhigte sich damit, dass er eben noch jung war, sein Handy keinen Akku mehr hatte und er sie einfach vergessen und Wichtigeres zu tun hatte. Sie würde ihn am Montag im Büro sehen, die riesigen Füße auf dem Schreibtisch.

Gustav war nur zwei Jahre älter, als es Thomas zu dem Zeitpunkt gewesen war, an dem er seine Mutter erstach.

Skyldig.

Jetzt ergab es einen Sinn. Das Sit-in in der Magstræde war Thomas' Schuldbekenntnis gewesen. Grønfeldt muss es die ganze Zeit über gewusst haben. Warum hatte er nichts gesagt?

Sie schickte Henrik eine Nachricht.

Warum hast du mir nichts von Grønfeldt erzählt?

Sie stellte sich Grønfeldt vor, wie er, über und über mit dem Blut seiner Freundin besudelt, auf die Straße rannte und um Hilfe schrie. In ihrer Vorstellung trug er seine Zahnarzthose, kirschrot tropfte das Blut in den Schnee.

Thomas muss von Schuldgefühlen zerfressen gewesen sein und wollte Grønfeldt eine Botschaft übermitteln. Hatte er versucht, Kontakt mit ihm aufzunehmen, und war abgewiesen worden? Hatten sich die beiden gestritten, und war dies Thomas' Art, sich zu entschuldigen? Oder galt der Protest einer größeren Sache? Richtete er sich nicht nur gegen Grønfeldt, sondern auch an die breite Öffentlichkeit, die ihm niemals erlauben würde, von seiner Schuld freizukommen, egal wie tief und aufrichtig er die Tat bereute?

Allein hierauf eine Antwort zu finden, war schwer genug. Gleichzeitig ging ihr die Frage nicht aus dem Kopf, wie Thomas in der ersten Nacht, in der er sich aus dem Schutz von Skovhøj herausgewagt hatte, Opfer einer Messerstecherei werden konnte. Sie konnte es drehen und wenden, wie sie wollte, dass die beiden nichts miteinander zu tun hatten, erschien ihr nicht plausibel.

Irgendwann zwischen all diesen Fragen kam der Schlaf angekrochen, eingeläutet vom Rauschen der Wellen, die unablässig gegen den Strand schlugen.

48

SAMSTAG, 04:09 UHR

Draußen war es noch dunkel, als sie aufwachte und im selben Moment wusste, dass außer ihr noch jemand im Sommerhaus war. Sie setzte sich in ihrem Bett auf und lauschte. Das Blut rauschte ihr in den Ohren.

Stille.

Hatte sie geträumt?

Nein.

Sie hörte Schritte, dann ein Stolpern direkt vor der Tür zu ihrem Zimmer. Ihre Faust umschloss die Nachttischlampe. Die einzige

Waffe, die ihr zur Verfügung stand. Sie zog den Stecker heraus und hielt sie wie einen Knüppel in der Hand.

Esbens Haus war umringt von anderen Sommerhäusern, die alle unbewohnt waren. Ein Sammelsurium von Flachbildfernsehern. Der Einbrecher musste Yasmines roten Käfer gesehen haben, der draußen geparkt war. Er musste wissen, dass jemand im Haus war, was ihn aber offensichtlich nicht störte. Entweder war es ihm egal, oder er hatte es auf sie abgesehen.

Gustav vielleicht? Sie hatte ihm gesagt, wo sie wohnte, und ihm angeboten, dass er bei ihr übernachten könne, falls es mit Margrethe brenzlig würde. Vielleicht war er unterwegs und hatte kein Handynetz.

»Gustav?«

Keine Antwort.

»Wer ist da?«

Sie stieg aus dem Bett, stand im Halbdunkel da und schwang die Lampe über dem Kopf. Als die Tür sich öffnete, schlug sie zu. Die Lampe zerbrach beim Aufschlag. Schnell sprang sie zur Seite, damit der Eindringling nicht auf sie fiel.

Nachdem sie den Lichtschalter endlich gefunden hatte, bot sich ihr ein Bild, das sie sich beim besten Willen nicht erklären konnte. Ein Mann lag am Boden. Blut rann ihm übers Gesicht und weiter hinunter auf die Vorderseite seines rosa Hemdes. Ein abstoßender Mief aus Alkohol und teurem Aftershave machte sich im Raum breit.

»Esben? Mein Gott, was ist mit dir?«

Mühsam richtete sie ihn in eine sitzende Position auf.

»Mensch, Jensen, der Schlag konnte sich sehen lassen«, brachte er ächzend hervor und fasste sich an die Stirn.

Dann lachte er. An seinen perfekten weißen Zähnen klebte Blut.

»Was zum Teufel tust du hier? Und sag mir bitte nicht, dass du gefahren bist.«

Er hob den Zeigefinger und versuchte vergeblich, seriös zu wirken. »Niemals Alkohol am Steuer. Aziz hat mich gefahren.«

»Aziz?«

»Der Typ, der mich fährt. Sie hat mich rausgeschmissen. Sie hat auf meinem Handy die Nachricht einer Frau entdeckt, mit der ich gar nichts zu tun habe.«

»Nichts?«

»Nichts, abgesehen von einem Mal vor Ewigkeiten. Sie hörte einfach nicht auf, mir weiter Textnachrichten zu schicken. Ich erinnere mich kaum an sie. Nur noch daran, dass sie diese riesigen …«

»Stopp. Das reicht. Ich bring dich in die Notaufnahme.«

»Nein, nicht ins Krankenhaus!«, rief er und packte sie mit unerwarteter Kraft am Handgelenk. »Keine Publicity.«

Er setzte sich auf das Bett, während sie sich vor ihn hinkniete und das Blut abwusch, das, wie sich zeigte, von einer kleinen Verletzung auf seiner Stirn herrührte. Sie nahm ein Pflaster aus dem alten Erste-Hilfe-Kasten, den sie in der Hütte fand, verabreichte ihm ein Aspirin und zog ihm das blutverschmierte Hemd aus, während sie versuchte, seinem durchdringenden Blick auszuweichen. Als sie fertig war, nutzte er ihr kurzes Zögern und zog sie zu sich heran.

»Jensen«, flüsterte er. »Das ist das heißeste Nachthemd, das ich je gesehen habe. Darf ich …«

Und schon berührte sein Mund den ihren. Er schmeckte nach Zigaretten und Blut. Er zog ihr die Träger herab. Es dauerte eine Weile, bis sie wieder sprechen konnte.

»Das ist keine gute Idee.«

»Ach was, es ist eine ausgezeichnete Idee«, lallte er, küsste ihre Brüste und fuhr ihr mit einer Hand zwischen die Beine.

Sie schob ihn zurück aufs Bett und stand auf, obwohl sie in diesem Moment eigentlich das Gegenteil hätte tun wollen. Nur einmal, nur um zu wissen, wie er sich anfühlte.

»Schlaf jetzt ein bisschen, Esben. Du wirst Ruhe brauchen, wenn du bei der Wahl eine Chance haben willst.«

Sie ignorierte sein Flehen. Schließlich ließ er sich zurück aufs Bett fallen und schlief laut schnarchend ein. Selbst wenn er betrunken war, sah er gut aus.

Vor lauter Sorge um Gustav bekam sie den Rest der Nacht kein Auge mehr zu.

Kurz nach 6 Uhr kam eine Antwort von Henrik:

Grønfeldt ist nicht der Punkt. Frag den Jungen, der dein Assistent ist.

49

SAMSTAG, 11:04 UHR

Als Jensen an diesem Morgen in der Redaktion auftauchte, nachdem sie zunächst auf Aziz gewartet hatte, damit der Esben abholte, wusste sie gleich, dass irgendetwas nicht stimmte. Markus, der seinen Platz an der Rezeption wieder eingenommen hatte, starrte sie an, als wäre sie nackt zur Arbeit erschienen. Ihren fragenden Blick beantwortete er mit einer Geste auf sein Headset und dem tonlosen Hinweis, dass er gerade telefonierte. Sie war überzeugt, dass das eine Notlüge war.

Auf der Treppe begegnete ihr Yasmine, die für ihre Verhältnisse geradezu überdreht wirkte.

»Margrethe will dich sehen, und zwar sofort.«

»Darf ich vorher noch meinen Mantel ausziehen und die Sachen nach oben bringen?«

Yasmine schüttelte den Kopf. »Nicht wenn du an deinem Leben hängst.«

Jensen hatte Margrethe schon häufig erlebt, wenn sie wütend war. Sie hatte mitbekommen, wie sie Menschen in Stücke riss und deren Überreste als Warnung für andere liegen ließ. Aber verängstigt hatte sie sie noch nie gesehen.

»Was zum Teufel hast du getan?«, platzte Margrethe los.

Yasmine zog sich zurück und machte die Tür hinter sich zu. Samstags ging es immer ruhiger zu im Verlag. Jetzt aber war nicht einmal das leiseste Geräusch zu hören, was darauf schließen ließ, dass niemand auf der Etage etwas von dem versäumen wollte, was sich in Margrethes Büro abspielte.

»Was ist denn los?«, fragte Jensen, auch wenn ihr bereits etwas schwante. »Erzähl mir nicht, dass Gustav etwas zugestoßen ist.«

Margrethe zitterte.

»Wo ist er? Ist er oben? Ich will ihn sehen.«

Sie wandte sich zur Tür, aber Margrethe hielt sie mit unüberhörbarer Lautstärke zurück.

»Er liegt im *Rigshospitalet,* hat eine Gehirnerschütterung, drei gebrochene Rippen und einen Schneidezahn verloren. Er wurde letzte Nacht von einem Passanten bewusstlos auf der Straße gefunden.«

Jensen starrte sie an, während sie versuchte zu begreifen, was sie gerade gehört hatte. »Wie bitte?«

»Du hast mich richtig verstanden.«

»Ich versuche schon die ganze Zeit, ihn am Handy zu erreichen. Ich habe mir Sorgen gemacht.«

»Und das war kein Grund, mich oder die Polizei anzurufen?«

»Ich wusste, dass du damit nicht einverstanden sein würdest.«

»Womit? Damit, dass ihr beiden hinter meinem und Franks Rücken am Magstræde-Mord weitergearbeitet habt und den Schwachsinn mit dem anonymen Hinweis nur vorgetäuscht habt? Und dann schickst du einen siebzehnjährigen Jungen los, damit er die Drecksarbeit für dich erledigt?«

»Hat er das gesagt?«

»Gustav hat gar nichts gesagt. Er steht unter starken Beruhigungsmitteln, seit sie ihn ins Krankenhaus gebracht haben. Aber sie haben einen Zettel bei ihm gefunden mit den Daten eines bekannten Drogendealers. Die Polizei ist gerade auf der Suche nach dem Mistkerl.«

»Er sollte auf direktem Weg zurückkommen und nicht auf eigene Faust ermitteln. Das habe ich ihm gesagt.«

»Und ich dachte, du wärst schlauer als die anderen, zumindest schlau genug, um inzwischen zu wissen, dass Gustav auf niemanden hört.«

»Es tut mir leid.«

»Du hast mein Vertrauen missbraucht. Und ich war dumm genug, dich gewähren zu lassen, obwohl mir alle gesagt haben, wie unfähig du bist. Die Magstræde-Geschichte hast du auf dem Silbertablett serviert bekommen und nichts daraus gemacht. Dann habe ich dir eine andere Geschichte gegeben, um die du dich aber auch einen Scheißdreck geschert hast. Stattdessen hast du nur dilettantisch herumgepfuscht und das Leben anderer in Gefahr gebracht.«

»Es tut mir leid.«

»Geh jetzt hoch, und räum deinen Schreibtisch. Mach, was du willst. Geh von mir aus zurück nach London. Hauptsache, du lässt dich hier nie wieder blicken.«

50

SAMSTAG, 11:16 UHR

Als Jensen in ihr Büro kam, stand Frank mit offenem Mund vor den Notizen, die sie und Gustav an die Pinnwand geheftet hatten, und machte Fotos mit seinem Handy.

»Was machst du hier, Frank?«

Er unternahm nicht einmal den Versuch einer originellen Erklärung.

»Hast du nicht gesagt, du wärst glücklich damit, dass Margrethe mich auf die Geschichte angesetzt hat? Und trotzdem hast du hinter meinem Rücken weiter daran gearbeitet?«

»Ich wollte nur die Wahrheit herausfinden und dafür sorgen, dass Thomas' Fall im Wahlkampf nicht politisch ausgeschlachtet wird. Schließlich war er ein Mensch mit einer Geschichte, die es verdient, erzählt zu werden.«

»Und du hast gedacht, dass nur du das kannst?«

Jensen schaute hinunter auf ihre Füße.

»Ich habe damals über die *Langelandsvej*-Morde berichtet. Du hast mir nicht gesagt, dass Casper Thomas ist.«

»Hätte ich schon noch getan.«

»Mir ist schon klar, dass wir nicht die besten Freunde sind, aber wir können uns ja trotzdem wie Kollegen verhalten.«

»Das ist vorbei, wenn es dich beruhigt. Margrethe hat mich rausgeschmissen. Ich packe hier nur meine Sachen zusammen.«

»Weißt du, was wirklich tragisch an der Sache ist?«

»Was?«

»Dass das Ganze nichts mit dem Fall Thomas Mørk zu tun hat. Letzte Nacht wurde schon wieder ein Obdachloser erstochen. Dieses Mal hat es eine Frau getroffen. Da draußen läuft ein durchgeknallter Serienmörder herum. Thomas' Pech war, in seine Fänge zu geraten. Du bist überfordert, und Margrethes Neffe hat den Preis dafür bezahlt.«

Nachdem er gegangen war, saß Jensen noch lange da, starrte vor sich hin und fragte sich, wie alles so schnell hatte schiefgehen können. Wäre sie an jenem Dienstagmorgen nicht mit dem Fahrrad durch die Magstræde gefahren, würde sie vermutlich weiterhin unter Margrethes Radar fliegen, und Gustav wäre unversehrt geblieben.

Warum hatte Henrik ihr von dem letzten Mord nichts erzählt? Was war mit den beiden passiert?

Sie nahm ihren unbenutzten Notizblock, löste die Zettel von der Pinnwand und faltete sie sorgfältig zusammen, bevor sie sie in ihre Tasche steckte. Dann betrachtete sie den dicken Ordner, den Henning ihr geschenkt hatte, und legte ihn zusammen mit ihrem Dienstlaptop dazu, von dem sie meinte, ihn ausleihen zu können, bis sie sich einen neuen gekauft hätte.

Bevor sie ging, warf sie noch einen letzten Blick auf die Dächer Kopenhagens, die sich in roten und goldenen Tönen im winterlichen Dunst vor ihr ausbreiteten. Ihr Kopf fühlte sich schwer und leer an.

51

SAMSTAG, 12:23 UHR

Kaum erblickte er sie, tat Liron etwas, das er noch nie getan hatte. Er griff in den Vorderbereich seines Minivans, zog einen kleinen Klappstuhl heraus, setzte sie darauf und legte ihr eine Wolldecke über die Beine. Dann bereitete er ihr einen Chai Latte mit Zimt, Ingwer und Kardamom zu und überließ sie dem Genuss des aromatischen Dufts, während er sich um die anderen Kunden kümmerte, von denen keiner den Eindruck machte, er wäre so blöde gewesen, soeben seinen Job zu verlieren.

Sie scrollte auf ihrem Handy durch die Nachrichten. Die Info unter dem leuchtend gelben Banner *Eilmeldung* war kaum zu übersehen. Der Wahlkampf war momentan zugunsten grobkörniger Fotos von Polizeiabsperrungen und Einsatzfahrzeugen in den Hintergrund geraten, was allerdings kaum darüber hinwegtäuschte, dass es keine aussagekräftigen Nachrichten über den dritten Toten gab, der erstochen worden war. In diesem Vakuum meldeten sich die einschlägigen »Experten« zu Wort, die der Regierung vorwarfen, zuzusehen, wie eine hilflose Person nach der anderen auf der Straße umgebracht wurde. Die Regierung reagierte darauf mit neuen Notunterkünften und Patrouillen, die rund um die Uhr die Hauptstadt kontrollierten.

»Diesen Morden wird umgehend ein Ende gesetzt«, erklärte die Premierministerin auf den Stufen von Schloss Christiansborg, auf denen sie sich in Gegenwart breitbrüstiger Bodyguards nahezu kindlich ausnahm.

»Ich habe es vermasselt«, sagte Jensen, als Liron den Mittagsansturm hinter sich hatte. »Kein Job, keine Wohnung, und ein Teenager liegt meinetwegen im Krankenhaus.«

»Doch nicht der Junge, der hier bei mir war? Dein Lehrling? Der war richtig nett. Ich habe ihm ein paar Getränke ausgegeben. Und Liron spendiert verdammt noch mal nie Kaffee. Niemals.«

Er bat sie, ihm alles zu erzählen, von der Entdeckung der Leiche in der Magstræde bis zu ihrem Gespräch mit Margrethe. Er war erstaunlich einfühlsam.

»Erzählst du Onkel Liron auch, was du jetzt vorhast?«

»Ich fahre ins Rigshospitalet und besuche Gustav. Ich will sehen, wie es ihm geht, dabei weiß ich nicht einmal, wo er gerade ist.«

»Moment«, sagte Liron und holte sein Handy heraus. »Wie lautet sein vollständiger Name?«

»Gustav Skov.«

»Ich habe eine Kundin, die dort arbeitet. Ich frage sie schnell.«

»Hast du etwa die Telefonnummer von all deinen Stammkunden?«

Sie konnte sich nicht erinnern, ihm ihre gegeben zu haben. Irgendwie hatte sich das nie richtig angefühlt.

Lächelnd präsentierte er einen Mund voller schief stehender Zähne und Goldfüllungen. »Das hier ist etwas Besonderes.«

Zehn Minuten später, sie hatte ihren Tee gerade ausgetrunken, klingelte sein Handy.

»Gustav Skov? Gestern Abend eingeliefert?«

Jensen nickte.

Eine weitergeleitete Nachricht mit der Station und der Nummer von Gustavs Zimmer leuchtete auf ihrem Handy auf.

»Sag ich doch. Nicht verzagen, Onkel Liron fragen.«

52

SAMSTAG, 13:04 UHR

Rigshospitalet. Das Reich im Reich, eine Welt für sich. Während sie ihr Fahrrad vor dem Krankenhaus abstellte, sah sie einen Patienten im weißen Bademantel und mit einer Decke über den Knien, der im Rollstuhl von einem jüngeren Mann, der wahrscheinlich sein Sohn war, durch die Schiebetüren nach draußen geschoben wurde.

Der Patient holte eine Zigarette heraus und zündete sie an. Sie kam zu dem Schluss, dass man im Leben wohl irgendwann einen Punkt erreichte, an dem es nicht mehr das Rauchen war, das einen umbrachte.

Niemand hielt sie auf, als sie durch die Schiebetüren das Hauptgebäude betrat. Ärzte in grüner OP-Kluft kamen ihr auf E-Rollern entgegen, sodass sich die darübergeworfenen weißen Kittel hinter ihnen aufblähten. Ein paar Reinigungskräfte schoben ihre Karren gelangweilt durch die Gänge, während sich Patienten in Hausschuhen und Bademänteln eine Auszeit vom Herumliegen im Bett und dem unendlichen Warten auf eine der beiden Optionen gönnten: Entlassung oder Tod. Das Krankenhaus, ein Betonklotz mit tausend Zimmern, begegnete der Szenerie mit Gleichgültigkeit. Das Leben ging weiter.

Auf dem Weg nach oben im ratternden Edelstahlaufzug stellte sie sich vor, Henrik stünde wieder hinter ihr, so wie am Empfang im Forensischen Institut, als sie seine Körperwärme im Rücken spürte. Jetzt hätte sie sich umgedreht. Wie damals im Aufzug der Botschaft in London, vor all den Jahren.

Sie rügte sich sofort für ihre Fantasien. Wie konnte sie einen Mann lieben, der so unvollkommen, so verbohrt, so unverbesserlich war? Wie konnten sie beide, verschieden wie Feuer und Wasser, eine so tiefe Verbindung zueinander haben, dass sie ihn ausgerechnet jetzt vermisste?

Im Gang roch es nach Roggenbrot und Linoleum wie in der Schule. Ein Mann saß, mit einem Infusionsständer neben sich, im Bademantel auf einer Couch und sah sich eine britische Krimiserie mit Untertiteln an. Er sah nicht auf, als Jensen auf Gustavs Station zusteuerte. Sie fand sein Zimmer sofort, wartete aber die Krankenschwestern ab, die gerade vorbeigingen, bevor sie es betrat. Die Besuchszeit begann erst später, und sie wollte nicht im letzten Moment abgewiesen werden, wenn sie es schon bis hierher geschafft hatte.

Wenigstens hatte sie dieses Mal Glück. Gustav war allein und schlief. Unter der hellblauen Krankenhausbettdecke sah er winzig aus. Seine jungenhaften Hände waren zerkratzt. Ein Gefühl von Zuneigung kam in ihr auf, als ihr klar wurde, dass er sich zur Wehr gesetzt haben musste. Ein Plastikschlauch verband einen kleinen Zylinder in seiner Hand mit einem Tropf. Sein Gesicht war violett und geschwollen. Jemand hatte ihm die langen Ponyfransen zurückgekämmt und mit einem Klebeband fixiert. Gustav hätte es gehasst.

»Es tut mir so leid«, hauchte sie ihm in sein ausdrucksloses Gesicht. »Ich hätte dich nie allein gehen lassen dürfen.«

Sie setzte sich auf den Plastikstuhl neben seinem Bett und legte die Stirn auf die Bettdecke.

Wenig später ging die Tür auf. Wenn es Margrethe war, würde Jensen das Zimmer nicht mehr lebend verlassen.

»Sie müssen Gustavs Mutter sein.«

Ein älterer Pfleger mit Glatze und einem Gesicht, dem man ansah, dass er bereits ein ordentliches Laufpensum hinter sich hatte, legte ihr vorsichtig eine Hand auf die Schulter. Dass sie nichts sagte, nahm er als Zustimmung, und sie machte keine Anstalten, ihn zu korrigieren, schließlich könnte sie es ja auch tatsächlich sein. Gustavs leibliche Mutter war tot und Margrethe wohl kaum der mütterliche Ersatz.

»Ich bin Martin. Ich kümmere mich heute um Ihren Sohn.«

Sein Händedruck war warm und fest. Er trug weiße Clogs, eine weiße Hose und eine blaue, kurzärmelige Kitteljacke. Eine tätowierte Schlange wand sich um sein Handgelenk.

»Dabei hat er noch großes Glück gehabt«, sagte er, während er den Tropf kontrollierte und Gustav die Blutdruckmanschette um den Arm legte.

»Glück?« Jensen betrachtete Gustavs Gesicht, das die Farbe eines rohen Steaks hatte.

»Er wurde mit einem Knüppel malträtiert. Normalerweise passiert so etwas durch Tritte. Liegst du erst am Boden, hast du keine Chance mehr, wenn dir jemand gegen den Kopf tritt. Er muss es irgendwie geschafft haben, sich die meiste Zeit aufrecht zu halten. Zähes Bürschchen.«

Jensen wischte sich eine Träne aus dem Gesicht, während Martin Gustavs Blutdruckwerte auf einem Klemmbrett am Fußende des Bettes notierte. Lächelnd deutete er auf Gustavs Kopfhörer, der auf dem Nachttisch lag. »An denen hat er sich richtig festgehalten, als man ihn fand. Ich vermute, dass sie ihm sehr wichtig sind?«

Sie nickte zustimmend. Wie sollte man Gustav einem Fremden erklären?

»Das wird schon wieder«, redete Martin ihr gut zu und streichelte ihr über die Schulter.

Nachdem er den Raum verlassen hatte, blieb sie mit dem nur allzu vertrauten Gefühl zurück, nicht wirklich da zu sein. Sie fühlte sich wie der Stuhl, ein lebloser Gegenstand, während ganz Kopenhagen draußen seiner Arbeit nachging, als wäre nichts geschehen.

Im Zimmer war es stickig, und sie nickte erneut ein. Die schlaflose Nacht forderte ihren Tribut.

Als sie aufwachte, blickte sie in Henriks zornesrotes Gesicht. Er signalisierte ihr, dass sie ihm vor die Tür folgen solle, und sie gehorchte, nachdem sie einen kurzen Blick auf Gustav geworfen hatte.

»Was hast du hier zu suchen?« Groß und breitbeinig, die Hände in die Hüften gestemmt, stand er in seiner Lederjacke vor ihr. »Hast du nicht schon genug Schaden angerichtet?«

Er sah aus, als hätte er seit Tagen nicht mehr geschlafen.

»Du hast doch gesagt, ich solle meinen Assistenten fragen.«

»Das habe ich doch nicht ernst gemeint!«

»Henrik, glaub mir. Ich habe ihm gesagt, dass er auf direktem Weg ins Büro kommen soll, sobald er aus Roskilde zurück ist. Hättest du mir den Namen des Dealers gesagt, als ich dich gefragt habe, wäre das nicht passiert.«

»Du solltest es besser wissen, Jensen. Ich habe dir gesagt, dass wir dran sind.«

»Das sieht aber nicht so aus, oder? Hättet ihr den Kerl geschnappt, läge Gustav jetzt nicht hier.«

»Wir wollten ihn gerade verhaften, als sich unser kleiner Pfadfinder hier einmischte. Unser Mann geriet in Panik und türmte.«

»Hat er Thomas umgebracht? Und auch die anderen beiden?«

»Wir wissen es nicht. Die DNA-Untersuchungen laufen noch. Dein Lehrling hatte eine Menge Gewebe unter den Nägeln. Er dürfte einigen Schaden bei dem Mann angerichtet haben. Davids Leute gleichen das Material mit den Proben ab, die bei Thomas und den beiden anderen Opfern gefunden wurden.«

»Bei Thomas wurde Fremdgewebe gefunden?«

»Freu dich nicht zu früh. Die meisten von uns laufen mit Anhaftungen fremder Fasern und abgestorbener Hautzellen am Körper herum. Das hat nicht unbedingt etwas zu bedeuten. Was wir aber wissen, ist, dass Thomas dem Dealer Geld schuldete, zumindest behaupten das die Leute. Und, wie gesagt, es gibt Zeugen, die behaupten, dass der Dealer in der Nacht, in der Thomas getötet wurde, in Kopenhagen war.«

»Ist er Däne?«

»Ja.«

»Der Mann, mit dem ich gesprochen habe und der beobachtet hat, wie sich das erste Opfer in der Nacht, in der es erstochen wurde, mit jemandem gestritten hat, sagte, sie hätten eine Fremdsprache gesprochen.«

»Englisch vielleicht; aber das heißt nicht, dass es nicht der Dealer war.«

»Besteht zwischen Thomas und den beiden anderen eine Verbindung?«

»Wir wissen noch nicht mal, wer das erste Opfer war. Die Frage kann ich dir daher nicht beantworten.«

»Und das dritte?«

Henrik schüttelte den Kopf.

»Zumindest aber wissen wir jetzt, warum Thomas in der

Magstræde saß und das Schild in Richtung Grønfeldts Klinik hochgehalten hat.«

»Ich weiß es, seit seine Leiche identifiziert wurde.«

Grønfeldt. Dieser durchtriebene Bastard.

»Vielen Dank, dass du mir das auch schon sagst.«

»Vertrauliche Polizeisache.«

»Am Freitag war ich bei ihm. Er hätte es mir sagen können.«

»Ich vermute, dass es ihm unangenehm war. Seit der Gerichtsverhandlung damals hatte er keinen Kontakt mehr zu Thomas, und plötzlich taucht der Junge vor seiner Praxis auf. Wie auch immer, ich dachte, seine durchgeknallte Tante hätte dir das gesteckt.«

»Aus der bin ich nicht schlau geworden.«

»Ist auch kaum möglich.«

»Ich fasse mal zusammen. Du gehst also davon aus, dass Thomas Skovhøj mit dem Schild verlassen hat, oder er hat es sich unterwegs oder sonst wie besorgt. Damit hat er sich vor Grønfeldts Praxis gesetzt und ist in derselben Nacht von einem Drogendealer erstochen worden, der schon einen anderen auf dem Gewissen hatte und jetzt erneut zuschlug? Du meinst also, dass es nur um Drogen geht?«

»Wäre möglich, ja.«

»Wenn aber Thomas dem Dealer Geld geschuldet hat, wie ist er dann an den Stoff gekommen, den er eingeworfen hatte?«

»Vielleicht wurde ihm der verabreicht, damit er weniger Widerstand leistete.«

»Wäre es nicht ein ziemlich großer Zufall, dass das genau in der Nacht passiert, in der er sich schuldig bekennt?«

»Eigentlich nicht. Aus Skovhøj ist er so gut wie nie rausgekommen, und wenn, dann immer in Begleitung. Einer der Betreuer hat ihn hin und wieder zum Einkaufen mitgenommen.«

»Tobias.«

»Genau.«

Sie setzten sich auf die roten Plastikstühle im Gang und sahen die Krankenschwestern von Zimmer zu Zimmer huschen. Ein Sanitäter schob eine Rollbahre an ihnen vorbei. Der Patient trug eine Halskrause. Sein Gesicht war mit Verbänden verhüllt, und ein stark tätowierter Arm hing zu einer Seite herab. Jensen las den Namen »Anja« in dem Motiv und fragte sich, wer sie war. Ob sie noch zum Leben des Verletzten gehörte oder ob der Name inzwischen nur mehr ein Nachhall glücklicherer Zeiten war.

»Das heißt, du weißt eigentlich nichts, stimmt's?«, bemerkte sie.

»Ja, wir sind aufgeschmissen.«

Er drehte sich zu ihr um. »Zum letzten Mal, Jensen, such dir eine andere Geschichte.«

Sie überlegte kurz, ob sie ihm von dem großen Unbekannten erzählen sollte, entschied sich jedoch dagegen. Henrik würde Einzelheiten wissen wollen, die sie ihm nicht geben konnte.

»Das würde ich gern, wenn ich noch einen Job hätte.«

»Wie bitte?«

»Margrethe hat mich rausgeschmissen. Das *Dagbladet* ist für mich Geschichte.«

»Warum?«

»Sagen wir, weil sie nicht sehr über das erfreut war, was mit ihrem Neffen passiert ist.«

»Und was hast du jetzt vor?«

»Frag mich das in ein paar Tagen noch mal.«

Sie schloss die Augen und schwankte leicht vor Erschöpfung.

»Hast du viel zu tun?«, fragte sie nach einer Weile.

»Du meinst, abgesehen von den Ermittlungen in drei Mordfällen und einem Fall von schwerer Körperverletzung?«

»Ich meinte jetzt, genau in diesem Moment.«

»Ich muss deinem Freund dadrinnen noch ein paar Fragen stellen, aber laut der Krankenschwester kann es noch Stunden dauern, bis er wieder wach ist. Warum fragst du?«

»Würdest du mich nach Hornbæk fahren?«

Henrik grinste breit.

53

SAMSTAG, 14:26 UHR

Schweigend fuhren sie durch die Stadt. Es knisterte zwischen ihnen, reine pulsierende Energie. Der Hund saß laut hechelnd im Fußraum vor dem Beifahrersitz. Mit traurigen Augen sah er zu Jensen auf, die ihm den Kopf kraulte und gleichzeitig alles tat, um den Gestank zu ignorieren, der von der Kreatur ausging. Sein Fell hinterließ einen speckigen Film in ihrer Handfläche.

»Meine Frau hat sich kategorisch geweigert, ihn noch eine Nacht im Haus zu behalten. Er hat nur gejault und die Kinder geweckt.«

Vergeblich hatte er versucht, den Vierbeiner auf den Rücksitz zu hieven, bis Jensen ihn schließlich zu sich auf den Beifahrersitz nahm. Er hatte weder eine Marke noch einen Namen.

»Wie bist du an den gekommen?«, wollte sie wissen.

»Sie hätten das arme Vieh sonst eingeschläfert«, erwiderte er, ohne sie anzusehen.

Sie beschloss, nicht weiter in ihn zu dringen, da sie wusste, wie sehr Henrik es hasste, über seine Gefühle zu sprechen. Bei ihrem zweiten Treffen damals in London hatten sie beobachtet, wie ein entlaufener Hund in Kensington von einem Auto angefahren wurde. Henrik war sofort auf die Straße gesprungen, hatte den Hund aufgenommen und ihn im Arm gehalten, bis er starb. Dabei hatte er den ganzen Verkehr lahmgelegt und jeden angebrüllt, der sich ihm zu nähern versuchte. Später in der Nacht, immer noch starr vor Schreck und über und über mit Hundeblut besudelt, erzählte er ihr, dass er als Teenager einmal einen Mann zusammengeschlagen hatte, der auf offener Straße seinen Hund getreten hatte.

»Ich weiß nur noch, dass ich hinterher auf der Polizeiwache war. Einer der Polizisten gab mir eine Cola und sagte zu mir, dass ich von Glück sagen könne, dass der Mann auf eine Anzeige verzichtet habe. Dann hat er mir die Polizeihunde gezeigt.«

Auf der Fahrt nach Norden kamen sie an den schiefergrauen Seen vorbei, auf denen Schwäne schwammen und die von stattlichen Wohnhäusern umgeben waren. Vor Jahren waren sie an einem Nachmittag im Sommer dort im Schatten der Kastanienbäume spazieren gegangen; er hielt die ganze Zeit den Blick gesenkt, die Hände in den Hosentaschen. Sie fragte sich, ob er sich an diesen Tag auch noch erinnerte.

Wenn man die Stadt auf dieser Route verließ, also durch Hellerup fuhr, wurde Kopenhagen mit jedem Kilometer schicker, und an die Stelle der Wohnhäuser traten bald Villen mit Meerblick. Der Öresund lag zu ihrer Rechten wie eine große silberne Schale. Die Sonne schien, es war windig und bitterkalt. Jensen sah aufs Wasser hinaus, wo weit draußen vor der schwedischen Küste ein winziges Boot zu erkennen war.

Als sie Skodsborg erreichten, streckte Henrik über den Schaltknüppel hinweg den Arm aus und nahm ihre Hand. Jensen schloss die Augen und spürte die Jahre von sich abfallen.

»Ich habe keine Ahnung, was du mit mir machst«, sagte er. »Ich versteh es einfach nicht. Du bist bestimmt die nervigste Frau nördlich des Äquators, und trotzdem bin ich wieder hier.«

»Wir zwei sind am besten, wenn wir unter uns sind. Ohne andere Leute, ohne all den Alltagskram«, sagte sie und wusste im selben Moment, dass es die Wahrheit war.

Er drückte ihre Hand. »Gehst du wieder nach London zurück?«

»Möchtest du das?«

Er sah sie kurz an, sein Mienenspiel wurde von einer mafiösen Sonnenbrille verdeckt. Sie kannten beide die Antwort: Immer und nie wollte er, dass sie ging.

»Da gibt es nichts, wohin ich zurückkehren könnte. Kein Job, keine Wohnung.«

»Was ist mit deinem britischen Ex aus der Oberschicht? Kann der nicht helfen?«

Guy? Die Antwort lautete: ja, natürlich. Ein Anruf genügte, und er würde ihr ein Flugticket schicken und sie zurück in seine Villa und sein Bett bringen lassen. Sie würde es mit anderen teilen müssen, aber er würde sich um sie kümmern.

Guy hatte nie verstanden, warum sie sich unbedingt als Reporterin in einer unbedeutenden europäischen Sprache durchschlagen wollte, wenn sie das gar nicht musste, wo er doch bereit war, ihr alles zu geben, was sie wollte, ein Leben lang.

Das war verlockend.

»Nein«, sagte sie zu Henrik nach kurzem Zögern. »Ich muss arbeiten.«

»Was denn?«

»Das weiß ich noch nicht«, sagte sie und kraulte den Hund hinter den Ohren. »Ich nehme an, dass ich wieder von vorne anfangen muss.«

54

SAMSTAG, 15:08 UHR

In Hornbæk angekommen, ließ Henrik sie zunächst nicht aussteigen. Seine Stirn an ihre gelegt, strich er ihr über das Haar.

Sie spürte, wie sie schwach wurde.

»Nettes Haus«, bemerkte er.

»Es gehört Esben Nørregård.«

»Was will der alte Schürzenjäger von dir?«

»Warum sollte er etwas wollen?«

»Männer wollen immer etwas, besonders von dir.«

»Und?«

»Es wäre mir lieber, wenn du dich nur noch mit mir treffen würdest.«

Das sollte wohl ein Scherz sein.

»Ich glaube, ich komme besser mit rein«, sagte er.

Sie öffnete die Autotür. Der Hund sprang sofort hinaus in den Schnee und trottete davon, um zu pinkeln. Sie überließen ihn seinem Geschäft.

Esbens blutverschmiertes Hemd und das Laken hatte Aziz entsorgt, bevor er Esben zurück nach Aalborg fuhr. Das Haus war aufgeräumt. Nichts deutete darauf hin, dass jemand hier wohnte. Die Hütte war eiskalt, und ein schwacher Geruch nach Holzrauch hing in der Luft. Wie in einem Sommerhaus außerhalb der Saison.

Jensen machte Feuer und kochte Kaffee, während Henrik sich ein wenig umsah. Sie beobachtete ihn, wie er mit dem Hund zu seinen Füßen über den gefrorenen Rasen schlenderte, Fenster begutachtete und Türgriffe überprüfte. Kopfschüttelnd pöbelte er lautstark vor sich hin.

»Du kannst hier nicht bleiben«, sagte er, als er zurückkam.

»Warum nicht?«

»Es ist nicht sicher.«

Er deutete auf die Terrassentür zum Garten. »Selbst im Vollrausch hat jeder Junkie das Schloss in drei Sekunden geknackt. Und darauf, dass die Nachbarn die Polizei rufen, musst du nicht hoffen.«

»Hier bricht niemand ein. Warum auch?«

»Hättest du meinen Job, würdest du diese Frage nicht stellen.«

»Ich finde es schön hier«, sagte sie und reichte ihm seinen Kaffee.

»Ich muss zurück in die Stadt«, sagte er, ohne jedoch Taten folgen zu lassen.

»Okay.«

An die beiden Tresen gelehnt, standen sie sich in der Küche gegenüber. Sie spürte seinen durchdringenden Blick, die feste, warme, pulsierende Masse seines Körpers, während sie auf seine Brust starrte.

Sie wusste nicht mehr, was sie sagen sollte.

Sie wurde schwach.

Schon wieder.

Er stellte den Becher ab, ergriff ihre Handgelenke und zog sie zu sich heran. Sein Körper strahlte nun etwas sehr Sanftes aus, das sie anrührte. Er war immer noch jungenhaft schlank, aber seine Muskeln waren nicht mehr wie Stahl.

Es war wieder wie beim ersten Mal. Er führte sie zum Holzofen und entkleidete sie dort, auf dem Boden sitzend, sich selbst gleich mit, ohne den Blick von ihrem Körper zu lassen.

Als sie sich mit einem Kissen bedecken wollte, nahm er es ihr aus der Hand, legte sie hin und sah sie an, während er neben ihr kniete.

»Ich will dich sehen«, sagte er.

Sie hätte ihn aufhalten können, tat es aber nicht.

55

SAMSTAG, 17:41 UHR

Als sie aufwachte, war er weg. Es war dunkel, und jeder Zentimeter ihres Körpers prickelte. Neben ihr schnarchte der Hund laut vor sich hin. Auf dem Kopfkissen lag ein Zettel mit einer Nachricht von Henrik.

Ich glaube, er mag dich.

56

SONNTAG, 11:21 UHR

Wenn sie nach Kopenhagen wollte, würde sie mit dem Rad fahren oder den Zug nehmen müssen. Als sie ihren Schreibtisch beim *Dagbladet* geräumt hatte und gerade dabei gewesen war, das Gebäude zu verlassen, hatte Yasmine im Eingangsbereich auf sie gewartet und die Hand nach ihren Autoschlüsseln aufgehalten. Mit Markus' ausdrucksloser Miene hinter der Rezeption konnte Jensen leben, Yasmine aber hatte sie immer gemocht, denn sie war Margrethes Assistentin, seit sie denken konnte. So seltsam das Bild auch war, das Yasmine und Margrethe abgaben – von den Reportern wurden sie als *die Schöne und das Biest* bezeichnet –, so unzertrennlich waren sie. Jensen bezweifelte, dass ihre Chefin lange ohne die junge Anwältin zurechtkommen würde, die aus Gründen, die nur sie selbst kannte, ihre glänzenden Karriereaussichten gegen die einer Adjutantin des Kapitäns auf einem sinkenden Schiff eingetauscht hatte.

Sie rief im Krankenhaus an, um sich nach Gustav zu erkundigen, und war erleichtert, dass Martin abnahm. Er sagte ihr, dass Gustav am Morgen kurz aufgewacht, aber noch nicht wieder ganz bei sich sei.

»Konnte er dir sagen, was passiert ist?«

»Nein, aber Gedächtnisverlust ist in solchen Fällen nicht selten, und das Beruhigungsmittel, das wir ihm verabreicht haben, tut ein Übriges dazu.«

Es gab eine neue Nachricht von Henrik.

Scheiße, ich liebe dich.

Das *Dagbladet* hatte die Berichterstattung über die Wahl unterbrochen und brachte neben abenteuerlichen Spekulationen über den dritten Mord einen ausführlichen Artikel über Thomas: »*Tragische Geste der Entschuldigung von Straßenopfer*«.

Zusammen mit Fotos vom Pilgerort in der Magstræde und einem Ausschnitt aus einem von Franks alten Artikeln über den Fall hatten sie das alte Schulfoto von Thomas noch einmal gebracht. Frank hatte mit dem Vikar einer innerstädtischen Beratungsstelle gesprochen, der über das persönliche Elend gequälter Seelen predigte und darüber, dass jeder Vergebung verdiene: »Vergesst nicht, dass Thomas sehr jung war, als er sein schreckliches Verbrechen beging.«

Jensen konnte sich selbst kaum an die Zeit erinnern, als sie fünfzehn war, und fragte sich, was ihr jugendliches Ich wohl von der Frau gehalten hätte, die sie inzwischen geworden war. Konnte man als Erwachsener immer noch für Sünden verantwortlich gemacht werden, die man als Kind begangen hatte? Sie hatte irgendwo gelesen, dass sich die Zellen des menschlichen Körpers alle paar Jahre erneuern. Bedeutete das nicht, dass keineswegs die Schuld an sich bleibt, sondern lediglich die Erinnerung daran, sich schuldig gemacht zu haben?

Grønfeldt wollte sich zum Mord an Thomas nicht äußern und bat darum, seine Privatsphäre »in dieser schwierigen Zeit« zu respektieren.

Ein Sprecher der Kopenhagener Polizei sagte: »Die Ermittlungen dazu, was Thomas in den vierundzwanzig Stunden vor seinem tragischen Tod zugestoßen ist, laufen weiter.«

Henrik hätte sich weniger diplomatisch ausgedrückt. Sie wusste, dass er in diesen Tagen von den Pressekonferenzen ausgeschlossen wurde. Man wollte kein Risiko eingehen.

In einem Kasten unter dem Artikel war die Petition zur Fortführung von Skovhøj mit dem Hinweis darauf abgedruckt, dass der Stadtrat eine Überprüfung eingeleitet hatte.

An der Berichterstattung war nichts auszusetzen. Sachlich, gründlich recherchiert und solide geschrieben. Margrethe würde Frank in der Sitzung heute Vormittag natürlich mit Lob überschütten.

Jensen war klar, dass sie die Finger von dem Fall lassen sollte, aber sie musste einfach wissen, was passiert war. Und zwar alles.

Thomas tauchte vor ihrem geistigen Auge auf, wie er in der Magstræde saß. Ein gefrorener, schneegekrönter Buddha, die Augen zum Himmel gerichtet. Sie sagte sich, dass sie es für ihn tat, wusste aber, dass es mehr war; dass ihr Wunsch der Unfähigkeit geschuldet war, Dinge ruhen zu lassen, wenn ihr Interesse erst mal geweckt war.

Sie nahm ihren Notizblock zur Hand und schrieb:

Tabletten von wem?
Warum Montag?
Schild, Rucksack, Telefon, wo?
Stumm, warum?

Im Kühlschrank gab es nur noch Champagner. Sie stöberte in den Schränken von Esbens Familie und fand einen Dosenschinken für den Hund und ein paar trockene Kekse für sich selbst, die sie mit Nutella bestrich und vor dem Kamin aß.

Nach einem warmen Duschbad ging sie hinaus, hackte Brennholz und stapelte es neben dem Kamin auf. Es gab keine Spuren im Schnee, keine Anzeichen von Menschen weit und breit. Alles, was sie hören konnte, war das Plätschern der Wellen am nahen Strand.

Sie machte sich eine Thermoskanne mit Instantkaffee (Liron hätte ihn in den Abfluss geschüttet) und setzte sich mit einer Decke und Hennings Mappe aufs Sofa. Der Hund sprang hinterher und kuschelte sich dicht an sie. Naserümpfend nahm sie sich für den nächsten Morgen vor, den Hund zu baden. Jetzt aber fühlte sich sein warmer Körper beruhigend an.

Es waren Hunderte von Artikeln, nicht nur aus dem *Dagbladet*, die Henning fein säuberlich aus Zeitungen und Zeitschriften ausgeschnitten und mit Datum und Titel der Veröffentlichung versehen hatte. Sie würde Stunden brauchen, um sie alle zu lesen.

Sie unterteilte die Artikel in drei Stapel: einer über die Morde im Langelandsvej, einer über Grønfeldts Berufslaufbahn und einer mit Artikeln, in denen Grønfeldt nur eine Randfigur war.

Der erste Stapel war bei Weitem der größte. Sortiert nach dem Datum ihrer Veröffentlichung, breitete sie die Artikel auf dem Couchtisch und dem Fußboden aus. Die meisten Berichte fanden sich – wenig verwunderlich – in den beiden Boulevardzeitungen. Die drei überregionalen Tageszeitungen teilten die Beiträge gleichmäßig unter sich auf, und ein paar wenige Artikel waren im führenden linksintellektuellen Blatt erschienen.

Die ersten Beiträge waren erschütternd und reißerisch. Die beiden Boulevardzeitungen hatten Fotos von Sandra Mørks gelbem Backsteinbungalow in Farum gebracht, mit Polizeiband an der Tür und Nahaufnahmen von Blut im Schnee.

Sie hatten mehrere Frauen interviewt, die behaupteten, Kolleginnen oder Freundinnen von Sandra zu sein und dass sie mit ihnen über ihre Angst wegen ihres Sohnes und dessen Probleme mit der Polizei gesprochen hätte.

»Sie hatte Angst vor dem, was er anstellen könnte.« So lautete die Aussage einer Charlotte Friis.

Ein Foto zeigte einen hageren Grønfeldt, im Garten neben einem Vogelhäuschen vor sich hin starrend, mit der Unterschrift: *»Thomas tut mir leid.«*

Sie las jedes einzelne Wort und jeden einzelnen Artikel. Wurde sie hungrig, aß sie Kekse mit Nutella und Pfirsiche aus der Dose. Wenn das Feuer niederbrannte, legte sie Holzscheite nach.

Zum Schluss, Thomas' Name war genannt und sein Leben über all die Seiten ausgebreitet worden, traf sie in der intellektuellen Tageszeitung auf ein doppelseitiges Interview mit Majbritt Johansen, der Anwältin, die Thomas während des Prozesses zugeteilt worden war. Es ging um die Verletzlichkeit junger Straftäter. Und Majbritt Johansen war alles andere als gut auf diejenigen zu sprechen, die Thomas' Identität preisgegeben hatten.

»Er war noch ein Kind«, schimpfte sie. »Seine Geschichte hat sich niemand angehört. Sie haben sie einfach genommen und für ihre eigenen Zwecke benutzt.«

Nachdem Jensen alles gelesen hatte, hatte sie ihre Notizen um weitere drei Einträge ergänzt:

Haus in Farum
Charlotte Friis
Majbritt Johansen

Sie wollte mit Johansen sprechen, um vielleicht etwas Neues über Thomas zu erfahren. Die Anwältin hatte recht. Über seine Sicht auf das, was sich zugetragen hatte, war in den Artikeln nichts zu finden. Wie fand sie heraus, wo Majbritt wohnte?

Fie hatte alles andere schon herausgefunden. *(Mal sehen, wie gut sie wirklich ist.)* Jensen schrieb ihr eine Nachricht, in der sie ihr mitteilte, was Gustav zugestoßen war, dass es ihm aber gut ginge.

In ihrer Antwort schrieb Fie, dass Karina sie ständig nach Thomas ausfragte. »Fast kommt es mir vor, als hätte sie etwas zu verbergen.«

Während sie darauf wartete, dass Fie ihr die Adresse von Majbritt Johansen schickte, öffnete Jensen eine Flasche Champagner, warf weitere Holzscheite ins Feuer und sammelte Kraft für die Ausschnitte in den restlichen zwei Stapeln.

Irgendwann nach Einbruch der Dunkelheit huschte das Licht von Scheinwerfern über die Wohnzimmerdecke. Der Hund bellte unentschlossen, als draußen ein Auto vorfuhr. Sofort schossen ihr mehrere Möglichkeiten durch den Kopf. Ob es wieder Esben war oder, schlimmer noch, seine Frau? Oder eines ihrer Kinder, die nicht wussten, dass sie das Haus gemietet hatte?

Entschlossen öffnete sie die Haustür, bereit, alles zu erklären, als sie eine riesige, hünenhafte Gestalt aus Esbens schwarzer Limousine steigen sah.

Aziz?

Er trug Plastiktüten in den großen Händen. Sein Dänisch hatte einen starken Akzent, aber es war fast fehlerfrei: »Ich habe etwas Essen vom Take-away mitgebracht und noch ein paar Sachen für den Kühlschrank. Esben meinte, du hättest vielleicht Hunger?«

»Ich sterbe vor Hunger, aber was machst du hier?«

»Er sagte, ich solle dir sagen, dass ihm sehr leidtut, was gestern passiert ist.«

Aziz' monströse Statur ließ die Hütte auf Puppenstubengröße schrumpfen. Er beäugte die Zeitungsausschnitte und die halb ausgetrunkene Champagnerflasche. Was immer er von ihr denken mochte, zeigte sich nicht in seinem Gesicht. Sie nahm an, dass er als jemand, der für Esben arbeitete, schon Schlimmeres gesehen hatte.

»Ist das dein Hund?«

»Ja. Nein. Ach, das ist eine lange Geschichte.«

Sie packte die Lebensmittel aus und stellte das Essen zum Aufwärmen in die Mikrowelle. Aziz lehnte es ab, mit ihr zu essen. Er wollte nach Hause fahren und später mit seiner Frau und den Kindern essen. Mit freundlicher, aber unbewegter Miene sah er zu, wie sie die Gemüsepakoras und die in würziges Daal getauchten Chapatis in sich hineinschlang und immer wieder einen Löffel von dem nach Gewürznelken duftenden Reis dazu nahm.

»Hast du alles, was du brauchst?«, fragte er, als sie fertig war und ihn doch noch überreden konnte, eine Tasse Kaffee mit ihr zu trinken.

»Esben meinte, ich soll in deiner Nähe bleiben. Er braucht mich in den nächsten Wochen nicht. Hier ist meine Nummer. Was immer du willst, wo immer du hinmusst, ruf mich an, und ich fahre dich. Okay?«

Ihr Handy klingelte. Fie war zuverlässig wie ein Uhrwerk.

»Eigentlich«, sagte sie, den Blick auf ihr Handy gerichtet, »könntest du *wirklich* etwas für mich tun. Ich muss jemanden in Gentofte besuchen. Den Hund werden wir aber mitnehmen müssen.«

57

SONNTAG, 20:11 UHR

Majbritt Johansen lebte in einem vornehmen Viertel mit weißen Designerhäusern, die sich wie Eisberge aus dem Schnee erhoben. Teure Autos, Audis und Volvos mit Allradantrieb, säumten die Zufahrten. Es war Sonntagabend, die Menschen waren zu Hause.

Aus demselben Grund, aus dem sie auch Ditte Mørk nicht angerufen hatte, hatte sie sich auch hier nicht vorher angemeldet. Wenn Majbritt zu Hause war, dürfte Jensen wohl kaum willkommen sein. Aber das war in ihrer gesamten Laufbahn sowieso nur selten der Fall gewesen.

Sie winkte Aziz zu, als sie auf die Klingel drückte. Was Henrik und ihr nicht gelungen war, hatte der große Mann geschafft:

Der Hund saß brav hinten im Laderaum und sah sie vorwurfsvoll an.

Ein Mann in den Sechzigern in Jeans und Wollpullover öffnete. Sie hielt ihm ihren Presseausweis entgegen. »Kann ich bitte mit Majbritt Johansen sprechen? Mein Name ist Jensen.«

Der Mann wollte die Tür gleich wieder schließen.

»Moment«, rief sie. »Ich bin nicht hergekommen, um etwas zu schreiben.«

Die Tür flog vor ihrer Nase zu.

Sie klingelte noch einmal, beugte sich hinab und sprach durch den Briefschlitz. »Bitte. Ich habe Thomas gefunden. Darüber würde ich gern reden. Ich möchte verstehen, was ihm zugestoßen ist.«

Stille.

Sie drehte sich zu Aziz um und sah ihn achselzuckend an. Im Schritttempo kam er ihr mit dem Wagen entgegen, während sie die Stufen hinabstieg. Sie hatte ihn schon fast erreicht, als sie hinter sich hörte, wie die Haustür wieder geöffnet wurde. Im Schein der Dielenbeleuchtung stand eine elegante Frau mit grauem, fast weißem Haar, das sie sich aus der Stirn strich. Sie trug Jeans, eine weiße Bluse und eine graue Kaschmirstrickjacke, die sie fest um sich geschlungen hatte. Sie hatte dunkle Ringe unter den Augen.

Der Mann, der ihr zuvor geöffnet hatte, versuchte sie dazu zu bewegen, wieder hereinzukommen und die Tür zuzumachen, bis er schließlich aufgab und sich verärgert abwandte.

»Kann ich bitte den Presseausweis sehen?«, forderte die Frau sie mit müder Stimme auf.

Als sie Jensens Namen las, nickte sie. »Ich kenne die Verfasserzeile aus der Zeitung. Er ist ungewöhnlich oder vielleicht auch nicht … Sie wissen schon, was ich meine. Waren Sie nicht früher in London?«

»Richtig. Aber jetzt arbeite ich wieder in Kopenhagen. Oder, besser gesagt, habe in Kopenhagen gearbeitet. Ich bin nicht mehr beim *Dagbladet.*«

»Warum nicht?«

»Sagen wir, es gab eine gewisse Unstimmigkeit zwischen der Chefredakteurin und mir.«

Die Frau nickte. »Ich habe die Artikel über Thomas in der Zeitung gelesen.«

»Die hat mein Kollege Frank Buhl geschrieben.«

»Vollkommener Unsinn.«

»Würden Sie mir das vielleicht drinnen erklären? Es würde mich interessieren. Es mag ja schwer sein, sich das vorzustellen, aber ich interessiere mich für Thomas.«

Majbritt Johansen machte die Tür ganz auf und bat sie herein, ohne sie anzusehen. Im Haus war es warm und sauber. Alles war geschmackvoll eingerichtet. Johansen führte Jensen in ihr Arbeitszimmer, eine mit Büchern vollgestopfte Höhle. Sie lehnte sich an den Teakholztisch und verschränkte die Arme vor der Brust. Ein längeres Gespräch würde es nicht werden.

»Sie arbeiten am Sonntag?«, fragte Jensen und deutete auf die Papierstapel und den offenen Laptop.

Johansen schüttelte den Kopf. »Ich habe mich vor drei Jahren zur Ruhe gesetzt. Das hier ist Liebhaberei. Ich schreibe ein Buch.«

»Worüber?«

»Das wird Sie nicht interessieren. Aber Ihr Besuch weckt unangenehme Erinnerungen. Mein Mann versucht nur, mich zu schützen. Früher sind hier ständig Journalisten aufgetaucht.«

»Wegen Thomas?«

»Nicht nur. Die Verteidigung junger Straftäter zu übernehmen, macht einen nicht zum Liebling der Nation. Sie sagen, Sie hätten ihn gefunden?«

»Ja, zufällig. Ich fahre immer mit dem Fahrrad durch die Magstræde zur Arbeit. An diesem Morgen war ich sehr früh dran. Am Vortag hatte ich ihn schon an der gleichen Stelle sitzen sehen, habe ihn aber für einen Bettler gehalten und mir nichts weiter dabei gedacht. Ja, ich weiß, ich hätte stehen bleiben und meine Hilfe anbieten sollen. So hätte ich vielleicht sogar verhindern können, was passiert ist. Als ich ihn am nächsten Morgen sah, war mir sofort klar, dass er tot war. Über Nacht hatte es so heftig geschneit, dass der Schnee noch nicht geschmolzen war. Er war über sein ganzes Gesicht verteilt.«

Johansen betrachtete ihre Hände. »Warum haben Sie nicht darüber geschrieben?«, erkundigte sie sich, nachdem sie ein paar Mal geschluckt hatte.

»Ich konnte nicht. Ich hatte das Gefühl, nicht genug zu wissen.«

»Die meisten Ihrer Kollegen hat das nicht davon abgehalten«, bemerkte Johansen.

»Vielleicht war es anders, weil ich ihn selbst gefunden habe. Er sah so … verletzlich aus.«

Jensen hasste dieses Wort, mit dem Karina Jørgensen immer die Bewohner von Skovhøj charakterisierte, aber irgendwie gab es kein besseres.

»Also, was genau führt Sie zu mir?«, fragte Johansen und sah sie eindringlich an, sodass Jensen eine Vorstellung davon bekam, wie es wäre, die Frau als Gegnerin vor Gericht zu haben.

»Ich habe heute alle Artikel über den Fall gelesen. Von Ihnen war nie die Rede, bis ich dann plötzlich dieses lange Interview mit Ihnen fand. Nach dem Urteilsspruch. Das mit dem Foto von Ihnen vor dem Haus in Farum.«

»Ja, ich erinnere mich.«

»Warum haben Sie da geredet, nachdem Sie vorher konsequent geschwiegen hatten?«

»Ich war wütend. Thomas' Identität war aufgeflogen, und ich weiß immer noch nicht, durch wen. Er war erst fünfzehn Jahre alt. Er brauchte unseren Schutz, aber als der Medienrummel losging … na ja, die Presse hat ihm nicht gerade eine faire Anhörung zugestanden, sodass er keine Gelegenheit bekam, seine Version der Geschichte zu erzählen.«

»Die da wäre?«

Sie lächelte schief. »Thomas hat immer beteuert, es nicht gewesen zu sein. Er sagte, dass der Partner seiner Mutter es getan haben muss.«

»Christian Grønfeldt? Aber Thomas war doch mit dem Brotmesser in der Hand gefunden worden, das mit dem Blut seiner Mutter beschmiert war?«

»Ja, das wird behauptet.«

»Könnte er es bildlich gemeint haben? Etwa dass Grønfeldt ihn dazu getrieben hat?

»Er stand unter Schock, war nicht wirklich bei klarem Verstand. Immer wieder beteuerte er, es nicht gewesen zu sein.«

»Wann sind Sie Thomas zum ersten Mal begegnet?«

»In der Nacht auf dem Polizeirevier. Jemand hatte ihn zum Duschen geschickt. Seine Haare waren noch nass. Er war sauber, aber ich weiß noch …«

Johansen brach ab, formte ein Dach mit den Händen und legte sie sich einen Moment lang an die Lippen. Sie schloss die Augen. »Er hatte Blut unter den Fingernägeln.«

Jensen dachte an Gustav, der jetzt im Rigshospitalet lag, und an die roten Halbmonde an seinen Fingerspitzen.

»Was hat er gesagt?«

»Gar nichts. Er stand unter Schock. Sie haben ihm ein Mittel zum Schlafen gegeben. Erst am nächsten Tag fing er an zu reden, brachte aber nur unzusammenhängendes, wirres Zeug hervor, das nicht den geringsten Sinn ergab.«

»Erzählen Sie's mir.«

Johansen musste sich sichtlich zusammenreißen. »Warum? Wozu? Es ist vorbei, er ist tot, und in gewisser Weise bin ich froh, dass ihm weiteres Leid erspart geblieben ist. Nach allem, was er durchgemacht hat, wäre ihm kein normales Leben mehr beschieden gewesen.«

»Es scheint Ihnen sehr viel zu bedeuten.«

Jetzt war sie wieder die Anwältin aus dem Gerichtssaal. »Alle bedeuten mir etwas. Alle diese Kinder. Von nichts kommt nichts. Ihre Geschichten würden auch Ihnen das Herz brechen.«

Jensen fragte sich, ob Johansen und ihr Mann selbst Kinder hatten. In ihren Worten schwang Wehmut mit.

»Wann hat er aufgehört zu reden?«

»Als wir erfuhren, dass er sieben Jahre in der Jugendstrafanstalt bekommen würde. Wir waren im Gerichtssaal. Er saß neben mir, und als ich mich zu ihm umdrehte, um zu sehen, wie es ihm geht, war es, als wäre alles Licht aus seinen Augen gewichen. Er antwortete nicht, als ich mich von ihm verabschieden wollte. Ich konnte nur zusehen, wie sie ihn abführten. Monate später habe ich ihn besucht. Aber er weigerte sich, mit mir zu sprechen.«

»War es für Sie normal, junge Straftäter in der Haft zu besuchen?«

Johansen schüttelte den Kopf. »Eigentlich hatte ich das noch nie gemacht und danach auch nicht wieder. Aber Thomas hatte niemanden. Außer der Schwester seiner Mutter, die ihn hasste, und er war doch noch so jung. Jedenfalls hat er mir das hier gegeben, als er mich sah.«

Sie öffnete eine Schublade in ihrem Schreibtisch und zog ein Stück Papier heraus. Es fühlte sich weich an, als wäre es sehr oft in die Hand genommen und wieder weggelegt worden. Oder oft in eine Tasche gesteckt und wieder herausgenommen worden.

Lasst mich in Ruhe.

Sie stand auf und rieb sich die Schläfen. »Ich bin ziemlich müde. Ich möchte Sie bitten, jetzt zu gehen.«

»Können wir ein anderes Mal weiterreden?«

»Nein«, entgegnete Johansen. »Ich habe wirklich nichts mehr zu sagen.«

»Ich wohne in einem Ferienhaus in Hornbæk. Dort ist kein Mensch. Da könnten wir uns in Ruhe unterhalten«, schlug Jensen vor und notierte Telefonnummer und Adresse.

Johansen nahm den Zettel und ließ ihn auf den Schreibtisch fallen, ohne ihn anzuschauen.

Auf dem Weg zum Auto sah Jensen, wie Johansens Ehemann ihr aus dem Wohnzimmer erbost hinterhersah. Er stand am Fenster, die Hände, von denen sie sich vorstellte, dass sie zu Fäusten geballt waren, in die Seite gestemmt. Dann reichte er hinauf und zog mit einer energischen Bewegung den Vorhang zu, sperrte Jensen draußen in der Kälte aus. Weit und breit war niemand zu sehen. Nichts als weiße Blöcke in einer vornehmen Wohnsiedlung, eisig und karg.

Skyldig.

Nicht sich selbst hatte Thomas damit gemeint. Er hatte mit dem Finger auf Grønfeldt gezeigt.

58

SONNTAG, 21.33 UHR

Sollte Aziz den Umweg über die Magstræde nur ungern auf sich genommen haben, dann ließ er es sich zumindest nicht anmerken. Aber ihr war klar, dass das, was er für sie tat, nichts im Vergleich zu dem war, was er für Esben tat.

In den Fenstern im obersten Stockwerk über dem CG Zahnstudio brannte gedämpftes Licht.

»Warte bitte hier auf mich«, sagte sie zu Aziz und stieg aus. Die Fenster waren vom Atem des Hundes beschlagen.

Beim dritten Klingeln meldete Grønfeldt sich an der Sprechanlage.

»Jensen, so schnell zurück?«

Im Hintergrund vernahm sie Musik.

»Sie wussten die ganze Zeit, dass es Thomas war, der hier unten auf der Straße gesessen und ein Schild in Ihre Richtung gehalten hat. Und Sie wussten auch, was das bedeutete.«

»Sie haben recht. Ich wusste es.«

Jensen war verblüfft. »Sie streiten es nicht einmal ab?«

»Warum sollte ich?«

»Weil Sie mir neulich erst gesagt haben, Sie wüssten nicht, wer der Junge ist.«

Grønfeldt öffnete die Tür. »Kommen Sie lieber rein. Allerdings fürchte ich, dass Sie da etwas in den falschen Hals bekommen haben.«

Die Tür zu den Klinikräumen auf der linken Seite war jetzt verschlossen. Jensen ging die Treppe zu Grønfeldts Wohnung hinauf.

Grønfeldt trug ein schwarzes Jogging-Outfit, Leggings und ein Oberteil mit Reißverschluss. Er war barfuß. Das Hightech-Gewebe schmiegte sich eng an seinen Körper und brachte seinen flachen Bauch und die muskulösen Beine zur Geltung. An den Schienbeinen klebte Schlamm. Er trank aus einer Wasserflasche.

»Sie haben Glück, dass Sie mich erwischen. Ich bin zwölf Kilometer gelaufen«, sagte er, während er sie ins Wohnzimmer führte, das, wie Jensen vermutete, direkt über seinem Wartezimmer lag.

Erwartete er etwa Applaus für seine sportliche Heldentat? Sie schwieg.

Die Wohnung war ein Spiegelbild der Praxisräume im Erdgeschoss mit dem unbehandelten Dielenboden und den Designermöbeln. Allerdings hingen hier moderne Gemälde eines dänischen Künstlers an den Wänden, den Jensen sogar kannte: kahlköpfige, nackte, blauhäutige, dickbäuchige Männer und Frauen mittleren Alters, die ihre Gesichter dem Mond zuwandten. Das ironische Gegenstück zu den formvollendeten Exemplaren, die Grønfeldt unten in seiner Klinik schuf. Er bot ihr Wasser und Obst aus einer großen Schale an. Sie lehnte beides ab und ließ sich auf einem mit Kuhfell bezogenen Drehstuhl nieder, während er es sich auf dem Sofa bequem machte.

»Versetzen Sie sich in meine Lage«, fing er an. »Was mit Sandra passiert ist …« Er hielt inne, und fast sah es aus, als würde er gleich weinen.

Sie ließ ihm Zeit, sich zu sammeln.

»Sie werden sich denken können, dass das eine äußerst schmerzhafte Phase in meinem Leben war. Ich wollte es hinter mir lassen.«

»Und danach haben Sie nie wieder mit Thomas gesprochen?«

»Würden Sie mit der Person sprechen, die den Menschen umgebracht hat, den Sie lieben?«

»Hat er sich bei Ihnen gemeldet?«

Grønfeldt nickte. »Haufenweise E-Mails und SMS hat er geschrieben. Es hörte einfach nicht auf.«

»Darf ich die sehen?«

»Nein, ich habe sie alle gelöscht. Sie waren ... na ja, sie waren ziemlich verstörend.«

»Haben Sie das der Polizei gezeigt?«

»Wozu? Er war doch schon im Gefängnis, als das anfing. Die meisten davon ergaben nicht den geringsten Sinn. Es waren alles Drohungen, wüste, ausschweifende Anschuldigungen.«

»Weswegen?«

»Sachen, die ich nie gemacht habe. Sie verstehen das nicht: Thomas ging es nicht gut. Er war rebellisch, hing mit den falschen Leuten herum und rutschte ins kriminelle Milieu ab. Seiner Mutter hat er das Leben zur Hölle gemacht. Sie hat versucht, mit alldem irgendwie klarzukommen, hat ihr Bestes getan.«

»Was geschah an diesem Tag?«

»Es war ein Albtraum. Ich kam von der Arbeit, aber Sandra kam nicht zur Tür, um mich zu begrüßen, wie sie es sonst immer tat. Im Haus war es ganz still. Auch das war ungewöhnlich, denn bei Sandra lief fast immer der Fernseher. Dann kam ich in die Küche und sah sie am Boden liegen. Thomas kniete neben ihr, wie in einer Art Trance über sie gebeugt. Überall war Blut. Ich bin ausgerutscht und hingefallen, habe ihn angeschrien, er solle Sandra helfen und einen Krankenwagen rufen, aber er saß nur wie versteinert da. Ich bin dann schreiend auf die Straße hinaus. Es hatte geschneit, so wie jetzt. Überall an mir war Blut. Dass Sandra schon tot war, wusste ich nicht.«

Er vergrub das Gesicht in den Händen. Zum ersten Mal empfand Jensen einen Anflug von Mitgefühl für den Mann, und ihre Stimme wurde leiser.

»Wissen Sie, worüber sie gestritten haben könnten?«

Er zuckte mit den Schultern. »Sandra hatte an dem Morgen ein paar Tabletten in seiner Hosentasche gefunden. Vielleicht war das der Grund. Sie wissen doch, dass er auf Drogen war, als das passierte, oder?«

»Ich habe es irgendwo gelesen, ja.«

»Sie sind bestimmt eine sehr gute Reporterin, gewissenhaft und gründlich. Ich hätte nicht an Ihrer Stelle sein wollen, als Sie ihn gefunden haben. Es war ein trauriger Tod, das tragische Ende eines tragischen Lebens. Thomas war krank, irregeleitet, und irgendetwas quälte ihn. Aber niemand hat es verdient, auf diese Weise ums Leben zu kommen. Ich mache mir Vorwürfe. Ich hätte in dieser Nacht etwas tun sollen, aber, ehrlich, ich konnte doch nicht ahnen, dass er so verrückt ist, sich die ganze Nacht dort in den Schnee zu setzen. Ich bin früh zu Bett gegangen, um das Ganze zu vergessen.«

Sie sagte nichts.

»Natürlich war es ein Fehler, ihm nicht zu helfen, aber ich schwöre, ich habe ihn nicht erstochen. Warum hätte ich das tun sollen? Er hat mich nicht zum ersten Mal beschuldigt, und es wäre auch nicht das letzte Mal gewesen. Die Wahrheit über unsere Beziehung für mich zu behalten, können Sie mir nicht vorwerfen.«

»Ich kann Ihnen nicht vorwerfen, dass Sie es versucht haben. Aber es ist Ihnen nicht gelungen«, sagte Jensen. »Steht alles in der Onlineausgabe des *Dagbladet.*«

»Ich weiß. Deshalb bin ich offen zu Ihnen. Wenn Sie wollen, können Sie es als Exklusivgeschichte haben, das einzige Interview, das ich bereit bin zu geben. Wenn Sie schnell sind, schaffen Sie es vielleicht noch morgen auf die Titelseite. Das ist das Einzige, was ich tun kann, nachdem ich nicht ganz ehrlich gewesen bin. Zumindest hoffe ich, dass Sie mich jetzt verstehen.«

Jensen vernahm das Geräusch einer Tür, die sich irgendwo in der Etage über ihnen schloss: Malene, vermutete Jensen, lief im gemeinsamen Schlafzimmer umher. Dann fielen ihr die vergeblichen Versuche ein, Gustav zu erreichen.

»Meinen Sie, ich könnte kurz mit Ihrer Frau sprechen, bevor ich gehe? Ich hätte noch eine Frage an sie.«

»Sie hilft Ihnen sicher gern, aber ich fürchte, Sie werden ein anderes Mal wiederkommen müssen. Malene hat Migräne. Aber ich bin hier und gebe Ihnen die Geschichte gern.«

»Vielen Dank, wirklich«, sagte Jensen, die auf einmal eine große Müdigkeit überkam. »Aber ich bin nicht als Reporterin hier. Ich bin einfach nur jemand, der wissen will, was passiert ist.«

Sie nahm einen leuchtend roten Apfel aus der Obstschale und versenkte ihre Zähne im Fruchtfleisch. Es war bitter und trocken.

DRITTE WOCHE

59

MONTAG, 14:53 UHR

Die Kirche von Skovhøj, einst ein provokatives Exemplar der Postmoderne, hatte schon bessere Tage gesehen. Die weißen Wände waren von Schimmel überzogen, und der Kirchturm war nichts als ein ordinärer, in den Himmel gereckter Finger. Um das Gebäude herum lag ein Ring aus verdrecktem Schnee. Der Architekt, vermutete Jensen, wäre beschämt, sein Werk in diesem Zustand zu sehen.

Jensen hatte vergeblich versucht, dem Hund die Vorzüge von Wasser und Seife schmackhaft zu machen, sodass Aziz sich geweigert hatte, ihn mitzunehmen.

»Das Auto stinkt nach Hund«, beklagte er sich.

Der Vierbeiner hatte sich die Seele aus dem Leib gebellt und gewinselt, als sie das Sommerhaus verließen, aber Aziz ließ sich nicht erweichen.

»Er passt aufs Haus auf, solange du weg bist«, sagte er entschlossen.

Super Wachhund. Legt keine fünf Meter zurück, ohne sich auszuruhen, geschweige denn, dass er einen Einbrecher jagt.

Sie bat Aziz, sie am Ende der Straße abzusetzen. Die Beerdigung sollte im kleinen Kreis stattfinden. Für den Fall aber, dass Uhrzeit und Datum an die Presse durchgestochen worden waren, wollte Jensen nicht das Risiko eingehen, sich von Frank Buhl ausfragen zu lassen oder, noch schlimmer, dass Kollegen von anderen Zeitungen Aziz als Esbens Faktotum erkannten.

Aber ihre Sorge erwies sich als unbegründet. Gerade einmal drei weitere Personen waren erschienen: Karina, Tobias und Fie. Sie saßen eng beieinander in der ersten Bank. Karina warf ihr über die Schulter einen empörten Blick zu. Jensen entschied sich für einen Platz weiter hinten auf der anderen Seite des Ganges.

Drinnen war die Kirche sogar noch hässlicher. Die lackierte Kiefernholzverkleidung verlieh ihr den Charme einer gigantischen Sauna. Welch eine Ironie, denn drinnen war es vermutlich kälter als draußen.

Jensen fröstelte in ihrem Mantel und war froh, sich gestern Abend endlich durchgerungen und Guy angerufen zu haben. In fünf Tagen würde sie zurück nach London fliegen. Ihre irdischen Güter, die in Sydhavnen in einem Container verstaut waren, würden ihr nachgeschickt werden, sobald sie alles für den Transport geregelt hatte. Sie würde in Guys Stadthaus in Belgravia wohnen, bis sie eine Entscheidung getroffen hatte, wie es weitergehen sollte. Er war in Kapstadt und würde erst in vierzehn Tagen zurück sein. (»Halt das Bett für mich warm, Liebes.«)

Thomas' Sarg war weiß und schlicht, der Strauß aus roten und weißen Nelken beschämend klein. Mehr konnte sich die Gemeinde vermutlich nicht leisten, oder Karina und Tobias hatten zusammengelegt und die Blumen sogar von ihrem eigenen Geld gekauft.

Die Pastorin, eine Frau mit kurzen roten Haaren, saß neben dem Altar unter einem großen Holzkreuz. Sie warf einen diskreten Blick auf ihr Handy und schob es wieder in die Tasche ihres schwarzen Talars zurück. Ein Kaleidoskop an Farben fiel durch das abstrakte Buntglasfenster hinter ihr auf den Boden.

Sonst war niemand gekommen.

Kein Grønfeldt.

Keine Verwandten.

Keine Freunde, abgesehen von Fie.

Der Organist begann zu spielen. Eine Hymne von Bach, die Jensen aus ihrer Schulzeit kannte. *Jesus, meine Zuversicht.* Kraftlos stimmten alle ein. Mitten in der letzten Strophe flog die Tür auf. Alle vier drehten sich um.

Dort stand Henrik in seiner schwarzen Jeans und seinem weißen Hemd, den kahlen Kopf gesenkt. Er setzte sich in die Bank hinter ihr.

Direkt hinter ihr.

Sie vernahm den Geruch seiner Lederjacke und spürte seinen Blick auf ihrem Hinterkopf.

Sie drehte sich um und flüsterte: »Was machst du denn hier?«

Er hielt den Finger an die Lippen. »Pst.«

Während des gesamten Gottesdienstes strich er ihr über das Haar und den Nacken.

Sie hätte es sich verbitten können. Gerade jetzt.

Aber auch jetzt tat sie es nicht.

Die Pastorin gab sich alle Mühe mit Thomas, einem jungen Mann, den sie noch nie gesehen hatte. Jensen fragte sich, ob sie eine Standardpredigt auf Lager hatte, eine Vorlage für all jene, über die es wenig oder wenig Gutes zu sagen gab. Mit mäßigem missionarischem Eifer predigte sie von Verständigung und Versöhnung. »Wer ohne Sünde ist, werfe den ersten Stein.«

Fie schluchzte, ihr riesiger, weicher Körper zitterte vor Anstrengung. Tobias legte seinen Arm um sie.

»Wir übergeben unseren Bruder Thomas Gott, dem Allmächtigen, und seinen Körper der Erde. Erde zu Erde, Asche zu Asche, Staub zu Staub.«

Mit einer kleinen Schaufel warf die Pastorin Erde aus einer Holzkiste auf den Sarg, und Fie stieß einen lauten Schrei aus, der in der Luft verharrte und unter den Dachsparren widerhallte.

Niemand hörte, wie sich die Türen erneut öffneten. Erst als Jensen einen Schatten an sich vorbeihuschen sah, begriff sie, was los war. Der vertraute Gestank aus Rauch, Alkohol und ungewaschener Kleidung.

Henrik war schneller, aber nicht schnell genug. Die Frau mit den wilden, grauen und hennarot gefärbten Haaren erreichte den Sarg, bevor er sie aufhalten konnte. Ihr Brüllen erhob sich und hallte von den Wänden chaotisch zurück, als sie den Sarg von den Böcken stieß und die Nelken umherflogen.

»Verdammter Mistkerl, du hast alles kaputt gemacht«, schrie sie, spuckte auf den Sarg und blickte wie von Sinnen um sich.

»Und was habt ihr hier verloren, ihr verdammten Weltverbesserer? Ihr habt ihn nicht einmal gekannt, den kleinen Scheißer.«

»Und du«, fragte sie, an die Gottesfrau gewandt, »weißt du, dass er ein Mörder war? Dass er seine schwangere Mutter umgebracht, ihr siebenundzwanzig Mal ein Messer in den Bauch gerammt hat?«

Die Pastorin wich zurück und stand mit dem Rücken am Altar. Der Kragen hing schief. Die anderen zuckten entsetzt zusammen.

Na ja, nicht alle.

Henrik hatte der aufgebrachten Frau die Arme hinter dem Rücken fixiert und saß auf ihren Beinen. All ihr Strampeln und Schreien war vergebens.

»Ditte Mørk, ich verhafte Sie wegen Hausfriedensbruch«, erklärte er ruhig, nahm sein Handy und verständigte die Polizei.

60

MONTAG, 15:25 UHR

Die vier standen auf dem Parkplatz und sahen zu, wie Ditte im Streifenwagen weggefahren wurde, gefolgt von Henrik in seinem zivilen Dienstwagen. Jensen hatte keine Gelegenheit, ihm ihre Neuigkeit mitzuteilen.

»Ich rufe dich an«, hatte er ihr zugeraunt.

Die Bestatter räumten auf, nachdem sie ihr Bestes getan hatten, um die Pastorin zu beruhigen, bis ihr Mann sie abholen kam.

»Ich habe wirklich gedacht, sie bringt mich um«, hatte sie immer wieder gesagt.

Die Sonne schien, es war windig und kalt. Jensen blinzelte und schirmte ihre Augen mit der behandschuhten Hand ab. Dort war jemand, in der Ferne, hinter den Nadelbäumen, die das Ende des

Friedhofs und das Gemeinschaftsfeld markierten, auf dem Thomas' Urne nach seiner Einäscherung beigesetzt werden würde. Einen Grabstein würde es für Thomas nicht geben, nichts, was an sein Ableben oder daran erinnern würde, dass er jemals gelebt hatte.

»Wer ist das?«, fragte sie und deutete auf die Gestalt, aber Tobias und Karina waren mit Fie beschäftigt, die sich kaum trösten ließ.

Karina begleitete Fie zum Parkplatz. »Wir bringen dich besser nach Hause. Das alles war zu viel für dich«, sagte sie, während sie Jensen einen Blick zuwarf, als wäre sie dafür verantwortlich, was sich gerade zugetragen hatte.

»Kommst du, Tobias?«

»Ja«, rief er, aber Jensen sah sein Zögern.

Er trat schnell auf sie zu, Karina und Fie den Rücken zugekehrt, und drückte ihr einen Zettel in die Hand. Sie wartete, bis der Skovhøj-Kleinbus zur Zufahrt hinaus und auch der Leichenwagen mit Thomas' Sarg davongefahren war. Dann las sie.

Morgen 19 Uhr. Bruun's Coffee Shop. Christianshavn.

Sie kannte das Lokal. Es lag direkt am Kanal, gleich um die Ecke von der Wohnung, die Markus ihr in Untermiete überlassen hatte, bevor sein Freund ihrer romantischen Weltreise ein jähes Ende gesetzt hatte.

Hinter den Nadelbäumen war niemand mehr zu sehen. Friedhof und Parkplatz waren verwaist.

»Aziz, hast du jemanden gesehen, als du hier auf mich gewartet hast?«

Er sah sie im Rückspiegel an, die Augenbrauen hochgezogen. »Nein, außer dem Polizisten und dieser verrückten Frau habe ich niemanden gesehen. Warum?«

»Ach, nicht so wichtig. Ich dachte, ich hätte jemanden gesehen, aber das muss ich mir eingebildet haben.«

Er runzelte die Stirn, bohrte aber zum Glück nicht weiter nach. Ausnahmsweise war sie froh, im Fond des Wagens zu sitzen. Sie legte den Kopf an die eiskalte Scheibe, kauerte sich in eine Ecke des Rücksitzes und entzog sich seinem fragenden Blick.

Die Person auf dem Friedhof wird vermutlich ein Besucher gewesen sein, der sich Grabsteine ansah, so wie sie selbst es auf dem Assistenzfriedhof getan hatte. Oder jemand, der um einen geliebten Menschen trauerte. Sie schob den Gedanken beiseite.

Die Wohnhäuser der Innenstadt zogen an ihnen vorbei. Sie stellte sich die Menschen darin vor, wie sie im Warmen beisammensaßen. Ehemänner und Ehefrauen, Liebende, Kinder, Hunde. Wer, der noch bei Verstand war, hielt sich außerhalb der Saison allein in einer Sommerhütte auf? Mit der Zeit verloren sich die Lichter. Das Auto mutierte zu einem schlanken Projektil, das durch die mondlose Dunkelheit schoss. Sie nickte ein.

61

DIENSTAG, 09:41 UHR

Mark schob den Kopf durch die Tür.

»Ditte Mørk ist unten, Verhörraum drei.«

»Augenblick«, sagte Henrik und hob die Hand, versuchte, den genialen Gedanken, der ihm gerade gekommen war, festzuhalten.

Fehlanzeige. Weg.

Es war schon lange Tag, aber draußen war es dunkel und düster geblieben. Die Sonne ließ sich in den Wintermonaten an den meisten Tagen kaum blicken.

Mark wartete in der Tür.

»Was ist?«

»Ich wollte nur … Ich meine, willst du nicht kommen?«

»Mein Gott … eine Minute wirst du schon noch warten können.«

Mark verschwand, und Henrik überkam augenblicklich ein schlechtes Gewissen. Er hatte darum gebeten, Ditte Mørk abholen zu lassen, nachdem er am Morgen die E-Mail von ihrem Hausarzt bekommen hatte: Ditte Mørk war vor ein paar Jahren mit Diazepam, einem Benzodiazepin gegen Schlaflosigkeit und innere Unruhe, behandelt worden. Deshalb wollte er sie sehen. Ihren Hass auf Thomas hatte sie unmissverständlich in die Welt hinausposaunt. Es gab wohl kaum jemanden, dem sie es nicht auf die Nase gebunden hatte. Es konnte also kaum ein Zweifel daran bestehen, dass sie ein Motiv hatte.

Andererseits musste Henrik einräumen, dass die Tat für Ditte Mørk, eine starke Trinkerin, die nicht mal ihr eigenes Leben in den Griff bekam, erstaunlich planvoll gewesen wäre, Thomas erst unter Drogen zu setzen, um ihn dann zu erstechen. Letzteres konnte er sich vorstellen, aber die Geistesgegenwart, ihn vorher ruhigzustellen, stellte er infrage.

Unwillkürlich musste er an Jensens Theorien über Christian Grønfeldt denken. Zahnärzte hatten Zugang zu Medikamenten, einschließlich Benzodiazepin. In Anbetracht ihrer Vorgeschichte konnte von Zuneigung zwischen Grønfeldt und Thomas kaum die Rede sein, auch wenn das nicht zwangsläufig ein Motiv sein musste. Vielleicht hatte Jensen recht. Vielleicht hatte Thomas das Schild mit dem Schuldbekenntnis tatsächlich auf Grønfeldt gerichtet. Aber der Zahnarzt hatte für die Zeit des Mordes an Sandra Mørk ein nahezu wasserdichtes Alibi, sodass er sich wegen Thomas' heftiger Anschuldigungen keine Sorgen machen musste.

Außerdem war Thomas bereits im November letzten Jahres aus der Jugendstrafanstalt entlassen worden. Hätte Grønfeldt ihn wirklich umbringen wollen, dann hätte er dazu schon früher Gelegenheit gehabt. Blieb noch der Dealer aus Skovhøj, der nach Gustav Skovs eigenmächtiger Aktion von der Bildfläche verschwunden war. Der Junge konnte von Glück sagen, dass er nicht auch umgebracht worden war. Solange seine Amnesie andauerte, würden sie jedoch nicht weiterkommen. Nicht ein vernünftiges Wort hatte Henrik aus dem Jungen herausbekommen.

Er ächzte wie ein alter Mann, als er sich hochwuchtete. (»Du hörst dich schon an wie dein Vater«, hätte seine Frau gesagt.) Ihm fiel ein, dass er seinen Vater seit Wochen nicht mehr gesehen hatte. Am Wochenende stand ein Heimspiel an. Er könnte mit ihm und Oliver dorthin fahren. Die drei würden ihre Fußballschals tragen, die sich jeweils in unterschiedlichen Stadien des Verblassens befanden. Dann gäbe es zwischen ihm und seinem Vater wenigstens etwas zu reden. Fachsimpeleien über Fußball erwiesen sich inzwischen als probates Mittel, um die schwierigeren Fragen des Lebens zu umschiffen. Die Alzheimer-Erkrankung seiner Stiefmutter zum Beispiel oder das Todesröcheln von Henriks Ehe. (»Du kümmerst dich um deine Familie und ich mich um meine«, hatte seine Frau mal gesagt. Exakt so herum, hatte Henrik immer gedacht.)

Das Büro war wie ausgestorben. Die Gänge waren düster und leer. Henrik schob das Gefühl beiseite, eigentlich gar nicht hierherzugehören. Jüngere Leute kamen herein; viele seiner Kollegen kannte er inzwischen nicht mal mehr. Bald würde er ernsthaft darüber nachdenken müssen, was er zu tun gedachte, wenn er aus dem Polizeidienst ausschied. Das Naheliegendste wäre es vermutlich, bei einer Sicherheitsfirma anzuheuern. Vielleicht konnte er sich auch als Privatdetektiv betätigen, entlaufenen Hunden nachspüren oder sich als Fotograf auf die Jagd nach Ehebrechern machen (ha!). All diese Gedanken stimmten ihn traurig.

Als er die Tür zum Verhörraum aufstieß, stand ihm kaum der Sinn nach überdrehten Eskapaden von Ditte Mørk. Sie hatte die Nacht zur Ausnüchterung in einer Zelle verbracht. Ein Arzt hatte eine Schnittwunde an ihrer Hand versorgt, sich aber gleich danach verabschiedet. Trotz der Aufregung, für die sie bei der gestrigen Beerdigung gesorgt hatte, und der Tatsache, dass sie sich auf dem Rückweg zum Revier im Streifenwagen auch noch übergeben musste, würde sie mehr als eine Verwarnung nicht fürchten müssen. Er beneidete den armen Teufel nicht, der die Schweinerei hatte beseitigen müssen.

Wie ein gelangweilter Teenager saß Ditte mit ihrem beachtlichen Hintern, die Arme vor sich verschränkt, auf der Stuhlkante. Vor ihr standen ein Glas Wasser und eine Tasse Kaffee. Sie wirkte ungepflegt und starrte Henrik mit blutunterlaufenen Augen an, als er sich neben Mark setzte, der auf seinem Laptop Notizen machte.

»Geht es Ihnen besser?«, erkundigte sich Henrik.

»Sie dürfen mich hier gar nicht festhalten.«

Ihr Atem stank nach Alkohol, Kaffee und ungeputzten Zähnen. Henrik spürte, wie Mark neben ihm unruhig hin und her rutschte.

»Wir können Sie so lange festhalten, bis wir der Meinung sind, dass Sie keine Gefahr mehr für die Öffentlichkeit darstellen.«

»War ich doch nie.«

»Erklären Sie das mal der Pastorin. Die gute Frau wird nach Ihrem Auftritt noch Monate unter einer posttraumatischen Belastungsstörung zu leiden haben.«

»Was wollen Sie von mir?«

»Ich will wissen, was Sie vor vierzehn Tagen in der Nacht von Montag auf Dienstag gemacht haben. Ihr Auto wurde am frühen Morgen auf der Storebælt-Brücke gesehen.«

»Na und?«

»Sie sind nach Kopenhagen gefahren.«

»Ja. Ist das verboten?«

»Und was haben Sie an dem Tag dort gemacht?«

»Freunde besucht.«

Ditte Mørk in Gesellschaft anderer war für ihn kaum vorstellbar. »Name und Adresse?«

»Nein. Dies ist ein freies Land, ich kann tun und lassen, was ich will.«

»Du warst bei Christian Grønfeldt in der Magstræde, stimmt's? Dem Ex deiner verstorbenen Schwester?«

Sie versuchte, ihn mit ihrem Blick niederzuzwingen, aber er bemerkte ein Flackern in ihren Augen.

»Warum, Ditte?«

Sie starrte ihn weiter an.

»Sie haben Thomas dort sitzen sehen, nicht wahr? Und später sind Sie zurückgekommen, haben ihm Drogen verabreicht und ihn anschließend erstochen.«

Sie lachte ein hexenartiges, schrilles Lachen, das in einen lang anhaltenden Hustenanfall überging. »Wenn ich ihn hätte abstechen wollen, was ich nicht getan habe, warum hätte ich ihn vorher noch betäuben sollen?«

»Thomas war 21 Jahre alt und in wesentlich besserer körperlicher Verfassung als Sie. Er hätte sich gewehrt.«

»Wenn Sie das sagen.«

»Ihr Arzt hat Ihnen Diazepam verschrieben.«

»Ja, und?«

»Haben Sie die Tabletten noch?«

»Möglich. Aber vielleicht habe ich sie auch weggeworfen.«

»Also noch mal. Was haben Sie in dieser Nacht gemacht?«

Im Vernehmungsraum war es so still, dass er hören konnte, wie Ditte Mørk die Lippen zu einem breiten Grinsen verzog.

»Ich habe in meinem Wohnmobil in Hellerup geschlafen.«

»Allein?«

»Ja, allein.«

»Hat jemand Sie gesehen?«

»Keine Ahnung.«

»Wo haben Sie geparkt?«

»Keine Ahnung. In irgendeiner Seitenstraße. Es herrschte ein Schneesturm. Mir war nicht danach, in der Stadt herumzulaufen.«

»Wir müssen Sie bitten, uns den Ort zu zeigen. Und wir werden Zeugen suchen müssen, die Ihre Aussage bestätigen können.«

Er wandte sich an Mark, der sich in ordentlicher Schreibschrift eine Notiz machte.

»Stehe ich jetzt unter Verdacht?«

»Wir müssen ein paar Dinge ausschließen.«

»Ich sag Ihnen was. Wenn ich gewusst hätte, dass dieser Mistkerl da draußen war, hätte ich es getan. Wer immer ihn erstochen hat, hat mir eine Menge Ärger erspart.«

»Es gibt Zeugen, die aussagen, dass Thomas an diesem Montag den ganzen Tag in der Magstræde gesessen hat. Und von Christian Grønfeldt wissen wir, dass Sie am Nachmittag dort waren und versucht haben, sich Zutritt zu seinem Anwesen zu verschaffen. Wenn Sie mir weismachen wollen, dass Sie Thomas nicht gegenüber der Praxis haben sitzen sehen, dann müssen Sie sich gefälligst jemand anderen suchen. Ich bin nicht von gestern.«

62

DIENSTAG, 17:13 UHR

»Und dann hat sie den Sarg vom Podest gestoßen und die Pastorin angebrüllt, Thomas sei ein Mörder.«

»Aua, bring mich nicht zum Lachen!«

Schmerzverzerrt lag Gustav mit Halskrause und Kopfhörern auf Margrethes Sofa. Der fehlende Vorderzahn verlieh ihm etwas Schelmenhaftes, als wäre er der Ausbund eines pubertären Früchtchens in den besten Flegeljahren. Die kleinste Bewegung ließ ihn zusammenzucken.

Jensen hatte Pizza aus ihrem Lieblingsrestaurant in Nørrebro mitgebracht: Sauerteig und Peperoni, extrascharf. Sie aßen sie direkt vom Pappkarton. Besser gesagt, sie aß sie allein, nachdem Gustav wegen der Schmerzen, die ihm das Kauen bereitete, verzichtet hatte.

Aziz hatte das Angebot, mit ihnen zu essen, abgelehnt. Er stand am Fenster, die Gardine zur Seite geschoben, und behielt die Straße im Auge. Gleichzeitig gab er ihnen mimisch zu verstehen, dass sie besser nicht hier sein sollten.

Gustav hatte sie angerufen, um ihr zu sagen, dass die Luft rein war, nachdem er Margrethe endlich hatte davon überzeugen können, dass er durchaus in der Lage war, allein zu Hause zu bleiben.

Die Wohnung war weniger elegant, als Jensen sie von ihrem einzigen Besuch, der peinlichen Party für die Mitarbeiter, die Margrethe zu ihrem Fünfzigsten gegeben hatte, in Erinnerung hatte. Das trübe Winterlicht ließ Möbel und alle Einrichtungsgegenstände alt und abgenutzt aussehen. Der Parkettboden war staubig, der Flügel mit Schriftstücken übersät, und neben einem alten Sessel diente ein Stapel ledergebundener Bücher als Beistelltisch. Jensen glaubte, einmal gelesen zu haben, dass Margrethe bis zu deren Tod bei ihrer Mutter gelebt hatte.

Mit Engelszungen hatte sie auf Yasmine eingeredet, bis sie sie schließlich dazu gebracht hatte, per SMS eine Vorwarnung zu schicken, sobald Margrethe das Büro verließ, damit Aziz und sie sich rechtzeitig aus dem Staub machen konnten. Inständig hatte sie Yasmine angefleht, sich bei Gustav für ihren dummen Fehler entschuldigen zu dürfen.

»Aber warum? Das ergibt doch keinen Sinn«, sagte Gustav, der sich einfach keinen Reim auf die Geschichte von Dittes Ausraster machen konnte.

»Das musst du sie fragen. Eine Art persönlicher Rachefeldzug, nehme ich an.«

Vor allem aber, woher wusste Ditte von der Beerdigung? Grønfeldt vielleicht. Sie würde bei ihm deswegen nachhaken.

»Was passiert jetzt mit ihr?«, wollte Gustav wissen.

»Nichts, nehme ich an. Ich glaube nicht, dass man sich bei der Polizei die Mühe einer Anklage machen wird.«

»Ich verstehe es trotzdem nicht«, sagte er und schielte unter seinem langen Pony hindurch zu ihr empor. »Sie muss doch etwas gesagt haben.«

Jensen widerstand dem Drang, ihm die Haare aus dem Gesicht zu streichen, um ihm in die Augen sehen zu können, so wie neulich, als er im *Rigshospitalet* im Krankenbett lag.

»Sie hat geschrien ›Du hast alles kaputtgemacht‹ oder so etwas in der Art.«

»Was hat das zu bedeuten?«

»Keine Ahnung. Das versuche ich ja, herauszufinden. Übrigens soll Ditte in der Nacht, in der Thomas umgekommen ist, in Kopenhagen gewesen sein.«

»Hast du das von dem Polizisten, der nicht dein Freund ist?«, fragte Gustav.

Sie gab ihm einen leichten Klaps auf das Handgelenk, was ihn vor Schmerz aufjaulen ließ.

»Entschuldige, Gustav, daran habe ich nicht gedacht. Geht's wieder? Und übrigens, wenn du's genau wissen willst, der Polizist ist verheiratet und hat drei Kinder.«

Aziz sah sich zu ihr um. Sie erwiderte seinen Blick mit ausdrucksloser Miene. Was nahm Aziz sich heraus, angesichts der Possen seines Chefs von ihr Perfektion in Sachen Moral zu erwarten? Im Übrigen war das, was sich zwischen ihr und Henrik abspielte, nicht irgendeine schmutzige Affäre. Es war schlimmer als das.

»Gustav, was ist am Freitag passiert?«

»Ich kann mich nicht erinnern.«

»Du warst bei Fie und bist dann nach Kopenhagen zurückgefahren. Kannst du dich daran erinnern?«

»Dunkel.«

»Weißt du noch, woran du gedacht hast? Oder ob du jemanden getroffen oder mit wem du gesprochen hast?«

»Ich war am Hauptbahnhof. Daran erinnere ich mich.«

»Gut, und dann?«

»Nur noch Bruchstücke.«

»Gab es auf deinem Handy irgendetwas, was dir weiterhilft? Eine Nachricht vielleicht?«

»Das haben sie wahrscheinlich mitgenommen.«

»Du hättest nicht alleine losziehen sollen.«

»Wer sagt, dass ich das gemacht habe?«

»Aufzeichnungen einer Überwachungskamera. Die Aufnahmen zeigen, wie du den Bahnhof in Richtung Vesterbrogade verlassen hast.«

»Ach ja?«

»Wenn du in die Redaktion hättest gehen wollen, hättest du die andere Richtung eingeschlagen.«

»Nicht unbedingt.«

»Moment mal, sie haben dein Handy mitgenommen?«, wandte sich Aziz an Gustav.

»Laut Polizei hatte ich kein Handy dabei, als man mich fand, und ich glaube nicht, dass ich es einfach verloren habe.«

Jensen schnappte sich noch ein Stück Pizza, denn zum Wegwerfen war sie zu schade. »Entweder hat also derjenige es mitgehen lassen, der dich zusammengeschlagen hat, Gustav, oder jemand anderer, nachdem er dich hilflos hat liegen sehen. Die Kaltschnäuzigkeit skrupelloser Menschen ist nicht zu unterschätzen«, bemerkte sie kauend.

»Das meinte ich nicht«, bemerkte Aziz spöttisch, als redete er mit einem dummen Kind. »Ich habe wegen der Nachrichten gefragt, die du Gustav geschrieben hast. Die dürften darauf gespeichert sein.«

Sie biss sich auf die Lippen und ließ das Pizzastück zurück in die Schachtel fallen. Er hatte recht. Sie hatte Gustav die Adresse von Esbens Sommerhaus geschickt, und er hatte ihr geschrieben, dass er den Drogendealer aufspüren wollte. Das bedeutete, dass auch sie in Gefahr sein könnte.

»Fie dachte, Thomas hätte sich die Drogen besorgt«, sagte Gustav.

»Wovon denn? Er hatte doch kein Geld.«

»An Kohle kommt man immer. Vielleicht hat er etwas verkauft, um an Bares zu kommen?«

»Möglich, ja.«

»Aber du glaubst nicht, dass es so war.«

»Ich weiß es nicht. Der Dealer ist wie vom Erdboden verschluckt, sodass wir vielleicht nie erfahren werden, was passiert ist.«

Ihr war der Appetit vergangen.

»Du musst dich jetzt ausruhen, Gustav. Und sei froh, dass du noch lebst und all das noch erzählen kannst.«

Er senkte betroffen den Blick.

»Hör zu, Gustav. Ich kann dich nicht mehr unter meine Fittiche nehmen. Ich weiß selbst nicht, was ich tue. Nicht mal meinen Job konnte ich halten. Wenn du unbedingt Journalist werden willst, musst du dir jemand anderen suchen, der es dir beibringt. Frank Buhl wäre bereit. Du solltest das Angebot annehmen.«

»Ich habe mit meiner Tante über dich gesprochen und versucht, sie umzustimmen. Ich arbeite noch daran. Sie ist ein harter Brocken.«

»Wie ich sie kenne, kannst du das vergessen. Wenn du wieder auf den Beinen bist, werde ich zurück in London sein.«

Gustav sah sie empört an. »Aber das kannst du doch nicht machen! Was ist mit mir? Und was wird aus dem anonymen Hinweis, dem wir nachgehen sollen?«

»Ach ja, ich hatte noch keine Gelegenheit, es dir zu sagen. Ich habe den Typen ausfindig gemacht, den uns Deep Throat, unser Informant, genannt hat. Carsten Vangede.«

Aziz drehte sich zu den beiden um. »Deep Throat?«

»Ja, der Informant aus dem Watergate-Skandal, nicht der Pornofilm«, stellte Jensen klar.

Schulterzuckend wandte er sich wieder ab.

Gustav sah Jensen fragend an. »Ja, und?«

»Er hat ein paar Restaurants und eine Bar, die schon bessere Zeiten gesehen hat. Alles in Nørrebro.«

»Wie heißt die Bar?«, wollte Aziz wissen.

»Zoom Bar«, antwortete Jensen.

»Die ist ganz bei mir in der Nähe«, stellte Aziz fest. »Vor der hängen immer die Besoffenen herum.«

»Willst du ihn dort treffen?«, fragte Gustav.

»Das werde ich wohl kaum mehr schaffen, bevor ich fahre«, sagte Jensen. »Aber vergiss es. Deine Tante war bestimmt schon da.«

Sie verließ das Zimmer, um Henrik anzurufen. Fünf Zimmer gingen vom Flur ab. An den Wänden hingen gerahmte Schwarz-Weiß-Fotos. Menschen, die im Kopenhagen vergangener Zeiten ins Sonnenlicht blinzelten, Männer mit Hüten und Pfeifen, dazwischen in Öl gemalte Akte. Margrethes Mutter, Gustavs Großmutter väterlicherseits, war eine bekannte Künstlerin gewesen.

Enttäuscht nahm sie zur Kenntnis, dass Henrik nicht abnahm. Einerseits weil sie gern gewusst hätte, ob die Ergebnisse aus der gerichtsmedizinischen Untersuchung inzwischen vorlagen, vor allem aber weil sie ihm unbedingt sagen wollte, dass sie in weniger als einer Woche nach London zurückgehen würde. Sie konnte es ihm zwar schreiben, würde aber gern an seiner Stimme hören, wie er es aufnahm.

Nicht traurig.

Erleichtert.

In Kopenhagen wären da nur sein Auto und gestohlene Stunden des Glücks in Hotelzimmern und in Esbens Sommerhaus. Einen Spaziergang, Händchen haltend im Sonnenschein, würde es nie geben. Es war viel einfacher, wenn er hierblieb und sie drüben war.

Und das wusste er.

Und sie wusste es auch.

Aber sie wollte es von ihm hören.

Eine E-Mail blitzte auf ihrem Bildschirm auf. Die E-Mail-Adresse des anonymen Informanten. Deep Throat.

Carsten Vangede erwartet dich morgen Abend um 19 Uhr in der Zoom Bar. Enttäusche ihn nicht. Oder mich.

63

DIENSTAG, 17:56 UHR

M ist auf dem Weg. Seht zu, dass ihr wegkommt.

Die Nachricht von Yasmine kam früher als gedacht. Bis zu ihrem Treffen mit Tobias blieb Jensen noch eine Stunde. Daher hatte sie Aziz gebeten, sie durch die Stadt zu fahren. Bars und Restaurants bereiteten sich auf den Nachtbetrieb vor, und die Fenster der alten Häuser füllten sich mit goldenem Licht. Der Berufsverkehr und die

Scharen von Touristen in den engen Straßen ließen sie nur langsam vorankommen. Jensen kümmerte das nicht. Sie brauchte Zeit, um über Deep Throat und seinen Stellvertreterkampf für die Gerechtigkeit nachzudenken. Warum die Heimlichtuerei? Und wenn er wirklich so gut informiert war, wie er behauptete, dann musste er doch wissen, dass sie nicht mehr beim *Dagbladet* war. Oder sollte sich das tatsächlich noch nicht herumgesprochen haben? Der dominante Stil seiner E-Mail gefiel ihr nicht. Dennoch beschloss sie, Carsten Vangede einen Besuch abzustatten. In den nächsten Tagen hatte sie sowieso nicht viel vor, und was sollte in einer überfüllten Bar schon passieren?

Aziz beäugte sie ab und zu im Rückspiegel, sagte aber nichts. Jensen fragte sich, was er von ihr hielt. Seit sie ihn kannte, hatten sie außer über organisatorische Dinge nicht viel miteinander gesprochen.

»Wie heißt du eigentlich mit Nachnamen, Aziz?«, fragte sie ihn.

Er ruckte sich in seinem Sitz zurecht. »Almasi.«

»Wie hast du Esben kennengelernt?«

»Das ist eine lange Geschichte«, sagte er.

»Ich habe Zeit.«

Aziz antwortete nicht.

»Pass auf. Fährst du bitte zur Sankt Peders Stræde? Ich möchte dich jemandem vorstellen.«

Liron hatte seinen Verkaufswagen schon geschlossen. Er stand davor und unterhielt sich mit einem rothaarigen Mädchen. Er drückte ihr einen Kuss auf die Wange, und sie zog mit einem großen Pappbecher in der Hand lächelnd davon. In einem Anflug von Eifersucht fragte sich Jensen, ob das vielleicht die Stammkundin war, über die er an die Nummer von Gustavs Station im *Rigshospitalet* gekommen war. Sie schenkte der Unbekannten ein breites Lächeln, das mit einem irritierten Blick beantwortet wurde.

»Wo warst du so lange? Ich habe dich verdammt noch mal mega vermisst. Ich dachte schon, Scheiße, Liron, dachte ich, die süße

Journalistin kommt nie wieder«, rief er und streckte ihr die Arme entgegen, um sie zu umarmen.

Beim Anblick von Aziz, der hinter ihr auftauchte, wich er mit einer übertriebenen Geste zurück.

»Liron, das ist Aziz. Aziz, das ist Liron.«

»Der Kerl ist ja riesig«, staunte Liron und schauspielerte eine schmerzende Hand, nachdem Aziz ihm die Hand gegeben hatte. »Au …«

Zum ersten Mal sah Jensen Aziz lächeln. Liron reichte hinauf und legte ihm eine Hand auf die wuchtige Schulter. »Warte kurz, mein Freund, einen Moment.«

Liron schloss den Wagen auf und holte eine winzige, verbeulte Kaffeekanne aus Messing heraus, die Jensen noch nie gesehen hatte. Liron löffelte fein gemahlenen Kaffee hinein, der schon fast schwarz war. Er goss Wasser ein, stellte die Kanne auf einen Gas-Campingkocher und gab Kardamomkapseln hinzu. Als er fertig war, goss er das sämige Nass in einen kleinen Pappbecher und reichte ihn Aziz, nicht ohne ihm dazu braunen Zucker aus einer Schale anzubieten. Aziz gab davon fünf Löffel hinein und rührte um, bevor er mit erstaunlicher Anmut an seinem Becher nippte.

Liron beobachtete sein Gesicht mit einem breiten, zahnlosen Grinsen. »Ist der gut?«

»Syrischer Kaffee«, stellte Aziz lächelnd fest. »Fast perfekt.«

Für Jensen bereitete Liron einen Cortado zu, und sie und Aziz gingen mit ihren Kaffees zum Auto zurück. Seinen missbilligenden Blick ignorierend, setzte sie sich auf den Beifahrersitz.

»Erzähl mir, wie du Esben kennengelernt hast«, bat sie ihn. »Von Anfang an.«

Er kratzte sich am Bart, sah den vorbeifahrenden Radfahrern nach, die im Schneematsch von der Arbeit nach Hause fuhren, und dann zu Liron hinüber, der seinen Laden zusammenpackte. Ein langer, schleppender Augenblick verstrich, bis er sich ihrem ruhigen, festen Blick geschlagen gab und zu erzählen begann.

»Wir mussten Syrien verlassen. Meine Frau war im sechsten Monat schwanger. Bleiben konnten wir nicht. Wir durchquerten die Türkei und Griechenland. In Mazedonien schlossen wir uns einer Gruppe von Flüchtlingen an und zogen weiter durch Serbien bis nach Ungarn. In Ungarn haben sie uns eine Woche lang auf einem Bahnhof festgehalten, bis wir schließlich gehen durften. In Österreich und Deutschland haben sie uns dann in Busse gesetzt. Schließlich sind wir mit dem Zug von Hamburg nach Puttgarden und dann mit der Fähre nach Dänemark gefahren. Es hat eine Ewigkeit gedauert. Meine Frau war erschöpft. Die dänische Polizei hat versucht, uns zu überreden, mit ihnen mitzugehen. Aber ich wollte nach Schweden. Ich kannte Leute, die es dorthin geschafft hatten, und so liefen wir weiter Richtung Norden.«

Jensen hatte die Nachrichten vor Augen, in denen Flüchtlinge auf dänischen Autobahnen gezeigt wurden. Zu Hunderten waren sie unterwegs, meist junge Männer mit Rucksäcken, Sporttaschen und Koffern auf Rädern, die sie hinter sich herzogen.

»Es war schwer für meine Frau. Manche Leute riefen uns zu, wir sollten wieder nach Hause gehen, aber wir liefen einfach weiter. Wir waren so viele, dass niemand etwas dagegen tun konnte.«

»Und Esben?«

»Ich nehme an, er hat es im Fernsehen gesehen und daraufhin beschlossen, etwas zu tun. Plötzlich war er da, hat einfach am Straßenrand gehalten. Er hatte ein teures Auto und trug eine Kapuze auf dem Kopf. Er kam durch die Menge direkt auf uns zu. Ich weiß nicht, warum er uns ausgewählt hat. Vielleicht weil er gesehen hat, dass meine Frau schwanger war. Es ging ihr nicht gut. Er bot an, uns in eine Unterkunft zu fahren und dafür zu sorgen, dass wir etwas zu essen bekamen. Nur für die Nacht, danach würde er uns persönlich nach Schweden bringen. Meine Frau flehte mich an, einzuwilligen. Also brachte Esben uns zu seinem Haus in Klampenborg, in dem er mit seiner Frau und zwei Kindern wohnte. Sie gaben uns ein Schlafzimmer, warmes Essen und frische Sachen zum Anziehen. Als die anderen zu Bett gegangen waren, blieben

Esben und ich auf und redeten über meine Pläne. Er meinte, es sei ein guter Plan, Schweden sei ein gutes Land, dass er aber glaubte, Dänemark wäre ein noch besseres Zuhause für uns. Er überredete uns zu bleiben und half uns dann, den Asylantrag zu stellen. Wir blieben bei ihm und seiner Frau, bis wir eine Wohnung gefunden hatten. Er hat mir Arbeit gegeben; ich verdanke ihm alles.«

»Seltsam, Esben hat mir davon nie etwas erzählt, und in der Zeitung habe ich davon auch nichts gelesen.«

»Er wollte nicht, dass es bekannt wird. Niemand weiß davon.« Etwas Hartes, Entschlossenes blitzte in seinen Augen auf. »Du darfst es niemandem erzählen.«

»Ich schwöre es.«

Jensen war stolz auf Esben. Typisch für ihn. Von der Geschichte einmal abgesehen, die ihn berühmt gemacht hatte – dieselbe Geschichte, der auch sie ihre Karriere verdankte –, hatte er diese Sache über all die Jahre unter Verschluss gehalten.

Und was hatte sie, mit Ausnahme der Geschichte, für die sie beinahe den dänischen Cavling-Preis für herausragenden Journalismus bekommen hätte, aus ihrem Leben gemacht?

Aziz nahm ihr den leeren Becher aus der Hand, stellte ihn in seinen und quetschte beide mit einer Hand zusammen. Dann ging er zu Liron hinüber, und sie beobachtete die beiden, wie sie sich die Hand gaben, Aziz Liron eine Hand auf die Schulter legte und etwas zu ihm sagte.

Als Aziz wieder zurück beim Auto war, hatte Jensen es sich schon auf dem Rücksitz bequem gemacht.

»Ich glaube, dir ist es lieber, wenn niemand vorne sitzt, stimmt's?«

»Außer Esben«, sagte er und lächelte.

»Nur eine Frage noch, bevor wir weiterfahren.«

»Ja?«

»Was für eine Arbeit hast du früher gehabt? In Syrien?«

»Das glaubst du nie.«

»Sag.«

»Ich war Fahrer für einen reichen Mann.«

64

DIENSTAG, 19:07 UHR

Tobias sah sich nervös um, als Jensen in Bruun's Coffee Shop auf seinen Tisch zusteuerte. Draußen, auf der anderen Seite der pechschwarzen Wasser des Kanals, stand ein gelbes Wohnhaus. Im zweiten Stock sah sie eine Frau am Fenster, die ein Kind auf der Hüfte schaukelte, während sie telefonierte. Aziz stand darunter in seinem schwarzen Wagen und wartete darauf, Jensen zurück zu Esbens Sommerhaus oder wohin auch immer zu fahren.

Tobias trank grünen Tee aus einem Mehrwegbecher und bot an, ihr etwas zu bestellen. Noch unter dem Einfluss von Lirons Cortado lehnte Jensen dankend ab, begriff aber, als sie sich setzte, wie ungeschickt das gewesen war, wie angespannt und unpersönlich sie ihm vorkommen musste. Tobias war nervös.

»Bevor wir weiterreden, muss ich dir etwas sagen: Ich arbeite nicht mehr für das *Dagbladet*. Sonntag fliege ich zurück nach London«, sagte sie, um ihm die Anspannung ein wenig zu nehmen.

Er sah sie entgeistert an, aber nach einer Weile entspannten sich seine Schultern. Er rieb sich die Mundwinkel und strich sich über den Rauschebart. Jensen malte sich aus, wie er ohne aussehen würde, und stellte sich weiche, jungenhafte Züge vor, wie bei einer Schnecke ohne Schneckenhaus.

»Ganz schön langer Weg von hier nach Roskilde, nicht wahr?«

Er schüttelte den Kopf. »Ich habe zwar ein Zimmer in Skovhøj, aber meine Freundin hat eine Wohnung fünf Minuten von hier. Da übernachte ich ab und zu. Es war ihre Idee, dass ich mit dir reden sollte.«

»Dafür bin ich sehr dankbar, ich habe nämlich noch ein paar Fragen an dich.«

»Ich dachte, du arbeitest nicht mehr für das *Dagbladet*?«

»Das ist richtig. Ich möchte nur wissen, was mit Thomas passiert ist. Ist so eine Art Berufskrankheit.«

»Dann du zuerst«, forderte er sie auf.

»Du kennst doch diese verrückte Tante von Thomas. Die dann bei der Beerdigung aufgetaucht ist?«

Tobias nickte.

»Hast du sie vorher schon mal in Skovhøj gesehen?«

»Nein, nie. Aber Thomas hatte damals eine neue Identität bekommen, die niemand aus seinem alten Umfeld kannte. Von seinem Tod hätte seine Tante nur erfahren, wenn Karina der Polizei nach der Identifizierung der Leiche seine wahre Identität preisgegeben hätte.«

Er hatte recht. Aber statt Mitleid mit dem verlorenen und wiedergefundenen Neffen zu haben, war Ditte bei der Beerdigung ausgetickt.

»Was könnte sie damit gemeint haben, dass alles Thomas' Schuld ist?«

»Liegt das nicht auf der Hand? Er hat schließlich ihre Schwester umgebracht.«

»Dass die beiden Schwestern sich je wirklich nahegestanden haben, ist kaum vorstellbar. Ditte Mørk ist nicht der Typ für innige Beziehungen, und schon gar nicht, wenn es um Mitglieder ihrer eigenen Familie geht.«

»Davon weiß ich nichts«, sagte er.

»Natürlich, woher auch? Trotzdem kommt mir all diese Wut nach acht Jahren seltsam vor.«

»Mir nicht. Thomas und seine Tante waren zerstritten. Seine neue Identität ist ja erst seit ein paar Tagen bekannt. Von seiner Ermordung wird sie in der Zeitung gelesen haben, wie alle anderen auch. Vermutlich wollte sie damit klarmachen, dass sie nicht vergessen hat, was er damals getan hat.«

»Wem denn klarmachen? Wir waren nur zu fünft dort, keine Medien. Und woher wusste sie überhaupt, wo die Beerdigung stattfinden würde?«

»Von mir jedenfalls nicht, und Karina hat es ihr bestimmt auch nicht gesagt. Vielleicht von der Polizei? An deiner Stelle würde ich nicht zu viel hineingeheimnissen. Die Frau ist gestört, basta.«

»Auch wieder wahr. Eine letzte Frage noch: Hat Thomas dir irgendwann mal erzählt, was an dem Tag passiert ist, als er seine Mutter erstochen hat? Oder warum er es getan hat?«

Tobias schüttelte den Kopf. »Eigentlich haben wir nie richtig miteinander gesprochen. Wenn er etwas sagen wollte, dann per Handzeichen, oder er hat es aufgeschrieben. Ich wusste, dass er in einer Jugendstrafanstalt gewesen war, aber nicht, warum. Und er hat es mir auch nie erzählt. An den Langelandsvej-Mord erinnere ich mich aus den Nachrichten. Damals war ich noch an der Uni, aber ich hätte nie gedacht … Eigentlich dachte ich … Nein, das ist wirklich nicht wichtig.«

»Doch. Erzähl mal.«

»In Skovhøj treffen viele sehr unterschiedliche Menschen aufeinander. Menschen, die Schlimmes durchgemacht oder Dinge getan haben, die man sich kaum vorstellen kann. Aber Thomas war anders. Nicht weil er nicht redete, sondern weil er so sorgsam mit sich und seinen Sachen umging. Die paar Male, die ich ihn zum Einkaufen mitgenommen habe, war er immer pünktlich. Er hat immer in seinem Zimmer auf mich gewartet, saß dort auf dem Bett und hatte jedes Mal schon seinen Mantel an.«

»Hast du gern Zeit mit ihm zusammen verbracht?«

»In gewisser Weise schon. Aber es war auch seltsam, schweigend nebeneinanderher zu laufen. Es war, als hätte er all das Schlechte in sich weggesperrt. Trotzdem merkte man, dass es noch da war. Es war ein sehr intensives Gefühl.«

»Zu dir war er aber immer freundlich?«

Tobias nickte.

»Zu Fie auch, habe ich gehört.«

»Ja, zu ihr auch.«

»Dann ist doch schwer zu verstehen, wie das derselbe Mensch sein kann, der seine Mutter erstochen hat?«

»Das ist es ja gerade. Ich weiß natürlich, dass er es getan hat. Aber man sieht es einem Menschen nicht an, wozu er fähig ist. Zumindest das hat mich die Arbeit in Skovhøj gelehrt. Ich bin fest davon überzeugt, dass in Thomas viel mehr steckte, als die Leute sehen wollten. Er war eine starke Persönlichkeit. Er war nicht das Ungeheuer, das alle in ihm sehen wollten.«

»Er soll immer wieder gesagt haben, dass er es nicht war. Könnte die Reise nach Kopenhagen eine Art Protest gewesen sein?«

»Aber waren die Indizien nicht eindeutig?«

»Soviel ich weiß, ja.«

»Zumindest weiß ich, dass er damals Probleme hatte. In der Schule und mit Drogen. Irgendwo habe ich gelesen, dass er an dem Tag etwas genommen hatte.«

»Sieht so aus.«

Tobias hatte sich warm geredet und war offenbar bereit, ihr zu sagen, was er zu sagen hatte.

»Jetzt du«, forderte sie ihn auf.

Er drehte den leeren Becher nervös auf dem Tisch und sah sich nach den Leuten im Café um. Niemand schenkte ihnen jedoch Beachtung.

»Ich habe lange überlegt, ob ich es tun soll. Ich rede nicht gern hinter dem Rücken anderer Leute. Es für mich zu behalten ist aber auch nicht richtig. Ich habe die letzten Nächte kaum geschlafen. Meine Freundin hat mich schließlich überredet, mich jemandem anzuvertrauen. Und da bist du mir eingefallen.«

Sie lächelte ihm aufmunternd zu.

»Es geht um Karina«, fing er an. »Sie hat dich angelogen.«

»Wie bitte?«

»Sie hat behauptet, nicht zu wissen, warum Thomas an dem Tag den Zug nach Kopenhagen genommen hat. Aber das stimmt nicht. Ich habe nämlich mitbekommen, wie sie ihn am Abend zuvor angeschrien hat.«

Jensen erinnerte sich an ihren ersten Besuch in Skovhøj und daran, wie Tobias bei Karinas Berührung zurückgeschreckt war. Jetzt wusste sie, warum.

»Was hat sie denn geschrien?«

»Alle möglichen furchtbaren Dinge hat sie ihm an den Kopf geworfen, dass er ein Schmarotzer wäre und es eine Menge andere

Leute gäbe, die einen Platz in Skovhøj verdient hätten. Dann sagte sie, dass er sehr wohl sprechen könne und ein verzogener Bengel sei, dem es um nichts anderes als um Aufmerksamkeit ginge.«

»Und was hat sie dazu veranlasst?«

»Alle vierzehn Tage veranstalten wir einen gemeinsamen Kochtag. Wir kochen abwechselnd und räumen danach auf. Thomas hat nie mitgemacht.«

»War die Veranstaltung verpflichtend?«

»Eigentlich nicht. Trotzdem laden wir die Bewohner immer dazu ein, mitzumachen. Man vereinsamt leicht, wenn man die ganze Zeit in seiner Wohnung hockt.«

»Aber Thomas wollte nicht.«

»Kann man so sagen. Beim Tischtennis oder den Gruppenausflügen, die wir organisiert haben, war er auch nie dabei. Wie gesagt: Karina steht unter großem Druck. Der Stadtrat droht mit der Streichung von Mitteln für Skovhøj. Ich nehme an, sie hatte einen schlechten Tag und hat das an Thomas ausgelassen.«

»Wie?«

»Sie ist zu ihm ins Zimmer gegangen. Es war Sonntagabend, Filmabend. Die meisten saßen im Wohnzimmer, nur Thomas war wie immer nicht aufgetaucht. Irgendwann habe ich gemerkt, dass Karina nicht mehr im Raum war, also bin ich sie suchen gegangen. Als ich an Thomas' Wohnung vorbeikam, hörte ich von drinnen ihre Stimme. Sie hat ihn angebrüllt, er solle Skovhøj doch am besten verlassen, wenn er so unabhängig sei und niemanden brauche.«

»Und was ist dann passiert?«

»Nichts. Ich bin wieder in den Filmraum zurück. Karina kam wenig später nach und setzte sich. Aber Thomas muss sie beim Wort genommen haben. Seitdem hat ihn niemand mehr lebend gesehen.«

»Hast du Karina nicht zur Rede gestellt? Dass es ihre Schuld gewesen sein könnte?«

»Nein. Sie würde es nur abstreiten, und ich möchte auch nicht, dass du sie darauf ansprichst. Sie würde gleich merken, woher es kommt, und einen Weg finden, mich loszuwerden. Das hat sie früher schon mit Leuten gemacht, die sie nicht mochte. Nach ein paar Wochen tauchen sie plötzlich nicht mehr bei der Arbeit auf. Ich dachte nur, dass dir das vielleicht helfen könnte, herauszufinden, was mit ihm passiert ist.«

»Das hättest du der Polizei sagen sollen.«

»Ich wollte keine Aufmerksamkeit auf mich lenken.«

»Was soll das denn heißen?«

Ihr Handy klingelte. Gustav.

> Das hier habe ich gerade von Malene Grønfeldt bekommen. Was heißt das deiner Meinung nach?

Sie las die Nachricht:

> Tut mir leid, dass wir uns immer wieder verpassen. Ich habe Informationen für dich. Können wir reden? PS: Sag das niemandem weiter, ich fühle mich nicht mehr sicher.

Jensen leitete Gustavs Text an Henrik weiter und ignorierte die Pings, die sofort folgten. Wenn es ihn interessierte, konnte er selbst mit Gustav sprechen.

Tobias musterte ihr Gesicht, als sie wieder aufsah.

»Was ist los?«, erkundigte er sich.

»Ach, nichts.«

Erneut lächelte sie ihm zu, um ihn zu beruhigen, aber er kaufte es ihr nicht ab.

»Du könntest das mit Karina auch anonym jemand anderem erzählen.«

Sie holte einen Zettel aus der Tasche und schrieb den Namen und die Kontaktdaten von Frank Buhl auf.

Tobias betrachtete den Zettel eine Weile.

»Den kenne ich. Er war in Skovhøj, aber Karina wollte ihn nicht hereinlassen. An dem Tag standen die Leute schon mit Fernsehkameras vor der Tür, und wir hatten die strikte Anweisung, mit niemandem zu sprechen.«

»Sie kann dich nicht entlassen, solange sie dir nicht nachweisen kann, dass du mit dem *Dagbladet* gesprochen hast.«

»Da wäre ich mir nicht so sicher.«

»Warum wolltest du eigentlich keine Aufmerksamkeit auf dich lenken? Ich meine bei der Polizei?«

»Weil ich auch gelogen habe. Denen habe ich gesagt, dass Thomas keinen Laptop hat. In Wirklichkeit hatte er aber …«

Er hielt inne, öffnete seinen Rucksack und zog einen Laptop heraus, der schon bessere Tage gesehen hatte. Darauf befand sich ein gelb-schwarzer Aufkleber mit der Aufschrift *Keep Out*.

Er stellte den Laptop zwischen sie beide auf den Tisch.

»Ich war sauer, als die Polizei auftauchte und die Wohnung durchsuchte. Ich dachte, man müsste Thomas' Privatsphäre schützen und ihn respektvoll behandeln. Deshalb habe ich den Laptop an mich genommen. Ich wusste, dass er ihn unter seiner Matratze versteckte. Ich schwöre, dass ich mir nichts darauf angesehen habe. Selbst wenn ich gewollt hätte, es wäre gar nicht gegangen, weil ich sein Passwort nicht kenne. Ich würde ihn gern bei der Polizei abgeben, jetzt, wo all die Geschichten über ihn herausgekommen sind. Aber ich habe Angst, es könnte mich verdächtig machen, dass ich ihn nicht gleich abgegeben habe. Als hätte ich etwas zu verbergen. Was soll ich tun?«

»Der Laptop ist ein Beweismittel. Die Polizei arbeitet immer noch daran herauszufinden, was sich in der Nacht zugetragen hat, in der Thomas umgebracht wurde. Es könnten sich Hinweise darauf befinden, was ihm durch den Kopf ging.«

»Ich weiß. Deshalb fühle ich mich auch so schrecklich, aber ich kann es mir nicht leisten, meinen Job zu verlieren, nicht jetzt. Meine Freundin und ich wollen zusammenziehen.«

Sie wartete einen Moment, bevor sie weitersprach, als wäre ihr der Gedanke gerade erst gekommen. »Ich könnte ihn für dich abgeben. Ich muss ja nicht sagen, von wem ich ihn habe.«

»Würdest du das tun?«

»Lass ihn einfach hier.«

Sie hatte nicht gelogen.

Sie würde Henrik den Laptop geben.

Auf jeden Fall.

Sobald sich die Gelegenheit dazu bot.

65

DIENSTAG, 21:22 UHR

Der Kies knirschte unter den Reifen, als Aziz in die Einfahrt in Hornbæk einbog. Sie musste an die Zeit denken, als sie noch ein Kind war und ihre Mutter sie vom Auto ins Bett trug. Sie stellte sich immer schlafend, schmiegte sich an die Brust ihrer Mutter und sog den unverwechselbaren Geruch von Parfüm, Kaugummi und Zigaretten ein. Bis sie schließlich zu schwer geworden war, um getragen zu werden, und es mit der körperlichen Nähe zwischen ihnen vorbei war. Aziz käme jetzt nicht im Traum darauf, sie ins Bett zu tragen, was ihm sogar einarmig wahrscheinlich ein Leichtes wäre. Bei diesem Gedanken richtete sich Jensen auf.

Aziz löste seinen Sicherheitsgurt.

»Nein«, sagte sie und tippte ihm auf die Schulter. »Schon gut. Fahr du bitte zu deiner lieben Familie zurück.«

»Nur kurz«, sagte er. »Ich will sichergehen, dass alles in Ordnung ist.«

Was war los mit den Männern in ihrem Leben, dass alle glaubten, sich ständig um ihre Sicherheit sorgen zu müssen?

»Aziz, ich kann auf mich selbst aufpassen. Außerdem habe ich ja jetzt den Hund.«

»Aber Esben …«

»Scheiß auf Esben … Sieh mal, hier ist kein Mensch.«

Schließlich nahm er ihr das Versprechen ab, ihn anzurufen, wenn sie etwas brauchte, egal wie spät es war. Sie winkte ihm zum

Abschied zu und sah ihn erleichtert um die Ecke biegen und aus ihrem Blickfeld verschwinden.

»Ich dachte, ich würde dich nie mehr los«, murmelte sie vor sich hin, sah zum Himmel hinauf und atmete eine weiße Wolke in die Luft.

Sie wartete, bis das Motorengeräusch gänzlich verebbt war. Dann fiel ihr auf, dass der Hund nicht bellte.

Nichts als ein leises, undefinierbares Fiepen drang vom Haus her zu ihr. Aber erst als sie direkt vor dem Haus stand, sah sie, was es war.

Ein schriller Schrei erfüllte die Luft. Sie sank rückwärts zu Boden und krabbelte auf Händen und Füßen durch den Schnee, bevor sie begriff, dass sie selbst den Schrei produziert hatte. Er ging in ein gedehntes, luftloses Stöhnen über, wie der Aufschrei in einem Albtraum.

Jemand hatte das Tier an den Vorderbeinen an der Haustür aufgehängt. Die Zunge baumelte zwischen den Zähnen hervor, und der blutverschmierte weiße Bauch lag frei.

Das Geräusch, das sie gehört hatte, war das an der Tür schabende Seil.

Der Hund zuckte noch.

Er war noch am Leben.

Gerade noch so.

Sie stand auf und schrie.

»Nein, nein, nein.«

Mit hektischen Handbewegungen machte sie den Hund los und hielt ihn im Arm, während sie auf den Stufen vor der Tür saß. Sie dachte an Henrik, wie er in der Old Brompton Road in Kensington die Leute anbrüllte, dass sie wegbleiben sollten, während der geschundene Hund in seinen Armen sein Leben aushauchte. Dieser Hund aber lag nicht im Sterben. Er wimmerte vor Schmerzen.

Jensen hatte einmal zugesehen, wie ihre Mutter ein krankes Kaninchenbaby ertränkte, das sie verlassen auf dem Feld gefunden hatte. Unter Tränen hatte sie ihre Mutter angefleht, es nicht zu tun, und ihr versprochen, sich um das Tier zu kümmern. Aber ihre

Mutter ließ sich nicht davon abbringen und drückte das Kaninchen in der Pferdetränke unter Wasser. (»Es ist ein Verbrechen, ein Tier leiden zu lassen.«)

In Esbens Schuppen lag ein Baseballschläger. Jensen weinte und wandte den Blick ab, als sie zuschlug, einmal, so fest sie konnte.

Das Zucken hörte auf.

Stundenlang hockte sie im Schnee. Schluchzend und mit blutverschmierten Händen wiegte sie das Tier in ihrem Schoß und streichelte seinen Körper, der allmählich zu erkalten begann.

»Es tut mir leid«, sagte sie immer wieder. »Es tut mir so leid.«

Henrik antwortete nach dem vierten Klingeln. Zuerst klang er verschlafen, aber als sie ihm erklärt hatte, was passiert war, entfuhr ihm ein lauter Fluch.

»Ich bin gleich da. Geh auf keinen Fall ins Haus. Hast du mich verstanden?«

In der Zwischenzeit versuchte sie, so gut es ging, die Spuren zu beseitigen, wenn auch nur mit mäßigem Erfolg. Wer immer den Hund auf dem Gewissen hatte, hatte sie auf Schritt und Tritt beobachtet. Es musste irgendwann in den letzten zehn Stunden passiert sein; sie war den ganzen Tag unterwegs gewesen.

Sie ging durch den Garten, rief immer wieder *Hallo* in die Dunkelheit, aber der Schnee auf dem Rasen war unberührt, und außer ihren eigenen Schritten und dem Rauschen des Windes in den Kiefern herrschte absolute Stille.

Sie zitterte vor Angst und Kälte, als Henrik schließlich die Straße hinaufgerast kam. Er sprang aus dem Auto und brüllte vor Zorn, als er den Hund erblickte.

Mit Taschenlampe und gezückter Pistole betrat er als Erster das Haus. Das Wohnzimmer war durchwühlt worden, Zeitungsausschnitte, Notizen und Ausdrucke lagen verstreut herum, als hätte es drinnen geschneit. Ob etwas fehlte, konnte sie in dem Durcheinander nicht feststellen, aber das spielte auch keine Rolle. Wer immer hier gewesen war, wusste jetzt, womit sie sich beschäftigt hatte.

»War das Thomas' Mörder?«, fragte sie Henrik. Ihre Zähne klapperten.

»Weiß der Teufel, aber damit kommen sie nicht durch«, erwiderte er. Er schäumte vor Wut.

Wenn es darum ging, ihr Angst zu machen, dann war es demjenigen, der hier eingebrochen war und den Hund getötet hatte, gründlich gelungen. Aber wovor sollte sie sich fürchten? Wem war sie zu nahe gekommen?

Ditte Mørk fiel ihr ein, die sie für verrückt genug hielt, so etwas zu tun. Sie hätte Esbens Gartenhaus noch vor der Beerdigung einen Besuch abstatten können. Oder der Drogendealer, der die Adresse vielleicht von Gustav hatte. Karina Jørgensen könnte es auch geschafft haben, Fie die Adresse zu entlocken.

Mit betroffener Miene hob Henrik ein paar Zettel vom Boden auf. »Ich hatte dir gesagt, dass du dich da raushalten sollst«, sagte er. »Ich dachte, du hättest endlich damit aufgehört, nachdem Gustav zusammengeschlagen wurde. Das war die erste Warnung. Das hier ist die zweite und vielleicht auch die letzte.«

»Ich habe nicht aufgehört, *weil* sie Gustav zusammengeschlagen haben.«

»Hier kannst du jedenfalls nicht bleiben«, beschloss Henrik, während er seinen Blick wild durch den Raum fliegen ließ.

»Was bleibt mir übrig? Ich kann nirgendwo anders hin.«

»Ich bringe dich in ein Hotel.«

»Es ist nach Mitternacht, und hier gibt es weit und breit kein Hotel.«

Er bestand darauf, die Nacht im Sommerhaus zu übernachten. Angezogen legten sie sich ins Bett und schmiegten sich auf der Bettdecke aneinander. Er legte seine Pistole auf dem Nachttisch ab, schlang seine Arme um sie und hielt sie fest, während sie um den Hund weinte.

»Wie er mich mit diesen großen Augen angesehen hat, so vertrauensvoll. Ich hätte netter zu ihm sein sollen, ihn liebevoller behandeln. Ich hätte ihn nicht allein hierlassen dürfen.«

Mit heiserer Stimme raunte er ihr zu, dass es richtig gewesen sei, den Hund von seinem Elend zu erlösen, dass er dasselbe getan hätte und dass sie sehr tapfer gewesen sei. Trotzdem fühlte es sich wie das genaue Gegenteil an. Als wäre etwas Beschämendes und Düsteres in ihr zum Vorschein gekommen, von dem sie nicht wusste, dass es in ihr steckte. Sie hätte kotzen können.

Sie schlief schlecht. Das Bild des Hundes, wie er an der Tür baumelte, verfolgte sie, das gespenstische Gefühl seines Körpers in ihren Armen, das Blut im Schnee.

Und die ganze Nacht über spürte sie, dass Henrik neben ihr wach war, unbeugsam, mit offenen Augen in der Dunkelheit, wie ein Wachtposten.

66

MITTWOCH, 10:46 UHR

»Es fühlt sich falsch an.«

Fie saß im Gartenhaus am Esstisch. Der Stuhl knarrte bedrohlich unter ihrem Gewicht. Aziz hatte am anderen Ende, Jensen ihr gegenüber Platz genommen. Zwischen den beiden fühlte sie sich wie Alice im Wunderland, nachdem sie den »Trink mich«-Trank getrunken hatte.

Vor jedem stand eine von Aziz zubereitete Tasse Kaffee. Sie unterhielten sich über das Wetter, darüber, dass draußen immer noch dick Schnee lag, und über die Warnungen des dänischen Wetterdienstes, demzufolge am Wochenende ein weiterer Schneesturm zu erwarten war.

Aziz hatte ihnen erzählt, wie er seinen reichen Chef einmal im Schneesturm über die Grenze in den Libanon gefahren hatte, und Fie konnte kaum glauben, dass im Nahen Osten Schnee fiel.

Henrik hatte sich im Morgengrauen auf den Weg gemacht und darauf bestanden, dass Jensen ihn anrief, sobald ihr die geringste

Unregelmäßigkeit auffiel. Verzweifelt hatte sie versucht, hinter dem Gartenhaus ein passendes Loch für einen Hund zu graben, als Aziz in die Einfahrt einbog. Der Boden war hart gefroren, und sie war zu aufgewühlt, um etwas ausrichten zu können. Aziz stellte sich neben sie und sah auf den steif gefrorenen Hund mit dem Halstuch hinab, das sich leuchtend rot vom Schnee abhob. Sie musste sich eingestehen, dass sie Aziz jetzt brauchte.

»Er hing gestern Abend an der Haustür, als ich wiederkam«, brachte Jensen hervor und wischte sich die Nase. »Eine kleine Botschaft, die mir sagt, dass ich mich um meine eigenen Angelegenheiten kümmern soll und dass sie wissen, wo sie mich finden, wenn ich das nicht tue.«

»Wer?«

»Da fallen mir so einige Möglichkeiten ein.«

»Du hättest mich anrufen sollen«, sagte er und nahm ihr sanft den Spaten aus der Hand.

»Der Polizist ist gekommen«, sagte sie.

Er nickte kaum merklich, fast als wollte er Zustimmung signalisieren.

Aziz hatte das Grab schnell ausgehoben, den Hund hineingebettet und es wieder mit Erde aufgefüllt. Danach standen sie noch eine Weile in der klirrenden Kälte zusammen. Er hatte ihr eine Hand auf die Schulter gelegt, während ihr heiße Tränen über die Wangen kullerten. Wer jetzt dachte, sie davon abhalten zu können, weiter nach Thomas' Mörder zu suchen, hatte sich geirrt.

Wie gebannt starrten Jensen, Fie und Aziz jetzt auf Thomas' Laptop auf dem Tisch und den USB-Stick daneben.

»Wo hast du den her?«, wollte Fie wissen.

»Das könnte ich euch natürlich sagen, aber darum geht es im Moment nicht.«

»Worum denn?«

»Darum, ob du glaubst, dass Thomas Anspruch auf rechtliches Gehör hat. Ob du seine Geschichte für wichtig genug hältst.«

»Ja, selbstverständlich.«

»Dann hilf mir herauszufinden, was ihm zugestoßen ist. Kannst du dich in den Laptop einloggen?«

»Ich denke schon.«

»Du musst nur die Dateien auf diesen USB-Stick ziehen. Danach bringe ich den Laptop höchstpersönlich zur Polizei.«

»Ich bin mir nicht sicher, ob wir das dürfen.«

»Willst du nicht wissen, was Thomas zugestoßen ist? Ich verlasse mich nämlich nicht darauf, dass die Polizei darauf kommt. Drei Leichen haben sie schon und immer noch keine Ahnung, was passiert ist. Der Laptop könnte eine Menge Informationen enthalten, die sie einfach ignorieren. Die könnten aber wichtig sein.«

Fie erschrak. »Es gibt einen Gerichtsbeschluss, der mir verbietet, so etwas zu tun. Ich habe schon mit dem, was ich für dich getan habe, dagegen verstoßen.«

»Was für einen Gerichtsbeschluss?«

»Eine einstweilige Verfügung.«

»Ach ja?«

»Du weißt nicht, weshalb ich in Skovhøj bin?«, fragte Fie nach einer Pause.

»Magst du es mir erzählen?«

»Ich bin immer dick, sehr sehr dick gewesen. Die Schule war nicht gut für jemanden wie mich, also habe ich oft geschwänzt. Ich habe in meinem Zimmer gesessen und mich online mit Leuten getroffen, mich dabei aber für jemand anderen ausgegeben. Es war eine ganz neue Gruppe von Leuten, die mir alles Mögliche beigebracht haben. Ich habe schnell gelernt und fing an, mich in Websites einzuhacken. Es dauerte nicht lange, bis ich es geschafft habe, für meine Mutter, meinen kleinen Bruder und mich Flugtickets nach Florida zu buchen. Aber ich wurde erwischt, und die Polizei ist zu uns nach Hause gekommen und hat mich abgeholt. Dabei wollte ich doch nur, dass wir zusammen in Urlaub fahren.«

»Du bist verhaftet worden?«

»Ich war elf Jahre alt.«

»Ach so.«

»Ich kam mit einer Verwarnung davon und habe gelernt, vorsichtiger zu sein. Als ich dreizehn war, musste meine Mutter ins Gefängnis. Mein Bruder und ich kamen zu verschiedenen Pflegeeltern. Ich mochte die Leute nicht, also habe ich versucht, mich ins System zu hacken, um das Strafregister meiner Mutter zu ändern und ihre Strafe zu verkürzen. Als ich wieder erwischt wurde, haben mich meine Pflegeeltern rausgeworfen und mich ins Internat geschickt, das eigentlich nur ein anderes Wort für Gefängnis war. Dort wurde die einstweilige Verfügung gegen mich verhängt. Ich war noch zu jung, um verurteilt zu werden, aber jetzt bin ich alt genug und muss aufpassen. Mir gefällt es in Skovhøj. Es ist der beste Ort, an dem ich je gelebt habe.«

»Wo ist deine Mutter jetzt?«

»Tot. Überdosis. Ich glaube, deshalb haben Thomas und ich uns so gut verstanden. Wir waren beide Waisenkinder.« Sie blickte auf ihre Hände hinunter. »Das und diese Selbstverletzungen. Thomas hat es verstanden.«

»Und dein Bruder?«

»Als ich das letzte Mal von ihm gehört habe, war er auf einem Containerschiff vor der Küste von Singapur. Das war vor zwei Jahren.«

Jensen betrachtete den USB-Stick und räusperte sich.

»Ich verstehe, warum du deine Situation in Skovhøj nicht aufs Spiel setzen willst. Aber wie soll jemand merken, dass du die Dateien kopiert hast?«, fragte Jensen.

»Nicht wenn ich die Spuren verwische.«

»Dann tu das.«

»Mach ich immer. Aber das sind doch …«

»Ja?«

»Da sind Thomas' private Sachen drin.«

Sie sah Jensen in die Augen, und ihr Blick sagte Jensen, dass sie sich die Sachen ihres toten Freundes zwar gern ansehen würde, dazu aber gern die Erlaubnis hätte.

»Auf meine Verantwortung. Du bist heute nicht hier. Du bist mit Tobias im Kino in Kopenhagen.«

»Wie hast du ihn dazu gebracht, dass er uns deckt?«

»Sagen wir, er schuldet mir einen Gefallen. Außerdem hat er eine Freundin in Christianshavn, also hat er sich gerne mit einer Rückfahrkarte nach Kopenhagen in Roskilde absetzen lassen. Komm schon, Fie. Ich bin nah dran, herauszufinden, was mit Thomas passiert ist. Hilfst du mir? Bitte?«

67

MITTWOCH, 17:34 UHR

Es war bereits dunkel, als Jensen und Aziz in der Stadt ankamen. Thomas hatte sich große Mühe gegeben, seine Daten zu schützen; Fie hatte lange gebraucht, um das Passwort zu knacken. Aziz hatte sich schließlich ins Auto gesetzt und dort auf sie gewartet. In der Zwischenzeit wollte Jensen sich durch die restlichen Artikel über Grønfeldt arbeiten, musste aber feststellen, dass sie dafür nicht die erforderliche Konzentration aufbrachte und ihr Blick immer wieder zum Esstisch wanderte, um zu sehen, wie weit Fie war, bis diese den Laptop irgendwann zugeklappt und sich im Bad eingeschlossen hatte.

Jensen sah, dass sie geweint hatte, als sie nach einer ganzen Weile, den Laptop an die Brust gedrückt, wieder auftauchte.

»Und? Kann ich den USB-Stick haben?«

Kopfschüttelnd wischte Fie sich mit dem Handrücken die Nase ab. »Wahrscheinlich kannst du nichts damit anfangen. Es ist alles verschlüsselt. Ich muss ihn mitnehmen und eine andere Software darüberlaufen lassen.«

Auf dem Weg zum Bahnhof von Roskilde zu ihrem Treffen mit Tobias lehnte sich Fie die meiste Zeit, das Gesicht abgewandt, an die Scheibe der schwarzen Limousine, den USB-Stick in der Faust. Jensen fragte sich, was Thomas so wichtig gewesen sein könnte, dass er sich die Mühe gemacht hatte, es zu verbergen.

Am Haupteingang des Polizeigebäudes wartete Henrik auf sie. Er sah noch zerknirschter aus als sonst und ging mit ihr um die Ecke durch ein Tor in einen schummrigen Innenhof, der mit Fahrrädern vollgestellt war. Dann öffnete er ihren Mantel, griff ihr unter die Bluse und umarmte sie fest. Seine Hände fühlten sich warm und stark an.

»Geht es dir gut?«, raunte er ihr ins Haar.

Sie nickte.

»Wie bist du hergekommen? Wenn du warten kannst, mache ich Schluss und fahre dich in ein Hotel. Das hatte ich sowieso vor.«

Jensen befreite sich aus der Umarmung. »Danke, aber ich werde gefahren. Esben ist seit Samstag wieder in Aalborg, und sein Fahrer hat nichts zu tun. Deshalb leihe ich ihn mir mal aus.«

»Esben hat einen Fahrer? Warum überrascht mich das nicht? Bist du sicher, dass der alte Bock keine Gegenleistung dafür erwartet?«

»Das geht dich nichts an.«

»Wer ist er eigentlich, dieser Fahrer?«

»Aziz aus Syrien. Er ist wirklich sehr nett.«

Henrik kommentierte es mit einem Stirnrunzeln.

»Er ist verheiratet und hat drei Kinder«, fuhr sie fort.

»Und das soll mich beruhigen?«

Er tat so, als sähe er sich nach Aziz um. Jensen ignorierte ihn.

»Henrik, ich hatte noch keine Zeit, es dir zu sagen. Aber ich fahre nach Hause. Ich meine, zurück nach London.«

Er lehnte seine Stirn an ihre, ihre Nasen berührten sich. »Das tut mir leid«, sagte er, aber sie merkte, dass es nicht stimmte.

Nicht ganz.

Er hatte gedacht, sie sei das, was er wollte, aber er hatte sich geirrt. Wieder einmal.

»Wann?«, flüsterte er und drückte seinen Körper gegen ihren.

»Sonntag.«

»Ich bringe dich zum Flughafen.«

»Nein, nicht nötig. Aziz fährt mich. Und es ist vielleicht auch besser, wenn wir uns nicht mehr sehen.«

Sie löste sich von ihm und trat einen Schritt zurück. Er machte einen Schritt auf sie zu und nahm sie bei den Schultern.

»Hör zu, ich liebe dich. Du kannst jetzt nicht Schluss machen. Na ja, du kannst es versuchen, aber es wird nicht funktionieren. Du und ich, wir werden immer miteinander verbunden sein.«

Eine Weile standen sie noch beisammen. Jensen hörte den Schneematsch unter den Autoreifen spritzen, eine Sirene in der Nähe und Menschen, die, ins Gespräch vertieft, vorbeigingen. Kopenhagen im Winter.

»Ich bin hergekommen, um dir etwas zu geben«, sagte sie schließlich und spürte, wie die Anspannung in seinem Körper wuchs, als er sich von ihr löste. »Es tut mir leid, ich hätte das schon gestern Abend tun sollen.«

Sie griff in ihre Tasche und zog Thomas' Laptop heraus. Wie eine Warnung leuchtete der gelbe Aufkleber in der Dunkelheit.

Keep Out.

»Was ist das?«

»Der gehört Thomas. Und bevor du etwas sagst, ich bin nur der Überbringer. Jemand ist nach Thomas' Tod in seine Wohnung gegangen und hat ihn mitgenommen, bevor du dort warst und alles durchsucht hast.«

»Ich wusste doch, dass dort ein Laptop war, ich wusste es einfach. Scheiße, Jensen, das ist Unterschlagung von Beweismitteln. Sag mir, wer ihn dir gegeben hat.«

»Lass mich überlegen. Da kommen viele Leute infrage. Zweiundzwanzig Bewohner von Skovhøj, abzüglich Thomas, macht einundzwanzig plus neun Angestellte, genauer gesagt, elf einschließlich der Reinigungskräfte. Macht zweiunddreißig.«

»Das habe ich nicht gefragt. Ich habe gefragt, wer ihn dir gegeben hat.«

»Und ich habe geantwortet, dass es viele Möglichkeiten gibt.«

»Du hältst Informationen zurück.«

»Ich schütze meine Quelle.«

»Ich könnte dich verhaften.«

Sie streckte ihm ihre Handgelenke entgegen. »Nur zu.«

»Scheiße, Jensen. Sag mir, dass du es dir nicht angesehen hast.«

»Ich habe es mir nicht angesehen.«

»Du lügst, ich sehe es an deinen Augen. Es ist wohl wirklich das Beste, wenn du wieder zurück nach London gehst, wo du keinen Schaden mehr anrichten kannst. Langsam wünschte ich, du hättest mich an jenem Morgen nicht angerufen.«

»Das ist nicht dein Ernst.«

»Du schaffst es noch, dass ich meinen Job verliere.«

»Wohl kaum. Es gibt keine Zeitung mehr, für die ich schreiben kann, schon vergessen? Selbst wenn es neue Informationen auf diesem Laptop gäbe, was keineswegs sicher ist, was sollte ich damit anfangen?«

»Ich kann mir da eine Menge vorstellen und du auch.« Henrik blickte über sie hinweg auf die Straße. Seine Augen verengten sich zu Schlitzen.

Jensen drehte sich um und sah den schwarzen Wagen am Bordstein entlangschleichen. Aziz stieg aus, stellte sich schweigend neben die Beifahrertür und sah die beiden teilnahmslos an, die Hände, groß wie Schaufeln, an der Seite.

»Tut mir leid, ich muss jetzt gehen«, sagte sie.

»Aber nicht nach Hornbæk. Da bist du nicht sicher. Jensen, verdammt noch mal, was soll ich denn tun?«

»Keine Sorge, Aziz wird nicht zulassen, dass mir etwas zustößt.«

Sie ließ ihn mit offenem Mund stehen, ging zum Auto und winkte ihm zum Abschied zu, ohne sich umzudrehen.

68

MITTWOCH, 18:51 UHR

Aziz musste da etwas verwechselt haben; nicht ein Betrunkener war vor der Zoom Bar zu sehen. Entweder war es sogar denen zu kalt, oder die Nacht hatte noch nicht richtig begonnen. Sie war etwas zu früh dran, hatte aber trotzdem mehr Betrieb erwartet. Der Zeitungshändler nebenan hatte geöffnet, genauso der Dönerladen ein Stück weiter die Straße runter. Der Duft von gegrilltem Fleisch ließ ihr das Wasser im Mund zusammenlaufen und erinnerte sie daran, dass sie schon seit einer Weile nichts gegessen hatte. Aziz war zu seiner Familie gefahren. Für den Fall, dass Carsten Vangede sie versetzte, würde sie sich einen Döner mit Salat, Tomaten und Zwiebel-Knoblauch-Soße holen und ihn auf einem der hohen Hocker am Fenster essen.

Die ausgeblichenen grünen Samtvorhänge vor der unteren Fensterhälfte der Zoom Bar waren zugezogen. Die Tür war geschlossen und mit einem Gitter mit Vorhängeschloss gesichert. Sie spähte durch Lücken zwischen den Vorhängen und meinte, ein Licht zu erkennen, bei dem es sich aber auch um den Widerschein der Straßenlaterne hinter ihr handeln konnte. Sie klopfte an eines der Fenster, wartete und klopfte erneut.

Gerade wollte sie kehrtmachen und zurück zum Dönerladen gehen, als ein Mann mit rötlichem Gesicht einen der Vorhänge zurückzog. Er musterte sie eine Weile, bevor er ihr mit einer Geste zu verstehen gab, dass sie durch das Tor auf die Rückseite des Gebäudes gehen sollte. Die Notbeleuchtung sprang an, als sie sich an Bierfässern und leeren Flaschenkisten vorbei den Weg bahnte. Dann wurde die Hintertür aufgestoßen, und der Mann erschien. Sein weinrotes Hemd hing ihm aus der Hose, und den grauen Bartstoppeln nach zu urteilen, hatte er sich seit ein paar Tagen nicht mehr rasiert. Gold funkelte an Hals und Handgelenk.

»Mein Name ist Jensen«, begrüßte sie ihn und hielt ihm ihren Presseausweis vor die Nase. »Carsten Vangede?«

»Ich dachte, du wärst ein …«

»Mann? Das höre ich oft«, sagte sie.

Er schien mit sich zu ringen, ob er sie hineinbitten sollte, da er offensichtlich nicht die Sorte Reporter vor sich sah, die er erwartet hatte.

Auch das erlebte sie nicht zum ersten Mal.

»Ich soll mich hier mit dir treffen. Es ist ziemlich kalt, können wir vielleicht an einem wärmeren Ort reden?«

»Komm rein«, sagte er, entschwand ins Dunkel der Bar und ließ sie stehen.

Der Geruch, der ihr entgegenschlug, weckte Erinnerungen an ihre Jugend und die Bars, die sie besucht hatte, bevor sie alt genug war, offiziell Alkohol trinken zu dürfen. Bodegas nannte man sie in Dänemark, diese einfachen Kneipen mit den holzgetäfelten Wänden, die mit Bierdeckeln, Postkarten und alten Reklameschildern tapeziert waren. Ganz anders als die urigen englischen Pubs, von denen sich alle Generationen angezogen fühlten, waren diese Kaschemmen nur etwas für abgebrühte Trinker. In der Zoom Bar hing der Mief von Bier und einschlägigen, unerlaubten Rauchwaren, der sich mit den Ausdünstungen von Desinfektionsmitteln aus dem Sanitärbereich in den rückwärtigen Räumlichkeiten mischte. Kunstlederbezogene Metallhocker säumten die Bar, und auf vier weiteren Tischen waren die Stühle hochgestellt worden. Ein Türspalt gab den Blick auf einen Billardtisch im Nebenraum frei.

Carsten Vangede hatte sich hinter der Bar auf einem Hocker postiert und sich bereits ordentlich an einer Flasche Wodka bedient. In einem überfüllten Aschenbecher qualmte eine Zigarette vor sich hin. Sanfter amerikanischer Rock ertönte aus einem Lautsprecher an der Wand neben einem Route-66-Schild.

»Machst du heute Abend nicht auf?«

»Nein. Und morgen auch nicht und übermorgen und überhaupt. Willst du eine Bar kaufen?« Er gab ein humorloses Lachen von sich.

»Was ist passiert?«

»Die Bank hat mir den Kredit gekündigt. Ich kann weder meine Gläubiger noch meine Leute oder meine Putzfrauen bezahlen. Ich bin pleite.«

»Wegen Karen Nordmann?«

»Wer?«

»Die Buchhalterin. Ich dachte …«

»Es war der Buchhalter, ja. Bjarne Pedersen oder wie immer er in Wirklichkeit heißt.«

»Erzähl mal von Anfang an.«

Er sah sie mit seinen blutunterlaufenen Augen an. »Warum interessiert dich das?«

»Unser gemeinsamer Freund dachte, ich könnte dir helfen, indem ich ein paar Nachforschungen anstelle oder den Betrug publik mache und bestimmte Leute mit der Nase reinstoße.«

»Die werden dich in der Luft zerreißen.«

»Wer?«

»Die Typen, denen ich den Scheiß zu verdanken habe.«

Er klopfte einen Zentimeter Asche von seiner Zigarette, sog tief am letzten Stummel und stieß den Rauch durch die Nase aus. Jensen wartete. Bei Männern wie Carsten Vangede musste man oft sehr lange warten.

»Ich habe drei Lokale«, begann er nach langem Schweigen. »Dieses hier und zwei Restaurants. Eines davon ist eine Pizzeria. Alles lief gut, bis die Frau, die die Buchhaltung für mich gemacht hat, letztes Jahr in Rente ging. Ich brauchte einen neuen Buchhalter, Teilzeit, freiberuflich und so weiter. Bjarne schien genau der Richtige zu sein. Er arbeitete mehr Stunden, als er in Rechnung stellte. Und jetzt habe ich die Arschkarte gezogen. Acht Monate lang hat er Geld aus dem Geschäft gezogen, indem er jede dritte Rechnung im System zweimal ausgestellt und den Erlös auf sein eigenes Konto überwiesen hat.«

»Und das hast du nicht bemerkt?«

Er leerte sein Glas und schenkte gleich wieder nach. »Um die Bücher habe ich mich nie gekümmert. Alles lief wie am Schnürchen. Bis die Überweisung an einen meiner Lieferanten geplatzt ist, während Bjarne über Weihnachten in Urlaub war. Ich habe versucht herauszufinden, wie das passieren konnte, konnte aber nichts Ungewöhnliches entdecken. Sollte ich tatsächlich zu viel riskiert haben, ohne etwas zu ahnen? Schließlich habe ich alles meiner pensionierten Buchhalterin übergeben. Und die hat gleich gesehen, was Bjarne gemacht hatte.«

»Und dann?«

»Ich bin natürlich sofort zur Polizei gegangen, habe ihnen alle Daten von Bjarne gegeben. Ich dachte, sie würden ihn verhaften, wenn er aus dem Urlaub zurückkommt. Aber er kam nicht zurück, und sie haben nicht die geringsten Anstalten gemacht, ihn ausfindig zu machen. Weißt du, was die mir gesagt haben?«

»Lass mich raten: Sie untersuchen keine privaten Finanzbetrügereien unterhalb von einer Million Kronen.«

»Richtig, diese Arschlöcher.« Er drückte die Zigarette aus und zündete sich eine neue an.

»Bjarne hat mich um 900 078 Kronen erleichtert. Dann habe ich mich selbst auf die Suche nach ihm gemacht und festgestellt, dass seine Handynummer abgeschaltet war und jemand anderer unter seiner Adresse wohnte. Und der wusste nichts von einem Bjarne. Schließlich traf ich … unseren gemeinsamen Freund, der mir erzählte, dass ihm das Gleiche passiert war.«

»Hast du ein Foto von Bjarne?«

»Natürlich nicht. Der war viel zu clever, um auf so etwas reinzufallen.«

»Kannst du ihn beschreiben?«

»Blondes, schütteres Haar, Brille mit Metallgestell, mittelgroß. Kein Kopenhagener, er kam irgendwo aus Jütland.«

Die Beschreibung war dürftig, und die Chancen waren groß, dass »Bjarne« sein Aussehen seitdem verändert hatte. Das half also nicht weiter.

»Das hier hat er zurückgelassen. Aber das hilft vermutlich auch nicht weiter«, sagte Carsten Vangede und warf ein Brillenetui auf den Tresen.

Jensen öffnete das Etui, in dem eine Brille mit Metallrahmen lag. Name und Anschrift eines Optikers in Randers waren in Goldbuchstaben in den Deckel geprägt. Es schien, als hätte er recht gehabt. Bjarne stammte aus Jütland.

»Dort habe ich schon angerufen. Fehlanzeige. Aber manchmal frage ich mich, ob …«

»Ob was?

»Ob die Typen, die vor ein paar Wochen meine Wohnung durchwühlt haben, danach gesucht haben.«

»Bei dir wurde eingebrochen?«

»Jedenfalls haben sie es so aussehen lassen.«

»Wurde etwas gestohlen?«

»Nein. Das ist es ja gerade. Sie haben ein unglaubliches Chaos angerichtet, aber es fehlte nichts.«

Sie sahen sich eine Weile an. Dann steckte sie das Etui in ihre Umhängetasche. »Ich nehme die Brille mit. Wenn jemand nach ihr sucht, wird er sie hier wenigstens nicht finden. Gib mir mal deine Nummer; ich werde mir etwas einfallen lassen und dich zurückrufen.«

Er kritzelte seine Nummer auf die Rückseite eines Bierdeckels und warf ihn ihr lustlos über den Tresen zu.

»Übrigens«, sagte Jensen. »Bevor ich gehe: Weißt du, wer unser gemeinsamer Freund ist?«

»Ich habe ihn nie gesehen. Wir haben uns nur per E-Mail ausgetauscht«, sagte er und füllte sein Glas wieder auf.

»Aber seinen Namen wirst du doch kennen, oder?«

»Keine Ahnung«, sagte er. »Du etwa?«

»Nein, aber ich werde ihn herausfinden.«

»Was soll's. Ein Geschäft mehr, das über die Wupper geht, ist doch scheißegal«, sagte er, kippte noch einen Wodka und sah aus, als könne er gleich nicht mehr stehen.

Hinter der Bar verkündete eine handgeschriebene Notiz: *»In der Zoom Bar ist jede Stunde Happy Hour!«*

Damit ist es wohl vorbei, dachte sich Jensen, als sie vom Barhocker stieg und in den dunklen Hinterhof hinausging. Dann hielt sie einen Moment inne und sah sich um. Hatte ihr das Gespräch mit Carsten Vangede gerade Angst gemacht, oder wurde sie tatsächlich aus einem der Dutzende von Fenstern heraus beobachtet, die sich über ihr sechs Stockwerke hoch bis in das winzige Quadrat schwarzen Himmels erstreckten? Sie rannte zum Tor, in den Schutz von Aziz und seiner schwarzen Limousine.

69

MITTWOCH, 21:13 UHR

Auf der Türschwelle zu Espens Gartenhaus hob sich ein schemenhafter Umriss vom Schnee ab. Schritte führten zur Haustür. In ihrer Abwesenheit war jemand hier gewesen.

Jensen spürte ein Kribbeln in den Handflächen. »O Gott, nicht schon wieder.«

»Nicht weitergehen. Bleib hier«, sagte Aziz.

Im Lichtkegel der Scheinwerfer sah sie, wie er die dunkle Form mit der Stiefelspitze antippte und sich dann langsam bückte, um sie aufzuheben. Es war eine Plastiktüte von Magasin, dem Kaufhaus in Kopenhagen.

Mit Carsten Vangede konnte das doch nichts zu tun haben, oder? Den hatte sie doch gerade erst getroffen.

»Was ist dadrin?«, rief sie ihm zu.

»Keine Ahnung. Sieht aus wie ein Ordner mit Unterlagen.«

Sie spürte, wie sich ihre Schultern ein wenig entspannten. »Vielleicht ist das etwas für Esben?«

Sie nahmen die Tüte mit ins Haus und legten den Ordner auf den Esszimmertisch. Die Papiere muffelten nach Schimmel und waren mit *Vertraulich* gekennzeichnet. Es waren Notizen, Abschriften von Befragungen, Kopien von Fingerabdrücken und Fotos.

Fotos von Zeichnungen.

Sandra in ihrer Küche. Der blutverschmierte Fußboden.

Aziz murmelte etwas auf Arabisch vor sich hin.

»Das ist der Hammer! Das ist die Kopie der kompletten Polizeiakte zum Fall Thomas Mørk«, sagte Jensen.

»Glaubst du, dass es derselbe Typ war, der den Hund umgebracht hat?«, fragte Aziz.

»Nein. Wer das hergebracht hat, würde niemals Hand an ein unschuldiges Wesen legen. Hier will jemand, dass ich mir das ansehe, um weitere Hinweise zu suchen.«

Sie dachte an das traurige, erschöpfte Gesicht von Majbritt Johansen und den erbosten Blick ihres Mannes, als er den Vorhang im Wohnzimmer zuzog. Hatte die Anwältin aus reinem Protest beschlossen, die Mappe nach Hornbæk zu bringen? Oder wollte auch sie erfahren, was mit Thomas in der Magstræde geschehen war, in der Hoffnung, dass Jensen die Antwort fand?

Henrik durfte auf keinen Fall Wind davon bekommen. Er würde ihr die Unterlagen nicht nur auf der Stelle wegnehmen, sondern auch noch einen Tanz deswegen aufführen, dass sie zu Majbritt gegangen war.

»Also gut. Ich bleibe die Nacht hier«, sagte Aziz.

»Wie bitte?«

»Offensichtlich wissen mehrere Leute, wo du derzeit wohnst, und nach der Sache mit dem Hund und dem, was mit Gustav passiert ist, ist doch klar, dass du hier nicht in Sicherheit bist.«

»Das ist nicht nötig. Ich komme schon klar.«

»Ich kann im Auto schlafen; ich habe einen sehr leichten Schlaf. Sollte jemand hier auftauchen, bin ich sofort wach.«

»Aziz, wer den Hund auf dem Gewissen hat, der wollte mir nur Angst machen. Wenn mir jemand ernsthaft etwas antun wollte, dann hätte er das schon längst getan.«

»Nicht unbedingt. Sie haben versucht, dich aufzuhalten, aber du hast weitergemacht.«

»Das ist auch nicht meine Art, wenn ich erst einmal angefangen habe.«

»Esben würde mir nie verzeihen, wenn dir etwas zustößt.«

»Mir passiert schon nichts«, entgegnete sie selbstbewusster, als ihr tatsächlich zumute war. »Ich lege mir heute Nacht ein Messer neben das Bett.«

Sie wusste, dass seine Sorge berechtigt war, aber ihre Schwäche machte sie dickköpfig und stur.

Nachdem sie ihm unter Androhung der Todesstrafe versprochen hatte, ihm eine SMS zu schicken, sobald sie morgens wach geworden war, gab Aziz schließlich nach. Sie winkte ihm von der

Haustür aus nach. Dann zog sie die Vorhänge zu und vergewisserte sich, dass alle Türen abgeschlossen waren. Sie legte Musik auf, zündete Kerzen an, machte Feuer und öffnete eine weitere Flasche aus Esbens Beständen. Doch nicht einmal der Champagner vermochte es, sie von dem Gedanken abzulenken, dass ein Mörder, der kaltblütig genug war, einen wehrlosen Hund zu quälen, im verschneiten Dunkel um das Sommerhaus schleichen könnte.

Ihr wurde bewusst, dass sie Angst hatte.

Ihr Handy leuchtete auf. Eine Nachricht von Henrik.

Ich lasse nicht zu, dass dich dieser bärtige Hüne zum Flughafen bringt. Außerdem will ich sicher sein, dass du wirklich das Land verlässt. Wir sehen uns Sonntag!

Trotz des eisigen Unbehagens, das ihren ganzen Körper ergriffen hatte, musste sie lächeln. Dann schlug sie den ersten der Ordner mit den Unterlagen zum Fall Thomas Mørk auf und begann zu lesen.

70

DONNERSTAG, 06:09 UHR

»Kann bitte jemand diese Frau beruhigen. Bei dem Gebrüll kann sich doch kein Mensch konzentrieren«, rief Henrik, schloss die Augen und kniff sich in den Nasenrücken.

Die Frau, die mit einem Hund unterwegs gewesen war, saß in eine Decke gehüllt hinten im offenen Krankenwagen und heulte wie ein verwundetes Tier, sodass ihr kläffender Cockerspaniel vollkommen durchdrehte.

Ein Polizist spurtete sogleich zum Krankenwagen und sprach mit der Besatzung. Die Sanitäter halfen der Frau samt Hund ins

Auto, schlossen die Tür und fuhren los. Das Bellen und Schreien verebbte allmählich.

Erleichtert atmete Henrik durch die Zähne aus und wies den Fotografen von der Spurensicherung an, sich von dem orangefarbenen Wohnmobil zu entfernen, dessen klappriger äußerlicher Zustand bestenfalls die Bezeichnung Rostlaube verdient hatte. Er leuchtete mit seiner Taschenlampe durch die Heckscheibe hinein. Wer immer sich mit Ditte Mørk angelegt hatte, hatte nichts dem Zufall überlassen. Die Messerattacke war so heftig gewesen, dass die Frontscheibe über und über von Blutspritzern überzogen war.

Henrik spuckte auf den Boden und spürte, wie sich ihm der leere Magen umdrehte. Die diffuse Restwärme, die ihm beim Öffnen der Tür aus dem Inneren entgegenschlug, ließ ihn vermuten, dass der Mord noch nicht lange her gewesen sein konnte, als die Frau mit dem Hund den Notruf abgesetzt hatte. Der Parkplatz lag, von einer Gruppe kahler Birken verdeckt, hinter einem Wohnblock, und die Leute, die zur Arbeit mussten, würden bald zu ihren Autos gehen und Maulaffen feilhalten.

Der Wohnwagen war schneebedeckt, und die fehlenden Reifenspuren ließen darauf schließen, dass Ditte über Nacht dort gestanden hatte. Den blutdurchtränkten Decken nach zu urteilen, hatte sie im Wagen geschlafen, als sie überfallen wurde. Die Heckscheibe war mit einem Ziegelstein eingeschlagen worden. Ob sie sich gewehrt hatte, war schwer zu sagen. David könnte ihm das sagen, aber Henrik würde darauf warten müssen. Vor morgen dürfte er kaum etwas Wichtiges erfahren.

Er leuchtete mit der Taschenlampe in die offene Fahrertür. Das Innere bot den Anblick einer Müllkippe. Der Fußraum war matschverschmiert und voller leerer Flaschen und Lebensmittelkartons. Ein Joghurtbecher war zum Aschenbecher umfunktioniert worden. Auf dem Beifahrersitz lag eine uralte, abgegriffene Strandtasche. Henrik streifte sich Latexhandschuhe über, langte über das Lenkrad und durchsuchte sie.

Der Fotograf unterbrach seine Arbeit und sah Henrik erwartungsvoll an.

»Benedikte Mørk«, las er vom Führerschein ab, dessen Foto, das vor mindestens zehn Jahren gemacht worden sein musste, nicht die geringste Ähnlichkeit mit seiner Inhaberin aufwies.

Ditte.

»Sie ist uns bereits bekannt«, sagte er.

Ein greller Scheinwerfer leuchtete auf und tauchte das Blut auf der Windschutzscheibe in grelles Lila. Ausgerechnet jetzt, dachte Henrik, musste die Bühne für das Publikum, das sich langsam im der dunklen Umgebung versammelte, in vollem Licht erstrahlen. Er trat zurück, um die Spurensicherer in ihren weißen Schutzanzügen durchzulassen, als ihm ein Mann auf einem Fahrrad auffiel, der sein Handy hochhielt.

Scheißhandys.

Scheißmenschen.

»Parkplatz absperren, sofort!«, rief er einem Uniformierten zu, der ihn entgeistert anstarrte. »Seht zu, dass ihr uns die Gaffer vom Hals haltet. Ich will das hier nicht im Internet lesen können. Dalli!«

Der Beamte stürzte auf den Mann mit dem Fahrrad zu, während sich die Ermittler in ihren weißen Overalls daranmachten, den Wohnwagen zu durchsuchen.

Schon ein seltsamer Zufall, dachte er, dass Ditte Mørk nur ein paar Tage nach Thomas umgebracht worden ist. Sie hatte ihren Neffen nicht erstochen, davon war er jetzt überzeugt. Ihr Alibi hatte sich bestätigt. Neugierige Nachbarn konnte Henrik nicht ausstehen, so wie alle anderen auch. Wenn es aber um seine Arbeit ging, hatte er sie schätzen gelernt. Ein Anwohner in der Straße in Hellerup, in der Ditte in der Nacht des Schneesturms ihren Wagen abgestellt hatte, hatte sich das Kennzeichen notiert und die Polizei gerufen, weil sie seine Einfahrt blockierte. Die Besatzung eines Streifenwagens, die gegen drei Uhr morgens vorbeikam, wurde von ihr zusammengestaucht. Den Beamten zufolge war sie nicht in der

Lage gewesen, auch nur geradeaus zu gehen, geschweige denn einen Mord zu begehen.

Henrik verspürte Kopfschmerzen, die anfingen sich festzusetzen. Vielleicht hatte Jensen ja doch recht, dass Christian Grønfeldt etwas damit zu tun hatte. Er war schließlich der Einzige, der sowohl Thomas als auch Ditte gekannt hatte.

Er würde den Mann erneut vorladen müssen. Sobald er von diesem Schlachtfeld wegkam. Man mochte von Ditte halten, was man wollte – was in Henriks Fall nicht viel war –, aber ein Ort zum Sterben war das hier nicht.

71

DONNERSTAG, 09:16 UHR

Ein Hämmern an der Haustür riss Jensen aus dem Schlaf. Sie kannte nur einen, der in der Lage war, mit solcher Wucht gegen eine Oberfläche zu donnern.

»Aziz«, murmelte sie und hatte sogleich das erbärmliche Bild vor Augen, das sie in ihren zerknitterten Klamotten und mit zerwühltem Haar abgeben würde.

Dann aber fiel ihr auf, dass er eigentlich auch nicht gerade besonders adrett aussah.

»Alles in Ordnung mir dir?«, erkundigte er sich.

»Warum? Ist was passiert?«

»Ich bin nicht weggefahren. Ich konnte es nicht. Ich hätte Esben nicht in die Augen sehen können. Ich habe mir ein Stück weiter unten eine Stelle gesucht, von der aus ich die Straße überblicken konnte und gesehen hätte, wenn jemand kommt. Gegen fünf Uhr bin ich dann doch eingeschlafen, und als ich aufwachte und sah, dass ich keine SMS von dir bekommen hatte, dachte ich …«

»Mein Gott, Aziz. Es war doch eiskalt draußen. Wenn ich das gewusst hätte, hättest du doch auch hier schlafen können.«

»Nein, ich hätte nicht einschlafen dürfen. Ich hätte aufpassen müssen.«

Er sah todmüde aus.

»Wie du siehst, ist nichts passiert. Mir geht es gut. Ich habe die halbe Nacht damit verbracht, die Akten zu lesen, die vor der Haustür lagen. Mehr als ein paar Stunden Schlaf hatte ich auch nicht, aber komm rein, und wärm dich erst mal auf.«

Sie machte Feuer und ging in die Küche, um Kaffee zu kochen. Während sie wartete, bis das Wasser kochte, holte sie ihr Handy heraus und scrollte durch die Nachrichten. Laut neuesten Umfragen könnte ein Kandidat der Rechtsextremen, der mit dem Ziel antrat, alle Muslime aus Dänemark auszuweisen, genug Stimmen bekommen, um ins Folketing einziehen zu können.

»Nazi«, raunte sie vor sich hin und erntete dafür einen missbilligenden Blick von Aziz.

»Nicht du.« Sie winkte ihm mit dem Handy zu. »Es war nur … etwas in den Nachrichten.«

Er nahm die Tasse, die sie ihm reichte, und beäugte sie misstrauisch. »Ich verstehe einfach nicht, wie ihr Dänen diese braune Brühe trinken könnt.«

»Liron würde das sofort unterschreiben«, sagte sie.

Er gähnte, stellte die Tasse unberührt auf dem Esstisch ab und legte die Stirn auf die Arme. »Weck mich, wenn's losgeht.«

Jensen scrollte wieder durch die Nachrichten, als ihr ein Bericht im *Dagbladet* über Finanzierungsprobleme in Skovhøj ins Auge sprang. Frank schrieb, dass in dem Jugendheim längst nicht alles so war, wie es sein sollte, und dass Thomas an dem Abend, bevor er die Einrichtung verließ, von der Heimleitung angebrüllt worden war, er solle gehen.

Ja! Endlich hatte Tobias es Karina heimgezahlt.

»Dann viel Spaß bei der Finanzierung«, bemerkte Jensen, während sie das grobkörnige Foto von Karina betrachtete, die, offensichtlich auf dem Weg zur Arbeit, vergeblich versuchte, ihr Gesicht vor der Linse des Fotografen zu verbergen.

Sie nahm ihren Kaffee mit ins Wohnzimmer und erstarrte. Ein leuchtend orangefarbenes Banner auf ihrem Handy vermeldete, dass es einen weiteren Mord gegeben hatte.

Eine Frau war in ihrem Wohnmobil in Amager, in der Nähe des Flughafens, erstochen aufgefunden worden. Die Umstände waren noch unklar, aber jemand hatte ein verschwommenes Tatortfoto auf Twitter gepostet, das von einer Boulevardzeitung übernommen worden war.

Bei dem Opfer handelt es sich vermutlich um die neunundvierzigjährige Benedikte Mørk aus Mosebo in der Nähe von Silkeborg.

Jensen ließ sich rückwärts aufs Sofa fallen.

Was?

Ditte, erstochen?

Das konnte einfach nicht sein. Sie schrieb Henrik eine Nachricht, ohne sie zu beenden. Warum sollte sie ihm schreiben? Vermutlich war er ohnehin zu beschäftigt. Außerdem hatte er schon lange aufgehört, Informationen mit ihr zu teilen.

Ihr unverschämter und provozierender Auftritt machte Ditte nicht zu einem Menschen, um den sich Freunde drängten. Nur wenige weinten ihr auch nur eine Träne nach. Wer aber hasste sie so sehr, dass er sie getötet hatte? War sie vielleicht das vierte Opfer des Serienmörders, obwohl sie nicht ins Muster passte? Jensen checkte verschiedene Nachrichtenseiten, aber sie verbreiteten alle nur die gleichen dürftigen Fakten.

Zwei Details aus dem Teil der Fallakte, den sie bisher gelesen hatte, waren ihr neu. Das erste war, dass Thomas an dem Tag, an dem Sandra ermordet wurde, behauptet hatte, etwa zum Zeitpunkt der Tat bei einem Schulfreund gewesen zu sein, der am selben Tag ebenfalls abgehauen war. Der Freund hatte das allerdings nicht bestätigt.

Das zweite war, dass ein Nachbar der Mørks auf der gegenüberliegenden Straßenseite zunächst als Zeuge benannt, später aber von der Liste gestrichen worden war. Seine Aussage zu Thomas' Gunsten war entfernt worden. Sie hatte sich die Akte angesehen, konnte die Aussage aber nicht finden.

Beides musste überprüft werden, aber zuerst musste sie mit Charlotte Friis sprechen, der Freundin, die mit der Aussage zitiert worden war, Sandra habe Angst vor Thomas, ihrem eigenen Sohn, gehabt.

Damals hatte Charlotte eine Boutique in Ordrup gehabt. Den Laden gab es dort immer noch, und auf der Website war sie als Inhaberin aufgeführt. Jensen wollte sie fragen, wie sie die Beziehung zwischen Grønfeldt und Sandra einschätzte. Hatte sie das Paar jemals streiten sehen? Hatte sie von Sandras Schwangerschaft gewusst und was Grønfeldt darüber dachte?

Er hatte für die Zeit des Mordes ein Alibi gehabt. Jensen war sich sicher, das irgendwo gelesen zu haben. Hätte er keins, wäre er dann nicht sogar Hauptverdächtiger?

Laut Obduktionsbericht war Sandra irgendwann zwischen zwölf und vierzehn Uhr gestorben. Thomas hatte behauptet, er sei erst um 14:30 Uhr nach Hause gekommen, direkt vom Haus seines Freundes, das fünf Minuten zu Fuß entfernt lag. Danach, gegen 14:45 Uhr, traf Christian Grønfeldt ein. Es war ein Mittwoch, einer von zwei Tagen in der Woche, an denen er seine Praxis früher schloss.

Jensen suchte eine Weile, bis sie die Notiz gefunden hatte. Eine maschinengeschriebene Aussage mit Datum des Tages nach dem Mord. Um vierzehn Uhr hatte Christian Grønfeldt seinen letzten Klienten behandelt, und präzise um 14:30 hatte ihm seine Assistentin zum Abschied zugewunken. Das Haus lag mindestens fünfundzwanzig Autominuten entfernt, sodass er seine Freundin unmöglich hätte umbringen können.

Sie kam ans Ende der Seite.

Und stutzte. Ihr Herz setzte einen Schlag aus.

Die Assistentin hatte mit einer sauberen, mädchenhaften Handschrift unterschrieben. Der Name stand in Druckbuchstaben direkt daneben.

Malene Jansen.
Sie runzelte die Stirn.
War das möglich?
Die zukünftige Frau Grønfeldt?
War das legal? Durfte jemand einem Verdächtigen, mit dem er in einem intimen Verhältnis stand, ein Alibi geben?
Sie versuchte, Henrik zu erreichen. Als er nicht abnahm, sprach sie ihm eine Nachricht auf Band, dass er sie so schnell wie möglich zurückrufen solle. Dann zog sie ihren Mantel an, schnappte sich ihre Tasche und ging zu Aziz.
Seine muskulösen Schultern fühlten sich unter seinem Pullover wie Marmor an. Sie schüttelte ihn sanft. Sofort richtete er sich auf und war wach, wenn auch mit müden Augen. »Was ist los?«
»Ich muss nach Ordrup fahren. Bitte.«
Eine Minute später, als sie auf die Hauptstraße Richtung Autobahn zurück nach Kopenhagen einbogen, klingelte ihr Handy. Es war nicht Henrik. Sondern Gustav.

Kannst du vorbeikommen? Ich glaube, mir ist gerade etwas eingefallen.

72

DONNERSTAG, 12:11 UHR

Charlotte Friis lieferte dem Älterwerden einen erbitterten Kampf, und das, zumindest bis jetzt, nicht ohne Erfolg. Sie musste schon Ende vierzig sein, sah aber immer noch blendend aus. Jensen beobachtete sie, während sie einen Kunden bediente. Das strahlende Lächeln, die gebleichten Haare und die für Januar erstaunlich sonnengebräunte Haut. Sie trug ein langes, weich fallendes Kleid, hochhackige Stiefel und eine enge marineblaue Lederjacke, die ihrer schlanken Figur besonderen Nachdruck verlieh. Die Haut über den Wangenknochen war straff, die Augen unter den dunkel nachgezogenen Brauen schimmerten katzenhaft und wachsam. Im Laden war es warm. Der schwere Geruch von Parfüm hing in der Luft. Die Stangen waren nur spärlich mit Kleidern behängt. Jensen stöberte ein wenig, befand ein Modell nach dem anderen als zu abgedreht, bis sie schließlich eine Seidenbluse hochhielt, die so zart und intensiv gemustert war wie die Flügel eines Schmetterlings. Beim Blick auf das Preisschild musste sie jedoch an sich halten. Von denen würde Charlotte nicht viele verkaufen müssen, um ihr Geschäft über Wasser zu halten.

Mit vollen Tüten behängt, verließ die Kundin den Laden, und Charlottes strahlendes Lächeln wich, als sie sich mit energetisch klimpernden Armreifen daranmachte, die Kleider zusammenzulegen und wieder einzuordnen. Jensen dachte schon, sie sei vergessen worden, als Charlotte sie plötzlich doch noch ansprach, ohne sie anzusehen.

»Kann ich Ihnen behilflich sein?«, murmelte sie kaum verständlich in Jensens Richtung.

Als Jensen nicht antwortete, sah Charlotte auf und runzelte die Stirn. »Suchen Sie etwas Bestimmtes?«, fragte sie mit einem Blick, der verriet, dass sie die Antwort auf ihre Frage bereits kannte.

Die Arme vor der Brust verschränkt, hatte sie sich hinter dem Tresen postiert.

»Mein Name ist Jensen«, stellte Jensen sich vor, und fast wäre ihr rausgerutscht, dass sie Journalistin war.

War eine Journalistin ohne Leser überhaupt noch eine Journalistin?

Sie räusperte sich. »Ich nehme an, Sie haben in der Zeitung von dem Mord an Thomas Mørk gelesen. Ich habe ihn gefunden.«

Charlotte verzog keine Miene.

»Ich habe gehört, dass Sie mit Sandra Mørk befreundet waren, Thomas' Mutter, die er vor sieben Jahren erstochen haben soll?«

»Soll? Natürlich hat er es getan, das ist doch keine Frage.«

»Gegen ihn lagen eine Menge Beweise vor. Trotzdem hat er stets beteuert, nicht er, sondern der Freund seiner Mutter hätte es getan.«

Charlotte entfuhr ein höhnisches Lachen. »Christian? Jetzt machen Sie mal halblang. Christian hat Sandra geliebt. Er hat alles für sie getan. Bei Thomas war das anders. Er hat sie an den Rand des Wahnsinns getrieben.«

»Was ist mit seinem biologischen Vater. Wo war er?«

»Sandra hat nie von ihm gesprochen. Der hat sich nach Thomas' Geburt aus dem Staub gemacht, was ihm kaum zu verdenken war, oder?«

Unerwünscht und schwierig. Weggesperrt in einer Jugendstrafanstalt und mit einundzwanzig Jahren auf offener Straße erstochen. Thomas' Lebensmuster war gezeichnet von viel Schatten und sehr wenig Licht.

»Sandra soll Ihnen damals erzählt haben, sie hätte Angst vor dem, was Thomas tun könnte. Wollten Sie damit sagen, dass sie Angst davor hatte, dass er ihr etwas antut?«

»Was denn sonst?«

»Dass er vielleicht sich selbst oder jemand anderem Schaden zufügen könnte?«

Charlotte rollte mit den Augen. Höchste Zeit, das Thema zu wechseln. Die Frau zeigte nicht die geringsten Anzeichen von Wärme oder Empathie, was die Regel zu sein schien, wenn es um Thomas ging.

»Wussten Sie, dass Sandra schwanger war, als sie ermordet wurde?«

Endlich schien die ablehnende Haltung der Frau zu weichen. Ein Flackern durchzuckte ihren katzenhaften Blick.

»Sie war erst in der dreizehnten Woche. Es war also noch nicht wirklich zu sehen, und aus Respekt vor Grønfeldts Privatsphäre wurde die Sache aus den Medien herausgehalten«, präzisierte Jensen.

»Das wusste ich nicht«, sagte Charlotte, und Jensen glaubte ihr. Dann machte sie wieder dicht.

»Und was wollen Sie von mir. Warum sind Sie hergekommen?«, erkundigte sich Charlotte und nahm eine härtere Haltung ein.

»Ich will nur verstehen, wie das alles zusammenpasst. Haben Sie Grønfeldt und Sandra jemals streiten sehen? Hat sie mit Ihnen über Grønfeldt gesprochen?«

»Raus jetzt«, rief Charlotte, ging zur Tür, öffnete sie und ließ die klirrende Januarkälte hineinwehen.

Sie sahen sich einen Moment schweigend an, bis Jensen begriff, dass Charlotte vermutlich nicht mehr zu sagen hatte als bisher. Sie hob die Hände.

»Schon gut, ich gehe ja schon. Ich wollte Ihnen nicht zu nahe treten.«

Jensen machte sich auf den Weg zu Aziz und seiner schwarzen Limousine, während die Ladentür hinter ihr krachend zuflog. Als sie auf der wintergrauen Straße einen Blick zurück über die Schulter warf, sah sie Charlotte, die ihr durchs Schaufenster ihrer Glitzerboutique nachsah wie ein exotischer Vogel im Käfig.

73

DONNERSTAG, 12:39 UHR

»Was soll ich hier?«

Henrik drückte die Taste des Diktiergeräts und ignorierte sowohl Grønfeldts strengen Blick als auch die Nachricht, die Jensen ihm aufs Handy geschickt hatte.

»Beginn der Vernehmung: 12:40 Uhr. Anwesend sind Christian Grønfeldt, seine Anwältin Pia Fløng, Kriminalmeisterin Lisbeth Rygaard und Hauptkommissar Henrik Jungersen.«

»Ich weise noch einmal ausdrücklich darauf hin«, sagte die Anwältin zu Christian Grønfeldt, »dass Sie nichts sagen müssen. Es liegt nichts gegen Sie vor.«

»Ich weiß«, entgegnete Grønfeldt und schüttelte die Hand ab, die ihm die Anwältin beruhigend auf den Arm gelegt hatte.

Henrik räusperte sich. »Im Augenblick wären wir Ihnen einfach nur dankbar, wenn Sie uns bei unseren Ermittlungen unterstützen würden«, sagte er.

»Wenn mir um Himmels willen endlich mal jemand sagen würde, worum es überhaupt geht?«

»Die Identifizierung steht zwar noch aus, aber wir müssen davon ausgehen, dass Benedikte oder ›Ditte‹ Mørk, die Schwester Ihrer verstorbenen Freundin, heute früh zwischen zwei und vier Uhr ermordet wurde.«

Henrik wartete auf Grønfeldts Reaktion. Seine Augen weiteten sich.

»Wo? Warum?«

Er sah Henrik direkt in die Augen. Seiner Erfahrung nach taten das nur Menschen, die die Wahrheit sagten – oder Psychopathen, die keine Skrupel hatten, einem glatt ins Gesicht zu lügen. Mit welchem von beiden Typen man es zu tun hatte, war manchmal schwer zu sagen.

»Sie haben ausgesagt, Sie wären letzte Nacht allein zu Hause gewesen.«

»Das macht mich doch nicht zum Mörder.«

»Nein, aber zu jemandem ohne Alibi.«

Grønfeldt starrte Henrik an. Henrik hielt dem Blick stand. Hier sitzen und zurückstarren konnte er den ganzen Tag, wenn es sein musste. Schließlich wandte der Zahnarzt den Blick ab.

»Ist es richtig, dass Sie die Schwester Ihrer früheren Freundin gehasst haben?«

»Freunde waren wir nicht gerade, wenn Sie das meinen.«

»Noch etwas genauer: Ist sie gestern Ihretwegen nach Kopenhagen gekommen?«

»Schon möglich. Aber getroffen habe ich sie nicht, wenn Sie es genau wissen wollen.«

»Was wollte sie?«

Grønfeldt seufzte tief. Nicht ohne eine gewisse Genugtuung bemerkte Henrik, dass der Mann bei seiner morgendlichen Rasur ein paar Bartstoppeln am Hals übersehen hatte. Also doch nicht perfekt.

»Als meine Freundin getötet wurde, als Sandra …«

»Ja?«

»Sandra hat sich immer sehr um ihre ältere Schwester gekümmert. Darüber haben wir immer wieder gestritten, aber als Sandra starb, empfand ich Mitleid für Ditte und habe ihr ab und zu Geld geschickt. Ich habe ihr beim Kauf des Hauses da oben in Jütland geholfen.«

»Aber dann hat sich etwas verändert.«

»Ja, Ditte hat sich verändert. Sie war stets selbst ihr ärgster Feind. Hat gesoffen wie ein Loch und war ständig knapp bei Kasse.«

»Also haben Sie beschlossen, Ihre Wohltaten einzustellen.«

Grønfeldt sah ihn scharf an. »Ich habe mehr für diese Frau getan, als die meisten getan hätten.«

»Und auf Ihre Entscheidung folgte rein zufällig der Mord an Thomas? Ditte ist auf Thomas' Beerdigung aufgetaucht und hat herumgeschrien, dass er alles kaputt gemacht hätte. Was könnte sie damit gemeint haben?«

»Keine Ahnung.«

»Sie ist zu Ihnen gekommen, um Sie inständig um etwas zu bitten.«

»Ich habe keine Ahnung, was sie wollte. Wie gesagt, wir haben uns nicht getroffen.«

»Sind Sie nicht seit Jahren von ihr erpresst worden?«

»Nein.«

»Vielleicht wusste sie etwas. Und nachdem Thomas umgebracht worden war, hatte sie nichts mehr gegen Sie in der Hand. Trotzdem brauchte sie Geld. Sie hat Sie also noch einmal angefleht, ihr etwas zu geben. In Ihrer Praxis war sie Ihnen peinlich, also haben Sie sich woanders mit ihr getroffen. Sie konnten sich nicht beherrschen und haben sie erstochen.«

»So war das nicht«, rief Grønfeldt.

»Wo ist Ihre Frau?«

Grønfeldt sah zur Seite, seine Anwältin an. Sie schüttelte den Kopf, was ihn aber nicht davon abhielt, es trotzdem zu sagen.

»Sie ist weg.«

»Seit wann?«

»Seit gestern.«

»Wo ist sie hin?«

»Woher soll ich das wissen? Ich habe überall nach ihr gesucht. Bei den Eltern, ihrer Schwester und den Freunden. Niemand hat etwas von ihr gehört.«

»Hatten Sie Streit?«

Grønfeldt betrachtete seine Hände und schüttelte den Kopf. Henriks professioneller Instinkt hielt das für wenig überzeugend.

»Herr Grønfeldt, hat Ihre Frau Angst vor Ihnen?«

»Wie bitte?« Grønfeldt war aufgebracht. Er sah Henrik in die Augen und hatte sich schon halb aus dem Sitz erhoben.

Die Anwältin streckte die Hand aus, um ihn zu besänftigen, und wandte sich an Henrik. »Entschuldigen Sie bitte, aber was hat das mit dem Tod von Ditte Mørk zu tun? Was genau wird meinem Mandanten vorgeworfen?«

Lächelnd und betont langsam schloss Henrik die Aktenmappe. Er spürte, wie Lisbeth auf ihrem Stuhl unruhig hin und her rutschte. Aber sie war klug genug, zu schweigen.

»Christian Grønfeldt, wir müssen Sie für weitere Vernehmungen über Nacht hierbehalten. Wir geben Ihnen ein paar Minuten Zeit, damit Sie sich mit Ihrer Anwältin beraten können. Dann wird Kriminalmeisterin Rygaard Sie nach unten bringen. Wir setzen das Gespräch morgen früh fort. Bis dahin können Sie Ihrem Gedächtnis etwas auf die Sprünge helfen. Ende der Vernehmung: 12:58 Uhr.«

Auf lautstarken Protest gefasst, erhob er sich, um zu gehen. Doch die erwartete Reaktion blieb aus. Als er sich umdrehte, saß der Mann einfach nur kopfschüttelnd da, den Blick auf seine Schuhe gerichtet.

Nicht der geringste Versuch, seine Unschuld zu beteuern.

War das ein weiteres Indiz für seine Schuld?

Irgendwie passte das nicht.

Draußen im Gang fiel Henrik die Nachricht von Jensen wieder ein. Er kramte sein Handy hervor.

Malene hat Grønfeldt ein Alibi für die Zeit des Mordes an Sandra Mørk geliefert!

Gleich beim ersten Klingeln nahm sie ab.

»Und?«, fing sie an.

»Was ›und‹?«

»Zufrieden damit, dass Grønfeldts zukünftige Frau ihn gedeckt hat? Wahrscheinlich hat er sie damals schon gevögelt. Trotzdem hat die Polizei ihr das Alibi, das sie ihm gegeben hat, einfach abgenommen.«

Verdammt. Hätte er doch nur für jedes Mal, das Jensen entgegen seiner ausdrücklichen Anweisung ihre Nase in Dinge steckte, die sie nichts angingen, eine Krone bekommen. Woher zum Teufel hatte sie diese Information?

»Ja, und?«, erwiderte er.

»Ist das zulässig?«

»Nichts weist darauf hin, dass Malene damals mehr als nur seine Assistentin war. Und Jensen, darf ich dich daran erinnern, dass es keine laufenden Ermittlungen zum Mord an Sandra Mørk gibt? Wir kümmern uns um Thomas, die anderen beiden Morde und seit Neuem auch um den Mord an der Tante. Als hätten wir damit nicht schon genug zu tun.«

»Wetten, dass Grønfeldt auch mit einem Alibi für die Zeit des Mordes an Ditte aufwarten kann? Lass mich raten: Malene sagt, dass er zu der Zeit mit ihr zu Hause war.«

»Wohl kaum. Sie ist verschwunden. Grønfeldt behauptet, die ganze Nacht alleine zu Hause gewesen zu sein. Er bleibt für weitere Vernehmungen bei uns in Gewahrsam.«

Jensen hielt inne und ließ sich durch den Kopf gehen, was Henrik gerade gesagt hatte. Die Schritte fielen ihr ein, die sie bei ihrem letzten Besuch oben im Schlafzimmer der Grønfeldts gehört hatte, und die Behauptung, Malene habe sich wegen einer Migräne früh zurückgezogen. Und wenn das nicht Malene, sondern eine andere Frau gewesen war?

»Moment mal, vielleicht hat er Malene ja auch etwas angetan?«, sagte sie. »Wenn ihr nun etwas zugestoßen ist? Du hast doch die SMS gesehen, die sie Gustav geschickt hat.«

»Jensen, zum hundertsten Mal: Überlässt du die Ermittlungen bitte einfach mir?«

»Weil du so toll bist?«

»So ist das nun mal mit der Polizeiarbeit. Es geht nur langsam voran. Neunundneunzig Prozent Enttäuschung und Frustration, mit viel Glück ein Prozent Erfolg. Außerdem dachte ich, du wolltest nach London zurück. Warum gibst du nicht einfach Ruhe?«

Sie drückte das Gespräch weg. Wütend starrte er auf das Telefon und widerstand nur mit Mühe der Versuchung, es in die Ecke zu feuern. Niemand brachte ihn so sehr auf die Palme wie Jensen.

Grønfeldt konnte mit dem Mord an Sandra nichts zu tun haben. Henrik hatte darüber nachgedacht, den Gedanken aber verworfen. Damals hatte ein anderer Hauptkommissar die Ermittlungen geführt. Er hatte den Papierkram erledigt. Alles war vorschriftsmäßig abgelaufen. Wäre er damals zuständig gewesen, wäre er zu demselben Schluss gekommen.

Thomas hatte seine Mutter umgebracht.

Was immer den jungen Mann dazu bewogen haben mochte, sich mit einem Schild, auf dem das Wort »schuldig« stand, auf die Straße zu setzen und es auf Grønfeldts Klinik zu richten, Henrik ging davon aus, dass er nicht ganz bei sich gewesen war. Er kannte das von anderen Fällen. Vor sich selbst waren sie alle unschuldig, und Thomas hatte genügend Zeit gehabt, sich das einzureden.

Was aber den Mord an Thomas und den drei anderen Opfern betraf, die jetzt im Kühlraum des Leichenhauses lagen, tappte Henrik im Dunkeln. Warum hätte Grønfeldt Thomas töten sollen, wenn er von dem Jungen nichts zu befürchten hatte? Und die beiden anderen Obdachlosen? Lag angesichts der Menge an Parallelen zwischen den drei Fällen eine Verbindung zwischen ihnen nicht ohnehin nah?

Eines aber wusste er mit Sicherheit: Der Zahnarzt wusste mehr, als er zuzugeben bereit war. Eine Nacht in der Zelle würde seinem Gedächtnis vielleicht auf die Sprünge helfen und es in die richtige Richtung lenken. Immerhin konnte er Monsen eine Verhaftung melden. Solange es keine wirklichen Fortschritte gab, musste das reichen.

74

DONNERSTAG, 13:20 UHR

Jensen drückte den eingehenden Anruf auf ihrem Handy weg. Mit »anonymen« Anrufen hatte sie keine guten Erfahrungen gemacht. Dass Henrik sich weigerte, ihr zuzuhören, brachte sie immer noch auf. Außerdem hatte sie Aziz gerade gebeten, bei ihrem Lieblings-Sushi-Restaurant anzuhalten. Allein der Gedanke an die himmlische Miso-Suppe ließ ihr das Wasser im Mund zusammenlaufen.

Der Anrufer gab sich jedoch nicht zufrieden damit, einfach ignoriert zu werden. Deep Throat, der große Unbekannte, fiel ihr ein, der sich vielleicht nach den immer noch nicht vorhandenen Fortschritten in der Carsten-Vangede-Story erkundigen wollte. In der Erwartung, sich irgendwelche Entschuldigungen aus den Fingern saugen zu müssen, nahm sie schließlich ab.

Zu ihrer Überraschung vernahm sie eine Frauenstimme.

»Malene?«

»Ich muss mit Ihnen sprechen.«

»Wo sind Sie?«

»Das ist jetzt nicht wichtig. Hören Sie mir einfach zu.«

»Ich dachte schon, Ihnen wäre etwas zugestoßen. Ich dachte, Grønfeldt …«

»Ich habe mich seit dem Mord an Thomas nicht mehr sicher gefühlt. Christian war auf einmal so seltsam, mal aggressiv, dann wieder abwesend. Ich wollte mit ihm reden, aber er hat einfach dichtgemacht, also bin ich gegangen.«

»Die wenigen Male, die ich mit ihm gesprochen habe, wirkte er sehr offen.«

Malene lachte höhnisch. »Den Leuten Sand in die Augen streuen, darin ist er großartig. Das ist seine Spezialität.«

Aziz sah eine Politesse im Rückspiegel. Er fuhr vom Bordstein herunter und drehte eine Runde um den Block.

»Was wollen Sie damit sagen?«

»Dass Christian nicht der ist, der er vorgibt zu sein. Die letzten Wochen haben mich wirklich ins Grübeln gebracht. Ich hätte niemals tun sollen, was ich getan habe.«

»Was haben Sie denn getan?«

»Ich habe für ihn gelogen.«

»Geht es um Thomas? Malene, wenn Sie Grønfeldt gegenüber etwas verheimlicht haben, müssen Sie zur Polizei gehen.«

»Nein, nicht zur Polizei. Es geht nicht um Thomas. Es ist nur … ich muss es jemandem erzählen. Ich wollte mit diesem Jungen sprechen, dem Neffen Ihrer Chefin, aber ich erreiche ihn nicht mehr.«

»Gustav ist … im Moment unpässlich.«

»Ich dachte, Sie könnten … na ja, vielleicht können Sie damit etwas anfangen.«

»Worum geht es denn, Malene? Sagen Sie's mir, sonst kann ich nichts für Sie tun.«

»An dem Tag, als Thomas' Mutter ermordet wurde, war Christian nicht den ganzen Tag in der Praxis. Ich habe gesagt, dass er da gewesen wäre, weil ich in ihn verliebt war und er mir versichert hatte, nichts mit der Sache zu tun zu haben. Die Wahrheit ist, dass ich nicht weiß, wo er war.«

»Wollen Sie damit sagen, dass er es doch getan haben könnte?«

»Nein. Ich weiß es nicht. Vielleicht. Ich weiß nicht, was ich noch denken soll.«

»Und Thomas? Christian hat ausgesagt, er hätte die ganze Zeit geschlafen und erst am nächsten Morgen mitbekommen, was passiert war, als er die Rettungsfahrzeuge draußen sah. Stimmt das?«

Kurze Pause. »Ich weiß es nicht.«

»Wollen wir uns treffen? Wo sind Sie? Wir können reden. Ich werde der Polizei nichts sagen. Sie können sich auf mich verlassen.«

»Nein. Ich habe schon genug gesagt. Ich muss jetzt gehen. Sagen Sie niemandem, dass ich angerufen habe. Bitte!«

»Warten Sie«, rief Jensen, aber Malene hatte bereits aufgelegt.

Die Politesse war weitergegangen, und Aziz hatte sich wieder auf den Bordstein gestellt. Im Fenster des Restaurants betrachtete sie ihr Spiegelbild. Das gleißende Licht der Wintersonne wurde von der schwarzen, auf Hochglanz polierten Limousine zurückgeworfen.

Malenes Anruf hatte in Jensen ein seltsames Gefühl ausgelöst. Etwas schien an ihren Erinnerungen zu zerren. Dennoch widerstand sie dem Drang, zum Handy zu greifen und Henrik anzurufen. Sie war immer noch zu aufgebracht, um ruhig zu bleiben. Und wenn er ihr nicht helfen wollte, warum sollte sie dann ihm helfen?

Sie hatte sowieso Wichtigeres zu erledigen. Ohne lange zu überlegen, verzichtete sie auf das beste aller Sushi-Take-aways in Kopenhagen und bat Aziz loszufahren.

75

DONNERSTAG, 13:39 UHR

Auf der Fahrt nach Farum nahm Jensen sich die Zeit, die Meldungen über den Mord an Ditte Mørk zu lesen. Neues gab es allerdings nicht. Die Beiträge, darunter auch die im *Dagbladet*, drehten sich im Kreis.

An einer Wand in Esbens Sommerhaus hatte sie eine Zeitachse zum Mord an Sandra erstellt. An einer anderen prangte eine Karte mit den drei Orten in Kopenhagen, an denen drei Menschen erstochen worden waren, denen sie inzwischen den Tatort des Mordes an Ditte hinzugefügt hatte. Der lag jedoch Kilometer entfernt in Richtung Einkaufszentrum Field's und Flughafen Kastrup.

Das dritte Opfer war inzwischen als dänische Staatsangehörige identifiziert worden, eine Drogenabhängige, die vermutlich schon ausgeknockt war, als sie umgebracht wurde. Über das erste Opfer war noch nichts bekannt, doch die Gegenstände, die in dessen weggeworfenem Rucksack gefunden worden waren, ließen auf einen Rumänen schließen.

Immer wieder ging ihr Sandra durch den Kopf. Warum sollte Thomas sich die Geschichte ausdenken, dass er zum Zeitpunkt des Mordes bei einem Freund war, wenn das so leicht zu widerlegen war? Die Adresse in einer Nachbarstraße von Sandras Haus in Farum hatte sie den Akten entnommen.

Der Birkevej entpuppte sich nicht gerade als Lokalität für Spitzenimmobilien. Das Haus lag inmitten einer Reihe brauner Backsteinreihenhäuser, die schon bessere Tage gesehen hatten. Die Vorhänge in Hausnummer 46 waren zugezogen. In einem Fenster stand ein Tetrapack Orangensaft, gestützt von der weißen Figur eines Jungen mit Hut. Wohnten Lene Dollerup und ihr Sohn noch hier? Zumindest stand der Name an der Haustür.

Sie wartete eine Ewigkeit auf der Treppe und wollte schon gehen, als die Tür plötzlich ruckartig aufgerissen wurde. Lene musste früher eine Schönheit gewesen sein, der die Schwerkraft jedoch übel mitgespielt hatte. Die weiten Klamotten leisteten einen bescheidenen Beitrag dazu, ihre Fettpolster zu kaschieren. Jensen wich vor dem Mief der Verwahrlosung zurück, der ihr aus dem Inneren entgegenschlug.

»Ist Mickey da?«

»Nein«, sagte Lene.

Die verschränkten Arme vor der Brust signalisierten Jensen, dass Lene die Frage nicht zum ersten Mal gehört und auch die Antwort nicht zum ersten Mal gegeben hatte.

»Wo ist er?«

»Keine Ahnung, er sagt mir nichts.«

Jensen nickte.

»Erinnern Sie sich an Thomas?«, wollte sie wissen. »Den Jungen, mit dem Ihr Sohn immer abgehangen hat?«

»Was geht Sie das an?«

»Ich habe Thomas vor ein paar Wochen tot aufgefunden. Ich nehme an, Sie haben darüber in der Zeitung gelesen?«

»Ich lese keine Zeitung.«

Die Frau gab ihre Abwehrhaltung nicht auf.

»Ich mache jetzt die Tür zu«, sagte sie. »Mich interessiert nicht, was Sie zu sagen haben.«

»Warten Sie! Thomas hat ausgesagt, Mickey und er wären hier beide bei euch zusammen im Haus gewesen, als seine Mutter umgebracht wurde. Sie hätten zusammen die Schule geschwänzt und den ganzen Tag Gras geraucht. Ihr Sohn soll das Zeug an die Kinder in der Schule verkauft haben.«

Die Tür flog ihr vor der Nase zu.

»Thomas war ein verdammtes Lügenmaul«, keifte Lene von drinnen. »Mein Sohn war den ganzen Tag hier bei mir zu Hause. Er war krankgeschrieben. Und jetzt verpiss dich, sonst rufe ich die Polizei.«

Jensen sah sich auf der menschenleeren Straße um. Vielleicht hatte Lene Dollerup recht. Aber die Sache lag zu lange zurück, um ihre Behauptung ernsthaft in Zweifel ziehen zu können. Der Akte hatte sie entnommen, dass die Schule kein Klassenbuch geführt hatte. Vermutlich sollten die Schüler der höheren Klassen »wie Erwachsene« behandelt werden. Ihr Kommen und Gehen wurde nicht mehr kontrolliert. Von den Befragten konnte sich niemand erinnern, Mickey an diesem Tag in der Schule gesehen zu haben. Ob er bei seiner Mutter gewesen war oder nicht – da stand Mickeys

Wort gegen das von Thomas. Und während Lenes Sohn im zarten Alter von fünfzehn Jahren ein paar Ohrfeigen für den Besitz von Partydrogen kassiert hatte, klebte Thomas buchstäblich das Blut an den Händen. Es war also nicht überraschend, dass die Polizei seinem Freund mehr Glauben schenkte als ihm.

Jensen beugte sich zum Briefkasten hinab, öffnete die Klappe, schob einen Zettel mit ihrer Handynummer hindurch und rief hinein.

»Wenn Sie Mickey sehen, sagen Sie ihm, er soll mich anrufen.«

Sie war schon fast bei Aziz, als sie hinter sich schnelle Schritte auf dem verschneiten Bürgersteig hörte. Aziz warf einen Blick in den Außenspiegel, reagierte aber nicht, woraus sie schloss, dass derjenige, der sich näherte, harmlos war.

Eine Männerstimme sprach sie an: »Warte, du hast gesagt, du hättest Thomas gefunden?«

Mickey Dollerup entsprach nicht dem Bild, das sie sich nach ihren Recherchen von dem dealenden Teenager gemacht hatte, der immerhin ausgesagt hatte, an dem Tag, an dem Sandra Mørk ermordet wurde, mit seiner Mutter zu Hause und nicht mit Thomas zusammen gewesen zu sein.

Der Mann, der Jensen gegenüberstand, trug langes, gewelltes Haar, das er zu einem Pferdeschwanz hochgebunden hatte. Die Hände hatte er tief in den Taschen seiner Jogginghose vergraben. Sie musste sich ins Gedächtnis rufen, dass er gerade mal Anfang zwanzig war. Die dunklen Ringe unter seinen Augen und die fahlen Wangen ließen ihn zehn Jahre älter erscheinen. Der Ausdruck in seinem Gesicht war das Ebenbild von Enttäuschung und Reue, das man sonst eher bei Menschen mittleren Alters fand.

»Mickey?«

»Eigentlich nenne ich mich nicht mehr so. Ich heiße jetzt Mikael. Tut mir leid wegen Mama.« Er deutete mit dem Daumen auf das Haus hinter sich. »Es geht ihr nicht gut.«

Der Frau fehlt nichts, was sich nicht mit einer Dosis Antabus in Ordnung bringen ließe, dachte Jensen, behielt es aber für sich.

»Ich habe das mit Thomas gelesen. Tut mir leid. Wie sah er aus, als du ihn gefunden hast?«, wollte Mikael wissen.

»Er sah friedlich aus. Er hatte mehrere Messerstiche abbekommen, aber nichts deutete auf einen Kampf hin«, entgegnete sie.

Mikael nickte und schniefte. »Das ist gut. Weißt du, wer es getan hat?«

Sie schüttelte den Kopf.

Einen Moment standen sie schweigend da.

»Warst du eng mit Thomas befreundet?«

Er lächelte und präsentierte sein ungepflegtes Gebiss. »Eigentlich nicht. Ein bisschen vielleicht. Ich glaube, wir kamen beide mit der Schule nicht so richtig klar.«

»Thomas hat gesagt, ihr wärt an dem Tag zusammen gewesen, an dem seine Mutter ermordet wurde. Er gab an, euer Haus erst nach zwei Uhr am Nachmittag verlassen und seine Mutter tot aufgefunden zu haben, als er nach Hause kam. Aber deiner Aussage zufolge hast du ihn an diesem Tag überhaupt nicht gesehen.«

Mikael blickte betreten auf seine Turnschuhe. Die Schnürsenkel waren offen.

»Das ergibt keinen Sinn. Warum behauptet Thomas, an diesem Tag bei dir gewesen zu sein, wenn es nicht stimmt? Er hätte sich eine Menge anderer Geschichten einfallen lassen können. Warum gerade diese?«

Mikael murmelte etwas Unverständliches vor sich hin. Sie trat näher an ihn heran. »Wie bitte?«

»Ich habe gesagt, weil es die Wahrheit ist.«

Mikael vergrub sein Gesicht in seinen Händen.

»Dann hat er also nicht gelogen?«

Mikael schüttelte traurig den Kopf. »Er hat mir immer wieder geschrieben und mich gebeten, meine Aussage richtigzustellen, aber ich habe ihm nie geantwortet. Ich fühle mich jetzt schlecht deswegen, aber ich dachte, wenn er wegen des Mordes schon im Gefängnis saß, würde es auch nichts bringen, die ganze Sache noch mal aufzurollen. Und jetzt ist er tot, und es ist zu spät.«

Er fing an zu schluchzen und zitterte in seinem übergroßen Kapuzenpullover. Sie überließ ihn seinen Emotionen. Thomas' Alibi stimmte also, aber er war von einem Jungen im Stich gelassen worden, den er für seinen Freund hielt. Wenn Mikael glaubte, er könnte an ihr Mitleid appellieren, hatte er sich getäuscht.

»Ich war fünfzehn und hatte schon genug Ärger mit der Polizei. Meine Mutter sagte, ich sollte mich da raushalten und einfach sagen, ich wäre den ganzen Tag bei ihr gewesen und dass es für Thomas keinen Unterschied machte. Sie würden ihn sowieso für den Mord drankriegen, weil sie ihn mit der Mordwaffe in der Hand am Tatort angetroffen hatten.«

»Und du hast mitgemacht, obwohl du genau wusstest, dass er es nicht getan haben konnte?«

»Ich habe es mir so lange eingeredet, bis ich schließlich selbst fest davon überzeugt war, dass er es getan hat. Ich bin nicht stolz darauf.«

Jensen sah ihn stirnrunzelnd an und schüttelte langsam den Kopf.

»Was passiert jetzt?«, wollte er wissen und wischte sich die Tränen weg. »Willst du ein Interview mit mir? Für zehntausend Kronen sage ich alles.«

»Wie bitte?«

»Du bist doch Journalistin, oder? Du bezahlst doch für Geschichten. Ich weiß, dass es so ist. Tu doch nicht so, als wäre es nicht so.«

Mikael schien die Gefühlsregung, die ihn gerade noch überkommen hatte, schnell überwunden zu haben.

»Bist du noch ganz bei Trost?«

»Dann eben achttausend.«

»Nein, ich werde dir sicher keine achttausend für deine beschissene kleine Geschichte zahlen. Ich kann dir sagen, was ich tun werde.«

»Was?«

»Ich werde dich wegen Meineids anzeigen.«

»Aber ich dachte … macht das jetzt noch einen Unterschied, wo Thomas tot ist?«

»Wenn Thomas es nicht war, dann läuft der echte Mörder immer noch frei herum und wird wegen deiner Falschaussage vielleicht nie gefasst.«

»Du kannst mich nicht anzeigen. Ich werde alles leugnen. Wir sind uns nie begegnet.«

»Oh doch, das sind wir.«

Sie hielt ihr Handy hoch und drückte auf das rote Viereck, um die noch laufende Aufnahme zu stoppen, während sie dachte, wie stolz Gustav jetzt auf sie gewesen wäre. Dann machte sie auf dem Absatz kehrt, stieg, Mickeys lauten Protest ignorierend, ins Auto und bat Aziz loszufahren.

76

DONNERSTAG, 15:51 UHR

Auf dem Weg zur Gerichtsmedizin fragte sich Henrik, wie oft er diesen Weg schon gefahren war, wie viele Leichen er gesehen hatte, seit er zur Polizei gegangen war, von denen so viele verstümmelt und jeglicher Menschlichkeit beraubt worden waren. Mochten sie zu Lebzeiten noch so bedrohlich gewesen sein oder noch so sehr gelitten haben, nackt in den Metallschubladen der Pathologie waren sie alle gleich. Kam Henrik jemand dumm, musste er ihn sich nur unter einem weißen Laken mit einem am großen Zeh befestigten Zettel vorstellen. Und er war fest davon überzeugt, dass er eines Tages selbst dort landen würde. Er war weiß Gott schon oft nur um Haaresbreite daran vorbeigeschrammt.

Er hatte gesehen, dass Jensen dutzende Male versucht hatte, ihn zu erreichen, und ihm auch Textnachrichten geschickt hatte, aber er hatte weder die Energie noch die Geduld, den Fall Sandra Mørk mit ihr durchzugehen. Sie hatte sich über Grønfeldt geärgert. Das

Einzige aber, was man in Henriks Augen dem Zahnarzt, einmal abgesehen von seinem unerträglichen, schmierigen Gehabe, vorwerfen konnte, war die Unfähigkeit, sich dem schwachen Geschlecht einmal nicht hinzugeben (was jedoch viele Männer in Schuldige verwandeln würde, von Henrik selbst ganz zu schweigen).

Henrik hatte den Fehler gemacht, Informationen mit Jensen zu teilen. Unprofessionell und unangemessen. Von nun an würde sie allein zurechtkommen müssen, zumal er ihre Fragen sowieso nicht beantworten konnte.

Die Stunden in Hornbæk waren fantastisch gewesen, besser, als er erwartet hatte – er sah ihn immer noch vor sich, Jensens geschmeidigen Körper, der sich unter ihm wand –, aber ihr fortwährendes Betteln um Informationen ging ihm auf die Nerven. Wie die meisten Frauen in seinem Leben, einschließlich seiner eigenen, war sie wesentlich cleverer als er, was ihm zugegebenermaßen Sorgen bereitete. Aber was verstand sie schon davon, Morde aufzuklären? Nichts.

Sein Job bestand aus langweiliger und mühseliger Detektivarbeit, die man im Fernsehen nicht zu sehen bekam. Die Spuren, die er verfolgte, führten meist ins Leere. Dennoch verschaffte es einem eine gewisse Befriedigung, wenn man methodisch vorging. Und angesichts eines Serienmörders, der draußen offenbar frei herumlief, konnte er sich weitere Ablenkungen nicht leisten.

Den Obduktionsbericht des Pathologen über die letzten Opfer hätte er auch einfach nur lesen können, aber er mochte die Gespräche mit David Goldschmidt. Die große Toleranz, die der Mann anderen Menschen entgegenbrachte, war Henrik in seinen Jahren bei der Polizei abhandengekommen.

Er traf David in seinem Büro im behaglichen Licht der Architektenlampe an. In seiner Lesebrille spiegelte sich der blaue Schein des Bildschirms, und im Hintergrund lief ein anspruchsvoller Wortbeitrag im Radio.

»Henrik, wie schön, dich zu sehen«, empfing David ihn mit einem warmherzigen Lächeln.

Auch das mochte Henrik an David. Er schien sich immer aufrichtig zu freuen, ihn zu sehen. Das war nur noch bei wenigen Menschen so. Obwohl er überarbeitet und dem Schlimmsten ausgesetzt war, was Menschen einander antun konnten, hatte David sich noch nie zu einem unfairen oder unbegründeten Urteil hinreißen lassen.

»Lass hören!«, sagte Henrik.

»Weißt du, Jungersen, du solltest an deinen sozialen Fähigkeiten wirklich feilen.«

Das war Teil ihrer üblichen Frotzeleien. David übernahm die Rolle des charmanten, ungezwungenen Großstädters und Henrik die des verstockten Höhlenmenschen. Oft hatte er schon gedacht, dass er eigentlich derjenige sein sollte, der die Tage allein mit Leichen verbrachte, während David besser inmitten der Lebenden aufgehoben wäre. Aber bei der Polizeiarbeit ging es nicht darum, nett und umgänglich zu sein. David war ein ausgezeichneter Pathologe, aber die Arbeit des Ermittlers von Gewaltverbrechen würde er keine Minute durchhalten.

Trotzdem hatte sich im Laufe der Jahre eine Art Freundschaft zwischen den beiden entwickelt. Henrik konnte die vielen Male nicht mehr zählen, die er David zu irgendwelchen medizinischen Problemen, die ihn oder seine Familie betrafen, um Rat gebeten hatte. Alles Belanglosigkeiten. David hatte stets geduldig zugehört, und jetzt war er der einzige Mitarbeiter der Gerichtsmedizin, für den Henrik sich Zeit nahm. Der Kreis der Menschen, auf die diese Beschreibung passte, wurde immer kleiner.

David tat so, als würde er hinter Henrik etwas suchen. »Diesmal ohne deine Freundin?«

»Entschuldige«, sagte Henrik, »aber ich kann sie nirgendwohin mitnehmen.«

»Aber sicher doch. Ich fand sie charmant.«

»Meine Frau wäre da ganz anderer Meinung.«

Lachend hob David die Hände in einer »Lass mich da raus«-Geste und ging zur Tür. »Wollen wir?«

Henrik spürte, wie seine Füße schwer wurden. Er würde lieber in Davids gemütlichem Büro bleiben, das Radio laufen lassen und die Toten in den gekühlten Metallschubladen ihrem traumlosen Schlaf überlassen, in dem ihnen kein weiteres Leid mehr zugefügt werden konnte.

Er folgte David durch eine Reihe von Sicherheitstüren, wobei ihm die Luftschleusen in diesen Raumschiff-Filmen einfielen, die er in seiner Kindheit geliebt hatte, auch wenn es hier weniger lustig zuging.

David schaltete das Licht im Autopsieraum an. Henrik war geblendet und musste die Augen einen Moment schließen. Der Geruch von verwesendem Fleisch schlug ihm entgegen, als hätte eine Mülltüte mit Fleisch zu lange in der Sonne gelegen.

Zwei der Bahren in dem riesigen Raum waren belegt.

Auf der ersten lag ein schlanker, kindlich anmutender Körper, in ein grünes Laken gehüllt.

»Bist du bereit?«, fragte David.

»Aber so was von.«

David schlug das Laken zurück. Wenn man wissen wollte, welchen Schaden Heroin anrichten konnte, dann war dies *die* Gelegenheit.

»Tina Dyrby, 26 Jahre.«

Man wäre niemals darauf gekommen, dass sie unter 40 war. Nichts ließ einen Menschen so schnell altern wie Drogensucht und der damit verbundene Lebenswandel.

David nickte traurig, während er Henriks Gedanken las. »Dem Zustand ihrer Venen nach zu urteilen, hat sie schon lange gespritzt«, erklärte er.

»Zum Zeitpunkt ihres Todes hatte sie mindestens vierundzwanzig Stunden lang nichts mehr zu sich genommen, und bei der Heroinmenge in ihrem Körper dürfte sie bewusstlos gewesen sein. Das würde auch erklären, warum es keine Abwehrspuren gibt.«

Er deutete auf ihre Arme und den Unterleib und las erneut Henriks Gedanken. »Die Hämatome und Schnitte sind älteren Datums.

Möglich, dass sie vor ihrem Tod irgendwann zusammengeschlagen wurde, vielleicht sogar mehrmals. Ich hatte frische Kratzer, Haut und vielleicht Blut unter ihren Fingernägeln erwartet. Aber da war nichts.«

»Erzähl mir was zu den Einstichen«, bat Henrik ihn und kämpfte gegen die Vorstellung an, seine eigene Tochter läge dort, kaum mehr als Haut und Knochen.

Wo waren Tina Dyrbys Eltern jetzt? Und ihre Geschwister? Freunde, die sie hatte, als sie noch jung war, unschuldige Gedanken im Kopf hatte? Auch das war Heroin. Mit der Zeit waren die meisten Menschen verwaist und hatten auch keine Freunde mehr.

Sein Blick fiel auf den breiten, silbernen Ehering an Davids linker Hand. Er hatte gehört, dass der Pathologe mit einem Mann verheiratet war, einem Arzt im *Rigshospitalet*. Die beiden hatten im Jahr zuvor ein Baby bekommen, das sie von einer Leihmutter hatten austragen lassen. Henrik fragte sich, ob es ein Mädchen war oder ob David Nichten, möglicherweise auch eine Schwester hatte. Er behandelte die Leiche behutsam und mit allem Respekt.

»Es sind fünf Einstiche. Tödlich war dieser hier, der die Schlagader getroffen hat«, erläuterte er und zeigte auf Tina Dyrbys Kehle.

»Ist mit Gewalt vorgegangen worden?«

»Erheblich, aber … nicht so heftig wie beim ersten Opfer.«

»Andrei Ciobanu, der Rumäne?«

»Ja.«

»Und im Vergleich zu Thomas Mørk?«

»Weniger heftig. Auf Thomas wurde zweiundzwanzig Mal eingestochen, auf Andrej zwölf Mal.«

»Wenn Thomas bewusstlos war wie die anderen, dann gab es doch keinen Grund, so oft auf ihn einzustechen.«

»Es sei denn, der Täter war extrem wütend oder mit irgendetwas vollgepumpt«, gab David zu bedenken.

»Vielleicht war bei Tina als drittem Opfer der Reiz des Neuen dahin? Vielleicht war der Mörder nicht mehr mit ganzem Herzen bei der Sache?«

»Oder die Mörder«, merkte David an.

»Wie bitte?«

»Wir können nicht mit Sicherheit sagen, ob die Morde wirklich von ein und derselben Person verübt worden sind. In allen drei Fällen passen die Stichwunden allerdings zu einem vier Zentimeter breiten Messer.«

»Also zu einem ganz normalen Küchenmesser.«

»Genau.«

»Also nichts, was uns weiterbringen würde.«

Der Pathologe verzog gequält das Gesicht. »Du weißt, dass ich kein Freund von Spekulationen bin, Henrik. Für mich zählen die Fakten; wir beide haben schon oft darüber gesprochen.«

»Das klingt, als würde jetzt ein Aber kommen«, sagte Henrik.

»Irgendetwas an den Verletzungen von Andrei Ciobanu und sein Zustand sagen mir, dass es sich um einen anderen Täter handelt.«

»Wie bitte?«

»Hier ist mehr Gewalt im Spiel, mehr Widerstand. Ich kann mich natürlich irren. Es ist ein Bauchgefühl.«

»Die drei Morde hängen also möglicherweise nicht zusammen. Oder sie hängen zusammen, und es gibt mehr als einen Mörder. Oder die letzten beiden Morde wurden von einer Person oder mehreren Personen begangen, die sich den ersten Mord als Beispiel genommen haben. Oder es sind einfach drei zufällige Morde, die nichts miteinander zu tun haben.«

David lachte. »So ungefähr kann man es zusammenfassen. Ach übrigens, die Hautpartikel, die wir unter Andrei Ciobanus Fingernägeln gefunden haben …«

»Was ist damit?«

»Die DNA-Ergebnisse sind da. Keine Übereinstimmung. Tut mir leid.«

Der Pathologe legte das Laken vorsichtig über Tinas geschundenen Körper.

Wenigstens hat sie jetzt ihren Frieden gefunden. Der abgedroschene Satz, der den Hinterbliebenen immer mit auf den Weg gegeben wurde, ging Henrik durch den Kopf, auch wenn er in diesem Fall durchaus angebracht zu sein schien.

David ging zur zweiten Bahre mit der sperrigeren Fracht. »Hier haben wir es mit einem heftigeren Angriff als bei den anderen dreien zu tun. Neununddreißig Einstiche«, sagte er und hob das Laken an.

Henrik versuchte, den fast undefinierbaren Haufen nackten menschlichen Fleisches vor sich zu ignorieren. Ditte Mørk war im Tod nicht anziehender, als sie es zu Lebzeiten gewesen war.

»Mehr Wut? Ein stärkerer Täter? Wie bei unserem ersten Opfer?«

»Das kann ich nicht sagen. Suchst du nach einer Verbindung zu den anderen Opfern?«

»Eine gibt es. Ditte Mørk war die Schwester von Thomas Mørks Mutter, wenn auch nicht das, was man eigentlich unter einer lieben Tante versteht.«

»Nun, sie dürfte kaum in der Lage gewesen sein, sich einem Angriff zu widersetzen.«

»Warum?«

»Sie hatte große Mengen Alkohol im Blut.«

»Das heißt, sie zu erstechen wäre eine relativ leichte Übung gewesen.«

»Das kann man so sagen, ja.«

»Aber die Person, die das getan hat, hat neununddreißig Mal auf sie eingestochen. Das war doch auch nicht erforderlich.«

»Richtig.«

Henrik dachte darüber nach. »Nur das erste dieser vier Opfer scheint seinem Mörder Verletzungen zugefügt zu haben.«

»Auch wenn wir nicht wissen, ob das Gewebe und das Blut, das unter Andrei Ciobanus Nägeln gefunden wurde, vom Mörder stammt.«

Henrik würde darauf jede Wette eingehen. Da die DNA mit niemandem übereinstimmte, der polizeibekannt war, konnten sie den Drogendealer ausschließen. Zumindest, was Andrei Ciobanu betraf.

»Was ist mit Gustav Skov? Sind die Ergebnisse der Spurensicherung schon da?«

David öffnete seinen Laptop und suchte.

»Ja. Kein Treffer. Auch dieser Täter ist der Polizei unbekannt, und es gibt keine Verbindung zwischen ihm und den vier Leichen.«

Henrik strich sich über den Kopf.

»Ein schwieriger Fall, um den ich dich nicht beneide. Und eine große Hilfe bin ich auch nicht. Ich wünschte, ich könnte etwas für dich tun«, sagte David, während er die Handschuhe abstreifte und sich die Hände wusch.

»Ich werde der Sache auf den Grund gehen«, sagte Henrik.

»Bestimmt, dir traue ich das zu«, sagte David. Er löschte das Licht, legte Henrik eine Hand auf die Schulter, und beide verließen den Raum.

»Da bist du mittlerweile der Einzige«, bemerkte Henrik.

Er wünschte sich, jetzt nicht ins Büro zurückzumüssen. Seit man die dritte Leiche gefunden hatte, war dort die Hölle los. Alles, was nicht krank oder im Ruhestand war, arbeitete an dem Fall (beziehungsweise stand ihm im Weg). Die Regierung saß Monsen im Nacken und Monsen, Meister des Delegierens, wiederum Henrik. Heerscharen von Freiwilligen waren ausgeschwärmt, um Obdachlose in Sicherheit zu bringen, und Hunderte von Menschen hatten angeboten, ihnen Unterschlupf zu gewähren.

»Wie kann es angehen, dass vier Menschen, *vier Menschen*, auf offener Straße erstochen werden, ohne dass es auch nur eine einzige Aufnahme aus einer Überwachungskamera oder Zeugen gibt und ohne dass eine Mordwaffe gefunden wurde? Wie ist das überhaupt möglich?«, hatte Monsen gebrüllt.

Henrik wusste keine Antwort darauf. Die vier Opfer konnten unterschiedlicher kaum sein. Klar war inzwischen, dass es sich möglicherweise um mehr als einen Mörder handelte. Und weder eine Einzelperson noch eine Organisation hatte sich öffentlich zu den Morden bekannt. Aber vier in schneller Folge? Drei von ihnen schliefen auf der Straße, vier, wenn man Ditte in ihrem Van dazuzählte. Kaum vorstellbar, dass es keine Verbindung gab.

Es gab nur einen Weg. Man musste auf Methodik setzen. Das hatte bisher immer funktioniert. Henrik mochte seine Zeit brauchen, aber seine Aufklärungsquote war die höchste im ganzen Revier. Daran musste er Monsen noch einmal erinnern. Auch das funktionierte normalerweise beim Polizeioberrat. Zumindest dürfte es ihm ein wenig Zeit verschaffen.

Es gab nur ein Problem. Methodik hin oder her, Henrik hatte keine Ahnung, wo er anfangen sollte.

Sein Handy vibrierte. Monsen.

Beweg gefälligst deinen Arsch hierher. Und zwar sofort!

77

DONNERSTAG, 16:59 UHR

»Jensen wer?«

Hennings Stimme ertönte schroff und ausdruckslos am anderen Ende der Leitung. Sie hörte leise Hintergrundmusik und stellte sich eine Zigarre vor, die im Aschenbecher langsam vor sich hin qualmte. Solange sie nicht in der Nähe war, musste Henning ihre spontanen Besuche in seinem Büro nicht fürchten. Von den Kollegen kümmerte sich niemand um ihn, bis auf Margrethe, die ihm aber nur nach dem Mund redete wie mit einem alten, schrulligen Verwandten.

»Komm schon, Henning, so schnell wirst du mich schon nicht vergessen haben«, sagte Jensen.

Sie saß in einem Café in Nørrebro und wartete auf Aziz, der eines seiner Kinder bei einem Freund abholte. Das Café gehörte zu den Adressen, die ihr den Abschied von Kopenhagen schwer machten. Es war gemütlich und warm, und es duftete nach selbst gebackenem Kuchen, sodass man sich eher wie in einem Wohnzimmer und nicht wie in einem Ladengeschäft fühlte. Sie trank Tee, so, wie sie es in England tun, schwarz und mit viel Milch. Liron hatte ihr den Kaffee verleidet; Kaffee, der nicht aus seinem Wagen kam, kaufte sie nicht mehr.

Draußen stand eine geschlossene Formation Kinderwagen in der Größe von Lastkähnen im warmen Schein des Lichts aus dem Café. Eine Gruppe junger Frauen hatte sich, jede mit ihrem Nachwuchs auf dem Schoß, um den Nebentisch versammelt. Offensichtlich alle in Elternzeit. Jensen konnte nicht anders, sie musste ihre fröhlichen, lebhaften Gesichter anschauen.

Es wäre vermutlich leichter gewesen, zum *Dagbladet* hinüberzugehen, um mit Henning persönlich zu sprechen, aber dort war sie immer noch nicht gern gesehen, was sich auf absehbare Zeit auch nicht ändern würde, solange Margrethe sie nicht irgendwie rehabilitierte. Und das wurde immer unwahrscheinlicher. Sie hatte ihrer Chefin mehrmals geschrieben und sich immer wieder entschuldigt, aber nie eine Antwort erhalten.

Henning ließ das dunkle, nasse Husten eines alten Mannes vernehmen, bevor er antwortete.

»Dann ist Margrethe dich also endlich losgeworden. Ich dachte mir schon, dass das irgendwann passieren würde.«

»Na ja.«

»Was kann ich für dich tun?«

»Bei unserem Gespräch über Christian Grønfeldt hattest du erwähnt, dass er Frauen sehr zugetan ist.«

»Habe ich das? Ich kann mich nicht erinnern.«

Sie ließ ihm Zeit zum Nachdenken, eine bewährte Methode, wenn es darum ging, Henning etwas zu entlocken.

»Grønfeldt. Ich kannte seinen Vater, Anton. Wir sind in Ordrup zusammen aufs Gymnasium gegangen.«

»Das hast du ja nie erzählt.«

»Du hast ja auch nie gefragt.«

Lange Pause.

»Angesehene Familie mit spanischen Wurzeln. Anton war immer hinter dem einen oder anderen Rock her. Er war Chirurg und sehr geschickt mit den Händen, wenn du so willst.«

Henning kicherte kurz in sich hinein. Dann wurde sein Tonfall ernster. »Er hat damals meine Frau operiert, als sie krank wurde.«

»Ach ja?« Jensen war weniger erstaunt darüber, dass Anton Grønfeldt das Skalpell geschwungen hatte, als darüber, dass Henning eine Frau hatte.

»Sie ist gestorben.«

»Oh, das tut mir leid.«

»Es war nicht Antons Fehler. Operation gelungen, Patient tot. Es war eine komplizierte Herzgeschichte.«

»Verstehe.«

»Das ist lange her.«

Wieder entstand eine Pause. Jensen fragte sich, ob Henning eingeschlafen war. Er hatte Anton vermutlich mit Christian verwechselt. Sie hörte die Radiostimme im Hintergrund und wollte gerade auflegen, als Henning sich wieder zu Wort meldete, als hätte er mitten im Satz nur eine Atempause eingelegt.

»Jetzt zu Christian. In Bezug auf Frauen ist der Apfel offensichtlich nicht weit vom Stamm gefallen.«

»Woher weißt du das?«

»Sein Vater hat ab und zu darüber gesprochen. Er sagte so etwas wie, dass der Junge eine furchtbare Enttäuschung für ihn war. Einzelkind. Wollte an der Universität Kopenhagen Medizin studieren, wurde aber rausgeschmissen, weil er stinkfaul war.«

Henning machte einen langen Zug an seiner Zigarre. Er blies den Rauch nie aus, sondern atmete ihn einfach aus, sodass er stets von einer dichten Wolke umgeben war. So stellte sie sich ihn jetzt vor und wartete. Ihn bedrängen durfte sie auf keinen Fall, wenn sie nicht wollte, dass er sich ihr verschloss.

»Sein Vater hat sich eingeschaltet, ihn aus jedem Schlamassel herausgehauen, in den er sich hineinmanövriert hatte, und außerdem dafür gesorgt, dass er auf die Zahnmedizinische Fakultät kam. Weiß der Himmel, wie … wie er … wie … er …

Jensen wartete, bis sie sein gleichmäßiges Atmen, diskret von einem Klavierstück aus dem Radio begleitet, durch die Leitung vernahm. Jetzt war Henning doch eingeschlafen. Sie legte auf. Manchmal war sie sich gar nicht so sicher, ob er nicht nur ein Produkt ihrer Einbildung war.

Dass Christian ein Frauenheld war, überraschte sie nicht. Darauf wäre sie auch selbst gekommen. Malene war vermutlich eifersüchtig, als sie die beiden zusammen in der Praxis angetroffen hatte, und auf Charlotte Friis hatte er zweifellos Eindruck gemacht. Sie hatte von ihm gesprochen, als würde sie den Boden anbeten, auf den er seine Füße setzte.

Etwas rumorte in Jensens Hinterkopf, als sie an Charlotte dachte und dabei gedankenverloren die junge Mütterrunde anstarrte, von denen einige ihre Babys aus vollen Brüsten stillten.

Charlotte war sehr attraktiv und hatte vor sieben Jahren vermutlich noch viel besser ausgesehen. Hatte Christian seine Hände bei sich behalten können? Hatte Charlotte es vermocht?

Jensen holte ihr Handy heraus. In dem Moment stieß eines der Babys einen markerschütternden Schrei aus. Mit einem Finger hielt sie sich das andere Ohr zu und wandte sich ab; ihr war bewusst, wie abweisend das wirken musste.

»Nicht du schon wieder«, entfuhr es Charlotte. »Hatte ich dir nicht gesagt, du sollst mich in Ruhe lassen?«

Sie klang betrunken. Vielleicht hatte Jensen sie auch aus dem Schlaf gerissen. Wohl nicht viel los in der Boutique, vermutete Jensen.

»Warten Sie«, sagte sie. »Ich hätte nur eine kurze Frage zu Christian Grønfeldt. Es fällt ihm schwer, Frauen zu widerstehen, richtig?«

»Jetzt stellen Sie ihn schon wieder so hin, als hätte er etwas verbrochen. Er hat Sandra geliebt und war am Boden zerstört, als er sie verloren hat. Er ist ein wunderbarer Mann, das können Sie mir glauben.«

Jetzt war der Moment gekommen, in dem sie ihren größten Trumpf ausspielen konnte.

»Hören Sie zu, Charlotte, ich rufe an, weil Malene zugegeben hat, Christian ein falsches Alibi für den Tag gegeben zu haben, an dem Sandra ermordet wurde. Er ist an dem Tag in der Praxis nämlich gar nicht aufgetaucht. Zumindest theoretisch könnte er sie umgebracht haben.«

»Und Sie glauben im Ernst, dass er es getan hat?«

»Ich weiß nur, dass er nicht dort war, wo er behauptet hat, sich aufgehalten zu haben.«

»Er hat es nicht getan.«

Jensen hörte in der Leitung, wie Charlotte sich eine Zigarette anzündete und hektisch inhalierte.

»Was macht Sie da so sicher?«

»Weil es die Wahrheit ist.«

»Woher wollen Sie das wissen?«

»*Weil er mit mir zusammen war!*«, brüllte sie.

Jensen wartete geduldig und hörte zu, während Charlotte einen tiefen Zug an ihrer Zigarette nahm.

»Ich war damals verheiratet. Ich hatte nicht die Absicht, meinen Mann zu verlassen. Christian und er kannten sich aus dem Golfklub. Es war nur ein paar Mal. Eine kurze Affäre. Christian kann sehr hartnäckig sein, wenn er etwas Bestimmtes erreichen will, so lange, bis er es hat. Danach hört man nichts mehr von ihm. Aber so ist Christian nun mal.«

Jensen vermutete, dass Charlotte früher diejenige war, die in Beziehungen das Sagen hatte. Von Grønfeldt benutzt und dann abserviert zu werden, war bestimmt nicht ihre Sache.

»Okay, dann kann er Sandra also nicht umgebracht haben?«

Grønfeldt hatte Malene, seine Assistentin, gebeten, ihm ein Alibi zu geben. Hatte er ihr gestanden, dass es ihm peinlich war, Sandra zu betrügen, oder hatte er sie auf andere Weise dazu gebracht, für ihn zu lügen? Welche Wirkung hatte Christian auf Frauen?

Grønfeldt und Malene hatten achtzehn Monate nach Sandras Tod geheiratet. Hatte er Malene während ihrer Ehe betrogen, oder hatten sie sich auf eine offene Beziehung verständigt? Sie zu fragen war schwierig. Sie war verschwunden. Jensen konnte sich jedoch einfach nicht vorstellen, dass Christian auf dem Pfad der Tugend geblieben war.

»Er war also den ganzen Tag bei Ihnen?«

»Bis zu dem Zeitpunkt, an dem er normalerweise die Praxis verlassen hätte. Er fuhr nach Hause und fand Sandra in einer Blutlache. Genau wie er gesagt hatte. Es war grauenhaft für ihn. Bekommen Sie das nicht in Ihr dummes kleines Hirn hinein? Und jetzt lassen Sie mich in Ruhe, rufen Sie nie wieder an!«

Sie legte auf.

Skyldig.

Wessen?

Vernachlässigung?

Ehebruch?

Mangelnder Aufrichtigkeit?

Das war in etwa die Liste der Vorwürfe, die man Grønfeldt wegen seiner Beziehung zu Sandra machen konnte. Mord war nicht dabei. Vorausgesetzt, man glaubte Charlotte, aber Jensens Instinkt sagte ihr, dass sie die Wahrheit sagte.

Aber Malene hatte Gustav gesagt, dass sie sich nicht sicher fühlte, und jetzt war sie wie vom Erdboden verschwunden. Jensen überlegte, dass Grønfeldt auch gewalttätig sein konnte, dass er vielleicht etwas mit dem Tod von Ditte zu tun hatte, wenn nicht sogar mit dem von Sandra.

Die Mütterrunde erhob sich. Sie packten ihre Babys in gefütterte Overalls und Strickmützen warm ein. Eine tiefe Niedergeschlagenheit überkam Jensen. Nicht ihr Ding, sich tagsüber mit einem zappelnden Baby auf dem Schoß auf ein Schwätzchen in irgendeinem Café einzufinden.

Es war noch nicht zu spät. Sie konnte immer noch jemand Passenden finden, in eine Wohnung in der Nachbarschaft ziehen, Kinder bekommen und sie wie eine richtige Kopenhagener Mutter im Fahrradanhänger durch die Gegend kutschieren.

Aber dazu müsste schon ein Wunder geschehen.

Vielleicht lagen Frank und die Medien gar nicht falsch. Vielleicht war Thomas wirklich eine verletzte Seele, die sich den falschen Ort und die falsche Zeit ausgesucht hatte, um seine Meinung zu äußern, und wer auch immer ihn umgebracht hatte, hatte zwei weitere Morde auf dem Gewissen – oder drei, wenn man Ditte mitzählte. Was Jensen betraf, so hätte Thomas' Tante mit ihrem losen Mundwerk auch auf hundert andere Arten ums Leben kommen können. Vielleicht hatte Grønfeldt damit gar nichts zu tun.

»Können wir fahren?«

Aziz sah auf sie hinab. Es erstaunte sie immer wieder, wie ein so großer Kerl einen Raum derart unauffällig betreten konnte. Sie zog eine Grimasse.

»Was ist passiert?«, fragte er, sofort in höchster Alarmbereitschaft. »Was ist los mit dir?«

»Nichts, Aziz. Nichts ist passiert. Aber genau das ist das Problem.«

78

DONNERSTAG, 17:43 UHR

Henrik konnte sich ein Grinsen nur mit Mühe verkneifen, als er Monsens Büro betrat und den Mann wie einen Statisten aus einem Historiendrama am Fenster stehen sah. Er trug seine Galauniform, schwarz mit der Königskrone und drei mittelgroßen Sternen, die seinen Rang zu erkennen gaben. Die Jacke wurde von einem erkennbar zu engen, goldenen Gürtel zusammengehalten. Monsen drehte sich um, sah Henriks nach oben gezogene Mundwinkel und forderte ihn unmissverständlich auf, den Mund zu halten.

»Ich begleite die Polizeichefin zu einem Empfang im Palast. Was soll ich ihr sagen, wenn sie nach dem Stand der Ermittlungen fragt?«

Henrik, alles andere als ein Royalist, wusste von der tiefen Verehrung, die Monsen für Königin Margrethe hegte. Jede Gelegenheit, sich in der Nähe der Monarchin in Schale zu werfen, bedeutete für ihn einen Höhepunkt in seinem Arbeitsleben. Das war schon immer so gewesen, auch wenn die Uniformjacke heute enger denn je um die Taille saß und die Schirmmütze inzwischen eher etwas von einer Requisite zum Kinderfasching hatte. Schon der Gedanke daran, bei einem so feierlichen Anlass von der Polizeichefin heruntergeputzt zu werden, machte ihn nervös, ganz zu schweigen davon, dass es seinem Team nicht gelungen war, den irren Straßenmörder zu fassen, der ganz Dänemark beschäftigte.

»Wir gehen Spuren nach«, sagte Henrik. »Es gibt eine Person, die wir suchen, einen Rumänen, der bis vor Kurzem auf der Straße gelebt hat und mindestens einmal im Streit mit unserem ersten Opfer beobachtet wurde.«

»Du stehst also kurz vor einer Verhaftung, richtig?«

»Wir müssen den Kerl erst einmal ausfindig machen. Im Melderegister können wir ihn ja nicht einfach nachschlagen.«

»Dann zapf deine Quellen an. Früher hast du immer gesagt, du kämst auf den Straßen von Kopenhagen an jede Information, die du haben willst.«

Stimmt, dachte Henrik, aber das ist Jahre her. Außerdem gestand er sich nur ungern ein, dass er sich in der kriminellen Unterwelt der Stadt nicht mehr so leicht bewegte wie früher.

»Wir kriegen ihn. Ich habe mehrere Beamte darauf angesetzt, keine Sorge.«

»Hm«, murrte Monsen. »Und dieser Kerl soll unser Serienmörder sein?«

»Moment, das habe ich so nicht gesagt.«

»Aber es gibt drei Morde, die sich sehr ähneln. Alles Menschen, die auf der Straße leben, und dann diese Frau in ihrem Van. Wenn unser Mann den ersten Mord begangen hat, wer sagt, dass er nicht hinter all diesen Morden steckt?«

»Wir werden ein paar Tests machen, wenn wir ihn haben.«

»Mach das, und sag mir Bescheid, sobald du mehr weißt. Drei Wochen arbeitest du schon an dem Fall. Wenn du bis morgen Abend keine nennenswerten Fortschritte vorweisen kannst, zieh ich dich von dem Fall ab.«

»Moment mal …«

Monsen hob eine mit einem weißen Handschuh bekleidete Hand.

»Ich will nichts hören.«

»Das geht so nicht.«

»Wetten, dass doch?«, sagte Monsen und sah auf die Uhr. »Und jetzt raus. Frau Hansen hat den ganzen Tag damit zugebracht, sich die Haare machen zu lassen, und ich bin schon spät genug dran.«

Henrik bezweifelte, dass dies der Wahrheit entsprach. Monsens Frau Rigmor war eine hoch angesehene, intelligente Dozentin für Geschichte an der Universität Kopenhagen, für die Henrik viel Zeit hatte, nicht zuletzt, weil er vermutete, dass sie zu Hause nicht viel zu lachen hatte. Er konnte sich kaum vorstellen, dass sie Lockenwickler trug oder sich von einem Glas Champagner in einem zugigen Festsaal beeindrucken ließ.

Monsens Drohung hingegen nahm er durchaus ernst. Nicht selten wurden ungelöste Fälle anderen Teams übergeben. Henrik war schon oft der Adressat solcher Fälle gewesen, aber nie derjenige, dem sie weggenommen wurden, und mit diesem Fall sollte jetzt keineswegs ein Anfang gemacht werden.

Nachdem er Monsens Büro verlassen hatte und durch die schmuddelige Büroetage ging, in der die meisten Leute schon Feierabend gemacht hatten, holte Henrik sein Telefon heraus, um seine Frau zu informieren, dass er nicht so bald nach Hause kommen würde. Nicht dass es sie interessieren oder sie die Nachricht überhaupt zur Kenntnis nehmen würde, aber so tief war er noch nicht gesunken, ihr nicht wenigstens Bescheid zu sagen, wenn er wegen der Arbeit später kam. Ob sie es ihm glaubte oder nicht, stand auf einem anderen Blatt.

Aber wo zum Teufel steckte Mark? Immer wenn man ihn brauchte!

79

DONNERSTAG, 21:07 UHR

Der Wohnblock in der Nørrebro war mit Graffiti beschmiert, so weit ein Mensch mit einer Sprühdose reichen konnte. Graffiti gab es überall in Kopenhagen, noch etwas, das Henrik an seiner Stadt besonders hasste. Das und die Tattoos, die praktisch jedes frei liegende Stückchen menschlichen Fleisches bedeckten. Selbst Mark, der eifrige, wenn auch etwas langweilige Familienvater aus Hvidovre, hatte mehrere. Eines davon, das abscheuliche Wikingermotiv auf seinem Handgelenk, konnte Henrik jetzt bewundern, weil Mark am Steuer saß.

Sie saßen in einem Zivilfahrzeug, aber Henrik wusste, dass sie genauso gut mit einem Megafon hätten hinausposaunen können, dass sie von der Polizei waren. Die Leute in dieser Gegend waren mit einem besonderen Riecher ausgestattet, der sie die Nähe der Polizei schon von Weitem spüren ließ. Er sah zum vierten Stock des Gebäudes hinauf, in dem, laut einem Tipp, den sie bekommen hatten, Daniel Cuţov wohnen sollte. Ihr Informant, ein Kleinkrimineller, der wegen eines anderen Delikts im Gefängnis saß, hatte Mark gesteckt, dass Daniel sich damit gebrüstet hätte, Andrei Ciobanu umgebracht zu haben. Das musste nicht stimmen, aber angesichts von vier ungelösten Mordfällen wollte er darüber gar nicht nachdenken.

Die Vorhänge im vierten Stock waren zugezogen, aber das Licht war an. Henrik überlegte. Mit offenen Armen würden Mark und er sicher nicht empfangen werden.

»Lass mich hochgehen«, schlug er vor. »Du gehst hintenherum und wartest dort. Diese Wohnungen haben alle einen Hinterausgang.«

»Lass uns Verstärkung anfordern, dann können wir zusammen hochgehen.«

»Dazu fehlt uns die Zeit. Uns hat bestimmt schon jemand kommen sehen. Bis die Kollegen da sind, ist der Typ längst weg.«

»Aber …«

»Tu, was ich dir sage, Mark. Das ist ein Befehl!«

Widerwillig folgte er. Das und sein planvolles, tatkräftiges Vorgehen waren die Gründe, warum er noch in Henriks Team war. Lisbeth und er waren die beiden Kollegen, die sich am längsten in der Abteilung gehalten hatten, ohne rausgeschmissen zu werden.

Das Treppenhaus verströmte den Gestank von fünfzig verschiedenen Mahlzeiten mit einer Note Urin als Beimischung. Die meisten Türen, auch die im vierten Stock, waren stahlbewehrt. Henrik hörte Musik und Stimmen von drinnen. Er läutete. Ein Mann in Lederjacke und mit einem goldenen Halskettchen öffnete und schlug die Tür gleich wieder zu.

Genauer, hätte sie fast zugeschlagen, wenn Henrik nicht seinen Fuß hineingeschoben und dem Mann die Tür mit voller Wucht ins Gesicht geschlagen hätte.

»Polizei«, rief er dem Dutzend Männern zu, die ihn entgeistert anstarrten.

»Wer von euch ist Daniel Cuţov?«

»Was wollen Sie von ihm?«, wollte einer der Männer in perfektem Dänisch wissen.

»Mit ihm reden«, sagte Henrik.

»Warum?«

Eine winzige Bewegung im Gesicht des Mannes, so winzig, dass es auch eine unwillkürliche Kontraktion der Muskeln um ein Auge hätte gewesen sein können, veranlasste Henrik instinktiv, sich umzudrehen. Gerade noch rechtzeitig, um den Mann zu sehen, der hinter ihm hinaushuschte und zur Treppe rannte.

Zur Haupttreppe.

Verdammt.

Die Chancen standen fünfzig zu fünfzig, hatten sich aber zu seinen Ungunsten verschoben. Er setzte dem Mann nach, folgte ihm die Treppe hinunter. Schnell, aber nicht schnell genug.

»Stehen bleiben!«, rief er, aber Daniel Cuţov war schon zur Tür hinaus und die halbe Straße hinunter.

Henrik kam gerade noch rechtzeitig aus dem Haus, um zu sehen, wie Mark die Verfolgung aufgenommen hatte. Vornübergebeugt und schwer keuchend (Gott, seit wann war er so unfit?), sah er voller Bewunderung für seinen jüngeren Kollegen zu, wie er den Mann einholte und zu Boden riss. Bevor Henrik ihn einholen konnte, hatte er Daniel schon die Handschellen angelegt.

Widerstandslos ließ der Mann sich von ihnen auf den Rücksitz des Wagens verfrachten. Als Mark das Blaulicht aufs Dach setzte und in den Abendverkehr hinausfuhr, erlaubte sich Henrik ein kleines Lächeln. Endlich liefen die Dinge so, wie er es sich vorstellte.

80

DONNERSTAG, 22:16 UHR

Aus einem Impuls heraus parkte er ein paar Straßen von seinem Haus entfernt, außerhalb des Lichtkegels einer Straßenlaterne, und rief Jensen über die Freisprechanlage an. Die meisten ihrer Telefongespräche hatten sie in den letzten Jahren so geführt: Aus dem Auto heraus sah er gedankenverloren in die Gärten anderer Leute oder auf die Schaufenster der Geschäfte, in die er unter dem Vorwand, Milch zu holen, immer gegangen war. (Nicht selten war er dann ohne Milch nach Hause gekommen, sodass er noch einmal losfahren musste.) Alles zusammen eine große Leinwand, auf die er Jensens Gesicht und das Gefühl ihres Körpers in seinen Händen projizieren konnte.

Eigentlich hatte er nicht vorgehabt, sie anzurufen, aber ihm ging einfach nicht aus dem Kopf, was in Hornbæk passiert war. Es war wie eine Krankheit, eine Obsession. Als sie abnahm, war sie atemlos und riss ihn jäh aus seinen Träumereien.

»Endlich bequemt sich der Herr, zurückzurufen! Warum hast du so lange gebraucht?«

»Sagtest du nicht, du wolltest das Land verlassen?«

»Sonntag, habe ich gesagt. Hast du Grønfeldt einbestellt? Hast du ihm die Fragen gestellt, die ich dir gesagt habe?«

»Ja, habe ich, und ja, das habe ich auch gemacht.«

»Und?«

»Ich wüsste zwar nicht, was dich das angeht, aber wir haben ihn gerade gehen lassen.«

»Wie bitte?«

»Es liegt nichts gegen ihn vor, was ihn mit dem Mord an Thomas Mørk oder Ditte Mørk in Verbindung bringen könnte.«

»Du meinst, der Junge, der für den Mord an Grønfeldts Ex-Freundin gesessen hat, wurde ganz zufällig vor seiner eigenen Zahnarztpraxis ermordet, während er ein Schild mit der Aufschrift ›schuldig‹ in der Hand hält?«

»Es war eine schicksalhafte Fügung, dass er ermordet wurde, während er dort saß, ja. Wahrscheinlich von demjenigen, der immer noch frei herumläuft und es auf Obdachlose abgesehen hat. Alles andere war kein Zufall. Wir können uns alles Mögliche ausdenken, warum er es getan hat.«

»Und was ist mit dem dritten Opfer?«, fragte Jensen. »Hast du dazu etwas herausgefunden?«

»Nichts, was ich dir mitteilen müsste.«

Ihm war klar, dass er schon gegen sämtliche Regeln verstieß, indem er überhaupt mit Jensen sprach. Aber sein schlechtes Gewissen trieb ihn dazu. Entgegen seinen zahlreichen gegenteiligen Beteuerungen hatte er es im Laufe der Jahre nie geschafft, seine Frau ihretwegen zu verlassen. Natürlich wollte er das, aber jedes Mal kam er zu dem Schluss, dass er dann Oliver verlieren würde. Seine anderen Kinder hatten sich schon lange von ihm abgewandt, aber mit Oliver verstand er sich gut. Noch. Sein jüngster Sohn war der einzige Hoffnungsträger.

»Okay«, sagte Jensen auf diese für sie typische aufreizende, eigensinnige Art. »Wie du willst.«

»Hör doch auf«, sagte er. »Du hast selbst gesagt, dass es keine Zeitung mehr gibt, für die du schreiben kannst. Also, was soll das alles? Willst du dich mit mir anlegen, ist es das?«

Jensen lachte. »Bild dir nur nichts ein, Henrik. Wenn du an Zufälle glaubst, ich nicht. Schließlich habe ich Thomas gefunden, darum geht es. Ich kann nicht einfach weitermachen, als wäre nichts geschehen. Das geht nicht.«

»Wie du schon gesagt hast, Sonntagabend sitzt du im Flieger nach London. Daran lässt sich wohl nichts mehr ändern, oder?«

Sie verstummte. Ein inniges Gefühl von Zuneigung durchflutete ihn; Liebe, Bedauern und die Sehnsucht danach, dass alles auch anders hätte sein können. Er dachte daran, dass Jensen die weibliche Version seiner selbst sein könnte; dass sie sich zu ähnlich waren, als dass es zwischen ihnen jemals funktionieren könnte. War es möglich, dass sie sich zu ähnlich waren? Mann und Frau aus einem Stück, ohne sichtbare Verbindung?

Mit leiser, schneidender Stimme sagte sie: »Bis später, Henrik.«

81

FREITAG, 11:22 UHR

Die ganze Nacht und den halben Vormittag hatten sie damit zugebracht, einen rumänischen Dolmetscher aufzutreiben, eine Mühe, die sie sich am Ende genauso gut hätten sparen können. Daniel Cuţov, um einiges jünger und schlanker, als Henrik erwartet hatte, starrte auf seine gefesselten Hände und schwieg. Das nervöse Wippen seiner Beine unter dem Tisch erzeugte konzentrische

Kreise auf der Oberfläche des Wasserglases, das unberührt vor ihm stand.

Die Vernehmung konnten sie sich eigentlich schenken, mussten sie aber trotzdem durchziehen.

Wie immer.

»Daniel, warum haben Sie sich der Verhaftung widersetzt?«

Der Dolmetscher, ein in unterschiedliche Schattierungen von Braun gekleideter Mann, der Henrik leider an seinen Erdkundelehrer aus der Grundschule erinnerte, tat, wozu man ihn geholt hatte. Die Antwort kam prompt auf Englisch.

»Kein Kommentar.«

»Wir haben die unterschriebene Aussage einer Zeugin, die Sie als den Mann identifiziert hat, der in der Nacht, in der er starb, mit Andrei Ciobanu gestritten hat. Was war der Grund für den Streit mit Andrei?«

»Kein Kommentar.«

»Ging es um Geld? Oder um jemanden zu Hause in Ihrem Land? Dass Andrei aus der gleichen Stadt in Rumänien kommt wie Sie, wissen wir.«

»Kein Kommentar.«

»Daniel, ist es richtig, dass Sie in dieser Nacht ausgerastet sind und zwölfmal auf Andrei eingestochen haben, um ihn umzubringen?«

»Kein Kommentar.«

»Und was haben Sie mit dem Messer gemacht, Daniel?«

»Kein Kommentar.«

»Daniel, haben Sie Thomas Mørk und Tina Dyrby umgebracht?«

Einen kurzen Augenblick hörte der Mann auf, mit den Knien zu wippen, und sah Henrik direkt an. Dann blickte er wieder zu Boden und fuhr fort.

»Kein Kommentar.«

Henrik breitete die Fotos von den ersten drei Tatorten eins nach dem anderen vor ihm aus. Der Mann würdigte sie keines Blickes.

»Haben Sie Ditte Mørk umgebracht?«

Er kam zum Höhepunkt und breitete die Fotos aus dem Inneren des orangefarbenen Wohnmobils vor ihm aus. Das purpurfarbene Rot der Blutspuren auf den Bildern flirrte vor den Augen, aber Daniel sah immer noch nicht auf.

»Lassen Sie mich raten. Kein Kommentar?«, sagte Henrik.

»Kein Kommentar.«

»Gut«, erklärte Henrik. »Sie wollen nicht reden. Das verstehe ich. Und um ehrlich zu sein, ist es mir egal. Ihre DNA wird uns verraten, was wir wissen wollen. Die Ergebnisse müssten bald da sein.«

Er sah auf die Uhr.

»Ende der Vernehmung um 11:44 Uhr«, sagte er und beendete die Aufnahme.

Der Dolmetscher steckte den unberührten Notizblock und den Stift in seine abgenutzte, braune Ledertasche. Mark raffte seine Papiere zusammen, schob den Stuhl zurück und wollte gerade aufstehen, als sich die Tür öffnete und ein uniformierter Beamter eintrat, um Daniel zurück in die Zelle zu bringen.

Aber dann.

Vielleicht war es all das Blut, das er auf dem Tisch ausgebreitet vor sich liegen sah.

Vielleicht war es die Nacht, die er schlaflos zugebracht hatte, nachdem Jensen sich anscheinend endgültig von ihm verabschiedet hatte.

Vielleicht waren es auch die Beine von Daniel Cuţov, die beständig auf und ab wippten, wie bei seinem Ältesten, wenn er sich der Standpauke des Vaters entziehen wollte oder seine Mannschaft beim Fußball verlor, was in letzter Zeit viel zu oft vorkam.

Henrik wusste nicht, was in ihn gefahren war, warum er plötzlich vom Stuhl aufsprang, Daniel den Tisch mit voller Wucht in die Magengegend rammte und ihn anbrüllte, mitten in dessen angsterfülltes Gesicht, sodass selbst der uniformierte Polizist zusammenzuckte und der Dolmetscher die Brille zu Boden fallen ließ.

Aber es fühlte sich toll an.

Sein Glück war, dass sich Marks tätowierte Arme um seine legten, bevor er zuschlagen konnte, und er schnell aus dem Raum geführt wurde.

82

FREITAG, 15:05 UHR

Von einem einsamen Spaziergänger abgesehen, der mit seinem Hund unterwegs war und achtlos an Jensen vorbeiging, waren die Sträßchen von Farum menschenleer. Es waren die stillen Stunden zwischen der Rückkehr der Kinder von der Schule und der Zeit, wenn die Eltern von der Arbeit kamen. Es wurde dunkel, und Jensen war dankbar für die einsetzende Dämmerung, als sie in den Langelandsvej einbog, nachdem Aziz den Wagen um die Ecke abgestellt hatte.

Fast den ganzen Tag hatte sie damit zugebracht, alles noch einmal durchzugehen. Sie hatte die Zeitachse und ihre Notizen überprüft. Ohne Erfolg. Nichts passte zusammen. Wer hatte Sandra umgebracht, wenn Grønfeldt den ganzen Tag mit Charlotte zusammen und Thomas mit seinem Freund unterwegs gewesen war? War vielleicht noch eine ganz andere Person im Spiel?

Sie sah zum Haus der Mørks auf der anderen Straßenseite hinüber, ob es dort Anhaltspunkte gab. Es wirkte ganz anders als auf den Fotos, die damals in den Zeitungen kursierten. Die Fassade hatte eine neue Holzverkleidung bekommen. Wahrscheinlich hatte sich ein Immobilienmakler gleich nach dem Mord an Sandra um den Verkauf des Hauses gekümmert. Aber auch ein ausgetauschter Fußboden und eine neue Küche konnten das Wissen darüber nicht auslöschen, wie die Vorbesitzerin ums Leben gekommen war.

Alles wirkte menschenleer. Die Fenster starrten sie düster an und machten ihr Angst.

Kaum hatte sie geklingelt, wurde die Tür des gegenüberliegenden Nachbarhauses geöffnet. Mette Isager war groß und von beachtlichem Gewicht. Hände und Gesicht wirkten geschwollen, aber sie hatte eine gute Figur. Jensen musste an die schneeweißen Marmorstatuen von Göttern denken, die sie in der Ny Carlsberg Glyptotek in Kopenhagen gesehen hatte.

»Kommen Sie rein«, sagte Mette und drückte Jensen fest die Hand. »Ich habe Kuchen gebacken, auch wenn er nicht besonders gelungen ist.«

Der Geruch von verbranntem Kuchenteig hing in der Luft, obwohl die Räume gerade gelüftet worden waren, wie die Kälte verriet.

»Sie sollten mal sehen, wie ich backe. Letztes Mal musste ich die ganze Küche neu streichen lassen«, sagte Jensen und entlockte der Frau ein Lächeln.

In ihrem ganzen Leben hatte sie noch nicht einen Kuchen gebacken. Wie das Heiraten oder Kinderkriegen war auch das Backen nicht ihr Ding, aber das musste sie Mette nicht erzählen. Jensen betrachtete sie genauer. Welcher Art das psychiatrische Problem damals gewesen sein mochte, das dazu geführt hatte, dass ihre Aussage im Fall Thomas Mørk nicht zugelassen wurde, war jetzt auf den ersten Blick nicht zu erkennen.

Mette führte sie zu zwei Sesseln vor dem Wohnzimmerfenster. Einer davon war fadenscheinig und abgenutzt. Darin verbrachte sie offensichtlich die meiste Zeit. Als Jensen in dem anderen Platz genommen hatte, fiel ihr Blick sofort auf die Haustür der Mørks auf der anderen Straßenseite.

Sie deutete mit dem Kopf in Richtung Fenster: »Kannten Sie die Mørks gut?«

»Nein«, sagte Mette.

»Waren eure Kinder nicht im gleichen Alter?«

»Ja, meine beiden Töchter. Sie sind mit Thomas zur Schule gegangen. Befreundet waren sie aber nicht.«

»Und Sie? Haben Sie jemals mit Sandra gesprochen? Ihr seid euch doch sicher ab und zu begegnet?«

»Nein«, entgegnete Mette. »Ich hatte damals eine starke Agoraphobie. Ich bin nicht aus dem Haus, wenn ich es eben vermeiden konnte.«

»Aber Sie wirken so …«

»Normal? Ja, es geht mir besser. Die Medikamente sind umgestellt worden. Seitdem fühle ich mich nicht mehr wie ein Zombie. Aber die Angst ist immer noch da«, sagte sie. »Warte, ich hole uns einen Tee und das, was ich vom Kuchen noch retten konnte.«

Jensen hörte, wie der Teekessel gefüllt und Schranktüren geöffnet und wieder geschlossen wurden. Sie sah sich im Wohnzimmer ein wenig um. Überall waren Bilder, die meisten von den Töchtern in verschiedenen Phasen des Erwachsenwerdens. Eine schien vor Kurzem geheiratet und ein Baby bekommen zu haben. Der Raum war gemütlich und sympathisch unaufgeräumt. Auf dem Couchtisch lag eine Bibel, und über dem Sofa befand sich ein gesticktes Bibelzitat in einem Holzrahmen:

Es fällt kein Sperling vom Himmel, ohne dass Gott es weiß.

Mette kam mit einer Thermoskanne Tee, Tassen, die mit Fingerfarben bemalt waren (ein Werk ihrer Töchter, wie Jensen annahm), und einem Teller mit Kuchen zurück, dessen verbrannte Stücke chirurgisch entfernt worden waren.

Beide sahen ihn an und mussten lachen.

»Sie müssen nicht«, sagte Mette, als Jensen sich ein Stück nahm.

»Ich will aber.«

Der Kuchen schmeckte bittersüß, aber nicht unangenehm. Sie merkte, dass sie hungrig war.

»Arbeiten Sie?«, fragte sie mit vollem Mund.

»Manchmal. Mein Mann ist Arzt. Ich vertrete seine Sekretärin, wenn sie krank ist. Aber wenn ich ehrlich bin, glaube ich, dass sie ihm lieber ist als ich. Er verbirgt es aber geschickt. Und so komme ich hin und wieder mal aus dem Haus.«

»Damals aber nicht, oder?«

»Nein. Damals ging es mir sehr schlecht.«

Einen Moment lang herrschte Schweigen.

»Sie wollen mich doch etwas Bestimmtes fragen, oder? Kommen Sie schon, spucken Sie's aus«, sagte Mette.

»Ich hatte Ihnen ja schon am Telefon erklärt, dass ich Thomas gefunden habe. In der Magstræde.«

»Ja, ich weiß. Eine furchtbare Nachricht. Der arme Kerl hat so viel durchgemacht. Sagen Sie …« Sie sah zu dem Bibelzitat hinüber, als suchte sie eine Art Hilfestellung.

»Ja?«

»Sind Sie wegen dem hergekommen, was er getan hat?«

Jensen schluckte schwer, der Kuchen lag ihr plötzlich trocken und mehlig im Mund.

»Was meinen Sie?«

»Na ja, weil er hier war und mich gefragt hat. Kurz vor Weihnachten. Dort hat er gesessen, da, wo Sie jetzt sitzen, und mir viele Fragen gestellt.«

»Sie haben ihn reingelassen?«

»Jesus hat uns gelehrt, zu vergeben. Er hatte seine Zeit abgesessen. Außerdem war er nur noch ein Schatten seiner selbst, sodass ich mir nicht vorstellen konnte, dass von ihm eine Gefahr ausging.«

»Was wollte er denn wissen?«

»Er wollte wissen, was ich an dem Tag gesehen habe. Er hat gesagt, er hätte es nicht getan und dass er seine Mutter tot in einer Blutlache liegend aufgefunden hätte, als er von der Schule nach Hause kam. Aber es kann ja keinen Zweifel geben, oder? Ich meine, er hatte das Messer ja noch in der Hand und war voller Blut, als man ihn gefunden hat. Das sind doch Indizien, die sich schwer von der Hand weisen lassen.« Mette schüttelte langsam den Kopf. »Ich bin mir nicht sicher, ob ich das alles richtig verstehe.«

»Sie haben etwas beobachtet«, sagte Jensen. »Und haben es der Polizei erzählt. Aber aus irgendeinem Grund wurde Ihre Aussage nicht als Beweis zugelassen. Was hatten Sie ihnen denn erzählt?«

»Ich war damals in einem schlimmen Zustand, sodass ich gar nicht mehr weiß, was ich gesehen habe. Ein paar Monate vor dem Mord ist etwas passiert. Mein Mann hat es mir hinterher erzählt. Ich selbst kann mich an nichts mehr erinnern. Ich hatte eine Psychose, glaube ich. Ich hatte meine Medikamente nicht mehr genommen, weil ich dachte, ich sei geheilt. Ja, ich weiß, das klingt jetzt albern. Aber damals habe ich wirklich gedacht, ich hätte es irgendwie unter Kontrolle. Anfangs ging es mir noch gut, aber eines Tages soll ich in der Tür gestanden und einfach auf die Straße hinausgeschrien haben. Ich weiß nur noch, dass ich im Krankenhaus aufgewacht bin und panische Angst hatte. Todesangst. Ich soll eine Krankenschwester geschlagen haben, vermutlich weil ich geglaubt habe, sie wollte mir etwas antun. Ich bekam wieder Medikamente und habe mich langsam erholt. Als der Mord geschah, war ich schon wieder zu Hause. Ich fühlte mich wie ein Zombie. Deshalb hat mir auch niemand geglaubt, als mein Mann mich auf die Polizeiwache gebracht hat und darauf bestand, dass ich erzählen sollte, was ich gesehen hatte. Aber wenn ich ehrlich bin, weiß ich nicht mal genau, ob ich wirklich etwas gesehen habe. Es war alles so verwirrend.«

»Woran können Sie sich denn erinnern?«

»Ich weiß noch, dass Winter war. Es hatte nämlich geschneit. Draußen war alles weiß, und die Kinder hatten davon gesprochen, dass sie nach der Schule rodeln gehen wollten.«

Jensen schwieg. Mette dachte nach, suchte nach tief verschütteten Erinnerungen. Sie strich sich die Krümel vom Kleid, die sich dort gesammelt hatten, als sie drei große Stücke Kuchen verspeiste.

»Wenn man hier den ganzen Tag am Fenster sitzt, bekommt man eine Menge mit. Man sieht die Leute kommen und gehen und kennt allmählich ihre Gewohnheiten.«

»Und an dem Tag? Was ist da passiert?«

»Nichts Besonderes.«

»Haben Sie Thomas zur Schule gehen sehen?«

»Nein, obwohl ich meinen beiden Kindern bestimmt das Frühstück gemacht und sie losgeschickt habe. Aber das muss nichts heißen. Später am Tag habe ich ihn aber nach Hause kommen sehen.«

»Ganz sicher?«

»Ja, dachte ich jedenfalls«, sagte Mette.

»Wir wissen, dass er nicht in der Schule war. Er sagte, er wäre bei einem Freund gewesen. Der Freund hat das damals abgestritten. Inzwischen aber sagt er, dass es stimmt, dass er an dem Tag mit Thomas zusammen war. Er weiß nur nicht mehr genau, wann Thomas gegangen ist. Können Sie mir sagen, wann Sie ihn gesehen haben?«

»Nein, tut mir leid.«

»Schon gut.«

»Aber kurze Zeit später ist *er* nach Hause gekommen.«

»Sie meinen Christian, Sandras Freund?«

»Ja.«

»War er tagsüber oft da?«

»Oh ja. Er hatte ja eine eigene Praxis. Mein Mann hat sich immer über das leichte Leben der Zahnärzte lustig gemacht.«

»Und was ist dann passiert?«

»Das ist ja bekannt. Er, also Christian, kam blutüberströmt aus dem Haus gerannt und sank schreiend auf die Knie in den Schnee.«

»Sind Sie hingegangen?«

»Nein, aber ich habe die Polizei angerufen. Als die kam, war die Hölle los. Ich kann immer noch nicht glauben, dass Thomas das getan hat. Er wirkte immer so klein und zerbrechlich auf mich. Sie sagten, er wäre wie ›von Sinnen‹ mit dem Messer auf sie losgegangen und hätte Drogen genommen. Er war wirklich eine arme, bedauernswerte Seele.«

»Und das alles haben Sie der Polizei erzählt?«

»Ja. Mein Mann hat mich zur Polizei gebracht, und sie haben meine Aussage aufgenommen. Erst später wurde ich zum Psychiater geschickt. Danach wurde meine Aussage nicht mehr zugelassen. Es hieß, dass ich wegen der Geschichte damals im Krankenhaus und weil ich immer noch ab und zu unter Halluzinationen litt, keine zuverlässige Zeugin sei.«

»Stimmte das? Könnten Sie sich geirrt haben?«

»Erst dachte ich, nein. Aber als sie anfingen, mich zu befragen, wurde ich unsicher. Es sei wirklich wichtig, sagten sie, und dass es besser wäre, nichts zu sagen, wenn ich auch nur den geringsten

Zweifel hätte. Es fühlte sich wie eine übergroße Verantwortung an. Und als wir dann den Bericht des Psychiaters bekamen, war das auch egal, weil sie mir sowieso nicht glaubten.«

»Und wie haben Sie sich dabei gefühlt?«

»Nicht besonders gut, glaube ich. Aber mein Mann hat mir erklärt, dass es so besser wäre und wir nicht wollen würden, dass jemand aufgrund meiner Aussage verurteilt wird, wenn ich mich geirrt hätte.«

Stattdessen war jemand ohne ihre Aussage verurteilt worden, dachte Jensen. Das machte die Sache nicht besser, sondern noch viel schlimmer. Sie spürte, dass sie ungeduldig wurde.

»Was haben Sie Thomas gesagt, als er bei Ihnen war?«

»Dasselbe, was ich Ihnen gerade gesagt habe.«

Jensen überlegte. Thomas' Behauptung, er sei den ganzen Tag bei seinem Freund gewesen und erst nach Hause gekommen, als seine Mutter schon tot war, war durch die Aussage der Frau weder bestätigt noch widerlegt worden.

»Ich finde selbst hinaus«, sagte sie und griff nach ihrem Mantel. »Vielen Dank für den Tee.«

»Konnte ich Ihnen ein wenig weiterhelfen? Ich würde mich freuen, wenn ich zur Wahrheitsfindung ein wenig beitragen kann.«

»Sie haben mir sehr geholfen. Ich denke, die Polizei hätte Ihnen glauben sollen.«

»Ich habe denen gesagt, was ich für die Wahrheit hielt. Und von der Frau habe ich ihnen auch erzählt.«

Jensen lief ein kalter Schauer über den Rücken.

»Welche Frau?«

»Die Frau, die vor Thomas und Christian da war. Sandra hat sie selbst hereingelassen. Ich dachte, sie sei eine Freundin. Ich dachte, Sie wüssten das?«

»Nein.«

Nirgends war je die Rede von einer Frau gewesen.

Jensen setzte sich wieder. »Erzählen Sie mir genau, was Sie gesehen haben.«

83

FREITAG, 17:08 UHR

Flankiert von Lisbeth und Mark, starrte Henrik auf das Blatt Papier, das vor ihm auf dem Schreibtisch lag. Wer verschickt heutzutage noch Briefe? Jemand, der vor dem Internet geboren wurde? Oder jemand, der schlicht nicht wollte, dass seine E-Mail zurückverfolgt wurde? Keine Fingerabdrücke (natürlich!), und angesichts der Unzuverlässigkeit der dänischen Post, über die sich das ganze Land mokierte, ließ sich auch nicht sagen, wann der Brief abgeschickt worden war. Die Leute aus der Kriminaltechnik würden vielleicht den Drucker bestimmen können, was aber auch nichts nützen würde, solange sie keinen Verdächtigen hatten. Der Inhalt entpuppte sich als das übliche Geschwafel, das Einwanderer, Bettler und Drogenabhängige als Ungeziefer abtat, das es auszurotten galt. Die zunehmend rassistische Rhetorik im Wahlkampf hinterließ deutliche Spuren. Henrik musste jedoch anerkennen, dass der Brief orthografisch und grammatikalisch korrekt verfasst war und die Sätze, wenn auch auf diese spezielle, verquere Art, einen Sinn ergaben. Was den korrekten Gebrauch der dänischen Sprache betraf, hatte sich die rechtsradikale Szene bisher noch selten mit Ruhm bekleckert, was natürlich als Widerspruch in sich zu werten war, wenn man bedenkt, dass ausgerechnet sie es waren, die sich darüber beklagten, Ausländer seien nicht dänisch genug. Henrik war sich darüber im Klaren, dass sie froh sein konnten, dass der Brief sie überhaupt erreicht hatte. Ein gedrucktes Schreiben mit rassistischem, fremdenfeindlichem Inhalt, adressiert an die »Kopenhagener Polizei«, fand normalerweise den direkten Weg in den Papierkorb. Ein kluger Kopf wird ihn tatsächlich gelesen und für wert befunden haben, sich genauer damit zu befassen.

Eine Geißel unserer Straßen: Wer ist die Nummer vier?

Nummer vier? Interessant! Ditte Mørk kam in der Rechnung gar nicht vor. Unter der Botschaft befand sich das Foto eines blutverschmierten Messers. Nicht besonders aufschlussreich.

»Dann war Andrei Ciobanu also der Einwanderer, Thomas Mørk der Bettler, jedenfalls hielt der Mörder sie dafür, und Tina Dyrby war die Drogenabhängige. Und Nummer vier … war was?«, fragte Lisbeth.

»Straßenverkäufer?«, sagte Mark.

Beide schwiegen und warteten darauf, dass Henrik etwas sagte. Er fühlte sich müde. Verzweifelt suchten sie nach einem Hinweis, nach irgendetwas, aber dieses Schreiben war es nicht, und er ahnte bereits, dass ihnen ein drittes Wochenende bevorstand, an dem der Fall ungelöst blieb.

Monsen würde ihn von dem Fall abziehen. Abnehmer würde es genügend geben. All die Arbeit, die Henrik hineingesteckt hatte, und jetzt sollte jemand anderer die Lorbeeren ernten?

»Irgendetwas fühlt sich verkehrt an«, sagte er.

»Was meinst du damit?«, hakte Lisbeth nach.

Gute Frage. Irgendetwas an der ganzen Sache war zu einfach, ein Serienmord mit Schleifchen. Und Daniel Cuţov kam ihm nicht wie ein kaltblütig operierendes kriminelles Superhirn vor.

»Warte«, sagte Mark und öffnete seinen Laptop.

Der gute alte verlässliche Mark. Nach dem Wutanfall im Vernehmungsraum hatte Henrik ihm einen freundschaftlichen Klaps auf den Hinterkopf gegeben, und obwohl Mark sich geduckt und weggedreht hatte, sah Henrik, dass er es nicht weiter ernst genommen hatte. Kein Grund, sich zu entschuldigen; es war nichts Schlimmes passiert, er hatte nach ein paar harten Wochen im Büro nur etwas Dampf abgelassen. Mark kannte das. Früher war es um Henriks Beherrschung noch schlimmer bestellt gewesen. Natürlich würde ihm eine offizielle Beschwerde blühen, aber damit konnte er leben. Vor allem, wenn er den Fall zügig löste.

»Wir haben einen Treffer«, tönte Mark und deutete triumphierend auf den Bildschirm seines Laptops. »Man hat Blut von Daniel

Cuţov unter Andreis Fingernägeln und an seinem zerrissenen Hemd gefunden.«

»Gott sei Dank.«

Henrik griff zu seinem Handy, um Monsen die guten Nachrichten zu übermitteln. Schlechtes Wetter war angesagt; der schwergewichtige Mann dürfte sein Büro schon vor Stunden verlassen haben und nach Hause nach Lyngby gefahren sein. Henrik stellte sich vor, wie er sich jetzt mit dem ersten von vielen Single Malts ins Wochenende verabschiedete.

»Schaff mir diesen Daniel Dingsbums zurück in den Vernehmungsraum, und knall ihm die neuen Erkenntnisse vor den Latz. Ich will ein Geständnis. Und überprüfe sein Alibi für die anderen drei Morde«, wies er Mark an.

»Geht klar, Chef.«

»Und was machen wir damit?«, wollte Lisbeth wissen, während sie mit dem anonymen Schreiben mit dem Messerfoto herumfuchtelte.

»Fake News.«

»Du meinst, jemand möchte, dass wir denken, er sei der Serienmörder?«, fragte Lisbeth.

Henrik dachte darüber nach. Serienmörder waren extrem selten. In Dänemark gab es praktisch keine. Die Morde wurden meistens aufgeklärt, bevor es sich wiederholen konnte. Und das bedeutete wiederum, dass Henrik im Moment keinen guten Stand hatte.

»Oder jemand will uns glauben machen, dass ein Serienmörder unterwegs ist«, sagte er, tippte Monsens Nummer auf dem Display und seufzte tief.

84

FREITAG, 18:01 UHR

»Da ist eine ganze Menge drauf. Sieh es dir selbst an«, sagte Fie, als sie Jensen den USB-Stick mit dem Content von Thomas' Laptop übergab, den sie länger im Arm hielt, als nötig gewesen wäre.

Sie wischte sich mit dem Handrücken über die Nase und sah die Straße hinauf, wo die geduckten Backsteinhäuser von Skovhøj standen, als wünschte sie sich, schnell wieder in ihre warme Höhle kriechen zu können und sich auf diese Sache nie eingelassen zu haben. Ihre Augen wirkten müde.

Jensen steckte den USB-Stick in die Tasche und überlegte, wie sie Fie zum Reden bringen konnte. Sie hatte keine Zeit, sich durch Dutzende von E-Mails zu arbeiten, um die Wahrheit zu erfahren.

Die Luft roch feucht, und eine dichte Wolkendecke rückte bedrohlich näher. Das Wetteramt hatte vor einem weiteren Schneesturm gewarnt. In Jütland hatte es bereits stark zu schneien begonnen, und die Front arbeitete sich zügig in Richtung Seeland voran. Die Storebælt-Brücke war soeben geschlossen worden.

»Erzähl mir, was du herausgefunden hast«, sagte Jensen.

»Alles Mögliche.«

»Auch etwas zu unserem Fall?«

»Ja, das auch. Er hat sich monatelang damit beschäftigt. Ich wusste nichts davon. Er hat mir nie etwas davon erzählt. Ich hätte helfen können, ich hätte …«

Fie kämpfte mit den Tränen.

»Nein«, sagte Jensen und legte ihr eine Hand fest auf den Arm. »Er wollte nicht, dass du es weißt.«

»Aber warum?«

»Er war es gewohnt, dass niemand ihm glaubte.«

»Aber ich hätte ihm doch geglaubt, ich hätte …«

»Mach dir keine Vorwürfe, Fie.«

»Auf dem Stick sind E-Mails, jede Menge E-Mails. Die meisten an einen Christian. Den Freund seiner Mutter.«

Jensen nickte. »Das ist der, der sie gefunden hat, als Thomas noch das Messer in der Hand hielt.«

»Aber Thomas hat es nicht getan. Das hat er Christian geschrieben. Er schreibt, dass er seine Mutter mit einem Messer im Bauch gefunden hat, als er nach Hause kam. Dass er in dem Blut ausgerutscht ist, sich dabei über und über vollgeschmiert hat und dass er ihr das Messer herausgezogen hat. In dem Moment ist Christian hereingekommen.«

»Und wie hat Christian reagiert?«

»Er hat ihm nicht geglaubt. Er hat nur gesagt, dass alles auf Thomas hindeutet und niemand sonst es getan haben konnte. Und dass Thomas verschwinden und sich nicht mehr blicken lassen solle, und schreiben sollte er ihm auch nicht mehr. Thomas hat sich daran gehalten. Eine Zeit lang jedenfalls, bis kurz nach Weihnachten. Dann fing er wieder an, ihm E-Mails zu schreiben.«

»Richtig. Und er hat Grønfeldt beschuldigt, es getan zu haben.«

»Nein, das ist es ja gerade. Anfangs ja, weil er wütend war. Er schrieb, dass Christian an dem Tag genauso gut früher hätte nach Hause kommen und Sandra umbringen können. Nachmittags sei er dann noch einmal gekommen und hätte Thomas praktischerweise direkt bei der Toten aufgefunden, sodass er ihm die Schuld geben konnte.«

»Aber Thomas hat seine Meinung geändert. Warum?«

»Als er nach der Pause wieder angefangen hat zu schreiben, hat er Christian gebeten, einmal darüber nachzudenken, was seine Assistentin denn an dem Tag gemacht haben könnte.«

»Malene? Die Frau, die er später geheiratet hat?«

»Richtig. Sie soll Christian ein Alibi für die Tatzeit gegeben haben. Sie hat behauptet, er sei mit ihr in der Praxis gewesen, aber das stimmte nicht. Thomas hatte herausgefunden, dass Christian am Tag des Mordes mit einer Freundin von Sandra zusammen war, sodass er gar nicht in dem Haus gewesen sein konnte.«

»Charlotte.«

»Ja! Woher weißt du das?«

»Ich habe mit ihr gesprochen.«

»Dann weißt du auch, dass Charlotte verheiratet war und nicht wollte, dass das vor Gericht zur Sprache kam. Außerdem hat Malene ihn gedeckt. An dem Tag wollten die beiden allein in der Praxis gewesen sein. Und das genau wirft eine entscheidende Frage auf.«

»Wenn Christian bei Charlotte war, was hat dann Malene in der Zeit gemacht?«, sagte Jensen.

»Genau. Thomas hat vermutet, dass Malene sich in Christian verliebt hatte und eifersüchtig auf Sandra war. Er ging davon aus, dass Christian Malene anvertraut hatte, dass Sandra schwanger war, und Malene wollte Sandra deshalb aus dem Weg haben.«

Jensen dachte an das Gespräch mit Mette Isager und an ihre Aussage, dass an dem Tag, an dem Sandra starb, eine Frau dort gewesen wäre. Möglich, dass Malene Sandra erzählt hat, sie und Grønfeldt arbeiteten zusammen, und dass sie sich irgendeinen Vorwand ausgedacht hatte, um ins Haus zu kommen.

»Und wie hat Christian reagiert?«

»Er hat Thomas für verrückt erklärt und damit gedroht, ihn anzuzeigen. Und dass er ihn jetzt endgültig in Ruhe lassen solle. Schließlich hat er gar nicht mehr geantwortet.«

»Wann hat Thomas seine letzte E-Mail an Christian geschickt?«

»Zwei Tage bevor er nach Kopenhagen gefahren ist.«

Schuldig.

Das Schild war nicht für Grønfeldt bestimmt.

Es galt Malene.

Fie wirkte erleichtert, dass sie alles losgeworden war. Jensen spürte, dass die Beziehung, die sie glaubte, mit Thomas gehabt zu haben, ihren Wert für sie verloren hatte, weil er nicht ehrlich zu ihr gewesen war.

»Du warst Thomas eine sehr gute Freundin, Fie. Vor dir hatte er solch eine Freundin noch nie gehabt. Vergiss das nicht.«

»Ich muss jetzt gehen.«

Jensen holte tief Luft. »Fie, du weißt, dass du nicht hierbleiben musst, in Skovhøj, meine ich. Du könntest dir einen Job suchen. Ich könnte dir helfen, eine Wohnung zu finden.«

Fie zog sich von ihr zurück und schloss die Augen. Für ein solches Angebot war es noch zu früh. Jensen sah Tobias am Ende der Auffahrt auftauchen. Fie sah sich nach ihm um. Jensen war erleichtert, als sie schließlich ging, dass Tobias da war.

»Nein«, sagte Fie. »Danke, aber das möchte ich nicht.«

Und als wäre es ihr gerade eingefallen: »Karina geht. Sie wurde gefeuert.«

»Das freut mich.«

»Ich sage Tobias immer wieder, dass er sich auf ihre Stelle bewerben soll. Dann bekommen wir das Geld von der Stadt, damit wir alle hierbleiben können und uns nicht nach einer neuen Bleibe umsehen müssen.«

Wie bei ihrer ersten Begegnung reichten sie sich die Hand, und Jensen sah ihr hinterher, als sie zu Tobias ging. Beim Betreten des Hauses legte Tobias einen Arm um sie.

»Ich muss Esben vom Flughafen abholen und ihn nach Klampenborg bringen«, sagte Aziz, als er und Jensen wieder im Auto saßen. »Kann ich dich unterwegs irgendwo absetzen?«

»Ja, bring mich bitte zum Polizeirevier auf Teglholmen. Ich muss dort unbedingt mit jemandem sprechen.«

»Der Polizist?«

Aziz' schwarze Augen im Rückspiegel ließen nichts erkennen. Dennoch war ihr klar, dass er mit seinem Arbeitgeber über sie gesprochen hatte. Esben hatte Henrik schon immer verabscheut. Nicht weil er so war, wie er war; Esben wusste nicht, wie Henrik war. Sondern weil er nicht »Manns genug« war, seine Frau für Jensen zu verlassen.

»Was unterscheidet mich von den Frauen, die *du* gevögelt hast, ohne deine Frau zu verlassen, Esben?«, wiederholte sie zum tausendsten Mal.

»Jensen, wo soll ich da anfangen?«, sagte er dann immer.

»Ja, der Polizist«, brachte sie gereizter hervor, als es ihre Absicht war.

Konnte Aziz sich vorstellen, wie unangenehm es war, von einem Mann wie Esben in Sachen Moral belehrt zu werden? Offensichtlich nicht. In Aziz' Augen machte Esben nie Fehler.

Sie holte ihr Handy heraus.

Henrik nahm nicht ab, was sie ihm nach ihrem letzten Abgang kaum verübeln konnte. Sie sprach ihm auf Band.

»Nimm endlich ab, Henrik. Thomas hatte seine Meinung geändert. Er gab nicht mehr Grønfeldt die Schuld. Es ging nur noch um Malene. Das Schild war an sie gerichtet. Grønfeldt könnte in Gefahr sein. Ruf mich zurück, sobald du das hier hörst.«

Sie klingelte noch drei weitere Male durch, während sie sich Kopenhagen näherten. Schließlich probierte sie es über die Telefonzentrale der Polizeistation, die ihr mitteilte, dass Henrik Jungersen nicht in seinem Büro war.

Als sie auflegte, sah sie, dass sie vier verpasste Anrufe von Gustav hatte.

Oh Gustav, nicht jetzt!

Die SMS fiel ihr ein, in der er ihr mitgeteilt hatte, dass ihm etwas eingefallen war. Worum ging es? Hatte er sich wieder in Schwierigkeiten gebracht? Diesmal würde Margrethe sie definitiv umbringen.

»Aziz? Planänderung. Setz mich bitte bei Gustav ab.«

»Und danach?«

»Ich fahre dann zum Verlag zurück und bleibe notfalls über Nacht dort, bis sich der Schneesturm gelegt hat.«

»Ich kann in einer Stunde wieder bei dir sein.«

»Das ist nicht nötig. Außerdem weißt du nicht, was bis dahin auf der Straße los ist. Vielleicht sind sie dann ja schon gesperrt.«

»Dann habe ich sie für mich allein«, entgegnete Aziz.

Nichts anderes hatte sie erwartet. Die schnittige schwarze Limousine machte Aziz so unaufhaltsam wie eine Gewehrkugel.

»Nein, Aziz. Danke für alles, was du für mich getan hast, aber kümmere dich jetzt um Esben. Ich komm schon klar.«

85

FREITAG, 18:47 UHR

Gustav wartete am Tor zum Innenhof, etwas außerhalb des Lichtkegels der Straßenlaterne, und zitterte vor Kälte. Die weiße Halskrause leuchtete wie ein polierter Knochen in der Dunkelheit. Margrethe hatte er gesagt, er wollte ein wenig frische Luft schnappen, stand aber jetzt da und zog hektisch an seinem Verdampfer. Eine Wolke aus Vanille schwebte über ihm. Seine ungelenken Bewegungen ließen unschwer erkennen, dass er immer noch starke Schmerzen hatte.

»Ich habe nicht viel Zeit. Sie macht gerade Lasagne«, sagte er.

Margrethe und Kochen? Jensen staunte wieder einmal über Gustavs Gabe, seine Chefin, die sie so gut zu kennen glaubte, als völlig fremden Menschen dastehen zu lassen.

»Wie geht es dir?«

»Gut, solange ich den Kopf nicht drehe. Warum hast du nicht auf meine Anrufe geantwortet?«

»Zu viel zu tun. Es gibt neue Entwicklungen. Was wolltest du mir denn sagen?«

Sie verstummten, als eine Frau am Tor vorbeiging, die beunruhigt von einem zum anderen sah. Jensen lächelte ihr zu und hob eine Hand zum Gruß, woraufhin die Frau schnell weitereilte.

»Du weißt, dass ich letzten Freitag bei Fie war und am Hauptbahnhof aus dem Zug ausgestiegen bin, ja?«, fing Gustav an, als sie allein waren.

»Ja. Weißt du jetzt, wer der Drogendealer war?«

»Das nicht. Aber ich erinnere mich an eine Nachricht, die ich von jemandem bekommen habe. Ich war unterwegs, um ihn zu treffen. Ich hatte eine Wegbeschreibung bekommen und hab mich an Google Maps gehalten.«

»Was?«

»Nach dem, was mir die Polizei gesagt hatte, war ich die ganze Zeit davon ausgegangen, dass es der Dealer war, der mich verprügelt hatte. Aber ich glaube, dass ich ihn überhaupt nicht getroffen habe.«

»Weißt du noch, wie du zu dem Treffpunkt gekommen bist?«

Vernehmlich schniefend schob Gustav seine Hände in die Taschen seines Hoodies. »Nein, und bevor du fragst: Ich habe auch nicht gesehen, wer mich krankenhausreif geschlagen hat. Ich erinnere mich nur an unzusammenhängendes Zeug. Dass ich mich an diesem rostigen Fahrradständer festgehalten habe, während ich zusammengeschlagen wurde, und an Blut, das mir auf die Turnschuhe spritzte.«

»Kannst du dich erinnern, wie die Person gesprochen hat?«

»Nein. Ich glaube auch nicht, dass etwas gesagt wurde.«

»Wen wolltest du denn treffen?«

»Das ist es ja. Deshalb verstehe ich die SMS nicht, die sie mir später geschickt hat. Ich habe sie dir weitergeleitet. Darin stand, dass wir uns immer wieder verpasst hätten. Ich glaube allerdings, dass wir uns dennoch getroffen haben.«

Er deutete auf seine Halskrause. »Ich vermute nämlich, dass sie das war.«

»Wer, sag schon?«

»Sie sagte, sie müsste mir etwas sagen. Das ginge aber nicht am Telefon, weil das zu unsicher wäre.«

»*Wer?*«

»Malene Grønfeldt.«

86

FREITAG, 19:24 UHR

»Na los, geh schon ran!«

In der Zahnarztpraxis ging niemand ans Telefon. Eine Handynummer von Grønfeldt hatte sie nicht. Aber sie musste ihn unbedingt erreichen, bevor es zu spät war. Sie musste ihn warnen.

Es hatte angefangen zu schneien. Winzige weiße Kristalle kündigten den herannahenden Blizzard an. Die Straßen leerten sich schnell, und die wenigen Fußgänger, die noch unterwegs waren, hasteten über den Bürgersteig, aus Angst, ihr Ziel nicht rechtzeitig zu erreichen.

Nachdem sie den geschützten Innenhof bei Margrethe verlassen hatte, traf Jensen die volle Wucht der Kälte mitten ins Gesicht. Der Schnee fegte waagerecht im phosphorgelben Schein der Straßenlaternen und deckte alles um sie herum zu, sodass die Häuser genauso gut auch Berge oder Bäume hätten sein können. Nicht ein Bus oder ein Taxi war zu sehen.

Sie lief die Østerbrogade hinunter, an den Seen vorbei, zum Bahnhof Østerport, doch S-Bahn und U-Bahn hatten den Betrieb eingestellt. Nicht einmal Leihfahrräder waren zu sehen. Sie verfluchte ihre miserable Kondition und lief zu Fuß weiter durch den dunklen Königsgarten, am Märchenschloss Rosenborg vorbei, weiter zu den Kanälen.

In der Magstræde hatte sich der Schnee bereits in einer dicken Schicht auf das Kopfsteinpflaster gelegt. Sie blieb stehen, stützte sich mit den Händen auf den Knien ab und schnappte nach Luft. Die eisige Kälte brannte ihr im Hals. Grønfeldts Haus lag im Dunkeln. Wegen der zu erwartenden Wetterlage und weil er allein war, hatte er sich vermutlich überlegt, die Praxis gar nicht erst zu öffnen.

Vielleicht war er unterwegs.

Vielleicht hatte er sich entschlossen, den Laden für eine Weile zuzumachen und wegzufahren.

Vielleicht kam sie aber auch schon zu spät.

Malene musste doch gewusst haben, dass sie irgendwann auffliegen würde. Möglicherweise war sie zu sorglos geworden, nachdem Thomas wegen des Mordes an Sandra ins Gefängnis gekommen war. Jensen schüttelte den Kopf bei der Vorstellung, wie Malene es zulassen konnte, dass einem unschuldigen, trauernden Vierzehnjährigen die Schuld gegeben wurde. Vermutlich war sie in heller Aufregung zu Sandra gefahren, nachdem sie von Grønfeldt erfahren hatte, dass diese ein Kind von ihm bekam. Anschließend hatte sie wahrscheinlich die Spuren beseitigt, um es so aussehen zu lassen, als wäre Sandra von einem Fremden erstochen worden.

Dann tauchte zufällig Thomas auf, rutschte in dem Blut aus und packte den Griff des Messers, um es seiner Mutter aus dem Bauch zu ziehen, weil er bereits anzuschwellen begann. Grønfeldt, der den ganzen Vormittag im Bett von Sandras verheirateter Freundin zugebracht hatte, konnte nur zu einem einzigen Schluss kommen. Malene musste einfach nur still sein.

Aber was passierte, als Thomas dann, nachdem er die Wahrheit über Malene herausgefunden hatte, anfing, Grønfeldt E-Mails zu schicken? Hatte er auch das als Geschwätz eines verstörten Kindes abgetan, das verzweifelt versuchte, sich von der Schuld zu befreien, der Mörder der eigenen Mutter zu sein?

Oder kannte er tief in seinem Inneren die Wahrheit?

Jensen spürte, wie ihr der Schweiß den Rücken hinunterlief, als sie sich mit einer Schulter gegen die Tür lehnte. Zu ihrer Überraschung gab sie nach.

»Hallo? Jemand da?«

Keine Antwort. Der Schnee wirbelte ins dunkle Treppenhaus hinein und sammelte sich auf dem Boden.

Jensen ging weiter, schloss die Tür hinter sich und spähte die Treppe hinauf, so wie sie es an dem Tag getan hatte, als sie Grønfeldt zum ersten Mal traf. Wie ahnungslos sie damals war. Sie schaltete die Taschenlampe ihres Handys ein und leuchtete durch die offene Tür in die Praxis.

Der Lichtstrahl fing die Lilien auf dem Empfangstresen ein. Sie waren über den Rand der Vase geknickt und erfüllten den Raum mit dem Gestank von Fäulnis. Das Wartezimmer war leer, ebenso Christians Büro und das Behandlungszimmer mit dem schwarzen Lederstuhl und der Toilette auf dem Flur. Die Pyramide aus schwarzen Kästen mit dem goldenen Schriftzug »CG« war von einer Staubschicht überzogen.

Über ihr knarrte eine Bodendiele.

»Christian.«

Behutsam stieg sie die Treppe zur Wohnung hinauf.

»Grønfeldt?«

Sie schob die Tür auf.

Da war etwas auf dem Boden.

Es war nass und klebrig, wie Sirup.

Die Beine rutschten ihr weg, sie fiel hin.

Da war noch etwas.

Eine Leiche.

Noch warm.

Sie spürte etwas über sich, ein Atmen in der Dunkelheit. Ein helles Licht blitzte vor ihren Augen auf, und ein stechender Schmerz durchzuckte ihre Schulter.

Sie schaute auf. »Du?«

87

FREITAG, 20:17 UHR

»Hallo.«

Nichts.

So weit war es inzwischen gekommen. Er konnte sein eigenes Haus betreten und wieder verlassen, ohne dass jemand Notiz davon nahm. (»Und wessen Schuld ist das?«, würde seine Frau sagen.) Er betrachtete sich im Spiegel im Flur. Monsen tadelte ihn oft wegen seines Äußeren, das ihn derber erscheinen ließ als die meisten der Kriminellen, die sie in Gewahrsam nahmen, und sein Chef hatte recht. Henrik vermutete jedoch, dass es nicht sein Äußeres war (wenngleich man ihn tatsächlich als schön bezeichnen konnte), sondern eher etwas mit seinen Augen zu tun hatte, diesem zynischen Blick, den er in seiner Jugend nicht gehabt hatte. Seine Gesichtshaut war im Laufe der Jahre grober, die Züge waren markanter geworden. Seine Hände waren von Schwielen übersät, die Fingernägel hart, als hätte er sich eine Rüstung wachsen lassen, und das war nur äußerlich.

Er hörte seine Frau und die beiden Älteren in der Küche über den Lärm des Fernsehers hinweg plaudern. Manchmal blieb er eine Weile im Flur stehen, um nicht zu stören und weil er seine düstere Welt nicht ins Haus hineintragen wollte.

Kaum betrat er die Küche, huschten die Kinder davon. Er unterdrückte den Drang, ihnen hinterherzulaufen. Seine Frau stand an ihrem üblichen Platz an der Kücheninsel, von dem sie wie eine Herrscherin den Überblick über alles hatte. Sie sah nicht auf, während sie die Sahne schlug, aber an der Art, wie sie den Schneebesen schwang, erkannte er, dass es mit ihrer Laune nicht zum Besten bestellt war. Auch zeigten ihre Züge eine gewisse Härte, was den dünnen, schwarzen Augenbrauen geschuldet war, die sie sich unbarmherzig mit einem Stift nachzog.

Henrik bedauerte die armen Geschöpfe an dem Gymnasium, an dem sie Direktorin war. Sie waren der Strenge seiner Frau wehrlos ausgeliefert. Sie war schon immer gescheiter gewesen als er. Das war schon so, als sie noch Teenager waren. Unerklärlicherweise hatte sie sich aber dennoch für ihn entschieden. (»Ich hätte jeden haben können.«) Damals war es sein burschikoses Auftreten, mit dem er sie für sich gewonnen hatte, sein ungestümer Sex-Appeal (ha!). Davon war heute nicht mehr viel geblieben; alle Jubeljahre einmal hatten sie Sex, wenn einer von ihnen bereit war, sich in den Staub zu werfen und den Anfang zu machen.

»Wo ist Oliver?«, fragte er.

Seine Frau sah ihn streng an. In dem Moment war Henrik klar, dass er nichts hätte sagen können, was seine Frau nicht als Provokation empfunden hätte.

»Wo ist Oliver? Wo ist Oliver? Kannst du nicht endlich mal eine andere Platte auflegen? Du hast drei Kinder, drei.«

Sie hatte recht; er war vernarrt in Oliver, das dritte Kind, das er nicht gewollt hatte. Nicht aus einem schlechten Gewissen heraus, obwohl er damit ein ganzes Buch hätte füllen können, sondern weil

Oliver so unkompliziert war und sie beide sich gut verstanden. (»Natürlich ist er unkompliziert, er ist ja erst sieben Jahre alt.«) Wenn er zu Hause war, wollte er am liebsten nur mit Oliver Fußball schauen oder neben ihm auf dem Sofa sitzen und irgendein hirnverbranntes Game auf der PlayStation spielen. Natürlich lag es daran, dass Oliver einerseits noch klein genug war, um sich mit derlei schlichten Vergnügungen zufriedenzugeben, und andererseits zu jung, um Widerworte zu geben. Und im Gegensatz zu den anderen hatte Oliver gegen seine Gesellschaft offenbar nichts einzuwenden, schien sie manchmal sogar zu genießen. Die beiden Älteren hatten sich auf die Seite seiner Frau geschlagen, während Oliver immer noch zum Team Henrik gehörte.

Er fragte sich, wie lange das noch so gehen würde.

Das Handy in seiner Tasche klingelte: Jensen.

Ausgerechnet jetzt.

Er lief sofort rot an im Gesicht und traute sich nicht, seine Frau anzusehen. Sie war sofort auf hundertachtzig.

»Wer ist das?«

Sie gab ihm nicht mal die Gelegenheit, zu antworten.

»Komm schon, Henrik. Seit Wochen bist du schon so komisch. Ist da noch jemand?«

Dieser *Jemand* stand zwischen ihnen.

Sie musste nicht ins Detail gehen.

»Wie kommst du darauf?«

»Komm schon, wer ist es?«

Nur das verband ihn in diesen Tagen noch mit ihr. Ihre Zuneigung fühlte er nur selten, aber beim leisesten Anzeichen von Interesse an einer anderen Person spürte er, wie sie ihm im Nacken saß.

Er sah sie trotzig an und rief in ihr die Erinnerung an den cleveren, wortgewandten jungen Mann wach, in den sie sich vor hundert Jahren verliebt hatte.

»Nein, aber wenn es so wäre oder wenn du jemanden hättest, könnten wir es uns gegenseitig wohl kaum vorwerfen. So können zwei Menschen einfach nicht zusammenleben.«

Das machte sie stutzig. Sie biss sich auf die Lippen, so, wie sie es immer tat, wenn sie über etwas nachdachte.

Aber es war niemals gut, wenn seine Frau anfing, über etwas nachzudenken.

Er wusste, dass sie an »ihn« dachte, ihren Kollegen Bo Petersen, der sich auf einer Weihnachtsfeier einmal an sie herangemacht hatte. (»Er stand total auf mich, und ich wäre am liebsten mit ihm nach Hause gegangen. Aber im Gegensatz zu manch anderen gebe ich mich nicht jedem sexuellen Verlangen hin, das mich überkommt.«)

Henrik war nicht stolz darauf, und er würde es auch vehement von sich weisen, sollte seine Frau es jemals herausfinden, aber eine Woche lang war er dem Mann in seinem kleinen, erbärmlichen Leben nachgestiegen, bevor er ihn zur Rede stellte. Sagen musste er nichts. Er stand nur im strömenden Regen in einem Hauseingang gegenüber dem Gymnasium und starrte Bo Petersen an, als er nach Schulschluss aus dem Gebäude kam.

Er hatte einen durchdringenden Blick, den er über viele Jahre hinweg perfektioniert hatte. Der Mann hatte sofort erkannt, wer er war, und sich gleich davongemacht, so wie kurz zuvor seine Schüler.

Danach hatten er und seine Frau ein paar Monate lang fantastischen Sex gehabt, auch wenn sich das Verlangen bald wieder abgekühlt hatte. Nichts war von Dauer. Natürlich gab Henrik sich die Schuld. Er nahm immer gleich alle Schuld auf sich. Seine Frau und Jensen, beide hatte er im Stich gelassen. Und beide hatten sie ihn an den Eiern.

Noch ein Ping. Diesmal kündigte es eine SMS an.

»Na«, sagte seine Frau, »willst du nicht rangehen?«

Sie sahen sich eine Weile in die Augen, bevor er der Versuchung nicht mehr widerstehen konnte, auf den Bildschirm zu schauen, und seiner Frau den Triumph überließ.

Es gab mehrere verpasste Anrufe und eine Sprachnachricht von Jensen. Die zweite Nachricht war von Mark.

Wir können wieder von vorn anfangen, Chef. Daniel Cuțov hat sowohl für den Mord an Thomas Mørk als auch für den an Tina Dyrby ein Alibi. Wir haben eine offizielle Zeugenaussage.

»Scheiße«, entfuhr es Henrik.

Dann hörte er Jensens Nachricht ab.

»Scheiße. Scheiße.«

Er griff nach den Schlüsseln.

»Was ist los?«, fragte seine Frau.

»Ich muss los.«

»Aber meine Eltern kommen doch heute zum Kaffee. Das habe ich dir schon vor Ewigkeiten gesagt. Sie sind in zwanzig Minuten hier.«

»Tut mir leid«, sagte er auf dem Weg durch den Flur. »Die Arbeit.«

Die Standardausrede aller Polizisten. Arbeit. Mehr als einmal hatte sie sich im Laufe der Jahre als nützlich erwiesen, wenn die Atmosphäre im Haus unerträglich geworden war.

Er schätzte, dass, rechnete man alle Worte zusammen, die er jemals zu seiner Frau gesagt hatte, das Wort *Entschuldigung* dasjenige war, das er am häufigsten gebraucht hatte.

Er war nicht übertrieben, wenn er behauptete, dass seine Schwiegereltern alles andere als erfreut darüber waren, dass ihre älteste Tochter ausgerechnet den größten Rüpel von der Schule mit nach Hause brachte. Im Laufe der Jahre fiel ihr Urteil etwas milder aus. Von Zuneigung konnte zwar weiterhin nicht die Rede sein, aber zumindest hatte sich eine Art Waffenstillstand entwickelt, der von seiner Anwesenheit bei wichtigen Familienereignissen und stillschweigender Billigung abhängig war.

Sein Schwiegervater, ein Selfmademan, der sich zu gut für das Arbeiterviertel war, wo er geboren wurde und aufgewachsen war, ignorierte ihn in der Regel und bedachte ihn jedes Mal, wenn Henrik am Esstisch das Wort ergriff, mit einem abwesenden Blick, als würde er ihn zum ersten Mal überhaupt bemerken.

Als er den Motor anwarf und das Blaulicht aufs Autodach setzte, dachte Henrik, dass sie an diesem Abend, wie eigentlich an jedem anderen auch, ohne ihn besser dran waren.

88

FREITAG, 20:41 UHR

Jensen versuchte vergeblich, sich hochzurappeln. Sie wusste, dass sie voller Blut sein musste, ihrem eigenen und dem auf dem Boden. Sie bemühte sich, den charakteristischen Geruch von Eisen auszublenden. Unter ihr lag der weiche, feuchte Körper von Malene. Sie wollte ihre Hand auf die Wunde an ihrer Schulter drücken, merkte aber schnell, dass ihr die Kraft dazu fehlte. Seltsam war, dass sie keinen Schmerz empfand.

»Nicht bewegen!«

Einem Säbel gleich hielt Grønfeldt das Messer mit beiden Händen vor sich. Jensen tastete in der Dunkelheit nach Malenes Puls. Nichts.

»Sie hat mir aufgelauert und sich hier oben hinter der Tür versteckt.«

»Ich glaube Ihnen«, sagte Jensen und hielt ihre Hände hoch. »Legen Sie bitte das Messer weg?«

Grønfeldt beachtete sie nicht. Er schien mit sich selbst zu sprechen. »Sie wollte einen Deal mit mir machen. Sie sagte, wenn ich sie decke, würde sie zurückkommen und den Verdacht der Ermittler in eine andere Richtung lenken. Wenn nicht, würde sie mich anzeigen.«

»Sie hat Sandra umgebracht. Thomas hat die ganze Zeit die Wahrheit gesagt«, sagte Jensen.

»Ich schwöre Ihnen, ich hatte keine Ahnung.«

»Sie waren an dem Tag bei Charlotte, Sandras Freundin.«

»Ich dachte, es würde die Dinge nur unnötig komplizieren, wenn die Polizei das erfährt, weil Sandra schwanger war. Deshalb hat Malene mir das Alibi gegeben.«

»Waren Sie beide da schon ein Paar?«

»Nein. In Malenes Vorstellung vielleicht. Sie mochte mich, ja. Als Sandra starb, war sie sehr verständnisvoll und einfühlsam. Sie hat mir angeboten, alles zu klären, mit der Polizei zu sprechen und auszusagen, dass sie an dem Tag mit mir in der Praxis gewesen sei. Alles ging so schnell, und ich war vollkommen durcheinander. Ich dachte doch nicht, dass diese kleine Notlüge jemandem schaden könnte.«

»Ihr habt dann erst mal angefangen, miteinander zu schlafen?«

»Nicht sofort. Es hat sich einfach so ergeben. Malene sieht gut aus. Ich war in Trauer, und sie war für mich da. Und irgendwann haben wir über Heirat gesprochen.«

»Und Sie hatten keine Ahnung, was sie mit Sandra gemacht hatte? Erwarten Sie wirklich, dass Ihnen das jemand glaubt?«

»Glauben Sie, was Sie wollen, es ist die Wahrheit. Am Tag unserer Hochzeit nahm sie mich beiseite und sagte, dass sie, wenn ich auch nur einmal fremdginge, der Polizei sagen würde, ich hätte sie gezwungen, mir ein falsches Alibi zu geben. Ich habe angenommen, sie wäre einfach nur eifersüchtig. Mir ist nicht in den Sinn gekommen, dass sie sich damit selbst deckte.«

»Thomas hat Ihnen ein paar Mal geschrieben, dass er es nicht war und mit dem Mord an seiner Mutter nichts zu tun hätte. Warum haben Sie ihm nicht geglaubt?«

»Ich habe ihn dort auf dem Küchenboden sitzen sehen, völlig außer sich, mit dem Messer in der Hand. Besudelt mit dem Blut seiner Mutter. Wie hätte ich glauben können, dass er unschuldig ist? Unmöglich. Außerdem hatte er sich Sandra gegenüber schrecklich benommen. Er hat gelogen und sie beklaut. Er hat ihr Geld aus dem Portemonnaie gestohlen. Ich glaube, er konnte es nicht ertragen, dass sie ein Kind von mir bekam.«

»Nichts deutet darauf hin, dass er etwas von der Schwangerschaft seiner Mutter wusste. Er hat die Wahrheit gesagt: Er hatte mit dem Mord nichts zu tun. Aber Malene wusste von dem Baby, oder?«

»Ich habe ihr gesagt, dass ich das Kind nicht haben will.«

»Wann war das?«

»Ein paar Tage vor Sandras Tod. Ja, ich weiß, wie sich das anhört! Malene hat damit gedroht, zur Polizei zu gehen.«

»Und es ist Ihnen nicht in den Sinn gekommen, dass sie ihre Gründe gehabt haben könnte, Ihnen zu drohen?«

»Nein. Nie. Es gab nicht den geringsten Grund, daran zu zweifeln, dass Thomas Sandra getötet hatte.«

»Außer dass er Ihnen das immer wieder gesagt hat. Nach seiner Entlassung aus der Jugendstrafanstalt ist er auf den Trichter gekommen. Er fand heraus, was sich an diesem Tag wirklich abgespielt hat, und er hat Ihnen immer wieder geschrieben. Aber Sie haben nicht reagiert, ihm nicht einmal geantwortet.«

»Ich dachte, jetzt ist er vollkommen durchgedreht, dass er im Gefängnis den Verstand verloren hatte«, brüllte Grønfeldt sie an, während er mit dem Messer herumfuchtelte.

»Und seit wann kennen Sie die Wahrheit?«

Jensen spürte, wie ihr kalt wurde. Die Zähne fingen an zu klappern, und sie hatte das Gefühl, keine Luft mehr zu bekommen.

»Sie hat es mir selbst gesagt. Mitten in der Nacht war sie in der Küche. Ich habe sie dabei beobachtet, wie sie das Blut von dem Messer abwusch, es sorgfältig abtrocknete und zurück in die Küchenschublade legte. Das Pappschild hat sie in der Spüle verbrannt und die Asche im Abfluss weggespült.«

»Und Thomas' Rucksack?«

»Sie hat mich gezwungen, Hanteln hineinzupacken und ihn in einem Eisloch zu versenken. Er liegt auf dem Grund des Kanals. Den findet niemand.«

»Sie hätten zur Polizei gehen können. Selbst wenn sie den Ermittlern von dem falschen Alibi für die Zeit erzählt hätte, in der Sandra ermordet wurde. Sie waren doch mit Charlotte Friis zusammen. Sie konnten Sandra ja gar nicht umgebracht haben.«

»Sie verstehen es nicht. Sie hat damit gedroht, der Polizei zu sagen, ich hätte Thomas umgebracht. Sie sagte, sie hätte ein Foto von mir und ihm gemacht, das sie der Polizei geben würde.«

»Wie bitte? Wann denn?«

»Ich bin nicht blind. Ich habe ihn an dem Tag mit seinem kleinen Schild dort sitzen sehen. Er tat mir leid. Malene hat mir zugeredet, hinzugehen, mit ihm zu sprechen und ihn davon zu überzeugen, dass er geht. Ich habe ihm in der Nähe eine Unterkunft gesucht, die Adresse auf einen Zettel geschrieben und ihm gegeben. Dabei muss Malene das Foto von uns gemacht haben.«

»Das *Fuglereden.*«

»Genau.«

»Und Malene?«

»Wie gesagt, sie hat mich bedrängt, es zu tun. Sie hat sogar eine Flasche heiße Schokolade gemacht, die ich ihm geben sollte.«

Das Benzodiazepin. Malene hatte alles sehr genau geplant.

»Und Sie haben es getan?«

»Ja. Zuerst wollte er nichts trinken, aber ich habe ihn dazu überredet. Ich wollte ihm sagen, dass er sich in Malene täuscht, aber er wurde wütend und hat mich weggestoßen. Ich wollte ihn am Arm hochziehen, aber er ließ sich einfach fallen, sodass ich ihn die Straße entlangzerren musste. Dann ist mir der Kragen geplatzt, und ich habe ihn da liegen lassen. Ich bin ins Haus zurück und ins Bett gegangen. Ich nehme an, dass Malene nach mir hingegangen ist.«

»Und Ditte?«

»Möglich, dass Malene mich warnen, mir deutlich machen wollte, wozu sie imstande ist. Um ehrlich zu sein, tat es mir nicht einmal leid. Seit Jahren verlangte Ditte Geld von mir. Sie hatte herausgefunden, dass ich an dem Tag, als ihre Schwester starb, nicht in der Praxis gewesen war. Nach Thomas' Tod habe ich nicht mehr gezahlt. Da ist sie ausgerastet. Sie ist hergekommen und wollte Geld, sonst würde sie zur Polizei gehen. Sie war eine richtige Nervensäge.«

Jensen legte sich auf den Fußboden. Das Blut, die tote Malene, alles blendete sie aus. Müdigkeit überkam sie. Ihre Stimme klang schwach und weit weg. »Malene hat Tina Dyrby erstochen, um es so aussehen zu lassen, als wäre Thomas Opfer einer Mordserie. Und als Ditte zu lautstark wurde, hat sie die auch umgebracht.«

»Das wusste ich nicht.«

»Das glaube ich Ihnen nicht«, sagte Jensen.

Der Hund fiel ihr wieder ein. Malene hatte die Adresse von Esbens Sommerhaus vermutlich in Gustavs Handy gefunden, nachdem sie ihn zusammengeschlagen hatte.

»Ich habe niemanden niedergestochen, das war Notwehr«, fuhr Grønfeldt fort. Seine Stimme wurde schriller. »Ich habe ihr gesagt, sie solle sich stellen, aber sie meinte nur, dass die Polizei keine Beweise hätte und wir es schaffen könnten. Wir beide.«

Jensen schloss die Augen und spürte, wie ihre Kräfte schwanden. Möglich, dass Grønfeldt unschuldig war, aber er hätte die Verbrechen verhindern können, wenn er bereit gewesen wäre, einmal in seinem Leben Verantwortung zu übernehmen.

»Sie wollte es nicht einsehen und hat damit gedroht, mich bei der Polizei anzuzeigen. Dann hat sie das Messer herausgeholt. Es gab einen Kampf, und irgendwie ist sie dabei zu Tode gekommen.«

Jensen überlegte, dass die Menge an Blut auf dem Boden nicht nur von einer versehentlichen Stichwunde herrühren konnte. Aber das zu beurteilen, war Sache von David im *Rigshospitalet.* Er würde es mit Sicherheit feststellen können.

Sie sah Malenes und ihre eigene Leiche vor sich, wie sie nebeneinander auf den Obduktionstischen lagen, während David und Henrik sich mit abgeklärter Professionalität an die Untersuchung machten. Würde Henrik überhaupt eine Träne vergießen? Irgendwie konnte sie sich das nicht vorstellen.

»Ich habe eine andere Frau kennengelernt«, sagte Grønfeldt. »Maja. Sie ist wunderschön und eine ehrliche Haut. Ich will ganz von vorne anfangen.«

»Damit werden Sie nicht durchkommen«, hauchte Jensen.
»Sie sind die Einzige, die weiß, was passiert ist.«
»Was ich weiß, habe ich an die Polizei weitergegeben. Es ist nur eine Frage der Zeit, bis sie hier auftaucht.«
»Blödsinn«, sagte Grønfeldt. »Dass Sie hier sind, weiß doch niemand. Keiner wird kommen.«
Sie spürte das Vibrieren ihres Handys in der Hosentasche, brachte aber nicht die Kraft auf, danach zu greifen. Wahrscheinlich war es Aziz, der wissen wollte, ob alles in Ordnung sei. Ihm würde bestimmt der Abend wieder einfallen, als er in der Straße vor Esbens Sommerhaus übernachtet hatte und alles gut gegangen war, obwohl sie ihm nicht, wie versprochen, eine SMS geschickt hatte. Es würde noch eine Weile dauern, bis er sich wirklich Sorgen machen würde, und selbst dann würde er zuerst beim *Dagbladet* nach ihr suchen.
»Es gibt keine Beweise, dass ich etwas wusste.«
»Und ich«, sagte Jensen schwach. »Welche Erklärung werden Sie dafür haben?«
»Sie wollten mit mir sprechen, haben aber Malene angetroffen. In Notwehr haben Sie sie getötet, sind aber an den Verletzungen gestorben, die sie Ihnen zugefügt hatte. Tragischerweise kam für Sie jede Hilfe zu spät.«
»Was?«, sagte Jensen.
Grønfeldt ging davon.

89

FREITAG, 20:50 UHR

Manchmal waren die Dinge ganz einfach. Es gab einen Augenblick, in dem man genau wusste, was zu tun war, und man tat es, ohne groß darüber nachzudenken, warum. Meistens aber war es nicht so. Es gab Nuancen zwischen richtig und falsch, Selbstzweifel, die einen plagten, und schließlich ließ man die eine Chance, die einem geboten wurde, wenn auch mit einem Gefühl der Unzufriedenheit, ziehen.

Henrik hätte es fast nicht geschafft. Er saß zwar schnell genug im Auto, aber auf der Straße lag eine dicke Schneeschicht, die vom Wind aufgewirbelt wurde, sodass er kaum noch sehen konnte, wohin er fuhr. In den Nachrichten hatten sie gewarnt, man solle sich nur im Notfall hinausbegeben.

Bald schon war er ganz allein unterwegs. Die Nase fast an der Windschutzscheibe und mit schweißnassen Händen kam er mit kaum mehr als zehn Stundenkilometern voran. Mindestens ein Dutzend Mal hatte er zwischendurch versucht, Jensen zu erreichen, landete aber immer nur auf ihrer Mailbox. (»Komm schon, geh endlich ran!«, schrie er sein Handy an.)

Die grobkörnigen Bilder der Überwachungskamera aus der Magstræde tauchten vor seinem geistigen Auge auf. Hatte er also doch recht gehabt und in der Nacht tatsächlich eine Frau im Schnee davonlaufen sehen. War Malene Grønfeldt von jemandem überrascht worden, oder wollte sie einfach nur weg? Schon möglich, dass sie es nie erfahren würden.

Jensen konnte einfach keine Ruhe geben. Sollte sie nicht schon tot sein, würde er das jetzt eigenhändig erledigen. Aber ihm war klar, dass er die Schuld trug an dem, was passiert war. Er hatte nach einem Serienmörder gesucht, wie es von Malene Grønfeldt beabsichtigt war, obwohl ihm sein Instinkt gesagt hatte, dass es falsch war. Er hatte sich von Monsen unter Druck setzen lassen, hätte aber auf Jensen hören sollen. Thomas' Tod war kein Zufall. Alles hing zusammen, und Malene Grønfeldt hatte nicht nur zwei, sondern gleich vier Morde auf dem Gewissen und Gott weiß, was noch alles.

Kopenhagen wirkte wie eine Geisterstadt, eine Kältesteppe, durch die der Wind peitschte. Nicht ein Auto war unterwegs. Bis auf die wenigen tollkühnen Fußgänger, die sich gegen den Orkan stemmten, war niemand zu sehen. Stellenweise war kaum zu erkennen, wo der Bürgersteig endete und die Straße anfing. Am Schloss Christiansborg musste er den Wagen stehen lassen und sich das letzte Stück zu Fuß auf den Weg in die Magstræde machen. Die Pistole hatte er bereits aus dem Holster gezogen und schussbereit in der Hand. Der Strom war ausgefallen, die Straßenlaternen waren erloschen. Die Häuser lagen im Dunkeln; es war nicht seine Stadt, sondern eine sonderbare, verkehrte Welt, die mit einem surrealen bläulichen Licht von unten angestrahlt zu werden schien.

In Grønfeldts Haus herrschte vollkommene Dunkelheit, kein Laut war zu hören. Hatte er vielleicht etwas falsch verstanden? Sollte Jensen inzwischen etwa wohlbehalten zurück in Hornbæk sein? (»Das glaubst du doch selbst nicht, Jungersen.«)

Er lehnte sich mit der Schulter gegen die Tür und stolperte ins Treppenhaus. Der Boden war nass. Über sich glaubte er, Stimmen zu hören. Augenblicklich zeigte seine Polizeiausbildung Wirkung. Außerdem waren da die vielen Jahre, in denen er sich immer wieder geirrt hatte.

Er rief nichts in die Stille hinein, und er rannte auch nicht weg, sondern huschte flink und lautlos die Treppe hinauf, knipste seine Taschenlampe an und zielte mit seiner Waffe in die Richtung des Lichtstrahls.

Grønfeldt hörte ihn nicht. Henrik öffnete die Tür, und der Moment der Wahrheit war für ihn gekommen, als er Jensen blutüberströmt am Boden liegen sah. Jegliche Selbstzweifel waren verflogen, als er die Waffe auf den Mann mit dem Messer richtete und abdrückte.

Krachend löste sich der Schuss und machte ihn einen Augenblick lang taub.

»Bitte«, flehte er den Gott an, an den er schon lange nicht mehr glaubte. »Lass sie noch am Leben sein.«

90

SAMSTAG, 14:42 UHR

»Sie haben eine ziemlich schwere Verletzung an der Schulter. Und Sie werden starke Schmerzen bekommen, wenn ich die Kanüle jetzt entferne«, erklärte die Krankenschwester.

»Ein paar Morphium-Tabletten reichen mir«, sagte Jensen. »Bitte ziehen Sie sie raus.«

»Vergessen Sie es. Ein Nein als Antwort lässt sie grundsätzlich nicht gelten«, tönte eine vertraute Stimme von der Tür her.

»Aziz!«

»Warum hast du nicht angerufen?«, fragte er.

Die Krankenschwester schaute von Aziz zu Jensen und wieder zu Aziz. »*Sie* sind also ihr Freund«, bemerkte sie.

»Nein«, korrigierte Jensen. »Wie kommen Sie denn darauf?«

»War nur so eine Vermutung. Bei Schichtbeginn heute früh war noch ein anderer Mann hier. Er hat die ganze Nacht auf der Stuhlreihe im Flur geschlafen. Er hat mich gefragt, ob alles in Ordnung ist mit Ihnen, und wollte nicht eher gehen, bis er einen Arzt gesprochen hatte. So, wie er von Ihnen gesprochen hat, dachte ich, er wäre Ihr Freund oder Ehemann, aber er sagte, er sei nur *ein* Freund.«

»War der Mann groß, mit Glatze, Lederjacke? Irgendwie ein derbes Gesicht?«

Die Krankenschwester nickte. »Kennen Sie ihn?«

»Ja, ich kenne ihn.« Jensen lächelte.

Sie wandte sich zu Aziz um und jaulte kurz auf vor Schmerzen, als sie ihre Beine aus dem Bett schwang und die Füße auf den Boden stellte. Um sie herum drehte sich alles.

»Wo ist meine Hose?«, fragte sie.

»Es wäre schon gut, wenn du aufstehst«, sagte Aziz.

»Die Polizei hat Ihre Sachen mitgenommen. Anscheinend als Beweismittel. Aber Sie dürfen noch nicht aufstehen«, erklärte die Krankenschwester.

Aziz hielt eine Netto-Tüte hoch. »Ich bin nach Hornbæk gefahren und hab dir ein paar Klamotten besorgt. Ich hoffe, es sind die Richtigen.«

»Jetzt reicht's. Ich hole den Arzt«, sagte die Schwester und stürmte aus dem Zimmer.

Aziz hatte eine Jogginghose, einen Pullover, ein Paar Socken und Turnschuhe eingepackt. Sogar an eine Zahnbürste und frische Unterwäsche hatte er gedacht.

»Warum bist du hergekommen, Aziz?«, fragte sie und lief unwillkürlich rot an, als sie ihren Schlüpfer aus der Tasche zog.

»Esben hat mich geschickt. Er meinte, du würdest dich hier vermutlich nicht lange aufhalten wollen, also hat er mich gebeten, dich abzuholen. In England steht ein Zimmer für dich bereit. Außerdem soll ich dir das hier geben.«

Aziz holte einen riesigen Blumenstrauß hinter dem Rücken hervor. Jensen stellte sich Esben in einem edlen Blumenladen vor, wie er den teuersten Strauß verlangte, den sie zusammenstellen konnten.

Sie lächelte. »Typisch Esben.«

»Eine Karte ist auch dabei.«

Die Nachricht war mit einem Füllfederhalter in blauer Tinte in Esbens schrecklicher Kinderschrift gekritzelt. Der Anblick rührte sie.

Jetzt mach dein Ding.

»Blumen sind hier nicht erlaubt«, bemerkte die Krankenschwester, als sie zurückkam. Ihr folgte eine große Frau mit einem langen, silbergrauen Zopf, der ihr hinten über den weißen Kittel fiel.

»Ich kann mir denken, dass Sie rauswollen«, meinte die Ärztin mit einem müden Lächeln.

»Möchte ich, ja, wenn Sie das verantworten können«, sagte Jensen.

»Ihre Verletzung ist weniger schlimm, als wir zunächst befürchtet hatten, als Sie blutüberströmt eingeliefert wurden.«

»Das meiste davon war ja nicht von mir.«

»Sie werden trotzdem noch eine ganze Zeit ziemlich schwach sein.«

»Ich kümmere mich um sie«, schaltete sich Aziz ein und schwang den riesigen Blumenstrauß wie ein ungeduldiger Verehrer.

»Ich kann Sie nicht zwingen«, fügte die Ärztin hinzu.

»Können Sie nicht, richtig, aber trotzdem vielen Dank«, sagte Jensen.

»Ich bringe sie in ihr Hotelzimmer und sorge dafür, dass sie dortbleibt, bis es ihr besser geht«, versprach Aziz.

Er trug Jensen förmlich zum Zimmer hinaus, fuhr mit ihr im Aufzug hinab und setzte sie in die schwarze Limousine. Dort hatte er schon eine Fleecedecke für sie auf den Rücksitz gelegt, in die sie sich einwickelte.

Sie verließen das *Rigshospitalet* und fuhren in Richtung der Seen und des Stadtzentrums davon. Kopenhagen lag unter einer sonnenbeschienenen weißen Decke. Ein Mann auf Langlaufskiern fuhr am Straßenrand entlang und zog ein kleines Mädchen auf einem Schlitten hinter sich her.

Sie lehnte die Stirn gegen die kühle Fensterscheibe und suchte Aziz' Augen im Rückspiegel. »Wir fahren doch nicht etwa ins *d'Angleterre*, oder?«

»Nein«, sagte er mit einem Lächeln in den Augen. »Noch nicht. Esben hat mir strikte Order gegeben.«

»Danke, Aziz. Ich danke dir für alles.«

»Keine Ursache«, sagte er, und sie sah einen Anflug von Verlegenheit über sein Gesicht huschen.

Trotz all der Zeit, die sie zusammen verbracht hatten, wusste sie nur wenig über ihn. Weder kannte sie den Namen seiner Frau noch die Namen seiner Kinder. Bevor der Rathausplatz in Sicht kam, wusste sie jedoch bereits, wohin er sie bringen würde.

91

SAMSTAG, 14:01 UHR

Margrethe wartete mit Yasmine und Gustav in der Lobby auf sie.

»Was für ein Aufgebot«, sagte Jensen.

»Dein Freund, dieser Abgeordnete, hat uns einen Tipp gegeben«, sagte Margrethe. »Was für ein unmöglicher Mensch. Ich habe nie verstanden, was du an diesem Idioten findest.«

Gustav ging auf Jensen zu und nahm sie unbeholfen in den Arm.

»Autsch«, jaulte sie auf.

»Mit einer Hand wirst du wohl kaum richtig tippen können.«

»Nein, aber ich nehme an, du kannst das.«

Sein Blick wanderte von ihr zu Margrethe und wieder zurück. Dann deutete er auf die eigene Brust. »Ich?«

»Na bitte«, sagte Margrethe. »Dann haben wir ja endlich eine Verwendung für dich gefunden.«

»Zwei Verwendungen«, erwiderte Jensen. »Als Erstes gehst du runter zu Liron und holst mir einen Kaffee, okay?«

Margrethe begleitete Jensen die Treppe hinauf in ihr Büro unter dem Dach. Sie machte kurz Anstalten, Jensen am gesunden Arm zu stützen, überlegte es sich aber anders und ging stattdessen voraus, sodass Jensen nichts anderes übrig blieb, als sich an der Wand abzustützen. Mochte sie auch die beste Redakteurin der Welt sein, als Krankenschwester wäre Margrethe nicht zu gebrauchen.

Jensen ging zum Fenster in der Dachgaube und blickte auf die schneebedeckten Dächer von Kopenhagen hinab. Das Licht der Wintersonne ließ sie so unschuldig und melancholisch erscheinen wie ein Gemälde aus dem Goldenen Zeitalter der dänischen Kunst.

»Margrethe, ich …«, fing sie an, aber Margrethe unterbrach sie und hielt sich mit den Händen die Ohren zu.

»Egal, was du sagen willst, ich will es nicht hören. Ich nehme an, du hast alles, was du brauchst. Wenn nicht, ruf mich an.« Sie deutete auf das Telefon auf dem Tisch, auf dem schon eine Staubschicht lag. »Wie man so etwas benutzt, weißt du noch?«

Während sie auf Gustav wartete, wählte Jensen die Fotos aus, die sie von dem toten Thomas in der Magstræde gemacht hatte, und leitete sie Margrethe weiter.

Ich habe gelogen. Ich habe an diesem Morgen sehr wohl Fotos gemacht. Entschuldigung.

Aus Hennings Büro ertönte das Geräusch von jemandem, der mit zwei Fingern tippt. Vielleicht arbeitete er schon am Nachruf von Christian Grønfeldt. Aber möglicherweise war es der Zahnarzt nicht einmal wert, der Versager, der seinen Vater und darüber hinaus alle Frauen, mit denen er zusammen gewesen war, so sehr enttäuscht hatte. Dass Malene durch Grønfeldts Hand gestorben war und er selbst schwer verletzt und bewacht auf der Intensivstation lag, empfand sie als eine Art poetische Gerechtigkeit. Für Tina Dyrby gab es jedoch keine Gerechtigkeit. Malene hatte sie umgebracht, um es so aussehen zu lassen, als sei der Mord an Thomas das Werk eines Verrückten gewesen, der wahllos Obdachlose tötete.

Doch reiner Zufall war selten etwas. Darüber würde sie mit Henrik noch sprechen müssen. Sie checkte ihr Handy. Immer noch keine Nachricht von ihm. Womöglich traute er sich nicht in ihre Nähe. (»Ich muss dich endgültig aus dem Kopf bekommen«, hatte er einmal zu ihr gesagt.)

Henrik schreckte nicht davor zurück, jemanden zu erschießen – schon gar nicht ihretwegen –, aber sie wusste, dass er wollte, dass Grønfeldt überlebte, ohne sich durch irgendeinen Deal der Gerechtigkeit entziehen zu können. Vermutlich wartete er im Krankenhaus darauf, dass Grønfeldt aufwachte, damit er ihn vernehmen konnte.

Jensen sah sich im Büro um. Seit sie zurück in Dänemark war, hatte sie keine Gelegenheit gehabt, es sich zu eigen zu machen.

Trotzdem fühlte es sich auf unerklärliche Weise wie ein Zuhause an. Die Aussicht aus dem Fenster würde sie vermissen.

»Liebe Grüße von Liron. Der hier geht aufs Haus.«

Gustav stand mit einem großen Pappbecher in der Tür, aus dem ihr eine süßliche Kardamom-Note entgegenströmte.

»Er sagt, er ist froh, dass wir beide am Leben sind und nun allein klarkommen. Keine Gratisgeschenke mehr.«

Jensen lächelte.

»Willst du jetzt doch bleiben?«, erkundigte sich Gustav.

»Nein«, sagte sie. »Ich habe hier nichts mehr verloren.«

»Aber ich bin doch da.«

»Du kommst ohne mich besser klar. Ich rede mit Frank und lege ein gutes Wort für dich ein.«

»Nee, nee«, sagte Gustav. »Ich sehe mich nach etwas anderem um. Liron sagt, er könnte einen Assistenten gebrauchen. Vielleicht mache ich mich selbstständig und kaufe mir einen eigenen Wagen.«

Jensen lächelte. »Träum weiter«, sagte sie. »Aber jetzt setz dich hin, und fang an zu tippen.«

»Ich bin aber sehr langsam.«

»Bestimmt nicht so langsam wie ich«, entgegnete sie und hielt ihren bandagierten Arm hoch.

»Fertig? Es geht los. *Unschuldig*. Von Gustav Skov und Jensen.«

»Wie?«

»Wir sind beide an der Geschichte beteiligt. Das macht man so, Partner.«

Sie brauchten über zwei Stunden. Um fünf Uhr nachmittags war der Artikel der meistgelesene in der Onlineausgabe des *Dagbladet* und wurde von allen Nachrichtenanbietern in Dänemark aufgegriffen. Jensen hatte zwölf Interviewanfragen abgelehnt, darunter drei, wo sie später am Abend im Fernsehen hätte erscheinen müssen.

»Damit erst gar kein Missverständnis aufkommt: Solltest du erwarten, dass ich dich anflehe zu bleiben, dann kannst du lange warten«, sagte Margrethe, als sie sie mit Yasmine und Gustav im Aufzug wieder hinabbegleitete.

Jensen lachte. »Ich sollte mich besser nach einem anderen Beruf umsehen. Über kurz oder lang seid ihr ja doch alle weg.«

»Du schreibst uns zu früh ab«, entgegnete Margrethe. »Kannst du dir ernsthaft vorstellen, den Rest deines Lebens in irgendeiner Pressestelle zuzubringen, in der du dich mit den Anrufen von drittklassigen Journalisten herumschlägst?«

»Eher nicht. Aber vielleicht eröffne ich ein Hotel oder werde Busfahrerin.«

»Dass ich nicht lache«, sagte Margrethe. »Du bist doch zu nichts anderem zu gebrauchen. Und das ist die nackte Wahrheit: Wir machen das hier so lange, bis sie uns mit den Füßen voran hinaustragen.«

92

SONNTAG, 17:02 UHR

Was hatte sie erwartet? Dass Henrik das Versprechen einhalten würde, das er ihr vor ein paar Tagen gegeben hatte, bevor Grønfeldt versucht hatte, sie umzubringen? Henrik, der sein Lebtag noch kein Versprechen gehalten hatte? Schon wieder hatte sie erwartet, dass er sich wie ein normaler Mensch verhielt und zurückrief.

Immer wieder hatte sie ihm Nachrichten geschickt, um sich zu bedanken und ihm zu sagen, dass sie im *d'Angleterre* übernachtete und wann ihr Flug ging. Auf nicht eine davon hatte er reagiert. Sie hatte mit Esben in der Lobby gewartet, bis Esben der Warterei schließlich ein Ende setzte und sie zum Auto brachte, in dem Aziz vor dem Hotel auf sie wartete.

»Scheißbulle.«

»Immerhin hat er mir das Leben gerettet, Esben.«

»Er hat nur seinen Job gemacht. Mit Romantik hat das nichts zu tun. Außerdem hat er es nicht einmal für nötig gehalten, sich von dir zu verabschieden.«

Im Auto auf dem Weg zum Flughafen empfand Jensen jedoch keinen Groll. Treffen zwischen ihr und Henrik nahmen sowieso nie ein gutes Ende. Es war besser, wenn sie in verschiedenen Ländern waren, in denen sie jeweils davon träumen konnten, was hätte sein können und was noch sein könnte.

Wenn denn Ostern und Pfingsten auf einen Tag fielen.

Im Flughafen Kastrup winkte sie Esben und Aziz von der Rolltreppe aus zu.

»Versau's nicht mit deinem reichen Engländer. Ich komme rüber, sobald diese verdammte Wahl vorbei ist, und dann gehen wir ins Claridge's und feiern«, hatte Esben gesagt und sie so fest umarmt, dass ihr der Schmerz wie ein Stich durch die Schulter fuhr.

»Was macht dich so sicher, dass du gewinnst?«

»Ha! Du hast offensichtlich die Umfragen von heute Morgen nicht gelesen. Deine Story, in der es offensichtlich nicht um die Versorgung der Schwächsten der Gesellschaft ging, hat die Opposition in die Knie gezwungen. Margrethe Skov dürfte toben.«

»Du meinst, ich habe ungewollt dazu beigetragen, dass ihr an der Macht bleibt?«

»Ich kann dir gar nicht genug danken, Liebes, würde es aber gerne, wenn ich darf«, hatte Esben mit seinem frechsten Lächeln gesagt.

Sie schlug die Hände vors Gesicht. »Um Gottes willen, was habe ich getan?«

»Zu spät.«

Unten hob sich eine massige Gestalt von der wuseligen Menschenmenge ab, Aziz winkte zum Abschied. Sie warf ihm einen Kuss zu, drehte sich um und ging zu den Gates. Während sie mit ihrer Bordkarte beschäftigt war, summte ihr Handy in der Hosentasche.

Wahrscheinlich Henrik mit seinem untrüglichen Gespür für schlechtes Timing.

Das Handy surrte erneut.

Und noch einmal.

Schließlich ging sie ran. Unbekannte Nummer.

»Hallo, Miss Jensen.«

Deep Throat.

»Wie kommen Sie an meine Nummer?«

»Verrate niemals deine Quelle. Sagt ihr Journalisten doch auch immer.«

»Es ist sehr laut in der Leitung … Moment, ist das ein Hubschrauber?«, wollte sie wissen.

»Ja, ich fliege gleich los, also hören Sie zu. Carsten Vangede wurde heute Vormittag erhängt aufgefunden.«

»Wo?«

»In seiner Wohnung in Gentofte.«

Und sie hatte sich nicht einmal mehr die Mühe gemacht, den Mann zurückzurufen. Zu sehr war sie mit der Geschichte beschäftigt gewesen, an der sie eigentlich gar nicht hätte arbeiten sollen, statt sich um das zu kümmern, was Margrethe ihr aufgetragen hatte.

Sie tastete nach dem Brillenetui in ihrer Tasche. Es war noch da. »Er hat sich also das Leben genommen«, sagte sie. »Wie furchtbar. Er hat es nicht verwunden, dass sein Geschäft nicht mehr lief.«

»Genauso wird es die Polizei sehen, aber so ist es nicht.«

»Wie meinen Sie das?«

»Denken Sie mal nach. Warum bucht ein Mann einen Flug nach Thailand, wenn er vorhat, sich zu erhängen?«

»Hatte er das?«

Das Motorengeräusch im Hintergrund wuchs zu einem ohrenbetäubenden Dröhnen an. »Ich muss los«, schrie Deep Throat ins Handy.

»Moment noch … Was meinen Sie damit?«

Das Gespräch wurde unterbrochen. Vielleicht würde Deep Throat mit Frank sprechen, wenn er erfuhr, dass sie nicht mehr im Lande war. Aber vielleicht wusste er ja schon, was sie vorhatte? Sie sah in die teilnahmslosen Gesichter der anderen Reisenden, um sich zu vergewissern, dass niemand ihr folgte, und suchte die Decke nach Kameras ab.

Carsten Vangede war pleite gewesen. Aber war jemand, dem man durchaus zutrauen konnte, für sich selbst zu sorgen, wirklich selbstmordgefährdet? Dieses vertraute Kribbeln stieg in ihr auf.

In dem Moment fiel ihr ein, dass die Weiterverfolgung des Hinweises von Deep Throat nicht die einzige Aufgabe war, die sie in Kopenhagen unerledigt zurückließ: Gustav hatte ihr immer noch nicht gesagt, warum er von der Schule geflogen war. Er schien ein anständiger Junge zu sein. Er war zwar verdammt anstrengend und jähzornig, aber er hatte das Herz auf dem rechten Fleck. Was könnte gereicht haben, damit die Schule ihn rauswarf?

Das alles könnte er ihr auf dem Weg nach Gentofte erzählen. Sie wählte seine Nummer.

93

SONNTAG, 17:21 UHR

Nach einer halsbrecherischen Fahrt mit Blaulicht aus der Stadt heraus hatte Henrik den Wagen direkt vor dem Terminal abgestellt.

Für Monsen war er jetzt der Held. Und da der Fall nun gelöst war, war sein Boss für die streitbare Ministerpräsidentin, deren Stern in den Umfragen wieder aufging, unangreifbar geworden. Monsen hatte darauf bestanden, ihn in sein Haus in Lyngby einzuladen, um sich persönlich bei ihm zu bedanken – ein paar unangenehme Stunden. Deshalb hatte er Jensen nicht rechtzeitig vom Hotel abholen können. Den ganzen Nachmittag hatte er das Summen ihrer Anrufe in der Tasche gespürt.

Es war noch nicht zu spät. Mit etwas Glück war sie noch da, gab ihren Koffer auf und nestelte an ihrer Bordkarte herum.

Angefressen, aber da.

Sehr angefressen.

Am Flughafen angekommen, brachte er es nicht über sich, auszusteigen und in das Terminal zu gehen.

Seit er ein Junge gewesen war, hatte er nicht mehr geweint. Jetzt aber kamen ihm die Tränen, dick und heftig. Tränen des Bedauerns, wegen all der Dinge, die hätten wahr werden können. (»Alles Selbstmitleid«, hätte seine Frau gesagt.)

Es war immer Jensen gewesen, seit er sie zum ersten Mal gesehen hatte. Seine Frau auch, vor Jahren, als sie fünfzehn und schön wie eine Göttin gewesen war. Aber sie beide hatten sich gegenseitig aufgerieben, und jetzt war nichts mehr übrig außer dem Versprechen, das sie einander einst gegeben hatten. Doch war er wirklich bereit, sich von ihr abzuwenden? Das Haus zu verlieren, die Kinder gegen sich aufzubringen (sogar, Gott bewahre, Oliver) und allein in einer beschissenen Wohnung zu enden, mit fünfzig Prozent des sogenannten fantastischen Lebens, das er und seine Frau gemeinsam aufgebaut hatten?

Er bezweifelte, dass Jensen ihn in Ruhe lassen würde, zumal wenn man bedachte, wie er sie all die Jahre behandelt hatte. Doch irgendwie hatte sie immer noch einen festen Platz in seinem Herzen, und jetzt war er hier am Flughafen und schluchzte wie ein liebeskranker Teenager, weil sie losfliegen und ihn verlassen wollte. Aber für einen liebevollen Abschied war es jetzt zu spät.

Zu spät für die meisten Dinge, außer für den Versuch, zu retten, was von seiner Ehe noch übrig war, und in die Realität zurückzukehren. Später würde im Fernsehen Fußball laufen. Er hatte Oliver versprochen, pünktlich zum Spiel zu Hause zu sein. Sie wollten sich eine Pizza zum Mitnehmen holen.

Er nahm das Blaulicht vom Dach und warf es zusammen mit dem Polizei-Schild vom Armaturenbrett auf den Rücksitz. Dann wischte er sich die Nase mit dem Handrücken ab, beugte sich zum Handschuhfach hinunter und holte das Souvenir heraus, das er aus dem Sommerhaus dieses Clowns namens Esben mitgenommen hatte. Zugegeben, etwas kindisch, aber Jensens schwarzer Schlüpfer in der Hand fühlte sich seltsam beruhigend an. Er würde klarkommen. Es war ja niemand gestorben; alles war einfach wieder so, wie es vorher gewesen war.

Und wer wusste schon, was passieren würde?

Eines Tages. Oder in einem anderen Leben.

»Was zum Teufel?«

Er ließ den Schlüpfer fallen und starrte ungläubig durch die Windschutzscheibe. Es war Jensen, die mit einem Arm in der Schlinge und einem Telefon am Ohr aus dem Terminal gehumpelt kam, gefolgt von einem Dienstmann, der ihr Gepäck schleppte. Zielstrebig steuerte sie auf die Taxis zu.

»Mist, Mist, Mist.«

Was hatte sie vor? Seit dem ersten Tag, an dem er sie kennengelernt hatte, auf der faden Feier des Botschafters in London, vor all den Jahren, hatte diese Frau nur Ärger gemacht.

Nichts als Ärger.

Vor ihrem Treffen an jenem Morgen in der Magstræde hatte er vergessen, wie es sich anfühlte, verliebt zu sein. Er hatte befürchtet, dass er das nie wieder erleben würde. Jetzt hatte er Angst, dass ihm dieses Gefühl erneut bevorstand.

Jensen stieg in den schwarzen Mercedes am vorderen Ende des Taxistandes und ließ den Fahrer und den Mann von der Security ihr Gepäck in den Kofferraum laden. Laut vor sich hin fluchend, folgte Henrik dem Taxi, das sich in den Sonntagabendverkehr einfädelte und über die Autobahn zurück nach Kopenhagen fuhr, wo ihn jetzt wieder Höllenqualen erwarteten.

DANKSAGUNG

Ich bin in Kopenhagen geboren und lebe dort immer noch in meiner Fantasie, wenn auch nicht im richtigen Leben, was bestimmte Eigentümlichkeiten in der Darstellung dieser größten kleinen Stadt der Welt erklären mag. Einige Schauplätze gibt es tatsächlich. Sämtliche Charaktere und Ereignisse in dem Buch sind jedoch fiktiv. Ich danke Lars Jung, Fachberater bei der dänischen Polizei, und Hanne Nørgaard Heje, Ärztin für Allgemeinmedizin, für ihr Wissen und auch für die Geduld bei der Beantwortung meiner endlosen Fragen. Eventuelle Fehler gehen ausschließlich auf meine Kappe.

Mein Dank geht auch an Kate und Sarah Beal von Muswell Press, die besten Verlegerinnen, die sich eine Autorin wünschen kann, sowie an Kate Quarry für ihre adleraugengleiche Redaktion.

Ebenso bedanke ich mich bei Jules Walkden, Helen Pike, Suzanne Hellier, Philippa Curtis und Lone Theils, meinen ersten Lesern, deren unermüdlicher Zuspruch mich beflügelt hat. Frederik Walkden danke ich für die Karte von Kopenhagen, die diesem Buch beigefügt ist. Und Jeremy Osborne, mit dem alles angefangen hat, weil er meine düsteren Geschichten aus der Heimat bei BBC Radio 4 untergebracht hat, für seine unverbrüchliche Freundschaft.

Mord auf der Schäreninsel

BEN TOMASSON

FORSBERG UND DER TOTE VON ASPERÖ

EIN SCHWEDEN-KRIMI

Ein brutaler Mord erschüttert die idyllische Schäreninsel Asperö: In einem abgelegenen Ferienhaus wird ein Hamburger Anwalt mit 18 Messerstichen getötet. Kommissar Forsberg und seine Kollegin Anna Jordt übernehmen die Ermittlungen und stoßen bei der Ehefrau des Ermordeten sowie zwei befreundeten mitgereisten Pärchen schnell auf eine ganze Reihe von Motiven. Doch bevor sie den Kreis der Verdächtigen einengen können, gibt es einen weiteren Toten. Und was hat es mit dem geheimnisvollen Schattenmann auf sich, der vor dem Mord ums Haus geschlichen sein soll?

»Anders als in vielen anderen skandinavischen Krimis werden keine grausamen Morde bis zum Exzess seziert, sondern Familiengeschichten. Tomasson gelingt es, Spannung aufzubauen und diese bis zur Lösung des Falls zu halten.«

Westfalen-Blatt
über *Forsberg und das verschwundene Mädchen*

DROEMER

Atmosphärisch, abgründig, atemberaubend

AGNES LOVISE MATRE

DAS GRAB AM FJORD

KRIMINALROMAN

In Øystese am Hardanger-Fjord stößt eine Frau bei der Gartenarbeit auf menschliche Knochen. Allem Anschein nach handelt es sich dabei um die Überreste von Morten Vik, der in den 80er Jahren einer der ersten offen schwulen Jugendlichen im Dorf war und eines Nachts spurlos verschwand. Dass Kommissar Bengt Alvsaker und sein Team den Cold Case neu aufrollen, scheint einige im Ort zu beunruhigen – und plötzlich ist auch ein junger Kollege verschwunden. Fieberhaft setzt Bengt alles daran, die beiden Fälle aufzuklären. Einen weiteren Mord kann er trotzdem nicht verhindern …

»Ein Krimi, der unter die Haut geht.«

Buchjournal
über *Das Schweigen des Fjords*

KNAUR